फोटो पत्रकारिता

बदलती दुनिया, बदलती तकनीक

फोटो पत्रकारिता

बदलती दुनिया, बदलती तकनीक

धनंजय चोपड़ा

लोकभारती प्रकाशन

लोकभारती प्रकाशन
पहली मंजिल, दरबारी बिल्डिंग, महात्मा गान्धी मार्ग
प्रयागराज-211 001
वेबसाइट: www.lokbhartiprakashan.com
ईमेल : info@lokbhartiprakashan.com

शाखाएँ : 1-बी, नेताजी सुभाष मार्ग, दरियागंज
नई दिल्ली-110 002
अशोक राजपथ, साइंस कॉलेज के सामने
पटना-800 006
1, अनमोल सोराबजी संतुक लेन, मरीन लाइंस
मुम्बई-400002

पहला संस्करण : 2025

ग्राफिक ऑफसेट
प्रयागराज द्वारा मुद्रित

PHOTO PATRAKARITA
Badalti Duniya, Badalti Taknik
by Dhananjai Chopra

ISBN : 978-93-49180-58-1

मूल्य : ₹ 395

उन सभी फोटो-पत्रकारों को
समर्पित, जिन्होंने अपने जीवन की
परवाह किए बिना सच को
उजागर करने का दायित्व
निभाना जारी
रखा हुआ है

अनुक्रम

फोटो पत्रकारिता और मैं

जब मैं बारहवीं कक्षा में पढ़ाई कर रहा था, तब मेरे पिता ने मुझे एक बहुत छोटा सा कैमरा (मिनी हॉट शॉट) लाकर दिया था। इसमें ब्लैक एण्ड व्हाइट रील लगा करती थी, जो कि बाहर से फिट होती थी। इस कैमरे से सूर्य के प्रकाश में ही फोटो खींची जा सकती थी। मैंने अपने घर के कई कार्यक्रमों-उत्सवों की फोटोग्राफी इसी कैमरे से की। यहां तक कि इलाहाबाद विश्वविद्यालय में बी. एस-सी. की पढ़ाई करते हुए जब कभी भी पिकनिक, टूर या किसी आयोजन का भागीदार बना, यह कैमरा मेरे संग-संग रहा और अपने समय को स्मृतियों में सहेजने में मेरा साथ निभाता रहा। वह पिछली सदी का अस्सी का दशक था और मैंने कई अखबारों के सम्पादकीय पृष्ठ के लिए आलेख व फीचर लिखना प्रारम्भ कर दिया था। कई आलेखों और फीचर के साथ प्रकाशित होने वाली फोटोग्राफ्स इसी कैमरे से खींची हुई होती थीं। यहां तक कि मित्र प्रकाशन के साप्ताहिक 'गंगा-यमुना' में प्रख्यात कथाकार रवीन्द्र कालिया के सम्पादन में प्रकाशित मेरे कई आलेखों और रिपोर्टिंग में इसी नन्हें कैमरे ने साथ निभाया।

यहां यह भी बताता चलूं कि पिछली सदी में ही गंगा-यमुना से जुड़ने से पहले मैंने अवधेश प्रताप सिंह विश्वविद्यालय, रीवां से एक वर्षीय पी जी डिप्लोमा इन जर्नलिज्म एण्ड मॉस कम्युनिकेशन की पढ़ाई की, जिसके दौरान फोटोग्राफी और फोटो पत्रकारिता का प्रशिक्षण भी दिया गया। अपनी इस पढ़ाई के दौरान दिल्ली के कई प्रमुख फोटो-पत्रकारों से मिलने और उनसे बहुत कुछ सीखने को मिला। इन्हीं में से एक प्रख्यात फोटोग्राफर रघु राय भी थे, जिनसे चण्डीगढ़ की एक कार्यशाला में रू-ब-रू होने का अवसर मिला। इस मुलाकात और प्रशिक्षण ने न केवल फोटो पत्रकारिता के प्रति रूचि पैदा की बल्कि इस विधा के प्रति मेरी सोच-समझ को भी विस्तार मिला।

पिछली सदी के नब्बे के दशक में मेरे पास याचिका एम एफ-2 कैमरा आ गया और फिर रंगीन तस्वीरों की दुनिया में मेरा भी दखल बढ़ गया। इस कैमरे से खींची गई कई तस्वीरें विभिन्न फोटोग्राफी प्रदर्शनियों का हिस्सा भी बनी। इसी दशक में मैं दैनिक पत्रकारिता से जुड़ा और फिर फोटो-पत्रकारिता से रोज-ब-रोज वाबस्ता होने का मौका मिलने लगा। जब मैं 'हिन्दुस्तान' हिन्दी दैनिक से जुड़ा, तब तक फोटो-

पत्रकारिता के प्रति मेरी समझ बहुत कुछ परिपक्व हो चुकी थी। 'हिन्दुस्तान' दैनिक समाचार पत्र ही नहीं 'आजकल' जैसी महत्वपूर्ण पत्रिका में भी मेरे खींचे फोटोग्राफ्स छपने लगे थे। दरअसल 'हिन्दुस्तान' में कार्य करते हुए मैंने फीचर पृष्ठों के लिए खूब लिखा। प्रत्येक आलेख, फीचर, साक्षात्कार आदि के साथ फोटोग्राफ्स प्रकाशित होना निश्चित होता था। प्राय: मेरे साथ कार्यालय के फोटोग्राफर श्री रंजन मिश्र हुआ करते थे, लेकिन जब वे किन्हीं कारणोंवश मेरे साथ नहीं होते थे, तो मुझे अपने कैमरे का प्रयोग करना होता था। यहां यह बताना जरूरी है कि श्री रंजन मिश्र किसी भी आयोजन के दृश्यों को कैमरे में कैद करने से पहले मुझसे बातचीत जरूर करते थे, जिसमें फोटोग्राफ्स का कम्पोजिशन प्रमुख विषय हुआ करता था। मैं और रंजन मिश्र संग-संग खूब प्रकाशित हुए। यह अनुभव तब अधिक काम आया जब मैं 'हिन्दुस्तान' के आजमगढ़ कार्यालय में ब्यूरो प्रभारी बना। यहां रहते हुए लगभग फोटो संपादक की भी भूमिका निभानी होती थी। तय करना होता था कि ब्यूरो के लिए निर्धारित पृष्ठों पर कितनी और कौन-कौन सी फोटोग्राफ्स प्रकाशित होनी है। वाराणसी डेस्क के साथ होने वाले विमर्शों में कई बार स्वयं द्वारा चयनित फोटोग्राफ्स के पक्ष में तर्क देने का अलग ही आनंद होता था। यही वे दिन थे, जब फोटो पत्रकारिता और फोटो संपादन के बीच के पारस्परिक सम्बन्धों को समझने और निभाने को मिला।

इक्कीसवी सदी के प्रारम्भ में जब डिजिटल कैमरे का बाजार बड़ा हो रहा था और फोटो पत्रकारिता के लटके-झटके नित नया रूप ले रहे थे, तब मैंने सक्रिय पत्रकारिता से पत्रकारिता के अध्यापन का रूख किया। यह मेरे जीवन में एक नये अध्याय के जुड़ने जैसा था कि मैंने इलाहाबाद विश्वविद्यालय के सेन्टर ऑफ फोटोजर्नलिज्म एण्ड विजुअल कम्युनिकेशन (जो अब सेन्टर ऑफ मीडिया स्टडीज के नाम से विख्यात है।) में बतौर शिक्षक पढ़ाना शुरू कर दिया। यह मेरे लिए गर्व की बात थी कि मुझे इस सेन्टर की उद्घाटन कक्षा लेने का अवसर मिला था। यहां आने के बाद फोटोजर्नलिज्म यानी फोटो पत्रकारिता और विजुअल कम्युनिकेशन यानी दृश्य संचार के नए-नए प्रयोगों और नवाचार का साक्षी व भागीदार होने का अवसर मिलना बड़ी बात थी। इन्हीं दिनों में मैं राज्य ललित कला अकादमी, उ0प्र0, लखनऊ की प्रतिष्ठित पत्रिका 'कला त्रैमासिक' का संपादन कर रहा था। मेरे लिए यह एक अच्छा मौका था कि मैं फोटोग्राफी की दुनिया में आ रहे बदलावों पर सार्थक विमर्श को दर्ज कर सकूं और यही सोचकर मैंने 'कला त्रैमासिक' के फोटोग्राफी विशेषांक को प्रकाशित करने की योजना बनाई और यह फलीभूत भी हो गई। कला त्रैमासिक का 36वां अंक जब फोटोग्राफी विशेषांक के रूप में पाठकों तक पहुंचा तो हाथों-हांथ लिया गया। इसमें दिग्गज फोटोग्राफरों और फोटोग्राफी विशेषज्ञों के आलेख प्रकाशित हुए थे, जिनमें प्रोफेसर हेमंत जोशी, सुबीर रॉय, श्रीश कपूर, प्रभात, अनिल रिसाल सिंह, बेनू सेन, मधु सरकार, प्रवीण रावत आदि प्रमुख थे। अब तक मेरे पास डिजिटल कैमरा आ चुका था और उसी के साथ नए-नए प्रयोग करने का क्रम जारी

था। यहां यह कहना जरूरी है कि इन दिनों तक अखबारों में फोटोग्राफ्स के प्रकाशन की रीति-नीति पूरी तरह बदल चुकी थी और इसमें नई-नई चीजें शामिल हो रही थीं।

अब जबकि हमने इक्कीसवीं सदी का एक चौथाई हिस्सा बिता लिया है, तब फोटो-पत्रकारिता अपने नए रूप में है। 'एवरी वन फोटोग्राफर' की उक्ति को चरितार्थ करते स्मार्ट फोन-आई फोन ने पूरे फोटोग्राफी परिदृश्य को ही बदल दिया है। यहां यह सत्य भी स्वीकार करना होगा कि लोगों में फोटोग्राफी और फोटो पत्रकारिता को लेकर जुनून कायम है और शायद यह पहले से कहीं अधिक है। बेहतरीन होते जा रहे कैमरों का बाजार पहले से कहीं अधिक बड़ा हो चुका है। शौकिया फोटोग्राफरों के साथ-साथ फ्रीलांस फोटो पत्रकारों की एक नई पीढ़ी हमारे साथ है, जो नित नया करने में विश्वास रखती है। मेरे कई साथी, सहयोगी और विद्यार्थी अपनी कला और योग्यता का भरपूर परिचय दे रहे हैं। ऐसे में इस पुस्तक का प्रकाशित होना उस उम्मीद के पूरा होने जैसा है, जिसमें हम अपने समय में स्वयं के होने को दर्ज कर लेना चाहते हैं।

मैं आभारी हूं उन साथियों का जिनका साथ इस पुस्तक को तैयार करने में प्रेरक की तरह बना रहा। आभार छायाकार साथियों जितेन्द्र प्रकाश, विवेक निगम, रंजन मिश्र, अभिषेक मिश्र आदि का, जिनके फोटोग्राफ्स इस पुस्तक में सभार शामिल हुए हैं। आभार लोकभारती प्रकाशन का, जिन्होंने कम समय में ही इस पुस्तक को तैयार प्रकाशित करने का दायित्व बखूबी निभाया।

विश्वास है कि यह पुस्तक फोटोग्राफी और फोटो-पत्रकारिता के क्षेत्र में कार्य रहे साथियों और विद्यार्थियों के साथ-साथ इसे कला के रूप में अपनाने वाले युवाओं के लिए उपयोगी सिद्ध होगी।

अप्रैल, 2025 **—धनंजय चोपड़ा**

यह समय 'विजुअल एक्सप्लोजन' का है

हमारा समय विजुअल कम्युनिकेशन यानी दृश्य संचार का समय है। वास्तविक दुनिया हो या आभासी दुनिया, हर तरफ छवियाँ ही छवियाँ हैं। कास्टिंग के लगभग सारे उपक्रम यानी प्रिंटकास्ट, ब्रॉडकास्ट, टेलीकास्ट, वेबकास्ट और ह्यूमनकास्ट अनायास ही छवियों के अधिकाधिक प्रयोग की होड़ में शामिल हो गए हैं। संचार के क्षेत्र में छवियों यानी दृश्यों के इस तरह प्रयोग से जन-सम्प्रेषण की दुनिया में बड़ा बदलाव आया है। इस बदलाव का कारण बना, हमारे मोबाइल फोन में कैमरे का आ जाना। इक्कीसवीं सदी के प्रारम्भ से ही लोगों ने अपने आसपास के दृश्यों को सहेजना शुरू कर दिया था। दृश्यों के माध्यम से जन इतिहास का लिखा जाना यह बता रहा था कि आनेवाले समय में शब्दों से कहीं अधिक दृश्य पढ़े जाएँगे। हुआ भी यही, हमने एक ऐसे समाज की रचना कर ली है, जिसमें दृश्य संचार के बिना रह पाना मुश्किल हो रहा है। टेक्नोलॉजी के बलबूते बदलती दुनिया और बदलते समय में दृश्य संस्कृति (Visual Culture) विकसित हो रही है। दृश्य गढ़े जा रहे हैं, रचे जा रहे हैं, प्रस्तुत किए जा रहे हैं और पढ़े जा रहे हैं। अब से पहले इतने अधिक दृश्यों का आदान-प्रदान कभी नहीं हुआ था। दरअसल यह दृश्य विस्फोट यानी विजुअल एक्सप्लोजन का समय है।

यह कहना कोई अतिशयोक्ति नहीं है कि दृश्य संचार तो आदिमानव ने ही शुरू कर दिया था। वास्तव में हुआ यह कि जब आदिमानव को आग का पता चला तो उसने मशाल बनाई और खड़ा हो गया मशाल लेकर कबील के टीले पर। कभी उसने मशाल को दाईं ओर घुमाया तो कभी बाईं ओर, कभी ऊपर-नीचे, कभी गोल-गोल तो कभी क्षैतिज सीधी रेखा में मशाल को घुमाने लगा। दरअसल उसने मशाल को तरह-तरह से घुमाकर तरह-तरह के दृश्य उत्पन्न किए और इस तरह मशाल को विशेष प्रकार से घुमाने की एक दृश्य भाषा तय हो गई। हम कह सकते हैं कि यह आदिमानव का पहला दृश्य संचार यानी विजुअल कम्युनिकेशन था। बाद के दिनों में मानव के पास अपनी बात समझने-समझाने की भाव चित्रात्मक शैली सामने आ गई। आदिमानव ने चित्र बनाने शुरू किए और फिर इन्हीं चित्रों की सहायता की भाषा गढ़नी शुरू की। रोचक यह है कि हजारों बरस बाद एक बार फिर हम चित्रों (फोटोग्राफ, इमोजी, कार्टून, कैरिकेचर, वीडियो क्लिप आदि) की सहायता से बात कर रहे हैं।

यही वजह है कि हमें कहना पड़ रहा है कि हमारा यह समय विजुअल एक्सप्लोजन यानी दृश्य विस्फोट का है। हर तरफ तसवीरों यानी चित्रों और छायाचित्रों का बोलबाला

है। कहीं रुकी हुई तसवीरें यानी स्टिल फोटोग्राफ हैं तो कहीं चलती-फिरती तसवीरें यानी वीडियोग्राफ हैं। अब हर किसी की जेब में फोन पर लगा स्मार्ट कैमरा है और हर कोई फोटोग्राफर। सच कहा जाए तो यह समय 'सिटिजन फोटोग्राफी' का अद्‌भुत समय है और इस समय में संचार की दुनिया पूरी तरह बदल चुकी है। हर कोई अपने समय को दर्ज करने और उसे बरास्ते सोशल मीडिया लोगों के समक्ष प्रस्तुत कर देने की होड़ में शामिल है। इसे इस तरह भी कहा जा सकता है कि हमारे समय के ये सि टिजन फोटोग्राफर्स अपने समय का दृश्यात्मक जन इतिहास रच रहे हैं। ऐसा न तो अब से पहले हुआ था और न ही कभी इसकी कल्पना ही की गई थी। 'फोटो कम्युनिकेशन' की एक नई धारा बह निकली है और इसमें विशेषज्ञों के साथ जन-सामान्य फोटोग्राफरों की बहुत बड़ी फौज शामिल होती जा रही है। यह फौज अपने समय से संवाद तो कर ही रही है, साथ ही आनेवाले समय के लिए बहुत कुछ सार्थक-निरर्थक दर्ज भी करती चल रही है। *(देखें चित्र संख्या 1 एवं 2)*

याद कीजिए वह समय जब पिछली सदी के आखिरी दशक में टेलीविज़न की धमक बढ़ने के साथ ही अखबारों ने रंगीन होना शुरू कर दिया था और छपे हुए शब्दों के साथ फोटोग्राफ की संख्या अनायास बढ़ा दी गया थी। इस पूरे उपक्रम में साथ निभाया था कैमरे से जुड़ी इंडस्ट्री ने। डिजिटल कैमरों की आमद ने फोटोग्राफी को अधिक सहज और अधिक व्यापक बना दिया। धीरे-धीरे टेक्नोलॉजी के कमाल ने फोटो एडिटिंग और प्रिंटिंग को भी अधिक सहज बना दिया। यह वही समय था जब हमारी जेबों में मोबाइल कैमरा आ गया था। मोबाइल कम्पनियों के बीच बाजार पर कब्जेदारी की होड़ में प्रतिस्पर्धा बढ़ी तो मोबाइल कैमरा निशाने पर आ गया। मोबाइल फोन देखते ही देखते स्मार्ट फोन और आई फोन में बदलता गया और संग-संग इसका साथ निभानेवाला कैमरा भी उन्नत होता गया। इस होड़ को सोशल मीडिया और नागरिक पत्रकारिता यानी सिटिजन जर्नलिज़्म का साथ मिला तो 'विजुअल एक्सप्लोजन' हो गया। हमारे अपने समय का सबसे बड़ा 'सृजनात्मक विस्फोट'। सबसे बड़ा इसलिए कि इससे जुड़नेवालों की संख्या असंख्य है। *(देखें चित्र संख्या 3 एवं 4)*

'विजुअल एक्सप्लोजन' का एक और उदाहरण 'विजुअल नैरेशन' के रूप में हमारे सामने है। लोगों के पास अनगिनत कहानियाँ, यात्रा संस्मरण और किसी भी मुद्‌दे पर अपने-अपने नजरिए हैं और इनमें से अधिकांश उन्हें फोटो और वीडियो के माध्यम से प्रस्तुत करने में लगे हुए हैं। इंटरनेट पर तैरती फोटो कहानियाँ और वीडियो पत्रिकाएँ तो हैं ही, अब अनगिनत यूट्यूब चैनल हैं। गौर से देखिए तो सहजता से समझ में आ जाएगा कि किस तरह लोगों में दृश्य के साथ खिलन्दड़ी करने की होड़ मची हुई है और किस तरह टेक्नोलॉजी उनकी मदद कर रही है। बाजार भी इनका साथ निभाने में कोई कोर-कसर नहीं छोड़ रहा है। दिखने-दिखाने की इस होड़ में कैमरे और उससे जुड़ी कलाएँ एकाएक सबकी हो गईं और उसमें बाजार की पैठ बन गई। कह सकते हैं कि बाजार का प्रोत्साहन और दबाव इस समय को विजुअल-विजुअल खेल खिला रहा है और दिखा भी रहा है।

बीस बरस पहले देश की एक प्रसिद्ध आर्ट गैलरी द्वारा कराई गई ऑन लाइन नीलामी में फोटोग्राफर दयनिता सिंह की एक फोटोग्राफ 7.03 लाख रुपये में खरीदी गई। 'गाँधीज रूम' शीर्षक की यह ब्लैक एंड व्हाइट फोटोग्राफ इलाहाबाद (अब प्रयागराज) के आनन्द भवन के उस कमरे की है, जहाँ महात्मा गाँधी आकर ठहरा करते थे। इसी नीलामी में प्रख्यात फोटोग्राफर रघुराय द्वारा लद्दाख में खींचा गया लैंडस्केप 2.35 लाख रुपये में खरीदा गया। गैलरी ने देश के चुनिन्दा फोटोग्राफरों के 26 फोटोग्राफ नीलामी के लिए प्रस्तुत किए थे, जिसमें से 20 हाथों-हाथ बिक गए। आर्ट मार्केट विकसित होने के बाद यह पहला अवसर था कि इतनी अधिक मूल्य पर फोटोग्राफ खरीदे गए।

वास्तव में यह सब फोटोग्राफी कला के प्रति बढ़ते रुझान का एक नमूना भर थे, जिन्होंने यह तय कर दिया कि आनेवाला समय विजुअल एक्सप्लोजन का है। अब देखिए न कि एक तरफ आर्ट मार्केट है तो दूसरी तरफ कास्टिंग के वे सिस्टम, प्रिंट कास्ट, टेली कास्ट, वेब कास्ट और हयूमन कास्ट, जो विजुअल गढ़ने और उसे हर दिन नए ढंग से परोसने में लगे हुए हैं। युवा विजुलाइजर्स यानी फोटोग्राफर्स वह कमाल प्रस्तुत करने में लगे हुए हैं, जिसकी कल्पना आज से दस-पन्द्रह साल पहले करना कठिन था। बड़ी बात यह है कि फोटोग्राफी के क्षेत्र में आए इस उछाल के संग-संग टेक्नोक्रेट भी अपनी प्रतिभा का भरपूर परिचय दे रहे हैं। फोटोग्राफी के क्षेत्र में टेक्नोलॉजी ने इतनी बड़ी छलाँग लगा दी है कि कला की अन्य विधाएँ पीछे छूटती जा रही हैं। डिजिटल होने के बाद से कैमरे की दुनिया ने हर दिन एक नए आयाम को पकड़ा है, एक नया विकास किया है। कुछ दिनों पहले नई दिल्ली में हुए फोटोफेयर में भविष्य की फोटोग्राफी की झलक देखने को मिल गई। इस फेयर में जिस रेंज और क्वालिटी के कैमरे, लेन्सेंज, ट्राइपॉड और अन्य उपकरण देखने को मिले वे यह समझने के लिए काफी थे कि युवा विजुलाइलर्स के कमाल और धमाल में टेक्नोलॉजी साथ-साथ चल रही है।

महत्वपूर्ण यह है कि जिस फोटोग्राफी को 'कला' के रूप में विकसित होने के बाद टेक्नोलॉजी की रफ्तार का संग मिला है, उसे सार्थक बनाए रखना हमारी जिम्मेदारी बन जाती है। मीडिया के विस्तार पाने के साथ जहाँ एक ओर फोटो-पत्रकारिता को नित नया आयाम मिल रहा है, वहीं आर्ट मार्केट में फोटोग्राफ, कलाओं के अन्य माध्यमों की प्रस्तुतियों को चुनौती दे रहे हैं। बड़ी बात यह कि बदलते समय में फोटोग्राफी की सबसे आकर्षक विधा फोटो पत्रकारिता को अपनी प्रतिबद्धता और उसूलों पर खरा उतरना है। यहीं ठहरकर हमें फोटो पत्रकार केविन कार्टर को याद करना होगा। सन् 1993 में टाइम पत्रिका में केविन कार्टर का एक फोटोग्राफ छपा था, जिसे उसने सूडान में अकाल की भयावहता को दर्शाने के लिए खींचा था। इसमें भूख से जूझती एक बच्ची की मौत का इन्तजार करते एक गिद्ध को दिखाया गया था। *(देखें चित्र संख्या 5)*

इस फोटोग्राफ ने दुनिया को न केवल भूख की भयावहता से परिचित कराया, बल्कि उसकी संवेदना को जगाने का काम किया। केविन को इस फोटोग्राफ के लिए पुलित्जर पुरस्कार भी मिला। लेकिन, आलोचकों का एक वर्ग केविन के फोटोग्राफ से जुड़े इस तर्क से सहमत नहीं था कि यह फोटोग्राफ दुनिया को भुखमरी के खिलाफ झकझोरने के लिए जरूरी था। यह वर्ग फोटोग्राफर की नैतिकता और कर्तव्यबोध पर प्रश्नचिह्न लगा रहा था। अन्ततः उस बच्ची को मौत के मुँह में जाने से न रोक पाने और उसके स्थान पर महज फोटो खींचकर अपने दायित्व की पूर्ति कर लेने के अपराध बोध ने केविन को इतना परेशान किया कि उसने आत्महत्या ही कर ली। बहरहाल केविन की मौत के बाद यह मानने में तनिक भी देर नहीं लगाई गया कि उसकी एक फोटो से दुनिया जागी और हजारों बच्चियों को गिद्धों के मुँह में जाने से बचा लिया गया।

वास्तव में दुनिया में जब से कैमरा आया है तब से कई ऐसे फोटोग्राफ खींचे गए, जिन्होंने दुनिया की सोच, सामाजिक, राजनीतिक, सांस्कृतिक व्यवस्थाओं, लोगों की जीवन-शैली और पारस्परिक सम्बन्धों की परिभाषाओं को नए-नए आयाम देने का काम किया है। अगर याद किया जाए तो ऐसे फोटोग्राफ आज भी एतिहासिक दस्तावेज की तरह हमारे जेहन में अपनी उपस्थिति दर्ज कराए हुए हैं। 13 सितम्बर, 1826 को जोसेफ नीप्से द्वारा खींचा गया फोटोग्राफ न केवल फोटोग्राफी की आधुनिक यात्रा का प्रारम्भिक पड़ाव कहा जा सकता है, बल्कि इस कला से लोगों के सीधे जुड़ाव की पहली घटना थी। यह चित्र कलात्मक दृष्टि से उतना यादगार नहीं है, जितना इस्तेमाल की गई तकनीक की दृष्टि से। डेगुएरे टाइप की फोटोग्राफी कला का नमूना कहलानेवाला यह फोटोग्राफ हेलियोग्राफी तकनीक से तैयार किया गया था। 1855 में रॉजर पैंटन ने 'वैली आफ द शैडो आफ डेथ' शीर्षक से जो फोटोग्राफ खींचा, वह युद्ध का पहला फोटोग्राफ माना जाता है। कहते हैं इस फोटोग्राफ ने पहली बार लोगों को युद्ध की विभीषिका से परिचित कराने का काम किया। 1936 में रॉबर्ट कापा द्वारा 'मोमेंट आफ डेथ' शीर्षक से खींचा गया फोटोग्राफ जैसे ही फ्रेंच पत्रिका 'वू' में छपा, पूरी दुनिया में लोकतन्त्र की बातें की जाने लगीं। कला को राजनीति में दखलन्दाजी करने की सीख देता यह छायाचित्र फासीवाद के विरुद्ध अलख जगाने में कामयाब रहा। 1945 में युनाइटेड स्टेट की सेना द्वारा लिया गया नागासाकी का फोटो मानव की विनाश क्षमता दर्शाने में कामयाब रहा था तो 1950 में इलियट इरविट द्वारा लिया गया उत्तरी कैरोलिना में विभाजित वाटर फाउंटेन्स का फोटो सामाजिक विभाजन और बदलाव का प्रतीक बना। इसी क्रम में 1972 में दक्षिण विएतनाम में निक उत द्वारा खींचा गया फोटोग्राफ अपनी मार्मिकता के कारण पूरी दुनिया में चर्चा का विषय बना। निक ने अपने इस फोटोग्राफ में नापाम आक्रमण से भयभीत पाँच बच्चों को भगते हुए दिखाया है। इसी चित्र ने दुनिया को यह बताया कि विएतनाम में युद्ध की विभीषिका

का क्या परिणाम है। इस फोटोग्राफ के बाद युद्ध के खिलाफ प्रदर्शनों की बाढ़ सी आ गई और युद्ध को समाप्त करने के कदम उठाने की पहल शुरू हुई।

एक बार एक सेमिनार में फोटोग्राफी को लेकर बहस छिड़ी हुई थी। वहाँ मैंने फोटोग्राफी को नई तकनीकियों से लैस 'लोक कला' कह दिया था। एकाएक सभी वक्ता और श्रोता कई-कई खेमों में बँट गए। कोई इसके 'कला' होने की बात कहने लगा तो कोई 'विज्ञान'। किसी ने इसे 'वैज्ञनिक कला' की संज्ञा देकर बात का सन्तुलन बनाने का प्रयास किया तो किसी ने कहा कि यह कई-कई कलाओं और तकनीकियों का मिश्रण है। मेरा तर्क था कि आज जिस डिजिटल युग में हम जी रहे हैं उसमें हर किसी की जेब में मोबाइल कैमरा अपनी पहुँच बना चुका है या बना रहा है। अपने-अपने जीवन के क्षण-विशेष को कैमरे में कैद कर स्मृतियों का हिस्सा बनाने की कवायद वे सब करते हैं जिनके घर में कैमरा है। ये लोग बिना किसी प्रशिक्षण के अपने-अपने ढंग से बिना किसी कलात्मकता के कैमरा चलाते हैं, ठीक-ठीक लोक कलाओं के संवहन की तरह। बहरहाल मैं इसे नहीं नकारता कि प्रशिक्षण और दृष्टि (विज़न), फोटोग्राफी कला को उन्नत बनाने का काम करती हैं। एक फोटोग्राफ एक साथ कई-कई कहानियाँ कह सकता है। हम सबके भीतर निहित क्रिएटिव ज्योग्राफी एक फोटेग्राफ में निहित कथानक को अपने-अपने अर्थों और सन्दर्भों के साथ प्राप्त करने की कोशिश करती है।

बहुत पहले मैं एक पत्रिका में छपे साक्षात्कार का उल्लेख यहाँ करना चाहता हूँ, जिसमें प्रख्यात छायाकार रघुराय ने बड़ी ही सहजता से एक अच्छे फोटोग्राफ को परिभाषित करते हुए कहा था,- ''फोटोग्राफ के बहुत सारे रूप हैं- फैशन, इंडस्ट्रियल, जर्नलिस्टिक, कलात्मक आदि। लेकिन, क्रिएटिविटी सभी में समान रूप्र से अपेक्षित है। 'क्रिएटिविटी' का मतलब यह है कि फोटोग्राफ में नयापन जरूर हो, जिसे देखने से आदमी जाग जाए और...वाह! यह तो कमाल का है। ...कह उठे। सीमित दिमागवाले लोग सोचते हैं कि कला को सुन्दर होना ही चाहिए। यह मापदंड सही नहीं है। क्योंकि अच्छी कला सुन्दर ही नहीं, अर्थपूर्ण भी होती है। उसकी अपनी गहराई, अपनी पहुँच और अपनी पकड़ होती है। जो मनुष्य देखने में सुन्दर नहीं है, पता नहीं उसमें कितनी शक्ति और कितना गहरापन है। दिखनेवाली सुन्दरता या शारीरिक सौन्दर्य ऊपर की चीज होती है, लेकिन जिस इन्सान में अन्दर की सुन्दरता है वह कहीं अधिक बेहतर है। उसी तरह तसवीर ऐसी होनी चाहिए जो दूर तक आपकी पहुँच, पकड़ और गहराई को बताए, जिसके एक मायने हों ताकि देखनेवाले को समझने और अनुभव प्राप्त करने को कुछ नया मिले। दर्शक को सोचने के लिए मजबूर करे। क्योंकि मानव मन अन्दर से बड़ा आलसी होता है। उसको वही चीज पहली नज़र में भाती है, जो मीठी हो, सुन्दर हो और आसानी से समझ में आ जाए। बहुत कम लोग यथार्थ को परखना चाहते हैं। अच्छा फोटोग्राफ हम उसी को कह सकते हैं, जिसे देखकर जिन्दगी के नए मायने समझ में आए।"

फोटोग्राफी को अपने समय का 'सच' कह देनेवाली कला कहा जाए तो कोई अतिशयोक्ति नहीं होगी। यह इतिहास सहेजने या फिर यूँ कहें स्मृतियों को सहेजने के उपक्रम के रूप में गाहे-ब-गाहे हर किसी से सहजता से जुड़ जानेवाली कला है। एक बार मैंने एक रोचक विवरण पढ़ा, जिसमें फोटोग्राफी कला के महत्व को बताया गया था। इसके अनुसार एक बार ईश्वर ने कलाकारों की कान्फ्रेन्स बुलाई ताकि सभी उसे देख लें और पृथ्वी पर जाकर उसको मानव के आगे प्रस्तुत करें। ये सब कलाकार जब पृथ्वी पर लौटे तो उन्होंने अपने-अपने माध्यम से ईश्वर को लोगों के समक्ष प्रस्तुत किया। कवि और गीतकार ने ईश्वर की गेय स्तुतियाँ रचीं। चित्रकारों ने अपने-अपने ढ़ंग से ईश्वर के चित्र बनाये। मूर्तिकारों ने अपनी-अपनी सोच के अनुरूप ईश्वर की मूर्तियाँ बना डालीं। कथाकारों ने तमाम ईश्वरीय कथाएँ लिख डालीं...आदि आदि। लेकिन ईश्वर का सही रूप लोगों के समक्ष प्रस्तुत नहीं किया जा सका। क्योंकि ईश्वर फोटोग्राफरों को आमन्त्रित करना भूल गया था। अगर ईश्वर ने किसी फोटोग्राफर को बुलाया होता तो आज हमारे सामने उस निराकार अनन्त का एक स्वरूप होता। ...इस रोचक प्रस्तुति के साथ यह कहना जरूरी है कि जब-जब हमें साक्ष्य के लिए शब्द बेमानी लगे हैं या फिर शब्दों को मायने देने की जरूरत महसूस हुई है, हमने फोटोग्राफ का सहारा लिया है।

एक सच यह भी है कि आधुनिक समय में जन संचार के क्षेत्र में फोटोग्राफी एक आवश्यक आवश्यकता बन चुकी है। फोटोग्राफी ने जहाँ विजुअल मीडिया को नया आयाम देना शुरू किया है, वही अखबारों ने अपने परम्परागत स्वरूप को बदला है। यह अनायास नहीं है कि आर्ट गैलरियों का रुझान फोटोग्राफी की ओर बढ़ा है, आर्ट इनवेस्टर्स फोटोग्राफी को सुरक्षित निवेश की सूची में रखने से नहीं झिझक रहे, डिजिटल फोटोग्राफी के उपकरण बनानेवाली कम्पनियाँ नित नए आयाम खोजने और बाजार में लांच करने की होड़ में शामिल हो चुकी हैं, फिल्मों और टीवी कार्यक्रमों में विजुअल इफेक्ट का चमत्कार दिखाने की कवायद जोरों पर है, सोशल मीडिया में लोग दृश्यात्मक जन इतिहास लिखने की होड़ में शामिल हैं ... आदि। वास्तव में यह समय ही विजुअल एक्सप्लोजन का है। ऐसे में जरूरत है कि सार्थक ढंग से फोटोग्राफी और विशेषकर फोटो पत्रकारिता पर चर्चा की जाए ताकि इस कला से जुड़नेवाले युवा एवं नवोदित फोटोग्राफरों और फोटो पत्रकारों को सही मार्गदर्शन मिल सके।

—धनंजय चोपड़ा

1

फोटोग्राफी की बदलती दुनिया रील से डिजिटल तक

संचार, जीवन का पर्याय है। हमारा समाज, हमारी संस्कृति, हमारी भाषा और हम स्वयं, संचार के बिना अधूरे हैं। वास्तव में जिस समाज, संस्कृति, भाषा और जीव में गतिशीलता नहीं होती, वह मृतप्राय होते हैं। यही वजह है कि जब जीव जगत का निर्माण हो रहा था, तब संचार को प्रमुखता दी गई। एककोशिकीय प्राणी से लेकर बहुकोशिकीय प्राणी तक संचार का विकास अद्‌भुत तरीके से हुआ है, जीव शरीर के भीतर भी और जीव शरीर के बाहर भी। एक सच यह भी कि संचार का यह विकास, टेक्नोलॉजी का साथ पाकर बहुत तेजी से लगातार आगे बढ़ता जा रहा है। मैं यह बात पहले ही बता चुका हूँ कि किस तरह आदिमानव को बाह्य यानी सामाजिक संचार की आवश्यकता समझ में आ गया थी और उसने इसके लिए जतन करना प्रारम्भ कर दिया था। पहले उसने मशाल बनाई और तरह-तरह से विजुअल्स पैदा करके अपने लोगों से संवाद की दृश्य भाषा गढ़ ली थी। बाद के दिनों में उसने अपने भोजन के लिए आग में जानवरों का मांस पकाया। मांस पकाया तो खाल निकाली। खाल से उसने ड्रम यानी ढोल बनाया। अब मशाल के घुमाने के साथ-साथ ढोल भी बजने लगा। इस तरह पहला ऑडियो-विजुअल कम्युनिकेशन सामने आ गया। हम कह सकते हैं कि आदिमानव ने ही ऑडियो-विजुअल कम्युनिकेशन की खोज कर ली थी, हमने तो केवल टेक्नोलॉजी का उपयोग किया और उसे लगातार उन्नत बनाने की कोशिश करते हुए आज के ऑडियो-विजुअल कम्युनिकेशन तक ले आए हैं। बाद के दिनों में दृश्य संचार का एक उन्नत रूप भाव-चित्रात्मक भाषा-शैली के रूप में प्रकट हो गया। यह अकारण नहीं है कि गुफाओं और चट्टानों पर उकेरे गए प्रागैतिहासिक शैलचित्र अपनी सम्प्रेषण क्षमता के कारण ही आज तक बने-बचे हुए हैं। हम कह सकते हैं कि संचार की इन प्रारम्भिक व्यवस्थाओं के साथ ही आदिमानव में सामाजिक-पारिवारिक चेतना का विकास सम्भव हो पाया और स्मृति परम्पराओं को सहेजने का क्रम शुरू हो सका। बाद के दिनों में भावचित्रों के सहारे स्मृतियों को सहेजने का यह क्रम उन्नत होता चला गया और फोटोग्राफी हमारे संग आ गया। कला और विज्ञान या यूँ कहें कि कला और क्राफ्ट की दुनिया के आपसी समन्वय ने इस क्रम को एक नई उड़ान दे दी। चित्रों से छायाचित्रों यानी फोटोग्राफी तक की इस यात्रा को भले ही हजारों-हजार वर्ष लगे हों, लेकिन फोटोग्राफी के रूप को टेक्नोलॉजी का साथ मिलते ही इस यात्रा को कई-कई पंख लग गए। आज फोटोग्राफी विधा सबसे तेजी से आगे

बढ़ती हुई, विस्तार लेती हुई और लगातार उन्नत होती हुई विधा बन गई है। यह अनायास नहीं है कि आज लगभग हर व्यक्ति फोटोग्राफी कर रहा है और अपने समय को दर्ज कर रहा है। दरअसल टेक्नोलॉजी के सहारे दृश्य संचार की दुनिया बहुत बड़ी हो चुकी है और फोटोग्राफी उसका अप्रतिम उपक्रम बन गई है।

भारतीय परम्परा में दृश्य संचार

कुछ बरस पहले मैं जनजातियों में संचार के उपक्रमों पर अध्ययन करने के लिए मध्यप्रदेश के झाबुआ जिले में था। यह एक जनजातीय इलाका है। इसी जिले के भाभरा गाँव में मेरी मुलाकात जनजातीय चित्रकार पेमा फात्या से हुई। पेमा फात्या भील जनजाति के थे और उनकी पिथौरा चित्रकारी को राष्ट्रीय पहचान मिली हुई थी। मैं अपनी अखबारनवीसी यानी पत्रकारिता के दिनों में उनसे पहले भी मिल चुका था। जब मैं भाभरा गाँव में उनसे मिलने पहुँचा, तो वे अपने घर की बाहरी दीवार पर बड़ा सा चित्र बना रहे थे। जनजातीय अनुष्ठान से जुड़ी उनकी पिथौरा चित्रकारी अपने भीतर समाए रूप और रंगों से बहुत कुछ कहती नजर आती है। चित्र बनाते हुए पेमा ने कहा कि चित्र को आप अपनी दुनिया का अखबार कह सकते हैं। दरअसल उनके चित्र में कई तरह की आकृतियाँ थीं। पिथौरा देव, पिठोरी माता, उनके रक्षक, जंगल के जानवर, सूरज और चाँद, खजूर और ताड़ के पेड़ और जन यानी लोग इस चित्र में समाए होते हैं। चित्र का कोई न कोई सामाजिक उद्देश्य होता है और वह कोई न कोई सन्देश दे रहा होता है। पेमा किसी दार्शनिक की तरह कहते –"जब भाषा का ज्ञान नहीं था, तब लोगों के पास चित्रकला ही अपनी बात कहने का माध्यम था। इसी माध्यम के सहारे हम अपनी परम्पराओं और सामाजिक संस्कृति को निरन्तरता दे पाने में सफल हो पाए हैं।" *(देखें चित्र संख्या 6)*

वास्तव में यही सच भी है। आदिमानव ने अनगिनत शिलाओं पर अपनी संचार कला यानी अपनी बातों के ऐसे कई चिह्न छोड़े हैं, जो उनकी सम्प्रेषण क्षमता का बखान करते दिखते हैं। ये चिह्न कहीं चित्रकारी या यूँ कहें कि कलाकारी के रूप में हैं तो कहीं उनके अपने कूट चिह्नों में हैं। कहीं ये कच्चे कोयले से खींची गया आकृतियों के रूप में हैं तो कहीं हेमेटाइट पत्थरों से तैयार किए गए अथवा पौधों से निकाले गए रंग से बनाए गए चित्रों के रूप में हैं। कहीं-कहीं ये चट्टानों पर उकेरे गए चित्रों के रूप में आज भी उपस्थित हैं। कच्चे कोयले अथवा रंगों से बनाए गए चित्र या चित्रलेखों को पिक्टोग्राफ कहा जाता है, जबकि अपघर्षित चित्र पैट्रोग्लिफ कहलाते हैं।

भारत में शैलचित्रों का इतिहास बहुत पुराना है। प्रागैतिहासिक काल के ढेर सारे शैलचित्र उत्तराखंड के अल्मोड़ा जिले में लखुडियार गुफाओं में पाए गए हैं। इन चित्रों में मानव और पशु चित्रों के साथ-साथ बहुत सी ज्यामितीय आकृतियाँ भी हैं। इन चित्रों को देखकर उस काल की मानव अभिव्यक्तियों का पता चलता है। मध्य प्रदेश, उत्तर प्रदेश, आन्ध्र प्रदेश, कर्नाटक, बिहार और कश्मीर के कई इलाकों में पाषाण युग के विभिन्न स्तरों के शैलचित्र मिलते हैं। इन चित्रों को देखकर लगता है कि आदिकालीन कलाकारों में अपने समय और समाज की कहानी कहने-सुनने में गहरी रुचि थी। यह चित्र अपने समय के किसी फोटोग्राफ से कम नहीं है। मध्य प्रदेश की भीमबेटका गुफाओं के चित्र अपने समय के बहुत से दृश्य उत्पन्न करते हैं। मसलन

एक दृश्य में कुछ लोगों को शिकार करते हुए दिखाया गया है। इसमें कुछ लोग एक भैंसे को मार रहे हैं, जबकि कुछ घायल लोग इधर-उधर पड़े हुए हैं। चित्र अंकन की यह कला आज की छायांकन कला के करीब सी लगती है। ऐसे ही एक दृश्य में एक दूसरे का हाथ पकड़े हुए आकृतियाँ नृत्य करती हुई जान पड़ती हैं।*(देखें चित्र संख्या 7)*

इसी क्रम में दृश्य संचार का एक पुरातन माध्यम पुतलियों का प्रदर्शन भी रहा है। वास्तव में पुतली कला की खोज मानवजाति के लिए एक उल्लेखनीय एवं महत्वपूर्ण आविष्कारों में से एक है। सामाजिक संचार के अप्रतिम साधन के रूप में भारत में इसे प्रमुखता से अपनाया गया और यह आज भी अपने वैविध्य के साथ उपस्थित है। इनमें से एक है छाया पुतली कला। भारत में अनेक प्रकार की छाया पुतलियों यानी शैडो कठपुतली का प्रचलन है और विभिन्न प्रदेशों में इसकी अनेक शैलियाँ विद्यमान हैं। छाया पुतलियाँ चपटी होती हैं। अधिकांशत: ये चमड़े से बनाई जाती है। इन्हें पारभासी बनाने के लिए संशोधित किया जाता है। पर्दे को पीछे से प्रदीप्त किया जाता है और पुतली का संचालन प्रकाश स्त्रोत तथा पर्दे के बीच से किया जाता है। दर्शक पर्दे के दूसरी तरफ से छायाकृतियों को देखते हैं। ये छायाकृतियाँ रंगीन भी हो सकती हैं। छाया पुतली की यह परम्परा उड़ीसा, केरल, आन्ध्र प्रदेश, कनार्टक, महाराष्ट्र और तमिलनाडु में प्रचलित है। प्रकाश और छाया का यह खेल फोटोग्राफी के करीब का खेल माना जा सकता है। *(देखें चित्र संख्या 8)*

एक रोचक तथ्य यह भी है कि भारत में कई शताब्दी पूर्व में ही पिनहोल कैमरे (कैमरा तकनीक का प्रारम्भिक या मूल रूप) का ज्ञान था। इस बात का प्रमाण कर्नाटक राज्य के हम्पी में तुंगभद्रा नदी के किनारे पर स्थित विरूपाक्ष मन्दिर में देखने को मिलता है। सातवीं शताब्दी के दौरान निर्मित किए गए इस मन्दिर के इतिहास और सुन्दर वास्तुकला के कारण इसे यूनेस्को की विश्व धरोहर स्थल सूची में शामिल किया गया। इस मन्दिर का विस्तार पन्द्रहवी शताब्दी में किया गया था। इस मन्दिर में पिनहोल कैमरा प्रभाव का सबसे अच्छा व्यावहारिक उदाहरण देखने को मिलता है। *(देखें चित्र संख्या 9)*

विरुपाक्ष मन्दिर के 52 मीटर ऊँचे राज गोपुरम यानी मुख्य टॉवर की छाया एक लेन्स जैसी छेद वाली संरचना के माध्यम से 300 फीट दूर सालू मंडप के भीतर की दीवार पर उल्टी (इनवर्टेड) दिखाई पड़ती है। यह प्रक्रिया भौतिकी की अवधारणाओं में से एक है और इसके पीछे का तथ्य यह है कि प्रकाश एक सीधी रेखा में यात्रा करता है। इसी सिद्धान्त का उपयोग पिनहोल कैमरे में किया जाता है।

कैमरे का आविष्कार और फोटोग्राफी का चलन

वैसे तो भारतीय ज्ञान-विज्ञान परम्परा में अँधेरे कक्ष में झरोखों के माध्यम से प्रकाश संयोजना की कला का विवरण मिलता है, लेकिन कैमरा जैसे यन्त्र की सबसे पहली बात 391 ईसा पूर्व चीन के दर्शनशास्त्री मोजी ने की थी। 11वीं शताब्दी में इसी तरह की तकनीक का विवरण अरब के एक भौतिकशास्त्री ने किया था। इसी तरह की प्रकाश संयोजना से चित्रों को बनाने की बात 15वीं शताब्दी में लियोनार्डो द विंची ने भी की थी।

यह कहना गलत न होगा कि प्रकाश संयोजना के माध्यम से दृश्यों को सहेजने की कोशिश ने ही हमें कैमरे तक पहुँचाया। कैमरा यानी एक ऐसा उपकरण, जिसकी सहायता से हम दृश्यों को स्थिर या गतिमान रूप में सहेजने में सफल हो सकते हैं। कैमरा शब्द लैटिन शब्द युग्म 'कैमरा ऑब्स्कुरा' से निकला है, जिसका शाब्दिक अर्थ होता है 'डार्क चैन्बर' यानी 'अँधेरा कक्ष'। दरअसल 'कैमरा ऑब्स्कुरा' एक तकनीक है, जिसमें अँधेरे कक्ष की एक दीवार पर एक छेद होता है। इस छेद से प्रकाश भीतर की ओर आकर विपरीत दीवार पर बाहर की दुनिया का छाया-चित्र प्रस्तुत कर देता है। वास्तव में फोटोग्राफी के आविष्कार से बहुत पहले ही लोग खिड़की में एक नन्हा सा सुराख करके दीवार पर पड़नेवाली आकृति को रेखांकित करने की कला से परिचित थे।

सोलहवीं शताब्दी में 1558 के आसपास इटैलियन विद्वान जेम्बैप्टिस्ट डेला पोर्टा ने 'कैमरा ऑब्स्कुरा' के सिद्धान्त को पूर्णता प्रदान की। अपनी पुस्तक नेचुरल मैजिक के नए अंक में उन्होंने कैमरा ऑब्स्कुरा को उत्तल (कॉनवेक्स) लेन्स के साथ प्रस्तुत किया और इस लेन्स की तुलना मनुष्य की आँख के साथ की। वह यह दिखाना चाहते थे कि किस तरह मनुष्य की आँख में प्रकाश की सहायता से प्रतिबिम्ब या छवियाँ बनती हैं। यद्यपि पोर्टा कैमरा ऑब्स्कुरा के आविष्कारक नहीं थे, लेकिन उनके इस प्रयोग ने छवियों को सहेजने के इस उपकरण को लोकप्रिय बना दिया। पोर्टा का यह प्रयास थोड़े से सुधार के बाद ट्रेसिंग उपकरण के रूप में बदल गया। हम कह सकते हैं कि बाद में यही उपकरण रिफ्लेक्स कैमरों के रूप में विकसित हुआ।

कैमरे के इतिहास में कुछ रसायन विज्ञानियों के योगदान को याद करना अनिवार्य है। सन 1778 में स्वीडिश रसायनशास्त्री कार्ल विल्हेल्म शीले ने अपने एक प्रयोग के माध्यम से यह सिद्ध किया कि सिल्वर क्लोराइड, प्रकाश के प्रति अधिक संवेदनशील है। सन 1780 में प्रोफेसर जे ए चार्ल्स ने सिल्वर क्लोराइड के घोल में भीगे हुए कागज पर अपने शिष्य का छाया-चित्र उकेरकर एक बड़ी उपलब्धि हासिल की। यह चित्र प्रकाश और रसायन के समन्वय के द्वारा तैयार 'सिल्हूट' कला का नमूना था। दरअसल सिल्वर क्लोराइड से भीगे कागज़ पर जहाँ छाया पड़ी थी, वहाँ आकृति उभर आई थी। यह एक छायाबिम्ब था, जिसने फोटोग्राफी की खोज के सफर को आगे बढ़ाने का काम किया। इसी खोज के आधार पर निस्फर निप्से ने फोटोग्राफी की परिकल्पना को साकार करने का काम किया। निप्से एक लीथोग्राफर था और फोटोग्राफिक इमेज को पत्थर पर उतारना चाहता था, ताकि वह पत्थर पर चित्र उकेरने की मेहनत से बच सके। पहले उसने मूल आकृति को प्राप्त करने के लिए कैमरा ऑब्स्कुरा के साथ ऐसे उत्पाद को जोड़ने का विचार किया जो प्रकाश में अस्थिर हो। सन 1816 में वह कागज पर सिल्वर इमेज बनाने में कामयाब हो गया, लेकिन उसकी फोटोइनग्रेविंग की समस्या बरकरार रही। लेकिन, बाद के दिनों में उनकी मेहनत रंग लाई और फोटोलिथोग्राफिक प्रिंटिंग ने मूर्त रूप ग्रहण कर लिया। निप्से दुनिया का वह पहला व्यक्ति था, जिसमें फोटोपॉलीमर्स के उन विशेष गुणों का लाभ उठाया, जिसका उपयोग आज के फोटोग्रेवेयर कर रहे हैं।

उन्हीं दिनों एक फ्रान्सीसी दृश्य चित्रकार (Scene Painter) लुई-जैक्स-मैंडे डागुएरे इसी दिशा में काम कर रहे थे। उन्होंने 1822 में एक डायोरामा (वे चित्र जिसमें रंग और प्रकाश के

परिवर्तन द्वारा सूर्योदय आदि के दृश्य प्रदर्शित किए जाते हैं) की खोज की थी। सन 1824 में उन्होंने कैमरा ऑब्स्कुरा के प्रतिबिम्ब को स्थाई करने के उद्देश्य से प्रयोग प्रारम्भ किए और अपनी पत्नी के साथ फोटोग्राफिक इमल्शन पर शोध करने में जुट गए। सन 1826 में निप्से के साथ उनकी बातचीत प्रारम्भ हुई और फिर दोनों साथ में मिलकर इस दिशा में आगे बढ़ने लगे। निप्से रसायन विज्ञानी थे, जबकि डागुएरे एक बेहतरीन टेक्नीशियन थे। दोनों की जोड़ी ने मिलकर प्रयोग करने प्रारम्भ किए। लेकिन, सफलता के करीब पहुँचते-पहुँचते 1833 में निप्से की मृत्यु हो गई। डागुएरे को झटका तो लगा, लेकिन उसने बिना रुके निप्से के बेटे को साथ लेकर काम करना जारी रखा। पाँच वर्ष बाद निप्से का बेटा भी चल बसा। डागुएरे सफलता के करीब था, लिहाजा वह बिना निराश हुए अपने काम में जुटा रहा। आखिर वह दिन आ गया जब डागुएरे अपने लक्ष्य के करीब पहुँच ही गया। डागुएरे ने मेटल की प्लेट के स्थान पर चाँदी की प्लेट पर आयोडीन लगाकर उसे प्रकाश के प्रति अधिक संवेदनशील बना दिया। इस प्लेट को तीन घंटे तक सूर्य के प्रकाश में रख दिया। इस प्रक्रिया में प्लेट पर जो छायाचित्र बना, वह अधिक धुँधला और अस्पष्ट सा था। इसी क्रम में एक दिन डागुएरे ने कुछ एक्सपोज्ड प्लेटों को दोबारा इस्तेमाल करने के विचार से उस अलमारी में रख दिया, जिसमें वह केमिकल रखा करता था। कुछ दिनों बाद इन प्लेटो को निकालने पर उसने देखा कि उन पर बहुत ही गहरा और स्पष्ट छाया-बिम्ब उभर आया है। डागुएरे अचम्भित था कि ऐसा क्यों हुआ। बाद में छानबीन करने पर वह इस निष्कर्ष पर पहुँचा कि ऐसा अलमारी में प्याले में रखे पारे की वाष्प से हुआ है। यह बात आगे चलकर फोटो डेवलपिंग एजेंट की खोज करने में सहायक हुई।

डागुएरे की इस पद्धति को उसी के नाम पर 'डागुएरिओटाइप' कहा गया। इस पद्धति में लम्बे समय तक एक्सपोज़र देना पड़ता था, एक्सपोज़र देनेवाले व्यक्ति के चेहरे पर खड़िया पोत दी जाती थी और उसे एक प्लेटफार्म पर बाँधकर बैठा दिया जाता था ताकि वह हिलडुल न सके। डागुएरे की इस खोज को फ्रान्सीसी राजनीतिज्ञ, भौतिक विज्ञानी और एस्ट्रोनॉमर फ्रैंकोइस एरागो ने 7 जनवरी, 1839 को पेरिस की एकेडमी ऑफ साइन्सेज में प्रस्तुत किया और फोटोग्राफी की खोज की घोषणा की। यह घोषणा चित्रकारी और नक्काशी करनेवालों के लिए उत्साहवर्धक थी, लेकिन बहुत से कलाकारों को यह किसी चुनौती से कम नहीं लग रही थी। इस खोज के एक उत्साही समर्थक फ्रान्सीसी पेंटर जीन ऑगस्ट डोमिनिक इंग्रेस ने कहा था - "फोटोग्राफ बेहद खूबसूरत है, लेकिन अच्छा होगा कि हम इसके बारे में चुप रहें।" लेकिन, डागुएरे का कैमरा धीरे-धीरे बहुत लोकप्रिय होता चला गया।

कुछ ही समय में डागुएरेटाइप फोटोग्राफी में सुधार की सम्भावनाएँ तलाशी जाने लगीं। पेट्ज़वेल वोइग्टलैंडर जैसे कई प्रकाश विज्ञानी इस काम में सबसे आगे थे, जिन्होंने कुछ अन्य रासायनिक प्रतिक्रियाओं की सहायता से इस पद्धति को अधिक सहज बनाने का काम किया। यहाँ यह बताना महत्वपूर्ण है कि जिस समय निप्से और डागुएरे फोटोग्राफी को आसान बनाने के काम में जुटे थे, उसी समय बहुत से वैज्ञानिक इस कार्य में लगे हुए थे। इनमें अंग्रेज रसायन विज्ञानी विलियम हेनरी फाक्स टालबॉट का नाम प्रमुखता से लिया जा सकता है। टालबॉट उस समय सबसे अलग सिद्धान्त पर फोटो खींचने की विधि पर काम कर रहे थे। डागुएरे का सिद्धान्त

जहाँ एक एक्सपोज़र पर एक फोटो दे रहा था, वही टालबॉट का सिद्धान्त एक एक्सपोज़र से कई फोटोग्राफ देने में कामयाब हो गया। इन्होंने पेपर को सिल्वर नाइट्रेट और पोटेशियम हेलाइड से बारी-बारी से प्रकाश के प्रति संवेदनशील बनाया और फिर छाया को हाइपो से फिक्स कर दिया। ये टालबॉट ही थे, जिन्होंने सबसे पहले सोडियम हाइपोक्लोराइट यानी हाइपो का इस्तेमाल किया था। यही वजह है कि आधुनिक फोटोग्राफी को टालबॉट के सिद्धान्त के लगभग करीब पाया जाता है। टालबॉट ने निगेटिव से पॉजिटिव विकसित करने को फोटोजेनिक ड्राइंग या केलोटाइप का नाम दिया। बाद में सर जॉन हर्षल ने इसे फोटोग्राफ का नाम दिया।

टालबॉट के प्रयास ने पेपर यानी निगेटिव की जटिलता को समझा दिया था। सन 1848 में निप्से के भतीजे निप्से डी. सेंट विक्टर ने कागज के स्थान पर शीशे का इस्तेमाल किया और लाइट सेन्सेटिव एलिमेंट्स के लिए डिस्पर्शन मीडियम के रूप में एल्बुमेन का इस्तेमाल किया। इस एल्बुमेन में आयोडाइड और ब्रोमाइड साथ मिला रहता था। शीशे की प्लेट पर एल्बुमेन की कोटिंग कर देता था। प्लेट को गर्म करके सुखाने के बाद सिल्वर नाइट्रेट के घोल में डुबोकर फोटो खींचा था। यह फोटो खींचने की कुछ सरल विधि थी। सन 1851 में फ्रेडरिक स्कॉट आर्चर ने एल्बुमेन के स्थान पर कोलोडियन यानी नाइट्रोसैलूलोज का पोटेशियम आयोडाइड से युक्त ईथर और अल्कोहल के विलयन का इस्तेमाल किया। इस तरह प्लेट पहले से कहीं अधिक फोटो रासायनिक रूप से संवेदनशील हो गया और अब स्टूडियो से बाहर फोटो खींचना आसान हो गया। हाँ, यह जरूर हुआ कि अब फोटोग्राफर की मेहनत थोड़ी बढ़ गया, क्योंकि यह प्रक्रिया जटिल थी।

बाद में कोलोडियन के स्थान पर जिलेटिन का प्रयोग होने लगा और यह फोटोग्राफी के इतिहास में महत्वपूर्ण चरण माना जाता है। बाद के दिनों में आर एल मॉडाक्स, मेकहोवेन, सी. ई. बेनेट जैसे फोटोग्राफी विशेषज्ञों ने सुधार की प्रक्रिया को जारी रखा। और, अन्ततः वह दिन भी आया जब नेगेटिव मेकिंग और प्रिंटिंग कागज पहले से कहीं अधिक बेहतर होने लगे। नेगेटिव के निर्माण में शीशे के स्थान पर सेल्यूलाइड के प्रयोग ने सिनेमैटोग्राफी को नई उड़ान दे दी। और, इसी के साथ फोटोग्राफी की दुनिया को नित नए पंख मिलने शुरू हो गए।

भारत में फोटोग्राफी का प्रारम्भ सन 1840 में ही हो गया था, यानी 1839 में डागुएरेटाइप कैमरे के बाजार में आने के तुरन्त बाद ही भारत में कैमरा पहुँच गया था। तब कलकत्ता (अब कोलकाता) की एक फर्म ने 28 जनवरी, 1840 को फ्रेंड्स ऑफ इंडिया नामक समाचार-पत्र में डागुएरेटाइप कैमरे की बिक्री का विज्ञापन दिया था। कहाँ जाता है कि फोटोग्राफी का शौक पहले सेना के ब्रिटिश अधिकारियों को हुआ और बाद में यह कलाकारों तक पहुँचा। देखते ही देखते भारत के कलकत्ता, बम्बई, हैदराबाद, आगरा, जयपुर, लखनऊ जैसे कई प्रमुख शहरों में ढेर सारे फोटोग्राफी स्टूडियो खुल गए।

सन 1844 में कलकत्ता के एफ.एम. मोटियरो ने डागुएरेटाइप कैमरे से छवियाँ बनाने की घोषणा करके सभी को चौंका दिया था। भारतीय स्वतन्त्रता की प्रथम क्रान्ति 1857 के छायाचित्र जे.एस. रॉबिन्सन और फेलिस बिटो ने लिये थे। फेलिस द्वारा लखनऊ रेजिडेन्सी के खँडहरों और सिकन्दराबाद के कत्लेआम के लिये गए छायाचित्र महत्वपूर्ण हैं। अहमद अली

खान का नाम उस समय के एकमात्र भारतीय फोटोग्राफर के रूप में लिया जाता है, जिन्होंने 1857 के जन-विद्रोह की फोटो खींची थी। जयपुर के महाराजा सवाई रामसिंह 'द्वितीय' भी भारत के प्रारम्भिक फोटोग्राफरों में से एक थे। उन्होंने कलकत्ता में जाकर फोटोग्राफी सीखी और बहुत सारे फोटोग्राफी उपकरण खरीदकर जयपुर लाए थे। कहा जाता है कि उन्होंने महल में एक 'फोटोखाना' भी स्थापित किया था। वे पहले ऐसे फोटोग्राफर थे, जिन्होंने महिलाओं के फोटोग्राफ खींचे थे और यह काम उन्होंने अपने ही महल के जनानखाना में किया था। उनके द्वारा खींचे गए फोटोग्राफ आज भी जयपुर के सिटी पैलेस संग्रहालय में संगृहीत हैं।

सन 1854 में बम्बई में भारत की पहली फोटोग्राफिक सोसाइटी की स्थापना हुई। अगले दो वर्षों में यानी 1856 में ही यह 200 सदस्यों के साथ एक बड़ी प्रोफेशनल सोसाइटी बन गया। बाद में फोटोग्राफिक सोसाइटी ऑफ बाम्बे की तर्ज पर ऐसी ही सोसाइटी कई शहरों में गठित हुईं। उन दिनों फोटोग्राफी का उपयोग डॉक्यूमेंटेशन के लिए किया जाता था। लेकिन कुछ ऐसे भी थे जिन्हें फोटोग्राफी का शौक हो गया था और वे लगातार इस क्षेत्र में काम कर रहे थे। इनमें डॉ. नारायण दाजी, लाला दीनदयाल, जॉन मोरे, फ्रेडरिक फीबिक, एडमंड डेविड लियोन, सैमुअल बूर्ने, शाहपुर मेडेकर, गणपतराव अभयजी, पेस्टोनजी घोसाबे, थॉमस बिग्स आदि प्रमुख हैं। पेशे से चिकित्सक डॉ. नारायण दाजी ने फोटोग्राफिक सोसाइटी ऑफ बाम्बे की स्थापना में महत्वपूर्ण योगदान दिया था। कई विद्वान इन्हें पहला ज्ञात भारतीय फोटोग्राफर मानते हैं। इन्होंने फोटोग्राफी 1855 में ही शुरू कर दी थी और एक ही वर्ष बाद इनके छायाचित्रों की प्रदर्शनी लोगों के समक्ष थी। शुरुआती दौर के फोटोग्राफरों की ही तरह नारायण दाजी ने ब्रिटिश हुकूमत के लिए या फिर उनके पक्ष की फोटोग्राफी की। कहते हैं कि इसी के कारण उनके छायाचित्रों को 1871 में लन्दन में हुई छायाचित्रों की अन्तरराष्ट्रीय प्रदर्शनी में स्थान मिल गया था। फोटोग्राफर शाहपुरजी ने 1891 में इंग्लैंड में आयोजित एक अन्तरराष्ट्रीय प्रतियोगिता में प्रथम स्थान प्राप्त करके पूरी दुनिया को चौंका दिया था। उनके 'डे ड्रीम' शीर्षकवाले फोटोग्राफ को दुनिया भर से आई 3300 फोटोग्राफ में से प्रथम स्थान के लिए चुना गया था। शाहपुरजी की इस उपलब्धि ने अन्तरराष्ट्रीय स्तर पर भारतीय फोटोग्राफी की पहचान बनाने का काम किया।

भारतीय फोटोग्राफरों में लाला दीनदयाल का नाम प्रमुखता से लिया जाता है। उन्हें राजा दीनदयाल के नाम से भी जाना जाता है। मात्र 20 वर्ष की उम्र में लाला दीनदयाल सरकारी ड्राफ्ट्समैन बन गए थे। इसी उम्र में उन्हें फोटोग्राफी का शौक हुआ और वे इसे जानने, समझने और प्रयोग में लाने में जुट गए। मात्र 10 वर्षों में ही इनकी गिनती देश के प्रमुख फोटोग्राफरों में होने लगी। उन्हीं दिनों उनकी फोटोग्राफी से इन्दौर के तत्कालीन महाराजा तुकोजी राव बहुत प्रभावित हुए। महाराजा ने राजा दीनदयाल का परिचय ब्रिटिश अधिकारी हेनरी डेली से कराया। इसका लाभ राजा दीनदयाल को इस तरह मिला कि उन्हें 1875 में प्रिन्स ऑफ वेल्स की भारत यात्रा के दौरान उनके चित्र खींचने का काम सौंप दिया गया। उनके काम से प्रभावित होकर उन्हें वाइसराय के फोटोग्राफर के रूप में नियुक्त कर दिया गया। राजा दीनदयाल ने हैदराबाद, बम्बई और इन्दौर में अपने स्टूडियो स्थापित किए थे। हैदराबाद में स्थापित उनके दो स्टूडियो में से

एक जनाना स्टूडियो था। भारत में स्त्रियों की फोटोग्राफी का यह पहला प्रयास था। हैदराबाद में रहते हुए उन्होंने वहाँ के निजाम के बहुत खूबसूरत फोटोग्राफ खींचे थे, जिससे प्रभावित होकर निजाम ने ही उन्हें राजा की उपाधि से विभूषित किया और अपने राज्य का कोर्ट फोटोग्राफर नियुक्त कर दिया। महारानी विक्टोरिया ने भी उन्हें रॉयल वारंट की उपाधि से विभूषित किया था। *(देखें चित्र संख्या 10 एंव 11)*

यह सही है कि 18वीं शताब्दी में भारतीय फोटोग्राफी पर उपनिवेशवाद का प्रभाव था। उस समय के फोटोग्राफरों ने या तो ब्रिटिश हुकूमत के लिए फोटोग्राफी डॉक्यूमेंटेशन का काम किया या फिर ब्रिटिश बहुकूमत को प्रसन्न करने के लिए ही फोटोग्राफ खींचे।

विविधताओं से भरा है कैमरे का सफर

सत्रहवीं शताब्दी से लेकर अब तक कैमरे का सफर विविधताओं से भरा रहा है। कैमरा ऑब्सक्यूरा से लेकर आज के मिररलेस कैमरे तक के इस सफर की कहानी बड़ी ही रोचक और रोमांचक है, जिसमें फोटोग्राफी कला के प्रति लोगों का रोमांस भी शामिल है। स्मृतियों को सहेज लेने की इस फोटोग्राफी विधा को आगे बढ़ाने और निरन्तर विकसित करने में टेक्नोलॉजी का बहुत बड़ा योगदान रहा है। यह टेक्नोलॉजी ही है, जिसने कैमरे के सफर को ठहराव (स्टिल) के साथ प्रारम्भ करके गतिशील होने (वीडियो) तक का सफर तय करा दिया है और यह सफर अभी भी जारी है। वास्तव में इतिहास को जीवन्तता देनेवाली और वर्तमान को हमेशा जीवन्त रखनेवाली फोटोग्राफी विधा के महत्वपूर्ण उपकरण कैमरे ने लगातार अपना स्वरूप और स्वयं को प्रयोग किए जाने की तकनीक बदली है।

यहाँ हम कैमरे के इस हरदम नया होते रहने के प्रेरक सफर की कुछ यादें ताजा करेंगे। बात शुरू करते हैं कैमरा ऑब्स्कुरा से। इसकी चर्चा मैं इस पुस्तक में पहले भी कर चुका हूँ। दरअसल 'कैमरा ऑब्स्कुरा' एक तकनीक है, जिसमें अँधेरे कक्ष की एक दीवार पर एक छेद होता है। इस छेद से प्रकाश भीतर की ओर आकर विपरीत दीवार पर बाहर की दुनिया का छायाचित्र प्रस्तुत कर देता है। डागुएरेटाइप कैमरा,*(देखें चित्र संख्या 12)* प्रारम्भिक दौर का फोटो कैमरा था, जिसे 1889 में लुईस डागुएरे ने डिजाइन किया था। इसमें सिल्वर आयोडाइड की फिल्म चढ़ी प्लेट को प्रकाश में कुछ देर तक रखते हैं और फिर फोटोग्राफर अँधेरे में इसे पारे यानी मरकरी की वाष्प से होकर गुजारते हैं तथा फिर लवणीय जल यानी साल्ट वाटर में गर्म करते हैं। इस प्रक्रिया से सिल्वर आयोडाइड के अंश हट जाते हैं, जिन्हें प्रकाश कैमरा इमेज को फिक्स करते समय परिवर्तित नहीं कर पाता। हेनरी फॉक्स टालबॉट ने 1839 में कैलोटाइप कैमरे *(देखें चित्र संख्या 13)* का प्रदर्शन किया था। टालबॉट ने नमक में डूबे साधारण कागज का उपयोग किया था, जिस पर उसने सिल्वर नाइट्रेट और गैलिक एसिड लगा रखा था। इसी कागज पर वह फोटो खींच लेता था। इसके बाद इसे वह निगेटिव डेवलप कर लेता था। छाया को रासायनिक प्रक्रियाओं से इस पेपर पर प्राप्त करके मोम चढ़ा दिया जाता था, ताकि फोटो को सुरक्षित रखा जा सके। टालबॉट ने एक्सपोज़र अवधि को कम करने में सफलता प्राप्त कर ली थी, जो कि डागुएरे के कैमरे में बहुत अधिक हुआ करती थी। पेटेंट को लेकर झगड़े और

धुँधले छायाचित्र देने के कारण कैलोटाइप को डागुएरे की तरह सफलता नहीं मिली, लेकिन टालबॉट को फोटोग्राफी के इतिहास में इसलिए याद किया जाता है कि उसने एक निगेटिव से कई प्रिंट प्राप्त करने की तकनीक खोज निकाली थी। डागुएरियोटाइप कैमरा बाजार में उपलब्ध होनेवाला पहला कैमरा बना। इस कैमरे को बनानेवाले अलफांसे जिरॉक्स ने इसे 1839 में तैयार किया था और तब इसका मूल्य 400 फ्रैंक (फ्रान्सीसी मुद्रा) था। इस कैमरे का एक्सपोज़र समय 5 मिनट से 30 मिनट तक का था। डागुएरियोटाइप कैमरे में आनेवाली कुछ दिक्कतों को दूर करके अलेक्जेंडर एस. वॉलकॉट ने जो कैमरा तैयार किया, उसे मिरर कैमरा कहा गया। यह कैमरा पॉजिटिव इमेज तैयार करता था।

एनालॉग फोटोग्राफी अपने चरम पर तब पहुँची जब जॉर्ज ईस्टमैन ने रोल फिल्म कैमरे प्रस्तुत किए। पहले पेपर फिल्म और फिर सेल्युलॉएड का इस्तेमाल करनेवाले ईस्टमैन ने 1888 में कोडक नाम से बॉक्स कैमरा बेचना शुरू किया। कोडक कैमरा कैलोटाइप की तरह ही निगेटिव फोटोग्राफ प्राप्त करने में सक्षम था, लेकिन ये फोटोग्राफ डागुएरियोटाइप कैमरे से ली गई फोटोग्राफ से बेहतर हुआ करती थीं और एक्सपोज़र भी कुछ सेकंड तक हुआ करता था। फिल्म को डार्क बॉक्स कैमरे में ही रखा जाता था, जिसे ईस्टमैन की कम्पनी को देने पर उनसे फोटोग्राफ तैयार की जाती थीं। फिल्म रोल से 100 फोटोग्राफ बन जाया करती थीं। देखते ही देखते ईस्टमैन कोडक कम्पनी अमेरिका की एक बड़ी कम्पनी बन गई, जिसने आगे चलकर फोटोग्राफी की दुनिया को अधिक सरल और सहज बना दिया। बीसवीं सदी के प्रारम्भ यानी सन 1901 में ईस्टमैन कोडक कम्पनी ने ब्राउनी शृंखला के कैमरे*(देखें चित्र संख्या 14)* उपलब्ध कराए, जो अपेक्षाकृत सस्ते थे और मध्यवर्गीय लोगों के फोटोग्राफी के शौक को पूरा करने में सहायक थे। यह पहला कैमरा था, जो स्नैपशॉट ले सकता था और इसे लेकर कहीं भी जाया जा सकता था। कोडक ने ही 35एमएम फिल्म बाजार में लाकर एक नया मानक बना दिया। बाद में कोडक ने कैमरे को लेकर कई प्रयोग किए और कई तरह के कैमरे बाजार में उतारे। ईस्टमैन की कोडक कम्पनी का फोटोग्राफी की दुनिया में 90 वर्षों तक प्रभुत्व बना रहा, जब तक कि डिजिटल कैमरे बाजार में नहीं आ गए।

कैमरों के विकासक्रम में एसएलआर कैमरा यानी सिंगल लेन्स रिफ्लेक्स कैमरा आना एक महत्वपूर्ण घटना थी। सन 1961 में थॉमस शूटन ने एसएलआर टेक्नोलॉजी को विकसित किया। इन कैमरों की विशेषता होती है कि इनमें जो प्रतिबिम्ब फिल्म पर बनता है, वही प्रतिबिम्ब एक लेन्स के माध्यम से देखा भी जा सकता है। इन कैमरों में फोटोग्राफ की जा रही वस्तु या विषय को फोकस में लेना आसान होता था। उन्हीं दिनों टीएलआर कैमरा यानी ट्विन लेन्स रिफ्लेक्स कैमरा भी उपयोग किया जा रहा था, जिसमें फोटोग्राफर एक दूसरे लेन्स से बननेवाले प्रतिबिम्ब को देख पाता था, जो कि फिल्म पर बन रहे प्रतिबिम्ब से कुछ अलग होता था। बहरहाल जल्दी ही लोकप्रिय हो गए एसएलआर कैमरे गतिशील चीजों की फोटोग्राफी में क्रान्ति लाने में सहायक हुए। पहला 35 एमएम एसएलआर फिल्मांका 1931 में सोवियत यूनियन में तैयार हुआ था, लेकिन इसका उत्पादन बहुत कम हुआ। बाद में इटालियन रेक्टाफ्लेक्स नामक एसएलआर कैमरा*(देखें चित्र संख्या 15)* बाजार में आया और लोकप्रिय भी हुआ, लेकिन द्वितीय विश्व

युद्ध शुरू हो जाने के कारण इसका भी उत्पादन बहुत नहीं हो सका। बहरहाल बाद के दिनों में एसएलआर बनानेवाली कई कम्पनियाँ सामने आईं और बाजार में यह कैमरे छा गए। फोटोग्राफी को हॉबी के रूप में लेनेवाले लोगों के लिए यह कैमरे वरदान साबित हुए।

सन 1948 में एडविन लैंड ने फोटो खींचते ही फोटोग्राफ बना देनेवाला इंस्टेंट कैमरा बना दिया, जो इसे बनानेवाले निर्माता पोलेरॉएड कार्पोरेशन के नाम पर पोलेरॉएड कैमरों *(देखें चित्र संख्या 16)* के नाम से प्रसिद्ध हुए। पिछली सदी के सत्तर-अस्सी के दशक में ये कैमरे खूब इस्तेमाल हुए, लेकिन जल्दी ही फोटोग्राफी की दुनिया में डिजिटल टेक्नोलॉजी का प्रवेश हो गया और इन कैमरों का स्थान डिजिटल कैमरों ने ले लिया। यह सही है कि डिजिटल फोटोग्राफी की अवधारणा 1961 में ही सामने आ गया थी और कोडक के इंजीनियर स्टीवन सैसन ने 1975 में इसका प्रोटोटाइप तैयार किया था। स्टीवन के इस कैमरे को डिजिटल स्टैंड स्नैपर के रूप में जाना जाता था। इस कैमरे में चार्ड-कपल्ड डिवाइस यानी सीसीडी (CCD) इमेज सेन्सर का प्रयोग किया गया था। चार किलोग्राम वजन के इस कैमरे का रिजोल्यूशन 0.01 मेगा पिक्सेल था और पहली डिजिटल तसवीर को रिकॉर्ड करने में इस कैमरा को 23 सेकंड का समय लगा था। सन 1991 में ईस्टमैन कोडक कम्पनी ने डिजिटल कैमरों की बिक्री शुरू की, जिसके बाद एपल कम्प्यूटर और ईस्टमैन कोडक ने पहला कंज्यूमर मॉडल बाजार में प्रस्तुत किया। सन 1994 में दोनों कम्पनियों ने मिलकर एक सॉफ्टवेयर तैयार किया, जिसके माध्यम से डिजिटल कैमरे से खींची गया तसवीर कम्प्यूटर में ट्रान्सफर की जाने लगी।

और फिर डिजिटल सिंगल लेन्स रिफ्लेक्स कैमरों (DSLRs) *(देखें चित्र संख्या 17)* का बाजार में आना युगान्तकारी सिद्ध हुआ। सन 2010 के आते-आते कैनन, निकॉन और सोनी जैसी अन्तरराष्ट्रीय कम्पनियों ने डिजिटल कैमरों के बाजार पर कब्ज़ा कर लिया। यह वही समय था, जब लोगों के मोबाइल फोन पर कैमरे आ गए थे। मोबाइल फोन कैमरों की दुनिया धीरे-धीरे बड़ी होने लगी थी। दरअसल सन 1999 में जापान की कम्पनी क्योकेरा (Kyocera) ने पहली बार अपने वीपी-210 फोन में कैमरे का प्रयोग किया था। रोचक यह कि इस फोन से कैलिफोर्निया में पैदा हुए बच्चे की फोटो क्लिक की गया थी, जिसका रेजोल्यूशन 320X240 पिक्सल और साइज 27 केबी था। इक्कींसवीं सदी के दूसरे दशक में जब टेक्नॉलॉजी का बोलबाला चरम पर आ गया तब स्फोमार्नट फोन में बदल चुके मोबाइल फोन और इसमें प्रयोग होनेवाले कैमरे निरन्तर विकसित होते चले गए। पहले जहाँ फोन में एक कैमरा होता था, तो अब आधे दर्जन कैमरों से लैस फोन भी बाजार में हैं। आज के समय के मोबाइल में कैमरे 200 मेगापिक्सल के बनाए जा रहे हैं, जबकि डीएसएलआर (DSLR) कैमरे अब 400 मेगापिक्सल तक की तसवीर ले सकते हैं। अन्त में बात मिररलेस कैमरों की। मिररलेस कैमरे *(देखें चित्र संख्या 18)* सन 2004 में इप्शन ने बाजार में उतारे थे। यह ऐसे कैमरे होते हैं, जो बिना रिफ्लेक्स मिरर के काम करते हैं। लेन्स से होकर गुजरनेवाला प्रकाश सीधे डिजिटल सेन्सर पर पहुँचता है और कैमरे की एलसीडी स्क्रीन पर इमेज दिखाई देने लगती है। फोटोग्राफर इस इमेज की सेटिंग ठीक करके शॉट ले लेता है। बहरहाल इन दिनों बाजार में जो कैमरे उपलब्ध हैं उनमें कॉम्पैक्ट डिजिटल कैमरा, ब्रिज कैमरा, डिजिटल एसएलआर कैमरा, मिररलेस कैमरा, मीडियम फॉरमैट कैमरा, ड्रोन कैमरा, 360 कैमरा, एक्शन कैमरा, इन्स्टेंट कैमरा आदि प्रमुख हैं।

हमारा समय आर्टिफिशियल इंटेलिजेन्स, ऑगमेंटेड रियलिटी और चिप कम्युनिकेशन का है। बात अब मेटावर्स तक पहुँच गया है। जाहिर है कि ऐसे में फोटोग्राफी की दुनिया में नई-नई टेक्नोलॉजी के साथ कुलाँचे भर रही है। इन दिनों 3D फोटोग्राफी, 360 कैमरा टेक्नोलॉजी और पहले से कहीं अधिक उम्दा कनेक्टिविटी की बात होने लगी है। कैमरे को आर्टिफिशियल इंटेलिजेन्स की मदद से बेहतर बनाने के प्रयास सामने आने लगे हैं।

फोटोग्राफी : कला और विज्ञान का अद्भुत समन्वय

फोटोग्राफी को कला माना जाए या फिर विज्ञान या फिर कला और विज्ञान का अद्भुत समन्वय, यह बहस बहुत पुरानी है। दरअसल फोटोग्राफी ने अपने जन्म के साथ ही पेंटिंग विधा को चुनौती दे दिया था, विशेषकर इन्ग्रेविंग और लीथोग्राफी कला को। तभी से कलाकारों का एक वर्ग विज्ञान और उद्योग का हिस्सा बताकर इसे कला की श्रेणी में रखने पर एतराज जताने लगा था। एक तरफ फोटोग्राफी के सृजनात्मक सौन्दर्य के पक्षधर थे तो दूसरी तरफ उसे उपयोगितावाद की अवधारणा की कसौटी पर कसनेवाले लोग थे। पश्चिमी विद्वानों के बीच यह वर्षों तक बड़ी बहस का मुद्दा बना रहा।

जैसे-जैसे फोटोग्राफी विधा का विस्तार होता गया और टेक्नोलॉजी उसे पहले से कहीं अधिक बेहतर बनाती चली गया, वैसे-वैसे फोटोग्राफी देश-दुनिया के लिए अपरिहार्य होती चली गई। पहले यह सरकारी डॉक्यूमेंटेशन का उपक्रम हुआ करती थी, लेकिन बाद में जब कैमरे की पहुँच साधारण लोगों तक हो गया तब यह विधा सत्ता और बाजार के दायरे से बाहर निकलकर सामाजिक सरोकारों, संस्कृतियों, संस्कारों, सोच-विचारों, सहानुभूति, समानुभूति और संवेदनाओं के डॉक्यूमेंटेशन का उपकरण बन गया। कला की जरूरत से शुरू होकर रसायन और भौतिकी विज्ञान का साथ निभाते हुए और अपने समय की हर टेक्नोलॉजी का उपयोग करते हुए फोटोग्राफी ने स्वयं को एक समन्वयकारी रूप दिया है। इसमें ललित कला और विज्ञान तो शामिल है ही, साथ ही मनोविज्ञान, सामाजिक विज्ञान, व्यवहार विज्ञान और मानव विज्ञान भी शामिल हैं। अब यह केवल ललित कलाओं के अन्य विविध रूपों को चुनौती नहीं दे रही है, बल्कि यह विधा शब्द सत्ता के लिए भी चुनौती का रूप ले चुकी है। अब यह अनायास नहीं है कि कुछ फोटोग्राफ हजार शब्दों के बराबर की कहानी कहते हुए मिल जाते हैं, तब यह कहना पड़ता है कि फोटोग्राफी की अपनी एक अलग भाषा होती है। दरअसल फोटोग्राफर किसी लेखक से कम नहीं होता। वह भाव चित्रात्मक भाषा के रूप में अपने समय के इतिहास को दर्ज कर रहा होता है।

यह कहने में गुरेज नहीं होना चाहिए कि फोटोग्राफी से पहले अभिव्यक्ति का इतना सहज और मजबूत माध्यम कोई नहीं था। अपने समय और समाज का इतिहास रचते फोटोग्राफ हर समय में अपने मायने और उपयोगिता रखते हैं। सच को बहुत करीब से प्रस्तुत करते रहनेवाली यह सृजनात्मक विधा, हमारी स्मृति परम्पराओं का हिस्सा बन गई है। यह सही है कि एक चित्रकार चित्र बनाते समय असीम सम्भावनाओं को खँगाल सकता है और उन्हें प्रस्तुत कर सकता है। लेकिन, छायाकार यानी फोटोग्राफर जो दिख रहा होता है उसे हू-ब-हू प्रस्तुत कर

देने की क्षमता रखता है। हाँ यह जरूर है कि वह अपनी दृष्टि यानी विजन का उपयोग करते हुए किसी दृश्य को प्रस्तुत करता है। इसमें उसका अपना अनुभव और उस दृश्य को समझने और उसे प्रस्तुत करने का अपना अलग ढंग शामिल हो सकता है, जो उसे अन्य फोटोग्राफरों से अलग पहचान देता है।

जाहिर है कि किसी दृश्य को कैमरे में कैद करनेवाले फोटोग्राफर के पास फोटोग्राफी की तकनीक के साथ-साथ उसका कलात्मक सौन्दर्य समझने की भी क्षमता होनी चाहिए। किसी फोटोग्राफर को अपने समय और समाज को समझते हुए अपनी कलात्मक, संवेदनात्मक और सामाजिक दृष्टि को न केवल विस्तार देना होता है, बल्कि उसे लगातार मजबूत भी करते रहना होता है। सर्जनात्मक वैविध्य और सम्प्रेषणीयता का समन्वय ही किसी फोटोग्राफिक प्रस्तुति को बहुमूल्य बना देता है। हमें यह नहीं भूलना चाहिए कि फोटोग्राफी अब एक लोक कला के रूप में विकसित हो चुकी है। जब हम किसी कला को लोक कलाकारों को देते हैं, तब यह तय हो जाता है कि वह पीढ़ियों को लगातार सम्बोधित करनेवाली कला है। ऐसे में यह आवश्यक है कि मानवीय संवेदना का पर्याय बन चुकी फोटोग्राफी विधा को नित नया आयाम देते हुए साथ बनाए रखा जाए।

फोटोग्राफी ने दुनिया को दिया देखने का नया नजरिया

इस बात से इनकार नहीं किया जा सकता कि फोटोग्राफी ने दुनिया को देखने का नया नजरिया दिया है। विशेषकर उन फोटोग्राफरों ने, जिन्होंने इतिहास बन रही घटनाओं को कैमरे में कैद किया और लोगों के सामने कुछ इस तरह प्रस्तुत किया कि वे उन्हें भीतर तक झिंझोड़ सकें। कई फोटोग्राफ तो ऐसे थे, जिन्होंने न केवल अपने समय को दर्ज किया है, बल्कि आनेवाली पीढ़ियों के लिए किसी सबक की तरह भी काम किया है। अब ये फोटोग्राफ भले ही जापान की परमाणु विभीषिका के हों या फिर भारत के लातूर में आए भूकम्प के। दरअसल ऐसे फोटोग्राफ अपने समय को समझने का एक अलग ही नजरिया देते हैं। अपने समय, समाज, संस्कृति और सरोकारों को समझना तब और आसान हो जाता है, जब उनसे जुड़े दृश्य हमारी आँखों के सामने गाहे-ब-गाहे तैर जाएँ। हम कह सकते हैं कि कुछ जरूरी दृश्यों की दुहरावट हमारी बनावट में बहुत बड़ा योगदान देती है। और, इस सन्दर्भ में फोटोग्राफ की भूमिका को नकारा नहीं जा सकता।

एक बात और जिससे इनकार नहीं किया जा सकता, वह यह है कि फोटोग्राफी ने लोगों को रचनात्मक नजरिया देने का काम किया है। किसी भी दृश्य के सुगठित संयोजन और प्रस्तुति से यह तय हो जाता है कि वह दृश्य अपनी विविध आयाम की आभा किस तरह बिखेरेगा। दरअसल 'तसवीरें बोलती हैं' की कहावत को यही बात चरितार्थ करती है। दृश्य का गठन, प्रकाश की संयोजना और कैमरे के पीछे की दृष्टि यानी कि फोटोग्राफर का विजुअलाइजेशन यह तय कर देता है कि कैमरे में कैद हुई तसवीर किस बात का, किस प्रभाव से और किस दृष्टिकोण से सम्प्रेषण करेगी।

इक्कीसवीं सदी में टेक्नोलॉजी के प्रचार-प्रसार ने फोटोग्राफी विधा को और अधिक रचनात्मक बनाने का काम किया है। हमारा समय 'टूल्स और टेक्निक' का है और इसका

सर्वाधिक फायदा फोटोग्राफी विधा के क्षेत्र में उठाया गया है। दरअसल 21वीं सदी में फोटोग्राफी विधा, कला और विज्ञान के विमर्श से बाहर आकर एक लोक कला के रूप में विकसित हो गया और "कहीं भी-कोई भी-कभी भी" के फार्मूले को आगे बढ़ाने लगी। नतीजा यह हुआ कि 'एवरीवन इज जर्नलिस्ट' के साथ-साथ 'एवरीवन इज नाउ ए फोटोग्राफर' का भी जुमला चल पड़ा। यही वजह है कि फोटोग्राफी को रचनात्मकता का विस्तार मिला।

यह बात तब कही जा रही है जब सभी के हाथ में कैमरा है। दरअसल स्मार्टफोन और कैमरे की जुगलबन्दी ने लोगों को अधिक रचनात्मक यानी क्रिएटिव बनाने का काम किया है। हमारे समय की अछूती रह गया जानकारियाँ, ऐतिहासिक और पौराणिक स्थल, लोक संस्कृति और ऐसी ही अनगिनत चीजें फोटोग्राफिक रचनात्मकता के साथ प्रस्तुत की जा रही हैं। लोग अपने जीवन में घट रही सुख-दुख की कहानियों, सफलता और असफलता के मायने, मिलन और बिछुड़न, दोस्ती और नातेदारी आदि को भी कुछ इस तरह से प्रस्तुत कर रहे हैं कि वे अपने-अपने समय का रचनात्मक इतिहास रच रहे हों।

2

फोटो पत्रकारिता का इतिहास

हमारा समय विजुअल कम्युनिकेशन का समय है। हम यह भी कह सकते हैं कि यह फोटो संचार का अद्‌भुत समय है। सच तो यह है कि संचार की दुनिया में प्रभावपूर्ण ढंग से अपनी बात कहने के लिए विजुअल्स यानी फोटोग्राफ्स का सहारा लिया जाना एक जरूरत सी बन गई है। हमें यह नहीं भूलना चाहिए कि बोले गए या लिखे गए शब्द हमारी स्मृतियों में 35% तक ही बचे रह पाते हैं, जबकि देखे गए विजुअल या दृश्य 65% तक स्मृतियों में बचे रहते हैं। जाहिर है कि शब्दों के साथ फोटोग्राफ की जुगलबन्दी बहुत मायने रखती है। तभी तो जब जनसंचार की दुनिया में पत्र-पत्रिकाओं का प्रकाशन प्रारम्भ हुआ, तब विजुअल्स को भी साथ रखने की जरूरत महसूस की गया। रेखाचित्रों से प्रारम्भ हुई यह दुनिया आज टेक्नोलॉजी के समय में प्रस्तुति के विभिन्न आयामों के साथ अपने चरम पर पहुँच चुकी है। फोटो पत्रकारिता में अब विजुअल्स के वैविध्य यानी रेखाचित्र, कार्टून, चार्ट, सारणी, ग्राफिक्स, फोटोग्राफ तो इस्तेमाल हो ही रहे हैं, साथ ही अब क्यूआर कोड से पाठकों को वीडियो तक भी पहुँचाने का उपक्रम भी हो रहा है। इंटरनेट की दुनिया के लगातार हो रहे विस्तार ने सम्प्रेषण के माध्यमों और प्रस्तुतियों की नई-नई सम्भावनाएँ सामने रखनी शुरू कर दी हैं। नित नई हो रही टेक्नोलॉजी के सहारे सृजनात्मकता के नए-नए फलक सामने आ रहे हैं और फोटो पत्रकारिता में नित नए-नए आयाम जुड़ते चले जा रहे हैं।

तसवीरों के भीतर से झाँकती खबर

फोटोग्राफी विधा की जब खोज हुई थी, तभी यह मान लिया गया था कि अब सच को सच की तरह प्रस्तुत किया जा सकता है। दरअसल एक तसवीर यानी फोटोग्राफ अपने पीछे की कहानी खुद-ब-खुद बयाँ कर देती है। कभी-कभी तो तसवीर के साथ लिखे-छपे शब्द, तसवीर में दिख रहे दृश्य का पूरी तरह साथ नहीं देते हैं और तसवीर की अनकही कहानी लोगों के सामने प्रकट हो जाती है। हर तसवीर से कोई न कोई सच यानी खबर झाँकती है और देखने-समझनेवाले को 'खबरदार' कर देती है। वास्तव में फोटोग्राफी यानी छायांकन एक ऐसी भाषा है, जिसे दुनिया में कहीं भी-कोई भी पढ़ सकता है, समझ सकता है। बहुत बार ऐसा होता है कि पाठकों को फोटोग्राफ देखकर ही पूरी खबर समझ में आ जाती है और वह खबर को नहीं पढ़ता है। किसी

घटना-दुर्घटना से जुड़ी कहानी को कलात्मक ढंग से प्रस्तुत करने की यह कला लोगों को खुद से जोड़ने में सक्षम है। इसकी इसी क्षमता का पत्रकारिता को लाभ मिलता आया है। कभी-कभी तो लगता है कि किसी खबर में लिखे गए या छपे हुए शब्दों का सत्यापन उसके साथ प्रकाशित तसवीरों के माध्यम से ही होता है।

एक फोटो पत्रकार को अपने सामान्य ज्ञान और व्यावहारिक ज्ञान को इतना मजबूत रखना होता है, कि वह सामने घट रही घटना या फिर पहले घट चुकी घटना के हर पहलू से वाकिफ रह सके। क्योंकि इसी के बलबूते उसे खबर को अपने कैमरे के माध्यम से प्रस्तुत करना होता है। यह उसी तरह की रचना-प्रक्रिया है, जिसे एक पत्रकार या लेखक अपनाता है। उसके पास शब्द संयोजना है तो इनके पास दृश्य संयोजना। कलम और कैमरे अलग-अलग अपनी-अपनी भाषा में घटित सत्य को बयाँ करने का प्रयास करते हैं। शब्दों का संचार और फोटो का संचार एक दूसरे का पूरक भी बनते हैं और अपना-अपना अलग-अलग अस्तित्व भी रखते हैं। वैसे तो प्राय: पत्रकार और फोटो पत्रकार दोनों आपस में समन्वय बनाकर काम करते हैं और ऐसा करना ही होता है, लेकिन कभी-कभी घटना को देखने और समझने के नजरिए अलग-अलग हो सकते हैं और उसका प्रभाव दोनों की प्रस्तुतियों में देखने को मिलता है। यह एक स्वस्थ प्रतिस्पर्धा या प्रतियोगिता की तरह है, जिसमें हार-जीत से परे हटकर अपने संस्थान की प्रस्तुति को बेहतर बनाना या फिर सर्वश्रेष्ठ साबित करना निहित होता है।

पत्रकारिता के इतिहास में ऐसे कई उदाहरण हैं जब फोटोग्राफ को एक मुकम्मल खबर की तरह प्रकाशित किया गया है। कभी-कभी तो ऐसा भी हुआ है कि सम्पादक ने किसी फोटोग्राफ को बिना कैप्शन के ही प्रकाशित करने का जोखिम उठाया और वह फोटोग्राफ अपनी कहानी कहने में सफल भी हो गई। मसलन दिल्ली में पानी की किल्लत को बयाँ करता एक फोटोग्राफ दैनिक समाचार-पत्र अमर उजाला में प्रकाशित हुआ। छायाकार विवेक निगम का यह फोटोग्राफ *(देखें चित्र संख्या 19)* किसी भी कैप्शन का मोहताज नहीं था। यह अपने आप में मुकम्मल खबर की तरह था, जिसे देखते ही लोगों की दुरूहताएँ और पानी की समस्या की विकरालता को समझा जा सकता था।

इसी तरह प्रयागराज में संगम तट पर महाकुम्भ के अवसर पर करोड़ों लोगों के उपस्थित होने के दृश्य को दिखाता फोटोग्राफ भी किसी कैप्शन या उसके साथ कुछ लिखे जाने की दरकार नहीं रखता है। एक शब्द 'जन-समुद्र' कह देने भर से सबकुछ समझा जा सकता है। यह फोटोग्राफ रॉयटर के फोटो पत्रकार जितेन्द्र प्रकाश ने लिया था *(देखें चित्र संख्या 20)*।

बहरहाल सम्पादकों को अब ऐसी फोटोग्राफ्स भाने लगी हैं, जो मुकम्मल समाचार सरीखी होती हैं। यानी कुछ शब्दों या फिर पंक्तियों के कैप्शन के साथ फोटोग्राफ्स को प्रकाशित करके लोगों तक पूरे समाचार को पहुँचाया जा सके। महत्वपूर्ण यह कि अब के फोटो पत्रकार इस काम में माहिर भी हैं और लगातार विकसित होती जा रही टेक्नोलॉजी के बलबूते स्वयं को पहले से कहीं अधिक बेहतर करते जा रहे हैं।

फोटो पत्रकारिता का प्रारम्भ

फोटोग्राफी के आविष्कार से पहले अखबारों और पत्रिकाओं में रेखाचित्रों से काम चलाया जाता था। जर्मनी, आस्ट्रिया, नीदरलैंड और इटली में लकड़ी के ठप्पों पर रेखाचित्रों को उकेरकर शब्दों को अधिक समर्थवान बनाने का प्रयास सन् 1607 के आसपास ही शुरू हो गया था। पहले-पहल छोटी-छोटी पुस्तिकाएँ ही प्रकाशित होती थीं, बाद में आए अखबारों में भी रेखाचित्र छापे जाने लगे। ऐसा माना जाता है कि 1632 में 'स्वीडिश इंटेलीजेन्सर' नामक समाचार-पत्र में पहली बार खबरों के साथ रेखाचित्रों का इस्तेमाल किया गया। एक प्रमाण लन्दन से प्रकाशित होनेवाली पत्रिका द पेनी मैगजीन का मिलता है, जिसमें ढेर सारे रेखाचित्र आकर्षण का केन्द्र हुआ करते थे। सन 1832 में शुरू हुई इस साप्ताहिक पत्रिका के सम्पादक चार्ल्स व्हाइट थे। बाद के दिनों में 1942 से द इलस्ट्रेटेड लन्दन न्यूज़ प्रकाशित होना शुरू हुआ, जिसके 16 पृष्ठों के पहले अंक में ही 32 रेखाचित्र प्रकाशित किए गए थे। इन रेखाचित्रों में अफगानिस्तान के युद्ध, फ्रान्स में रेल दुर्घटना और कनाडा में भाप से चलनेवाली नाव में हुए धमाके के रेखाचित्र शामिल थे। इन रेखाचित्रों को हरबर्ट इनग्राम ने तैयार किया था। द इलस्ट्रेटेड लन्दन न्यूज़ इतना लोकप्रिय हुआ कि उन दिनों प्रकाशित होनेवाले कई पत्र-पत्रिकाओं ने रेखाचित्रों को इन्ग्रेविंग या ठप्पों के माध्यम से प्रकाशित करने की होड़ मचा दी। रेखाचित्र इतने लोकप्रिय हो रहे थे कि लोगों ने अपनी पत्र-पत्रिकाओं का नाम ही पिक्टोरियल टाइम्स, इलस्ट्रेटेड टाइम्स या फिर इलस्ट्रेटेड न्यूज़पेपर रखना शुरू कर दिया। ये पत्र-पत्रिकाएँ हाथों-हाथ बिक जाया करती थीं। इन पत्रिकाओं की अधिक बिक्री ही इसीलिए होती थी कि इसमें रेखाचित्रों और शब्दों की जुगलबन्दी लोगों को अधिक सम्प्रेषणीय लगती थी। रेखाचित्रों के प्रकाशन का यह चलन बढ़ा तो पत्र-पत्रिकाओं में पृष्ठों की संख्या पहले से अधिक हो गई। दरअसल छपे हुए शब्दों के साथ चित्रों की जीवन्तता ने पढ़ने-देखने का एक नया मानसिक स्वाद विकसित किया, जिसने पत्रकारिता को एक नया आयाम दे दिया। बाद के दिनों में रेखाचित्र कार्टून और कैरिकेचर आदि में परिवर्तित होते गए और जिसने फोटोग्राफ को प्रकाशित करने की ललक को मजबूत कर दिया। हुआ भी यही, सन 1839 में फोटोग्राफी के आविष्कार के बाद अखबारों और पत्रिकाओं के रंग-रूप ही बदल गए। खबरों का सच जाहिर करते फोटोग्राफ यानी छायाचित्रों ने तो पत्रकारिता के मायने ही बदल दिए।

महत्वपूर्ण घटनाओं के फोटोग्राफ लेने के बाद से ही इन्हें समाचार-पत्र-पत्रिकाओं में प्रकाशित करने की जुगत शुरू हो गया थी। पहले इन्ग्रेविंग की मदद से फोटोग्राफ छापे गए और बाद में इनके ब्लॉक बनाकर इन्हें प्रकाशित किया जाने लगा। पत्र-पत्रिकाओं के सम्पादकों को यह आभास हो गया था कि लोगों को दुनिया की घटनाओं से रूबरू कराने के लिए फोटोग्राफ नाम की खिड़की अपरिहार्य है। यह तब और भी जरूरी लगने लगा जब कैरोल सैथमैरी ने रूस और टर्की के बीच 1853 से 1856 हुए क्रीमिया युद्ध के दौरान खींचे गए फोटोग्राफ को प्रस्तुत किया। बहुत से लोग इसी वजह से कैरोल को दुनिया का पहला फोटो-पत्रकार मानते हैं। युद्ध के हालात बताते हुए यह फोटोग्राफ बहुत चर्चित हुए थे। सन 1861 से 1865 तक चले अमेरिकी गृह युद्ध के फोटोग्राफ मैथ्यू ब्रैडी ने खींचे थे और इन्हें हार्पर्स वीकली में नियमित रूप से छापा

गया था। फोटोग्राफ प्रकाशित करने के इतिहास में तब एक नया अध्याय जुड़ गया, जब 4 मार्च, 1880 को न्यूयॉर्क से प्रकाशित होनेवाले द डेली ग्राफिक ने एक समाचार से जुड़े फोटोग्राफ इन्ग्रेविंग के स्थान पर हाफटोन तकनीक की सहायता से प्रकाशित किया। हाफटोन फोटोग्राफ आउटडोर फोटोग्राफी का परिणाम थे। दरअसल इन्हें खींचे जाने के लिए सूर्य का प्रकाश होना जरूरी था। बाद में जब फ्लैश पाउडर की खोज हो गई, तब इनडोर फोटोग्राफी सम्भव हो पाई। सन 1887-88 में जैकब रीस नामक फोटो-पत्रकार ने 'हाउ द अदर हाफ लिव्स' शीर्षक से छायाचित्रों की जो श्रृंखला प्रस्तुत की, उसने फोटो पत्रकारिता के इतिहास में एक अलग ही जगह बनाई। इसके बाद फोटो-पत्रकारिता को लेकर बहुत से पत्र-पत्रिकाओं के फोटो पत्रकारों ने काम किया, लेकिन उस तेजी से बदलाव नहीं आ पाया, जिसकी आकांक्षा उन दिनों के प्रकाशकों, सम्पादकों और पाठकों के मन मे थी।

आधुनिक फोटो पत्रकारिता

फोटो पत्रकारिता में बदलाव की बयार 1920-30 के दशक में तब बहना शुरू हुई, जब फोटो पत्रकारों के हाथ में 35एमएम कैमरा 'लाइका' आ गया। दरअसल यह वह समय था जब फोटोग्राफरों को यह पता चल गया था कि पत्रकारिता के लिए तात्कालिकता और समसामयिकता के साथ निर्णय लेने और उसे मूर्त रूप देने की तेजी बहुत जरूरी है। लाइका कैमरा ने ही बहुत हद तक इन जरूरतों को पूरा किया। नतीजा यह हुआ कि फोटोग्राफी और फोटो पत्रकारिता अलग-अलग विधाओं के रूप में देखी जाने लगी। सन 1936 में लाइफ नामक पत्रिका का प्रकाशन प्रारम्भ हुआ। इसे टाइम मैगज़ीन निकालनेवाले हेनरी लूस ने शुरू किया था। इस पत्रिका में पहली बार एक से अधिक फोटोग्राफर जोड़े गए थे, जिनमें मार्गरेट बोरकी व्हाइट नामक प्रमुख अमेरिकी फोटोग्राफर भी शामिल थीं। इस पत्रिका में द्वितीय विश्व युद्ध, कोरिया युद्ध और वियतनाम युद्ध की रिपोर्टिंग के साथ युद्ध स्थल के फोटोग्राफ भी प्रकाशित किए गए थे, जिन्होंने पूरी दुनिया में तहलका मचा दिया था। सन 1972 तक निकली इस पत्रिका के अन्तिम अंक को फोटोग्राफी के विशेषांक के रूप में प्रकाशित किया गया था, जो पत्रकारिता के इतिहास की महत्वपूर्ण घटना थी। इससे पहले किसी भी समाचार-पत्र या पत्रिका ने पूर्ण रूप से फोटोग्राफी को अपना कोई अंक समर्पित नहीं किया था।

यह बताना जरूरी है की फोटो पत्रकारिता शब्द द्वितीय विश्व युद्ध के बाद तब चर्चा में आया, जब जर्मनी की कुछ पत्रिकाओं में फोटोग्राफ के साथ खबरों को छापकर तहलका मचा दिया था। उन्हीं दिनों यूनिवर्सिटी आफ मिसौरी स्कूल ऑफ जर्नलिज़्म के डीन और प्रख्यात इतिहासकार फ्रैंक लूथर मॉट ने 'फोटोजर्नलिज़्म' यानी 'फोटो पत्रकारिता' शब्द का प्रतिपादन किया। बहरहाल यह तो तय है कि तब तक सम्पादकों की टेबल पर फोटोग्राफ और समाचारों का पारस्परिक समन्वय एक चुनौती के रूप में शामिल हो चुका था। प्रकाशन की दुनिया को यह आभास हो चुका था यदि इस क्षेत्र में बने रहना है और अपने रेवेन्यू मॉडल को पहले से कहीं अधिक मजबूत बनाना है तो फोटोग्राफ को साथ लेकर चलना होगा। जाहिर है कि समाचार-पत्रों और पत्रिकाओं को फोटो पत्रकारों की जरूरत महसूस होने लगी थी।

इधर फोटोग्राफी को उन्नत बनाने के लिए प्रयास जारी थे। फोटोग्राफी के टूल यानी उपकरण, कैमरे के इतिहास को देखकर यह समझा जा सकता है कि उन दिनों ढेर सारे पेंटर, लीथोग्राफर्स, वैज्ञानिक, तकनीशियन कैमरों और फोटोग्राफी प्रिंट को लेकर नए-नए प्रयोग कर रहे थे। बहुत से विद्वान हेनरी कार्टियर-ब्रेसन को आधुनिक फोटो पत्रकारिता का जनक बताते हैं। हेनरी कार्टियर अतियथार्थवाद (Surrealism) के प्रबल समर्थक थे और उन्होंने फोटोग्राफी को अपनी सोच का हथियार बनाया। उन्हें स्ट्रीट फोटोग्राफी और कैंडिड फोटोग्राफी का प्रवर्तक भी माना जाता है। बहुत से विद्वान फोटो पत्रकारिता का जनक इरिक सोलोमन को मानते हैं, जिन्होंने ही राजनीतिक लोगों के कैंडिड फोटोग्राफ प्रस्तुत करके फोटो पत्रकारिता को एक नया आयाम दिया था। दरअसल लोगों की संवेदनाएँ उन दिनों की सामाजिक, राजनीतिक, सांस्कृतिक और आर्थिक गतिविधियों से जुड़ने लगी थीं और इसमें उन दिनों की पत्रकारिता का बहुत बड़ा हाथ था। जाहिर है कि फोटोग्राफी ने भी पत्रकारिता के संग चलकर लोगों की इन संवेदनाओं को छूने का प्रयास किया। हमें यह भी समझना होगा कि द्वितीय विश्व युद्ध के बाद का समय, जिसे हम तीसरी दुनिया का समय कह रहे थे, जन आकांक्षाओं को नया रूप देने और उन्हें पूरा करने के प्रयास शुरू करने का समय था। दुनिया उस समय तीन प्रकार की भूख से पीड़ित थी। एक थी दिमाग की भूख यानी शिक्षा की आवश्यकता। दूसरी थी पेट की भूख यानी सबको भोजन देने की आवश्यकता। तीसरी भूख जेब की भूख थी यानी सबको रोजगार देने की आवश्यकता। पत्रकारिता अपनी समग्रता के साथ इन तीनों भूखों के प्रति सत्ता की चेतना जगाने में लगी हुई थी। हमें यह भी नहीं भूलना चाहिए क्यों कि यह समय औपनिवेशिक सत्ताओं के समाप्त होने या फिर समाप्त होने की ओर अग्रसर होने का भी समय था। जाहिर है कि उन दिनों की पत्रकारिता की बनावट में 'व्यवस्था का विरोध' पत्रकारीय नैतिकता के रूप में शामिल हो गया। पत्रकारों के संग-संग फोटो पत्रकारों पर भी इसका गहरा असर पड़ा। वे जनता की दुरूहताओं को प्रस्तुत करने में जुट गए। स्वयं से जुड़ी बातों को हूबहू देखना, जनता के लिए किसी आश्चर्य और कौतूहल से कम नहीं था। इस बात ने फोटो पत्रकारिता और फोटोग्राफी की दुनिया को नया उत्साह दिया। सन 1950 के आसपास के समाचार-पत्रों और पत्रिकाओं में प्रकाशित फोटो-स्टोरी और फोटो फीचर इस बात के प्रमाण हैं कि तबतक फोटो पत्रकारिता ने अपना स्वतन्त्र अस्तित्व बनाना शुरू कर दिया था।

दरअसल उन दिनों विजुअल कम्युनिकेशन के दो प्रमुख उपक्रम, फिल्म और टेलीविज़न भी अपनी पूरी आभा और धमक के साथ दुनिया के सामने आ चुके थे। अखबारों के समक्ष यह एक चुनौती ही थी कि वे इन पहले से कहीं अधिक लोकप्रिय होते जा रहे माध्यमों के बरक्स किस तरह लोगों को अपनी ओर आकर्षित करते रह सकें। तब एक ही उपाय दिख रहा था कि अधिक से अधिक फोटोग्राफ प्रकाशित किए जाएँ। धीरे-धीरे इस बात पर भी सहजता हासिल हो गई कि फोटोग्राफ एक स्थान से दूसरे स्थान तक कम से कम समय में पहुँचाए जा सकें। दूसरी तरफ प्रिंटिंग टेक्नोलॉजी को उन्नत बनाने का काम भी तेजी पकड़ चुका था। सन 1980 के आते-आते जहाँ प्रिंटिंग टेक्नोलॉजी रंगीन पत्र-पत्रिकाएँ प्रकाशित करने में सक्षम हो चुकी थी, वहीं ऐसे कैमरे बाजार में आ चुके थे, जिनका प्रयोग सहजता से किया जा सके।

पिछली सदी के अन्तिम दशक में डिजिटल कैमरों ने तो फोटो पत्रकारिता का पूरा आभामंडल ही बदल दिया। दूसरी तरफ फोटो और समाचारों को एक स्थान से दूसरे स्थान भेजने की वायरलेस सेवा, सैटेलाइट सुविधा से होते हुए पहले इंट्रानेट और फिर इंटरनेट के समय में आ गई। वास्तव में यही वह समय था, जहाँ से हमने विजुअल एक्सप्लोजन यानी दृश्य विस्फोट के समय में प्रवेश किया। यहाँ यह भी बताना जरूरी है कि यही वह समय था जब खुली अर्थव्यवस्था की बात हो रही थी और मीडिया, पूरी दुनिया में पूँजी निवेश के साथ एक सम्भावनाओं से भरे उद्योग का रूप ले रहा था। हम कह सकते हैं कि बदलते समय में पूँजी और टेक्नोलॉजी ने पत्रकारिता का साथ निभाया। समाचार-पत्रों के रंग-रूप बदले तो उनके प्रकाशित होने के समय, संस्करण और संख्या में गुणात्मक एवं गणनात्मक बदलाव देखने मिले। कम समय में अधिक संख्या और अधिक संस्करण प्रकाशित होने की तकनीक ने फोटो पत्रकारिता को पहले से कहीं अधिक सक्षम और चौकन्ना बना दिया। नतीजा यह था कि फोटोग्राफ के कंटेंट पहले से कहीं अधिक मजबूत और सम्प्रेषणीय होने लगे तो दूसरी तरफ उन्हें समाचार-पत्रों में प्रकाशित करना पहले से कहीं अधिक सरल और सहज हो गया। इंटरनेट का साथ पाकर मीडिया ने न केवल अपने को बदला, बल्कि इसे एक नया नाम मिल गया- नया मीडिया। इस नए मीडिया का सबसे बेहतरीन उपकरण है, लगातार उन्नत होते कैमरों से लैस स्मार्ट मोबाइल फोन, जिसने इक्कीसवीं सदी के पहले दशक में ही फोटो संचार की दुनिया को सबसे शक्तिशाली बनाना शुरू कर दिया था। हम कह सकते हैं कि फोटोग्राफी और नित नई होती टेक्नोलॉजी के पर्याय बन चुके नए मीडिया की जुगलबन्दी ने फोटो पत्रकारिता को नया आयाम ही दे दिया है।

भारतीय फोटो पत्रकारिता

भारत में फोटो पत्रकारिता का प्रारम्भ कब और कैसे हुआ, इसका पुख्ता प्रमाण दे पाना मुश्किल है, लेकिन यह तय है कि फोटोग्राफी के आविष्कार से कुछ ही वर्ष बाद भारत में भी इस विधा पर काम शुरू हो गया था। सन 1844 में कलकत्ता के एफ॰ एम॰ मोटियरो ने घोषणा की कि वह डेगुएरियोटाइप प्रणाली से यथावत छायाचित्र बना सकता है। इसी के आसपास ईस्ट इंडिया कम्पनी की सेना में सर्जन जॉन मैक्कॉश का नाम भी एक फोटोग्राफर के तौर पर चर्चित हुआ था, जो 1847 के द्वितीय एंग्लो-सिक्ख युद्ध से ठीक पहले लाहौर और लुधियाना में रहा था। इसने कैलोटाइप प्रक्रिया से कई फोटोग्राफ बनाए थे। कहते हैं कि महाराजा दुलीप सिंह की एकमात्र फोटो मैक्कॉश ने ही तैयार की थी। बाद में सन 1857 के स्वतन्त्रता संग्राम के बाद ब्रिटिश हुकूमत के प्रोजेक्ट 'द पीपुल ऑफ इंडिया' में भी फोटोग्राफी दस्तावेजीकरण में मैक्कॉश ने योगदान दिया था। इसी तरह एक अन्य ब्रिटिश मेडिकल ऑफिसर जॉन मूरे का भी विवरण मिलता है, जो 1848 के दौरान आगरा में तैनात था। डॉ. मूरे ने उन पहले फोटोग्राफरों में शामिल था, जिसने ताजमहल को अपने कैमरे में कैद किया था।

सन् 1857 के पहले स्वतन्त्रता संग्राम के फोटोग्राफ्स उस समय के कई फोटो पत्रकारों ने लिये थे। कहा तो यह भी जाता है कि इसी समय से वास्तविक 'युद्ध फोटोग्राफी' का प्रारम्भ

हुआ। उन दिनों विदेशों से भी कई फोटोग्राफर भारत पहुँचे थे, ताकि वे जन-विद्रोह के रूप में लड़े जा रहे इस संग्राम को अपने-अपने कैमरे में कैद कर सकें। बाद के दिनों में फ्रेड ब्रेमनर, फेलिस बीटो आदि बहुत से फोटोग्राफर हुए, जिन्होंने ब्रिटिश सरकार के लिए फोटोग्राफी का काम तो किया ही, उनके फोटोग्राफ पत्र-पत्रिकाओं के भी हिस्सा बने।

यह ठीक है कि 19वीं सदी में भारतीय फोटो पत्रकारिता का प्रारम्भ सांस्कृतिक साम्राज्यवाद (cultural imperialism) का हिस्सा बनकर हुआ था, लेकिन बहुत जल्दी ही इसने अपने को ब्रिटिश हुकूमत की गतिविधियों का हिस्सा बनने से बचाना शुरू किया और स्वतन्त्र अस्तित्व बना लिया। उन दिनों अखबारी पत्रकारिता और फिल्म से जुड़े लोग राजनीतिक कार्यकर्ता भी हुआ करते थे और सभी का ध्येय भारतीय लोगों की बेहतरी और उनकी आजादी हुआ करता था। भारत का पहला फोटो पत्रकार राजा दीनदयाल को माना जा सकता है।*(देखें चित्र संख्या 21)* वे उन दिनों हैदराबाद निजाम के कोर्ट फोटोग्राफर की हैसियत से काम कर रहे थे। बाद में उन्होंने अपने स्टूडियो स्थापित करके भारतीय फोटोग्राफी को आकार देने और आगे बढ़ाने में महत्वपूर्ण योगदान दिया। उन्हें कई बार निजाम व ब्रिटिश हुकूमत की तरफ से पुरस्कृत एवं सम्मानित भी किया गया।

भारतीय फोटो पत्रकारिता के इतिहास में महत्वपूर्ण क्षण तब आया जब लॉर्ड कर्जन ने यह निर्णय लिया था कि 1903 के दिल्ली दरबार की कवरेज बड़ी संख्या में फोटो पत्रकारों द्वारा किया जाएगा। कर्जन चाहता था कि किसी भी तरह दुनिया का ध्यान दिल्ली की ओर मोड़ा जा सके। उस समय लगभग चौंसठ समाचार-पत्रों ने इस घटना के फोटोग्राफ प्रकाशित किए थे।

बाद के दिनों में टाइम्स ऑफ इंडिया, स्टेट्समैन, बॉम्बे क्रॉनिकल, लीडर, वंदे मातरम, हिन्दुस्तान टाइम्स समाचार-पत्र समूहों के अस्तित्व में आने के बाद से फोटो पत्रकारिता को तेजी से बढ़ावा मिलना शुरू हो गया था। अब तक ब्रिटिश सरकार द्वारा सेन्सर किए गए राष्ट्रवादी नेताओं की फोटोग्राफ्स को अब अधिक सार्वजनिक पहुँच के लिए मुद्रित किया जा सकता था। यही वह समय था, जब भारत में नारायण विनायक विरकर, सुनील जाना, होमी व्यारवाला, टी एस सत्यन, कुलवन्त रॉय सरीखे बड़े फोटो पत्रकार सक्रिय थे। इनके सम्बन्ध में जानकारी रखना हर उस फोटो पत्रकार के लिए जरूरी है, जो वर्तमान समय में फोटो पत्रकारिता में योगदान देना चाहते हैं।

भारतीय फोटो पत्रकारिता के इतिहास में नारायण विनायक विरकर का नाम प्रमुखता से लिया जाता रहेगा, जिन्होंने 13 अप्रैल, 1919 को जलियाँवाला बाग हत्याकांड की फोटोग्राफ को अपने कैमरे में कैद किया था। *(देखें चित्र संख्या 22)* एन.वी. विरकर, एक युवा फोटोग्राफर थे, जिन्होंने लाहौर में फोटोग्राफी का अध्ययन किया और एक्स-रे फोटोग्राफर के रूप में काम कर रहे थे। जलियाँवाला नरसंहार के तुरन्त बाद वे घटनास्थल पर पहुँचे थे और औपनिवेशिक भारत की सबसे दुखद घटनाओं में से एक इस घटना का फोटोग्राफिक साक्ष्य अपने कैमरे में कैद कर लिया था।

प्रारम्भिक भारतीय फोटो पत्रकार कुलवन्त रॉय (1914 - 1984) को भारत का अभिलेखागार कहा जाता है। इनके संग्रह में आजादी के संघर्ष के दिनों की ऐतिहासिक राजनीतिक बैठकें और भारत के प्रसिद्ध स्वतन्त्रता सेनानियों और नेताओं के जीवन की झलकियाँ शामिल हैं। यही नहीं

इनके संग्रह में स्वतन्त्र भारत के प्रारम्भिक दिनों के जन-जीवन और राष्ट्र निर्माण के दुर्लभ चित्र भी शामिल हैं। वास्तव में श्री रॉय ने भारत की स्वतन्त्रता से पहले की कई घटनाओं को क्लोज-अप में देखा और कैद किया। मुख्यधारा के राष्ट्रीय नेताओं, प्रमुख बैठकों और कार्यक्रमों, यात्राओं और व्यस्तताओं के बाद, उनका काम उस समय की भावना और ऊर्जा, आशाओं और आकांक्षाओं को पकड़ लेता था और यही बात उन्हें सबसे अलग करती थी। दरअसल कुलवन्त रॉय ने सन 1930 से 1960 तक के इतिहास के अनगिनत अमूल्य क्षणों को कैमरे में कैद किया है, जो आज भी जीवित इतिहास की तरह हमारे साथ है। पंजाब के लुधियाना में बागलीकलाँ में जन्मे श्री रॉय ने बीस वर्ष की उम्र में फोटोग्राफी की शुरुआत की। उन दिनों उन्होंने लाहौर में एक स्टूडियो चलाने वाले राज गोपाल से फोटोग्राफी सीखना शुरू ही किया था। बाद में वह एरियल फोटोग्राफी करने के लिए रॉयल इंडियन एयर फ़ोर्स में शामिल हो गए। लेकिन, ब्रिटिश राज की भेदभावपूर्ण नीतियों का विरोध करने के कारण कोर्ट-मार्शल होने के बाद उन्होंने वायु सेना छोड़ दी। वे फोटोग्राफी को कैरियर बनाने के लिए दिल्ली चले आए, जहाँ उन्होंने मोरी गेट पर अपनी खुद की फोटो एजेन्सी, एसोसिएटेड प्रेस फोटोग्राफ्स की स्थापना की। 1938 में उत्तर पश्चिम सीमान्त प्रान्त में महात्मा गाँधी और खान अब्दुल गफ्फार खान के बीच बैठक का दस्तावेजीकरण उनके शुरुआती ऐतिहासिक कार्यों में से एक था।

भारत को आज़ादी मिलने के एक दशक बाद भी कुलवन्त रॉय ने फोटो पत्रकारिता के क्षेत्र में अपनी सक्रियता जारी रखी। वर्ष 1958 में वे दुनिया के कई देशों की यात्रा पर निकले और अपने साथ भारतीय धार्मिक आयोजनों, जातीय वेशभूषा, तीर्थयात्राओं और बर्फ से ढके पहाड़ों की फोटोग्राफ्स भी ले गए, जो दुनिया भर की विभिन्न पत्रिकाओं में प्रकाशित भी हुईं। उन्होंने उन बीस देशों में भी फोटोग्राफी की, जिनका उन्होंने दौरा किया था। सन 1963 में, रॉय ने अपने सभी प्रिंट और निगेटिव एक साथ बॉक्स में रखे और उन्हें दिल्ली में अपने पते पर वापस भेज दिया। लेकिन, वापस लौटने पर उन्होंने पाया कि वह पते पर नहीं पहुँचा था। वे टूट से गए। उनके जीवन के अन्तिम वर्ष डाकघरों की छानबीन करने और दिल्ली के कचरे के ढेरों में अपने बक्से को खोजने में बीत गए। सन 1984 में उनकी मृत्यु हो गई।*(देखें चित्र संख्या 23)*

भारत सरकार द्वारा पद्मश्री सम्मान से सम्मानित फोटो पत्रकार सुनील जाना (जेनाह) (1918-2012)*(देखें चित्र संख्या 24)* ने भारत के स्वतन्त्रता आन्दोलन, किसान और श्रमिक आन्दोलनों, अकालों और दंगों, ग्रामीण और आदिवासी जीवन के साथ-साथ तेजी से शहरीकरण और औद्योगीकरण का बेहतरीन दस्तावेजीकरण किया। वे रिपोर्टिंग करने के साथ फोटोग्राफी करते थे। सही मायनों में भारत में फोटो पत्रकारिता को पहचान दिलाने का काम इन्होंने ही किया। उनकी विश्वव्यापी पहचान 1943 के बंगाल के अकाल की संवेदनशील कवरेज से बनी थी। वह कलकत्ता फिल्म सोसाइटी के सह-संस्थापक भी थे ।

भारत की फोटो पत्रकारिता को आकार देने में होमी व्यारवाला का नाम प्रमुखता से लिया जाता है, जिन्होंने द्वितीय विश्व युद्ध के दौरान बम्बई में अपने फोटो पत्रकारिता के कैरियर की शुरुआत की थी। इनका पहला फोटोग्राफ सन 1938 में प्रकाशित हुआ था। द्वितीय विश्वर युद्ध के हमले के बाद, उन्हौने इलस्ट्रेटेड वीकली ऑफ इंडिया पत्रिका के लिए कार्य करना

शुरू किया, जो सन 1970 तक चला। इसमें इनके बहुत ही बेहतरीन श्वेत-श्याम (Black & White) छायाचित्र हुआ करते थे। उनके कई फोटोग्राफ टाइम, लाइफ तथा कई अन्य अन्तर्राष्ट्रीय पत्र-पत्रिकाओं में प्रकाशित हुए। होमी व्यारवाला*(देखें चित्र संख्या 25)* को भारत की पहली महिला फोटो पत्रकार माना जाता है, जिनके 10,000 से अधिक फोटोग्राफ्स 'युवा भारत' का दस्तावेज कहे जा सकते हैं।

भारत के प्रारम्भिक फोटो पत्रकारों में से एक तमब्राहल्ली सुब्रमण्य सत्यनारायण अय्यर हैं, जिन्हें टी.एस. सत्यन के नाम से जाना जाता है। श्री सत्यन को अपने समय की प्रसिद्ध हस्तियों की श्वेत-श्याम फोटोग्राफ्स एवं भारत सहित दक्षिण एशियाई इतिहास के महत्वपूर्ण क्षणों को कैमरे में कैद कर उन्हें दस्तावेज के रूप में प्रस्तुत करने के लिए याद किया जाता है। वे एक निष्पक्ष इतिहासकार के रूप में लेन्स की भूमिका पर दृढ़ता से विश्वास करते थे और इस सिद्धान्त का पालन भी करते थे। *(देखें चित्र संख्या 26)* सत्यन के फोटोग्राफ इलस्ट्रेटेड वीकली ऑफ इंडिया में प्रकाशित होना शुरू ही हुए थे कि सन 1948 में वे एक स्टाफ फोटोग्राफर के रूप में द डेक्कन हेराल्ड में शामिल हो गए। उन्हें जल्द ही बम्बई में इलस्ट्रेटेड वीकली कार्यालय में काम करने के लिए आमन्त्रित किया गया और उन्होंने भावी पीढ़ी के लिए अपने समय के इतिहास को अपने लेन्स के माध्यम से कैप्चर करना शुरू कर दिया। एक फोटो पत्रकार के रूप में अपने कैरियर के दौरान, श्री सत्यन के फोटोग्राफ्स उस समय की कुछ सबसे प्रतिष्ठित पत्रिकाओं जैसे लाइफ, टाइम और न्यूजवीक में प्रकाशित हुई थीं। बहुत से फोटोग्राफी विशेषज्ञ उन्हें 'भारतीय फोटो पत्रकारिता का जनक' भी कहते हैं।

स्वतन्त्र भारत में फोटो पत्रकारिता को एक नई पहचान देने का काम जिन फोटो पत्रकारों ने किया है, उनमें पद्मश्री पुरस्कार से सम्मानित प्रख्यात फोटोग्राफर एवं फोटो पत्रकार रघु राय सबसे प्रमुख हैं। अविभाजित भारत में पंजाब के झांग (अब पाकिस्तान) में 1942 में जन्मे रघु राय पहले अपना नाम रघु राय चौधरी लिखते थे। भारत विभाजन के बाद उनका परिवार भारत आ गया। रघु राय ने अपना कैरियर दिल्ली में सिविल इंजीनियर के रूप में शुरू किया, लेकिन इनका मन उस पेशे में नहीं लगा। 1962 में इन्होंने अपने बड़े भाई और उस समय के जाने-माने फोटोग्राफर-सम्पादक एस. पॉल से फोटोग्राफी सीखी और 1966 में उन्होंने फोटो पत्रकार के रूप में 'द स्टेट्समैन' समाचार-पत्र में नौकरी शुरू की और बतौर चीफ फोटोग्राफर 10 साल यानी 1976 तक काम किया। *(देखें चित्र संख्या 27)* रघु राय ने 1971 का भारत-पाक युद्ध, बाँग्लादेश की आजादी, शरणार्थी समस्या और पाकिस्तानी सैनिकों का आत्मसमर्पण पर बहुत ही विलक्षण काम किया है। वह 1982 से 1992 तक 'इंडिया टुडे' पत्रिका में 'डाइरेक्टर ऑफ फोटोग्राफी' के रूप में जुड़े रहे। फोटोग्राफी पर आधारित उनकी पुस्तकें 'रघु राय की दिल्ली', 'तिब्बत इन एक्जाइल', 'द सिख', 'कलकत्ता', 'ताजमहल', 'खजुराहो', 'मदर टेरेसा' आदि बहुत चर्चित रही हैं। उन्हें राष्ट्रीय तथा अन्तरराष्ट्रीय स्तर के कई सम्मान एवं पुरस्कार मिल चुके हैं।

यह तो तय है कि भारतीय पत्रकारिता जब आपात्काल (1975-1977) के दौर से मुक्त हुई, तब से फोटो पत्रकारिता ने नित नया आयाम ग्रहण करना शुरू कर दिया। ढेर सारे समाचार-पत्रों और पत्रिकाओं ने फोटोग्राफ्स को महत्व देना शुरू किया और 1990 के आते-आते रंगीन

फोटोग्राफ्स भी प्रकाशित किए जाने लगे। यह वही समय था जब समाचार-पत्रों का हर पृष्ठ रंगीन हो रहा था और फोटो फीचर, फोटो आलेख, फोटो कथा जैसी विधाएँ सामने आने लगी थीं। फोटो पत्रकारिता को लेकर नए-नए प्रयोग हुए और उन्हें अधिक से अधिक सम्प्रेषणीय बनाने का प्रयास भी होता रहा। बाद के दिनों में नई टेक्नोलॉजी के साथ आगे बढ़ते हुए यानी डिजिटल होते समय में फोटो पत्रकारिता ने नित नई उड़ान भरी और नए-नए मानक गढ़े। पिछली सदी का अन्तिम दशक और वर्तमान 21वीं सदी के दो दशक फोटो पत्रकारिता के लिए बड़े महत्वपूर्ण रहे हैं। इस दौर में ढेर सारे भारतीय फोटो पत्रकार अपनी वैश्विक पहचान बनाने में सफल हुए हैं तो ढेर सारे नए फोटो पत्रकारों के तैयार होने का क्रम भी तेज हुआ है। जाहिर है कि फोटो पत्रकारिता के विकास का क्रम जारी है।

नया मीडिया, नई फोटो पत्रकारिता

हम एक ऐसे समय में हैं जब टेक्नोलॉजी के बलबूते दुनिया बहुत तेजी से लगातार बदल रही है। इस बदलाव की बयार को बहाने में मीडिया और इंफॉर्मेशन टेक्नोलॉजी की जुगलबन्दी का बहुत बड़ा हाथ है। दरअसल बीसवीं शताब्दी के अन्तिम दो दशक में, जब हम सूचना क्रान्ति के जन्म की ओर बढ़ रहे थे, तभी यह तय हो गया था कि आनेवाला समय मीडिया और उससे जुड़ी हुई टेक्नोलॉजी का ही होगा। बाद मे इंटरनेट के प्रचार-प्रसार ने यह तय कर दिया कि तेजी से बढ़ता हुआ मीडिया और उससे जुड़ी हुई टेक्नोलॉजी, जनसंचार के बने-बनाए फार्मूले को एक नए रूप में ढालने जा रहे हैं। यह वही समय था जब मोबाइल फोन स्मार्टफोन में बदल रहा था सोशल मीडिया के कई मंच सामने आने लगे थे। पिछली सदी के साठ के दशक में मार्शल मैक्लुहान द्वारा की गया 'ग्लोबल विलेज' की घोषणा सच होती दिखने लगी थी। यह वही समय था जब कोई 'डेथ ऑफ डिस्टेन्स' की बात कर रहा था तो कोई इससे बहुत आगे निकलकर 'डेथ ऑफ़ मास कम्युनिकेशन' का जुमला फेंक रहा था। लेकिन, इन सबके बीच मीडिया लगातार खुद को 'नया' कर रहा था। हम कह सकते हैं कि नए दौर में 'नया मीडिया' तैयार हो रहा था। यह नई संस्कृति विकसित करने का भी समय था। संस्कृति के प्रवाह को बनानेवाले सभी उपक्रमों, मसलन किताबों, समाचार-पत्रों, पत्रिकाओं, टेलीविज़न कार्यक्रमों, रेडियो की प्रस्तुतियों, फिल्मों और ऑडियो की दुनिया में शामिल सभी रूपों का दायरा बड़ा करने यानी उनके प्रोडक्शन, डिस्ट्रीब्यूशन, सरकुलेशन, ट्रान्समिशन और प्रेजेंटेशन को नया रंग-रंग देकर नित नए-नए ऑडियन्स तैयार करने का समय था। यहाँ यह समझना भी जरूरी है कि बदलाव केवल मीडिया और उसे सन्दर्भित चीजों में ही नहीं दिख रहा था, बल्कि समाज, सत्ता और बाजार से सम्बन्धित सभी चीजों में भी बदलाव दिखने लगा था। वास्तव में यह नए होते मीडिया के ऑडियन्स के बदलाव का कमाल था कि समाज, सत्ता और बाजार अपने को बदलने पर मजबूर हो रहे थे। यह नया मीडिया ही था, जिसने अपने ऑडियन्स और उपभोक्ताओं को बड़ी तेजी से मीडिया उपयोगकर्ता और मीडिया प्रतिभागी में बदल दिया। इसे इस तरह भी कह सकते हैं कि मीडिया यूज़र यानी कंज्यूमर ही मीडिया प्रोड्यूसर बन गया; जिन्हें प्रोज्यूमर भी कहा जा रहा है।

बहरहाल नए मीडिया ने पूरे परिदृश्य को बदलकर रख दिया है। इस नए मीडिया ने अभिव्यक्ति और पारस्परिक संवाद की अनन्त सम्भावनाएँ उन लोगों के समक्ष प्रस्तुत कर दी हैं, जो व्यक्तिगत पहचान बनाते हुए भी सामाजिक, सांस्कृतिक, राजनीतिक और आर्थिक समूहों में सक्रिय हैं। इन लोगों को कम खर्चे पर एक शक्तिशाली उपक्रम के रूप में नया मीडिया का साथ मिल गया है। वेबसाइट्स, मोबाइल फोन, डिजिटल फोटोग्राफी, ऑडियो-वीडियो प्लेटफार्म, ब्लॉग्स, फिल्म शेयरिंग सिस्टम, ओपन सोर्स सॉफ्टवेयर, सोशल मीडिया जैसे वैविध्यपूर्ण उपक्रमों ने लोगों को व्यक्तिगत रूप से या समूह में आवाज उठाने और अपनी उपस्थिति दर्ज कराने का विकल्प उपलब्ध करा दिया। 'डू इट योरसेल्फ' का फंडा चल निकला है और लोग स्वयं को स्वयं ही प्रस्तुत करने की होड़ में शामिल हो गए हैं। अब हर किसी के पास स्मार्टफोन है और उसमें उन्नत कैमरा लगा हुआ है। फोटोग्राफी किसी लोक कला के रूप में लोगों के बीच कुलाँचे भर रही है। 'कहीं भी-कभी भी-कोई भी' के फलसफे को सच करने में नए मीडिया की नई-नई टेक्नोलॉजी सफल साबित हुई है। नतीजा हमारे सामने है। हर कोई अपने समय को, समय के समाज को, समाज के सरोकार को, सरोकार की संस्कृति को, संस्कृति से जुड़े संस्कार को दर्ज करने में जुटा हुआ है। बड़ी बात तो यह कि अब हर जगह ढेर सारे नागरिक पत्रकार हैं तो उतनें ही नागरिक फोटो पत्रकार भी। एक सर्वे पर आधारित आकलन के मुताबिक पूरी दुनिया में प्रति सेकंड 55,000 से भी अधिक फोटोग्राफ प्रति सेकंड खींचे जा रहे हैं।

नए मीडिया के सहज उपकरणों और व्यापक होते सोशल नेटवर्क ने दुनिया के किसी कोने में भी खींची जा रही फोटो को सीधे लोगों के स्मार्टफोन या लैपटॉप पर पहुँचा दिया है। दुनिया की किसी भी घटना या किसी भी विषय के प्रत्येक कोण और दृष्टिकोण के फोटोग्राफ कुछ ही सेकंड में पूरी दुनिया में फैल जाते हैं। यह डिजिटल सर्वज्ञता का परिणाम है, जो कि फोटो पत्रकारों को तकनीकी रूप से मिल रहा है। आज शौकिया और पेशेवर, दोनों तरह के फोटो पत्रकारों का एक वैश्विक नेटवर्क बन गया है, जो अपनी फोटोग्राफी क्षमताओं के परे जाकर अपने-अपने क्षेत्रों की सामाजिक, सांस्कृतिक, राजनीतिक और आपराधिक गतिविधियों से जुड़ी फोटो-कहानियाँ साझा कर रहे हैं। एक वैश्विक फोटो एजेन्सी के प्रमुख का यह कहना मायने रखता है कि सोशल नेटवर्किंग प्लेटफॉर्म्स ने फोटो संचार की दुनिया में हमें पहले से कहीं अधिक सक्षम बना दिया है। आज समाचारों के प्रकाशन और प्रसारण से जुड़ी हुई संस्थाओं और संगठनों के लिए स्थानीय, राष्ट्रीय और अन्तरराष्ट्रीय समाचारों से जुड़ी हुई तथ्यपरक फोटोग्राफ तत्काल और सहजता से प्राप्त करना बहुत ही सरल एवं सस्ता हो गया है। फोटोग्राफ के विषयों का वैविध्य भी पहले से कई गुना बढ़ चुका है। समाचारों के होने के अनिवार्य तत्वों जैसे समाचारों की प्रभाविता (Impact of News), निकटता (proximity), मनोभाव (Emotion), नवीनता (Newness), विषमता (Oddness), तात्कालिकता (Nowness), विलक्षणता (Novality) और दुविधा (Suspense) आदि को किसी फोटोग्राफ में प्रस्तुत करना पहले से कहीं अधिक सहज हो चुका है। नए समय के कैमरों की चपलता और लोगों का डिजिटल नागरिक बन जाना इस तात्कालिकता और सहजता का सबसे बड़ा कारण हैं। यह कम रोचक नहीं है कि आज

जितने फोटोग्राफ खींचे और प्रस्तुत किए जा रहे हैं, उससे कहीं अधिक फोटोग्राफ खोजे (सर्च) और साझा (शेयर) किए जा रहे हैं।

फोटोग्राफी की दुनिया में सर्च और शेयर का यह खेल दो-तरफा चल रहा है यानी कि एक तरफ लोग फोटोग्राफ सर्च और शेयर कर रहे हैं तो दूसरी तरफ फोटो एजेन्सियाँ भी ऐसे फोटोग्राफ और फोटोग्राफरों को सर्च कर रही हैं, जो उन स्थानों, घटनाओं, समाचारों की फोटोग्राफ सोशल नेटवर्किंग पर बहुत ही सहजता से शेयर कर दे रहे हैं, जहाँ उनके अपने नियुक्त फोटो पत्रकार तत्काल नहीं पहुँच पा रहे हैं। दरअसल नए मीडिया की यही विशेषताएँ हैं- तात्कालिकता, सहजता, साझेदारी, परस्पर निर्भरता और परस्पर संवाद।

मोबाइल फोटो पत्रकारिता यानी 'मोफ्जो'

पत्रकारिता की दुनिया में समाचारों को एकत्र करने और उन्हें लोगों तक पहुँचाने की प्रक्रिया तब एक क्रान्ति के दौर में प्रवेश कर गया, जब मोबाइल फोन यानी सेल फोन हमारे संग हो लिया। और, तब तो पत्रकारिता का एक नया और अनोखा दौर शुरू हो गया, जब इस मोबाइल फोन में कैमरा जोड़ दिया गया। इसी कैमरायुक्त मोबाइल फोन ने मोबाइल पत्रकारिता यानी मोजो (Mobile Journalism= MOJO) नाम की नई विधा का चलन चला दिया। दरअसल 21वीं सदी कुछ नया करने और तेजी से आगे निकल जाने की सदी है। टेक्नोलॉजी ने इन दोनों तत्वों का साथ दिया है। पत्रकारिता में जैसे-जैसे कास्टिंग के नए-नए सिस्टम जुड़ते गए, वैसे-वैसे उसकी प्रस्तुतियों में नयापन और तेजी आती गया। मोबाइल पत्रकारिता भी इसी नएपन और तेजी का पर्याय बनी। पत्रकारिता की जिस विधा ने मोबाइल पत्रकारिता का सर्वाधिक फायदा उठाया, वह फोटो पत्रकारिता ही है। मोबाइल फोटो पत्रकारिता यानी मोफ्जो (Mobile Photo Journalism= MOPHJO) सबसे विस्तृत रूप ले चुकी है। चाहे वह प्रिंट पत्रकारिता हो, वेब पत्रकारिता हो या फिर नागरिक पत्रकारिता हो, नए समय में नए मीडिया के साथ जितनी भी पत्रकारीय प्रस्तुतियाँ हो रही हैं, उनमें मोफ्जो का महत्वपूर्ण स्थान रहता है।

वास्तव में इक्कीसवीं सदी के दूसरे दशक में जिस तरह से स्मार्ट फोन की दुनिया बड़ी होती गई, उसने लोगों के जीवन में अहम स्थान बना लिया है। कोरोना महामारी (2020-2021) के दौर में तो यह एक अपरिहार्य टूल के रूप में हमारे संग था। इस बात को मीडिया के सन्दर्भ में इस तरह समझा जा सकता है कि लगभग सभी अखबारों के ई-संस्करण के पाठकों की संख्या बहुत बढ़ गई तो लगभग सभी अखबारों और टेलीविज़न चैनलों की वेबसाइट्स सक्रिय हो गईं। एक नई पत्रकारिता भी अस्तित्व में आ गई, जिसे हम 'ऐप जर्नलिज़्म (App Journalism)' कह सकते हैं। आज लगभग सभी प्रमुख समाचार-पत्रों के अपने ऐप हैं और लाखों यूजर उनसे जुड़ गए हैं। यह ऐप जर्नलिज़्म पूरी तरह मोफ्जो पर ही निर्भर है। कहा यह जा रहा है कि स्मार्ट फोन, इंटरनेट और मोफ्जो की पारस्परिक नातेदारी, पत्रकारिता के पूरे परिदृश्य को ही बदल देने की ओर बढ़ चली है। इस सन्दर्भ में ये तथ्य मायने रखते हैं कि डिजिटल परिदृश्य पर तैयार एक रिपोर्ट के अनुसार सन 2023 के प्रारम्भ में भारत में इंटरनेट के उपयोगकर्ताओं की संख्या 692 मिलियन थी। यह संख्या इसकी कुल जनसंख्या का 48.7% था। इसी तरह भारत में 2023 के

प्रारम्भ में सेल फोन कनेक्शन 1.10 बिलियन थे, जो कुल जनसंख्या का 77% था। नतीजा यह कि भारत में सोशल मीडिया के उपयोगकर्ताओं की संख्या जनवरी, 2023 में 467 मिलियन पहुँच गया थी और यह आँकड़ा कुल जनसंख्या का 32.8 प्रतिशत था।

ऐसा माना जाता है कि पहली बार मोबाइल फोन से ली गई फोटोग्राफ 17 फरवरी, 2004 को न्यूयॉर्क टाइम्स पहले पृष्ठ पर छपी थी। फोटोग्राफ्स दो मोबाइल कम्पनियों के विलय के कागजों पर हस्ताक्षर करते समय की थी। फोटोग्राफ्स तो अत्यन्त साधारण थी लेकिन यह पहल असाधारण थी। इस फोटोग्राफ्स ने समाचार और फोटो संकलन की एक नई विधा को जन्म दे दिया था। यहीं से मोबाइल जर्नलिज़्म यानी मोजो का जन्म हुआ माना जाता है। यह भी माना जाता है कि मोजो शब्द सबसे पहले सन 2005 में यूनाइटेड स्टेट के गैनेट समाचार-पत्र के स्टाफ ने दिया था, जो दरअसल इसके सहोदर 'द न्यूज- प्रेस' के एक प्रोजेक्ट के लिए कोड नाम था। इस प्रोजेक्ट का उद्देश्य अपने पाठकों से न्यूज कंटेंट को प्राप्त करना था। दिनभर ताजा खबरों और उनसे जुड़ी फोटोग्राफ्स को सीधे लोगों और अपने संवाददाताओं और फोटोग्राफरों से प्राप्त करके अपनी वेबसाइट्स पर पोस्ट करने का यह प्रोजेक्ट बहुत सफल रहा था। इसकी सफलता से प्रेरित होकर ही मोजो की अवधारणा को बल मिला और वह एक नई पत्रकारीय प्रवृत्ति बन सकी। मोबाइल जर्नलिज़्म को तब और बल मिला जब 2010 में दक्षिण कोरिया के फिल्मकार पर्क चान वूक ने अपनी फिल्म नाइट फिशिंग (परमनजंग) एक आईफोन पर शूट की। 27 जनवरी, 2011 को रिलीज हुई यह फिल्म 30 मिनट की है। तब पर्क ने कहा था- "आई फोन से फिल्म बनाते समय आपको प्रकाश की भी जरूरत नहीं पड़ती है। बस आप फोन लेकर निकलिए और फिल्म बना लीजिए।"

मैं पहले ही कह चुका हूँ कि मोफ्जो या मोजो की आवश्यकता तब अधिक महसूस की गई, जब वेब पर खबरों का चलन बढ़ा और यह ऐप पत्रकारिता पर आकर अपने व्यापक रूप में साथ हो लिया। दरअसल हमारा समय 24×7 समाचार चक्र का समय है यानी कभी भी-कहीं भी-कोई भी समाचार और उससे जुड़े फोटोग्राफ्स पढ़ सकता है, देख सकता है, सुन सकता है या फिर प्राप्त कर सकता है। और, यह चक्र पूरा करने में सबसे जरूरी टूल बनकर मोबाइल फोन या आई फोन या किसी भी तरह के सेल फोन ही हमारे साथ हैं। इनसे हम फोटो ले सकते हैं, उन्हें सम्पादित कर सकते हैं, उनके कैप्शन या जरूरी टेक्स्ट लिख सकते हैं और उसे सीधे ऑडियन्स तक या फिर बरास्ते सम्पादकीय डेस्क अपने मीडिया से जुड़े ऑडियन्स तक भेज सकते हैं।

'मोजो' की लोकप्रियता का सबसे बड़ा कारण यह भी था कि यह भी बहुत तेजी से समाचारों से जुड़े टेक्स्ट, फोटो, वीडियो और ऑडियो को तैयार करके वितरण यानी ऑडियन्स तक पहुँचाने के लिए तैयार कर देती है। एक भारी-भरकम कैमरा और उसके सहोदरी उपकरणों को लेकर चलने से मुक्ति दिलानेवाली यह विधा इसलिए भी मीडिया संस्थानों, सम्पादकों और पत्रकारों का भाने लगी कि इसमें—

- कम लागत आती है। परम्परागत उपक्रमों से लगभग दस गुना कम।
- यह पत्रकारों और फोटो पत्रकारों को परम्परागत उपकरणों की अपेक्षा कहीं अधिक सहजता से ऑडियो, वीडियो और स्टिल फोटो प्राप्त करने में मदद करती है।

- यह सीधे प्रसारण-प्रकाशन की सहज सुविधा उपलब्ध कराती है।
- मोबाइल जर्नलिज़्म में रिपोर्टिंग के लिए भारी-भरकम टीम की आवश्यकता नहीं पड़ती। एक अकेला मोफ्जो यानी मोबाइल फोटो पत्रकार ही पूरा काम कर सकता है।
- आईफोन या स्मार्ट फोन से रिपोर्टिंग करना पहले से अधिक आसान इसलिए भी हुआ है कि कई ऐसे सॉफ्टवेयर और ऐप आ गए हैं, जिन्होंने मोबाइल फोटो जर्नलिज़्म को आसान, तेज और पहले से बेहतर बना दिया है। इनमें फोटो को बेहतर बनाने के साथ-साथ सम्पादन करनेवाले सॉफ्टवेयर तो पहले से ही शामिल हैं।
- इससे समाचारों की मल्टी मीडिया प्रस्तुति भी आसान हुई है। इसने जहाँ ब्रेकिंग न्यूज को तुरत-फुरत मल्टी मीडिया के प्रयोग से प्रस्तुति के योग्य बनाने में सहजता प्रदान की है, वहीं मौके से इसे लाइव करके सबसे पहले समाचार दिखा-पढ़ा देने की होड़ में सभी को शामिल होने का मौका उपलब्ध करा दिया है।
- मोजो के बलबूते ही समाचार-पत्रों ने बारकोड के सहारे अपने पाठकों को छपे हुए समाचारों के रास्ते वेबसाइट तक ले जाने और उन्हें उस समाचार से जुड़े वीडियो दिखाने या ऑडियो सुनाने का उपक्रम करना शुरू किया है।
- यह अनायास नहीं है कि आज अधिकांश टेलीविज़न न्यूज चैनल अपने मोबाइल पत्रकारों पर ही निर्भर हैं। दरअसल इनका नेटवर्क बहुत बड़ा है और लगातार विस्तार लेता जा रहा है। शहर-शहर पहुँचने की कवायद इसी से सस्ती और आसान हुई है।
- मोफ्जो ने समाचार-पत्रों में विज्ञापन के प्रकाशन को भी नया रंग-ढंग दिया है। मल्टी-मीडिया के प्रयोग ने समाचार-पत्रों के रेवेन्यू के मॉडल को ही बदल दिया है।

जाहिर है कि आज बेहतर मोजो, या यूँ कहें कि बेहतर मोफ्जो की जरूरत न केवल समाचार-पत्रों को है, बल्कि न्यूज वेबसाइट्स और न्यूज ऐप भी इनकी माँग जोरदारी से कर रहे हैं। ऐसे में नवागत पत्रकारों को फोन कैमरों से फोटो क्लिक करने में माहिर होना पड़ेगा। आज ऐसे स्मार्ट फोन या आईफोन बाजार में उपलब्ध हैं, जिनमें उन्नत कैमरे लगे होते हैं, जो परम्परागत डिजिटल कैमरों को बराबर की टक्कर देते हैं। यहाँ यह भी बताना जरूरी है कि बहुत से कैमरों से दृश्य को कैमरे में कैद करना पहले से आसान हुआ है, बस फोटो पत्रकार को समाचार की जरूरत के अनुरूप दृश्य संयोजन करने में माहिर होना चाहिए, वह भी बहुत शीघ्रता से। यह भी समझना चाहिए कि जब समाचार महत्वपूर्ण हो तो फोटो की गुणवत्ता मायने नहीं रखती, बस फोटो उस क्षण का होना चाहिए, जो समाचार बना है। पिछले कुछ वर्षों में ऐसा कई बार हुआ है जब कई महत्वपूर्ण क्षणों को फोटो पत्रकारों ने अपने आईफोन से क्लिक किया और वे समाचार की दुनिया में सुर्खियों में आ गए। यदि वे ऐसा न करते तो तो शायद उन ऐतिहासिक क्षणों से दुनिया कभी भी रू-ब-रू न हो पाती।

यह भी तय है कि जहाँ तेजी होगी यानी तेज गति से काम करने की होड़ और हड़बड़ी होगी, वहाँ गलतियाँ हो जाने के खतरे भी बहुत होंगे। यही वजह है कि मोबाइल पत्रकारिता से जुड़ी नैतिकताओं और रिपोर्टिंग में चूक हो जाने के खतरे भी बहुत हैं। यह सही है कि मोबाइल पत्रकारिता की कोई लिखित प्रोफेशनल एथिक्स नहीं है, लेकिन जिन लोगों पर पत्रकारिता के

प्रोफेशनल तैयार करने की जिम्मेदारी है उन्हें इन एथिक्स को निभाने के लिए लोगों को तैयार करना होगा। अधिकतर एथिक्स हमारी सामाजिकता और संस्कृति से जुड़े हुए होते हैं। इसलिए इन्हें निभाने के लिए प्रेरित करना सहज होता है। मोबाइल पत्रकारिता में सबसे बड़ा एथिक्स है उत्तरदायित्व का बोध होना। एक मोबाइल पत्रकार को यह जानकारी होनी चाहिए कि उसे क्या दिखाना है, कितना दिखाना है, किसे या किसको दिखाना है यानी ऑडियन्स कौन है और क्यों दिखाना है यानी दिखाने का मकसद क्या है। और, जब बात सिटिजन मोफ्जो तक पहुँच गई हो तो यह और भी जरूरी हो जाता है।

आनेवाला समय 'एआई' का

कई लोगों के लिए, आर्टिफिशियल इंटेलिजेन्स (एआई) साइन्स फिक्शन का विषय है। लेकिन हम एआई को हर जगह देखना शुरू कर रहे हैं और इसमें फोटोग्राफी की दुनिया भी शामिल है। उदाहरण के लिए, हम कैमरों में एआई तकनीक देखते हैं। आज कई कैमरे अधिक उन्नत ऑटोफोकसिंग के लिए एआई का उपयोग करते हैं। एआई तकनीक का उपयोग तेज और अधिक सटीक सब्जेक्ट ट्रैकिंग के लिए भी किया जाता है। फोटो एडिटिंग सॉफ्टवेयर में भी आर्टिफिशियल इंटेलिजेन्स का प्रयोग हो रहा है। सॉफ्टवेयर डेवलपर्स जटिल सम्पादन प्रक्रियाओं को आसान बनाने के लिए एआई का उपयोग कर रहे हैं। दरअसल एआई की मदद से थकाऊ और श्रमसाध्य सम्पादन कार्यों का अब एक क्लिक में समाधान मिलना आसान हो गया है। दरअसल एआई एक फोटोग्राफर का समय, प्रयास और पैसा बचाता है। आनेवाले समय में एआई फोटोग्राफी और फोटो एडिटिंग को सहज बनाने में अपना योगदान और मुकम्मल करेगा।

सन 2024 में जब मैं यह पुस्तक लिख रहा हूँ, तब ऑगमेंटेड रियलिटी और मेटावर्स की दुनिया में कदम रख चुकी वर्तमान पीढ़ी ने आर्टिफिशियल इंटेलिजेन्स का कमाल देखना शुरू कर दिया। इनमें से एक बड़ा कमाल जेनरेटिव आर्टिफिशियल इंटेलिजेन्स का है, जिसे जनरेटिव एआई भी कहा जाता है। आर्टिफिशियल इंटेलिजेन्स की यह तकनीक उपलब्ध कराए गए आँकड़ों का सटीक विश्लेषण करती है और फिर उसकी मदद से मौलिक तसवीरें, वीडियो और आलेख तैयार कर देती है। यह भारतीय पुराणों में वर्णित कल्पवृक्ष की तरह है, जिसके समक्ष हम कुछ भी सोचें और उसका विवरण इसके इमेज जनरेटर को उपलब्ध करा दें तो पलक झपकते ही यह उस विवरण के अनुरूप उसकी फोटोग्राफ हमें उपलब्ध करा देगा। न्यूयॉर्क टाइम्स न्यूज़ सर्विस द्वारा प्रसारित आँकड़ों के अनुसार जनरेटिव एआई लोगों के बीच खूब लोकप्रिय हो रही है और दुनिया भर में लोग प्रतिदिन इसके माध्यम से एक करोड़ से भी अधिक तसवीरें रच रहे हैं।

वे तसवीरें, जिन्होंने बदल दी दुनिया

दुनिया में जब से कैमरा आया है तब से कई ऐसे फोटोग्राफ खींचे गए, जिन्होंने दुनिया की सोच, सामाजिक, राजनीतिक, सांस्कृतिक व्यवस्थाओं, लोगों की जीवन-शैली और पारस्परिक

सम्बन्धों की परिभाषाओं को नए-नए आयाम देने का काम किया है। अगर याद किया जाए तो ऐसे फोटोग्राफ आज भी ऐतिहासिक दस्तावेज की तरह हमारे जेहन में अपनी उपस्थिति दर्ज कराए हुए हैं। 13 सितम्बर 1826 को जोसेफ नीप्से द्वारा खींचा गया फोटोग्राफ *(देखें चित्र संख्या 28)* न केवल फोटोग्राफी की आधुनिक यात्रा का प्रारम्भिक पड़ाव कहा जा सकता, बल्कि इस कला से लोगों के सीधे जुड़ाव की पहली घटना भी। यह चित्र कलात्मक दृष्टि से उतना यादगार नहीं है, जितना इस्तेमाल की गया तकनीक की दृष्टि से। डेगुएरे टाइप की फोटोग्राफी कला का नमूना कहलानेवाला यह फोटोग्राफ हेलियोग्राफी तकनीक से तैयार किया गया था। सन 1855 में रॉजर फैंटन ने 'वैली ऑफ द शैडो ऑफ डेथ' शीर्षक से जो फोटोग्राफ *(देखें चित्र संख्या 29)* खींचा, वह युद्ध का पहला फोटोग्राफ माना जाता है। कहते हैं इस फोटोग्राफ ने पहली बार लोगों को युद्ध की विभीषिका से परिचित कराने का काम किया। सन 1936 में रॉबर्ट कापा द्वारा 'मोमेंट ऑफ डेथ' शीर्षक से खींचा गया फोटोग्राफ *(देखें चित्र संख्या 30)* जैसे ही फ्रेंच पत्रिका 'वू' में छपा, पूरी दुनिया में लोकतन्त्र की बातें की जाने लगीं। कला को राजनीति में दखलन्दाजी करने की सीख देता यह छायाचित्र फासीवाद को विरुद्ध अलख जगाने में कामयाब रहा था। इतिहास का यह पहला फोटोग्राफ था, जिसने पूरी दुनिया को वैचारिक क्रान्ति का रास्ता दिखाया। इसी क्रम में 1945 में युनाइटेड स्टेट की सेना द्वारा लिया गया नागासाकी का फोटोग्राफ *(देखें चित्र संख्या 31)* मानव की विनाश क्षमता दर्शाने में कामयाब रहा था तो सन 1961 में पीटर लीबिंग द्वारा खींचे फोटोग्राफ *(देखें चित्र संख्या 32)* में एक सैनिक को अपनी जान खतरे में डालकर पूर्व जर्मनी और पश्चिमी बर्लिन के बीच की सीमा पर लगे तार को फाँदकर पश्चिमी बर्लिन में प्रवेश करते दिखाया जाता है। यह फोटोग्राफ आगे चलकर शीत युद्ध का प्रतीक माना गया। । हेनरी कार्टियर-ब्रेसन द्वारा 1966 में ली गया वह फोटोग्राफ *(देखें चित्र संख्या 33)* जिसमें भारत के थुम्बा रॉकेट स्टेशन पर साइकिल से रॉकेट नोज कोन ले जाते हुए इंजीनियर सीआर सत्या और उनके सहायक वेलप्पन नायर को दिखाया गया था। पीछे से ली गया इस तसवीर ने पूरी दुनिया को रॉकेट टेक्नोलॉजी में भारत के बढ़ते कदम से अवगत करा दिया था। सन 1971 के भारत-पाकिस्तान युद्ध की परिणति के रूप में 16 दिसम्बर 1971 को पाकिस्तान के जनरल नियाज़ी अपने लगभग 90 हज़ार पाकिस्तानी सैनिकों के साथ भारतीय सेना के सामने आत्मसमर्पण के कागज पर हस्ताक्षर करते हुए दिखाते फोटोग्राफ *(देखें चित्र संख्या 34)* ने दुनिया के नक्शे पर एक नए राष्ट्र बाँग्लादेश के उदय की घोषणा की थी। यह इतिहास में अपनी तरह का पहला एवं अकेला फोटोग्राफ है, जो किसी राष्ट्र के जन्म लेने का गवाह बना था।

इसी क्रम में सन 1972 में दक्षिण विएतनाम में निक उत द्वारा खींचा गया फोटोग्राफ अपनी मार्मिकता के कारण पूरी दुनिया में चर्चा का विषय बना। निक ने अपने इस फोटोग्राफ *(देखें चित्र संख्या 35)* में नापाम आक्रमण से भयभीत पाँच बच्चों को भागते हुए दिखया है। इसी चित्र ने दुनिया को यह बताया कि विएतनाम में युद्ध की विभीषिका का क्या परिणाम है। इस फोटोग्राफ के बाद युद्ध के खिलाफ प्रदर्शनों की बाढ़ सी आ गई और युद्ध को समाप्त करने के कदम उठाने की पहल शुरू हुई।

फोटो पत्रकारिता की बात हो और फोटो पत्रकार केविन कार्टर को याद न किया जाए यह हो ही नहीं सकता। इसकी चर्चा मैंने पहले भी की है। सन् 1993 में टाइम पत्रिका में कार्टर का एक फोटोग्राफ *(देखें चित्र संख्या 36)* छपा था, जिसे उसने सूडान में अकाल की भयावहता को दर्शाने के लिए खींचा था। इसमें भूख से जूझती एक बच्ची की मौत का इन्तजार करते एक गिद्ध को दिखाया गया था। इस फोटोग्राफ ने दुनिया को न केवल भूख की भयावहता से परिचित कराया, बल्कि उसकी संवेदना को जगाने का काम किया। केविन को इस फोटोग्राफ के लिए पुलित्जर पुरस्कार भी मिला। आलोचकों का एक वर्ग केविन के फोटोग्राफ से जुड़े इस तर्क से सहमत नहीं था कि यह फोटोग्राफ दुनिया को भुखमरी के खिलाफ झकझोरने के लिए जरूरी था। यह वर्ग फोटोग्राफर की नैतिकता और कर्तव्यबोध पर प्रश्नचिन्ह लगा रहा था। अन्ततः उस बच्ची को मौत के मुँह में जाने से न रोक पाने और उसके स्थान पर महज फोटो खींचकर अपने दायित्व की पूर्ति कर लेने के अपराध बोध ने केविन को इतना परेशान किया कि उसने आत्महत्या ही कर ली। बहरहाल केविन की मौत के बाद यह मानने में तनिक भी देर नहीं लगाई गया कि उसकी एक फोटो से दुनिया जागी और हजारों बच्चियों को गिद्धों के मुँह में जाने से बचा लिया गया।

इसी क्रम में फोटोग्राफर प्रकाश सिंह द्वारा दिसम्बर, 2004 में हिन्द महासागर में आई सुनामी के बाद के एक फोटोग्राफ *(देखें चित्र संख्या 37)* में पिता को अपने मृत बेटे के हाथ को माथे से लगाए बिलखते दिखाया गया था, जिसने सुनामी की विभीषिका को कुछ इस तरह बयाँ किया कि हर कोई दहल सा गया। इंडोनेशिया के सुमात्रा द्वीप में लगभग 9.0 की तीव्रता से भूकम्प के कई झटके लगने से हिन्द महासागर में उठी सुनामी से दुनिया भर में 2.5 लाख से ज्यादा लोग मारे गए थे। इसमें से अकेले भारत में 16,279 लोग मारे गए या लापता हो गए थे। आपदा इतनी बड़ी थी कि मृतकों के शव कई दिनों तक बरामद किए जाते रहे। वर्ष 2015 के सितम्बर में तुर्की के बोडरम समुद्र तट पर एक 3 साल के बच्चे का शव मिला था। नीलोफर देमिर द्वारा एलन कुर्दी नाम के बच्चे का खींचा गया फोटोग्राफ *(देखें चित्र संख्या 38)*सोशल मीडिया पर वायरल हो गया था। इस फोटोग्राफ ने शरणार्थियों की समस्या को सामने तो रखा ही साथ ही पूरी दुनिया को हिलाकर रख दिया था। दरअसल सीरिया के गृहयुद्ध से बचने के लिए एलन के माता-पिता दूसरे देश, सम्भवतः कनाडा में शरण लेने के लिए निकले थे, लेकिन उन लोगों की नाव समुद्र में डूब गया, जिसमें एलन और उसकी माँ की मृत्यु हो गया। कहते हैं कि एलन के इस फोटोग्राफ को देखकर पूरे यूरोप ने शरणार्थियों की मदद के लिए अपने दरवाजे खोल दिए थे।

हम यह नहीं कह सकते कि केवल यही वे फोटोग्राफ हैं, जिन्होंने दुनिया की सोच-समझ बदलने का काम किया। इतिहास गवाह है कि ढेर सारे फोटो पत्रकारों ने अपनी जान की परवाह किए बिना कई ऐसे फोटोग्राफ खींचकर दुनिया के समक्ष रखा है, ताकि लोग सहजता से मानवीय संवेदनाओं के चरम उल्लास और उत्सव में निहित प्रेरणा के स्वर तथा आपदाओं तथा युद्ध की भयावहता की पीड़ा से रू-ब-रू हो सकें। यह क्रम आज भी जारी है।

3

फोटो संचार बनाम फोटो पत्रकारिता

फोटो संचार यानी फोटो कम्युनिकेशन यानी दृश्य संचार यानी विजुअल कम्युनिकेशन की दुनिया लगातार बड़ी होती जा रही है। यह सही है कि जब से दुनिया में मानवीय सभ्यता ने आकार लेना शुरू किया था, तभी से फोटो संचार यानी दृश्य संचार की नींव पड़ गया थी। और, तभी से मानवीय चेतना के एक बड़े हिस्से ने अपने चारों ओर के दृश्यों को अपनी स्मृति परम्पराओं का हिस्सा बनाने की जुगत लगाना शुरू कर दिया था। समय बीतता गया और दृश्य संचार की परम्परा नित नए आयाम से जुड़कर विस्तार लेती रही। टेक्नोलॉजी के उफान के हमारे समय में अब यह कहना गलत न होगा कि दृश्य संचार के बिना बहुत कुछ असम्भव सा लगने लगा है।

फोटो संचार के इस समय में सोशल मीडिया ने तहलका मचा रखा है। लोग अपने आसपास की घटनाओं, सुख-दुख की गतिविधियों और व्यक्तियों से अपनी 'फोटो-नातेदारी' तो निभा ही रहे हैं, लेकिन खुद भी खुद की फोटो खींचने (सेल्फी) से भी नहीं चूक रहे। नतीजा यह है कि सोशल मीडिया पर 'फोटो शेयरिंग' की बाढ़ सी आई हुई है। ढेर सारे शौकिया और पेशेवर फोटोग्राफर फोटो ब्लॉग लिख रहे हैं। बेहतरीन कैमरेवाले स्मार्टफोन को जेब में रखकर घूमनेवाले लोग 'नागरिक फोटो पत्रकार' (Citizen Photojournalist) की भूमिका में आ गए हैं। हम कह सकते हैं कि हमारा समय 'दृश्य-साझेदारी' (Visual Shairing) का है। वास्तव में इन दिनों लोग अपने समय का दृश्य-इतिहास (Visual History) रच रहे हैं। कह तो हम यह भी सकते हैं कि फोटो संचार ने हमारे लिए 'दृश्य संस्कृति' (Visual Culture) का सृजन कर दिया है।

फोटो संचार के उफान ने कई खतरे भी पैदा कर दिए हैं। मसलन, जिन मनोभावों पर आधारित होकर फोटोग्राफी लोगों के दिल-दिमाग के करीब होने पर इठलाती आई है, उन्हीं मनोभावों को खारिज करके भावशून्य फोटोग्राफी (Deadpan Photography) का चलन बढ़ता जा रहा है। स्मार्टफोन और इंटरनेट की जुगलबन्दी ने फोटो शेयरिंग को बढ़ाकर एक नई तरीके की 'फोटो-भाषा' को गढ़ दिया है। नतीजा यह है कि हमारी मातृभाषा से हमारे हिस्से में आए कई जरूरी शब्द खारिज होते जा रहे हैं। नतीजा यह है कि 'फोटो विस्तार' के समय में 'शब्द संकोच' का संकट आ खड़ा हुआ है। अनायास ही अशाब्दिक संचार यानी नॉनवर्बल कम्युनिकेशन की दुनिया बड़ी हो गई है। फोटो के साथ-साथ इमोजी ने लोगों की बातचीत में अपनी उपस्थिति बना ली है। देखना यह है कि आनेवाले समय में फोटो संचार की दुनिया और कौन-कौन से दृश्य-उपक्रम गढ़ने में कामयाब हो जाती है।

अशाब्दिक संचार का पर्याय है फोटो संचार

संचारशास्त्रियों का मानना है कि हर व्यक्ति हर तरह की बात में अशाब्दिक संचार (Nonverbal Communication) का सहारा लेता है। दरअसल मनोभावों की अभिव्यक्ति जितने सार्थक ढंग से अशाब्दिक संचार के माध्यम से हो सकती है, उतनी शाब्दिक संचार के माध्यम से नहीं हो सकती। वैज्ञानिक भी मानते हैं कि शाब्दिक संचार की तुलना में अशाब्दिक संचार अधिक दिनों तक हमारी स्मृतियों में रचा-बसा रहता है। कहे गए या लिखे गए शब्द हमारी स्मृतियों में 30 से 35 प्रतिशत तक ही बचे रह पाते हैं, जबकि देखे गए दृश्य 65 प्रतिशत तक स्मृतियों में बने रहते हैं। ऑडियन्स से तत्काल फीडबैक प्राप्त करने में भी अशाब्दिक संचार आगे रहता है। बड़ी बात यह कि अशाब्दिक संचार में शाब्दिक संचार निहित होता है। संचारशास्त्रियों ने भी माना है कि मौन भी संचार का उपक्रम है। जब मौन में हजारों शब्द छिपे हो सकते हैं, तो फिर अशाब्दिक संचार के उपक्रमों में क्यों नहीं। मुझे यह कहने में गुरेज नहीं है कि अशाब्दिक संचार में विजुअल कम्युनिकेशन को महत्वपूर्ण स्थान मिला हुआ है। विजुअल कम्युनिकेशन में फोटो, पेंटिंग, कार्टून, कैरीकेचर, ग्राफिक्स, इंफोग्राफिक्स और अब इमोजी को भी शामिल कर लिया गया है।

विदेशी विद्वान एक कहावत की चर्चा बहुत करते हैं कि एक फोटो हजार शब्दों के बराबर होती है। वे इस कहावत को देने का श्रेय अलग-अलग सम्पादकों, विज्ञापन तैयार करनेवालों, समाजशास्त्रियों और मनोवैज्ञानिकों को देते हैं। इनमें सबसे ज्यादा नाम फ्रेडरिक आर बनार्ड का लिया जाता है, जिसने दिसम्बर, 1921 को प्रिंटर्स इंक में प्रकाशित एक विज्ञापन में ग्राफिक्स के प्रभाव को व्याख्यापित करने के लिए इस कहावत को प्रकाशित किया था। तब फ्रेडरिक ने इसे जापानी कहावत बताया था, कुछ ही वर्षों बाद उन्होंने एक अन्य विज्ञापन में इसी कहावत को एक अन्य रूप में प्रकाशित किया और उसे चीनी कहावत का प्रतिरूप बताया। हो सकता है कि यह विज्ञापन को लोकप्रिय बनाने की चतुराई हो, लेकिन इस बात से इन्कार नहीं किया जा सकता कि शाब्दिक संचार के पर्याय फोटोग्राफ में कई-कई कहानियाँ अच्छी भी होती हैं। जब हम कई-कई कहानियाँ कह रहे होते हैं, तब हमारा आशय रशियन फिल्मकार लेव व्लादिमीरोविच कुलेशोव के फलसफे 'क्रिएटिव जियोग्राफी' से होता है। दरअसल हमारी बनावट और मँजावट में जिस तरह की परवरिश एवं परिवेश का योगदान होता है, उससे ही हमारे सोच-विचार का औरा तय होता है। यही वजह है कि हर व्यक्ति अपनी-अपनी सोच-समझ के अनुरूप किसी भी फोटोग्राफ के मायने तय कर लेता है। अब यह तो फोटोग्राफर के कमाल पर है कि वह उसी बात पर आधारित कम्पोजिशन के साथ फोटो खींचकर प्रस्तुत करे, जिस बात को वह सम्प्रेषित करना चाहता है। हमें यह सच नहीं भूलना चाहिए कि लाखों-करोड़ों वर्षों पूर्व आदिमानव ने समझ लिया था कि चित्रों में शब्द निहित होते हैं। तभी तो भावचित्रात्मक शैली में कही गई बातें हजारों-हजार शब्द के बराबर होती थीं, जिन्हें आज तक समझने के प्रयास में हम हैं।

सोशल मीडिया और फोटो संचार

वर्चुअल होती दुनिया में बहुत से ऐसे नेटवर्क प्लेटफार्म हमारे सामने हैं, जिनमें लोग अपने

विचारों, अपने अनुभवों, अपनी सूचनाओं, अपनी फोटोग्राफ और अपने वीडियो को लगातार शेयर कर रहे हैं। दरअसल यह कम्प्यूटर पर आधारित टेक्नोलॉजी है, जो इंटरनेट के सहारे पूरी दुनिया के लोगों को आपस में जोड़ने का काम कर रही है। इस वर्चुअल नेटवर्क और समाज की नातेदारी को ही सोशल मीडिया का नाम दिया गया है। यह सही है कि आज के समय में फेक न्यूज़ और फेक व्यूज़ के कारण सोशल मीडिया निशाने पर है तो साथ ही साथ लोगों के पारस्परिक सम्बन्धों में अलगाव का कारण भी इसी को माना जा रहा है। यह सही है कि सोशल मीडिया ने ही हमारे समय में दृश्य विस्फोट यानी विजुअल एक्सप्लोजन को प्रस्तुत किया है। जाहिर है कि बदलती दुनिया और बदलते समय में सोशल मीडिया और फोटोग्राफी की नातेदारी को बार-बार परिभाषित करना पड़ रहा है। यह कहने में गुरेज नहीं होना चाहिए कि फोटोग्राफी और सोशल मीडिया के बीच की नातेदारी जैसे-जैसे मजबूत होती जा रही है वैसे-वैसे स्मार्टफोन और कैमरों का विकास भी तेजी पकड़ता जा रहा है। आज फोन में लगे कैमरों के रेजोल्यूशन, फोकस और कलर कम्पोजीशन कई बेहतर एसएलआर कैमरों से कई गुना अधिक बेहतर हैं। वायरलेस शेयरिंग और फोटो प्रिंट करने की क्षमता ने स्मार्टफोन को कई उन्नत कैमरों के टक्कर में ला खड़ा किया है।

इस बात से इन्कार नहीं किया जा सकता कि सोशल मीडिया ने फोटो संचार को एक नया आयाम और तेज गति प्रदान की है, लेकिन इस बात को भी मानना पड़ेगा कि सोशल मीडिया ने सेल्फी फोटोग्राफरों की संख्या तो बढ़ाई है, लेकिन फोटोग्राफी के सौन्दर्य, उससे जुड़ी हुई तकनीक और प्रशिक्षण के समक्ष एक नई चुनौती भी प्रस्तुत कर दी है। एक प्रशिक्षित फोटोग्राफर जिस तरह एक फोटोजेनिक पल को पहचानने और फिर उसे जस का तस प्रस्तुत करने में अपने प्रशिक्षण और अपने विजुअलाइजेशन का प्रयोग करता है, वह सोशल मीडिया फोटोग्राफी में नहीं दिखाई पड़ता। हाँ, यह जरूर है कि यदि कोई प्रशिक्षित और फोटोग्राफी विशेषज्ञ किसी फोटोग्राफ को सोशल मीडिया में प्रस्तुत करता है तो वह अलग मायने रखती है। जब हम यह बात कह रहे होते हैं तो हम इस बात को भी ध्यान में रखते हैं कि सोशल मीडिया ने दैनिक जीवन में फोटोग्राफी की भूमिका को बढ़ा दिया है और लोग अपने समय को पल-पल दर्ज कर रहे हैं। यहाँ मैं एक बार फिर यह बात दोहरा लेता हूँ कि हमारे समय में बहुतेरे लोग फोटोग्राफिक इतिहास रचने में लगे हुए हैं।

सोशल मीडिया और फोटोग्राफी की जुगलबन्दी ने संस्कृति और साहित्य के प्रचार-प्रसार को भी विस्तार दिया है। लोगों ने अपनी यात्राओं के दौरान भारतीय संस्कृति के साथ-साथ वैश्विक संस्कृति को भी अपने स्मार्टफोन के कैमरों में कैद करके सोशल मीडिया के रास्ते वर्चुअल दोस्तों तक पहुँचाने का महत्वपूर्ण काम किया है। अपने समय की घटनाओं को दर्ज करने का शगल भी इस सदी के प्रारम्भ में ही लोगों को भाने लगा था। उदाहरण के रूप में नागरिक पत्रकारिता (Citizen Journalism) हमारे सामने है। यह कहना गलत नहीं होगा कि स्मार्टफोन और सोशल मीडिया जुगलबन्दी ने फोटोग्राफी को लोगों की हॉबी बनाया और फिर उन्हें नागरिक पत्रकार बनाने में महत्वपूर्ण भूमिका निभाई। सोशल मीडिया ने फोटोग्राफी को बहुत तेजी से लोगों (ऑडियन्स) तक पहुँचाने का काम तो किया ही, साथ ही उस रिवेन्यू

सिस्टम को भी पहले से कहीं अधिक बेहतर किया जो फोटोग्राफरों के पक्ष में है। यही वजह है कि आज किसी आर्ट गैलरी में या किसी प्रिंट प्रकाशन में अपनी फोटो साझा करने के स्थान पर फोटोग्राफर बड़े पैमाने पर सोशल मीडिया का प्रयोग कर रहे हैं। इनमें ऑडियन्स क्षमतावाले प्लेटफार्म और फोटोग्राफरों के लिए मुक्त मंच (ओपन प्लेटफार्म) उपलब्ध करानेवाली सेवाएँ कुछ अधिक ही लोकप्रिय हैं। आर्ट गैलरी, जो कि बड़े शहरों में गिने-चुने विशेष दर्शकों के लिए ही हुआ करती हैं और जिनमें अपनी उपस्थिति दर्ज कराने के लिए फोटोग्राफरों को धन भी वहन करना पड़ता है, कभी-कभी हताशा का कारण बन जाती थीं। ऐसे फोटोग्राफर जो इन गैलरी में अपनी प्रस्तुति देने में असमर्थता महसूस करते थे, उनकी अपेक्षाएँ सोशल मीडिया पूरी कर रहा है और हाशिए पर पड़े एक बड़े दर्शक समूह तक फोटोग्राफ पहुँचाने में भूमिका निभा रहा है, तो साथ ही फोटोग्राफी व्यवसाय को विस्तार देने में भी सहायक सिद्ध हो रहा है।

यह जानना महत्वपूर्ण है कि बरास्ते स्मार्टफोन इस समय दुनिया में सोशल मीडिया प्रयोग करनेवाले लोगों की संख्या करोड़ों में पहुँच गया है। किसी भी फोटो या वीडियो को अब 'वायरल' होने में क्षण भर भी नहीं लगता है। 'वायरल' होने का अर्थ ही है कि देशज सीमाओं को लाँघकर पूरी दुनिया के सोशल मीडिया के करोड़ों यूजर्स तक पहुँच जाना। दरअसल इंटरनेट पर करोड़ों लोगों का विश्वव्यापी वर्चुअल समुदाय है और सोशल मीडिया उस समुदाय में शामिल होने का दरवाजा है। आज ढेर सारी प्रतिभाएँ सोशल मीडिया के रास्ते अपनी पहचान बना पाने में सफल हो रही हैं। जिनके पास कुछ बताने यानी सूचित करने, किसी विषय पर कुछ कहने, जनसंवेदनाओं से जुड़ा कुछ दिखाने, अपने जीवन को बेहतर बनाने के लिए, कुछ सिखाने या फिर आकर्षक प्रस्तुतियाँ देकर मनोरंजन करने के लिए कुछ है, तो वे इस वर्चुअल समुदाय में अपनी उपस्थिति दर्ज कराने से नहीं चूक रहे हैं। दरअसल सोशल मीडिया लोगों को अपनी प्रतिभाएँ प्रस्तुत करने का स्पेस देकर न केवल प्रोत्साहित करता है, बल्कि उन्हें अपनी मार्केटिंग और ब्रांडिंग करने का भी अवसर प्रदान करता है। पिछले वर्षों में यह देखा गया है कि बहुत ही अनजान प्रतिभाएं सोशल मीडिया के रास्ते सामने आईं और फिर दुनिया में छा गईं। जाहिर है यह सब फोटोग्राफरों और फोटो पत्रकारों के लिए भी सम्भव हुआ है, जिनके पास कैमरे के रास्ते अपनी प्रतिभा दिखाने के लिए बहुत कुछ है।

मीडिया इंडस्ट्री पर रिपोर्ट जारी करनेवाली संस्थाओं ने भी लगातार यह माना है कि व्यवसाय के स्तर पर सोशल मीडिया का विकास और भविष्य परम्परागत मीडिया से कहीं ज्यादा और बेहतर है। स्मार्टफोन के उपयोगकर्ताओं की लगातार बढ़ती संख्या, डिजिटल वीडियो में विज्ञापन की बढ़ती हिस्सेदारी, सोशल मीडिया पर नागरिकों की सक्रियता ने यह तो तय कर ही दिया है कि वर्चुअल मीडिया व्यापकता और वैविध्य प्राप्त करने की ओर छलाँग लगा चुका है। यह अकारण नहीं है की ढेर सारे समाचार-पत्र और न्यूज़ टेलीविज़न सोशल मीडिया पर अपनी उपस्थिति दर्ज कराने की होड़ में शामिल हो चुके हैं। यह सभी सोशल मीडिया पर अपनी विशेष खबरों को फोटोग्राफ और वीडियो के साथ प्रस्तुत करने से नहीं चूक रहे हैं। कई मीडिया संस्थान सोशल मीडिया का उपयोग स्वयं की लोकप्रियता बढ़ाने और लोगों के बीच पहुँच बनाने के लिए

कर रहे हैं। यहाँ यह बताना जरूरी है कि सोशल मीडिया की धमक और उसको लेकर तैयारी परम्परागत मीडिया के लोगों ने 21वीं सदी के पहले दशक में ही शुरू कर दी थी। सन 2006 में जब एक वैश्विक मीडिया घराने के प्रमुख सम्पादक ने विश्व भर में फैले अपने संवाददाताओं से कहा था यदि वे सोशल मीडिया पर नहीं हैं तो नौकरी छोड़ दें या फिर कुछ मिनटों के भीतर वे सोशल मीडिया पर अपनी उपस्थिति दर्ज कराएँ। दरअसल उन्हीं दिनों यह तय होने लगा था कि यदि जनता की मनोभावनाओं, आकांक्षाओं, सामाजिक सक्रियताओं, सांस्कृतिक चेतनाओं, राजनीतिक विचारधाराओं और उनकी दैनन्दिन आवश्यकताओं को सहजता से जानना है तो सोशल मीडिया पर रहना जरूरी होगा। आज स्थिति यह है कि लगभग सभी मीडिया प्रारूपों के पत्रकारों और फोटो पत्रकारों को अपने कार्य या असाइनमेंट या बीट से जुड़े कई विचार यानी आइडिया, सोशल मीडिया से मिल जाते हैं। यही नहीं बहुत से मामलों में किसी विषय की फोटोग्राफी के दृष्टिकोण भी सोशल मीडिया से मिलते हैं, जो फोटो पत्रकारों को अपने पाठकों और दर्शकों के करीब पहुँचने में सहायक होते हैं।

बहुत से फोटो पत्रकार सोशल मीडिया पर अपने पृष्ठ बनाकर अलग से अपनी मार्केटिंग और ब्रांडिंग करने का भी उपक्रम कर रहे हैं। ऐसी बहुत सी एजेन्सियाँ भी सोशल मीडिया पर अपनी उपस्थिति दर्ज करा चुकी हैं, जो सोशल मीडिया के उपयोगकर्ताओं को अपनी फोटोग्राफ अपलोड करने और उन्हें बेचने में मदद कर रही हैं। यह सही है कि सोशल मीडिया पर ढेर सारे सामान्य जन और अप्रशिक्षित फोटोग्राफर अपने फोटोग्राफ्स लगातार अपलोड कर रहे हैं। इनमें से कुछ मैनिपुलेटेड और फेक की श्रेणी में रखी जा सकती हैं और कुछ पेड या बायस्ड (पक्षपाती) फोटोग्राफ कही जा सकती हैं। अपलोड फोटोग्राफ्स को लेकर साइबर क्राइम के भी खतरे बढ़े हैं। डाटा चोरी को लेकर सरकारें भी सतर्क हुई हैं। जाहिर है कि सोशल मीडिया ने यदि सहूलियतें दी हैं, तो चुनौतियाँ भी सामने रखी हैं। आनेवाले दिनों में इस दिशा में सार्थक कदम उठाने की आशा के साथ हम यह कह सकते हैं कि सोशल मीडिया फोटोग्राफी और फोटो पत्रकारिता के लिए पहले से कहीं अधिक लाभदायक बेहतर मंच बन जाएगा। हमें इस कथन को ध्यान में रखना होगा कि भविष्य में फोटोग्राफी और उसके विविध प्रारूप अन्तरराष्ट्रीय भाषा के रूप में भूमिका निभाएँगे।

फोटो ब्लॉगिंग

बीसवीं सदी के अन्तिम दशक के प्रारम्भ में जब मीडिया ने खुद के सामाजिक सरोकारों में बदलाव लाना शुरू किया था, तब एकाएक लगने लगा था कि अखबारों के पृष्ठों और टेलीविज़न स्क्रीन से आम आदमी के हिस्से की खबर गायब होती जा रही है। यह वही समय था जब मीडिया ने 'थ्री सी' यानी क्रिकेट, सिनेमा, क्राइम में खुद को मस्त करने की जुगत भिड़ानी शुरू कर दी थी। और, यही वह समय था जब नई-नई टेक्नोलॉजी से लगातार रू-ब-रू हो रहे भारतीय समाज ने वैकल्पिक मीडिया की तलाश शुरू कर दी थी, ताकि वह अपनी बात सीधे और सपाट शब्दों में जनता और सत्ता तक पहुँचा सके। इन्हीं दिनों इंटरनेट पर लेखन की एक नई विधा 'ब्लॉग' ने जन्म लिया और देखते ही देखते यह भारतीय समाज के एक बड़े हिस्से

की हमसफर बन गया।

वास्तव में निजी डायरी के रूप में शुरू हुए 'ब्लॉग' को मीडिया परिदृश्य में जगह बनाने में कोई कठिनाई नहीं हुई। असम्पादित टिप्पणियों के असीमित बहाव को लोकप्रियता भी सहजता से हासिल हो गया। वजह साफ थी। एक ओर जहाँ मीडिया का सामुदायिक ताना-बाना खुद उसकी ही वजह से बिखर चुका था, वहीं दूसरी ओर खबर देने और लेने के बीच की दूरी अनायास ही समाप्त हो गया तथा सम्पादन नाम का 'स्कूल' बेमानी हो गया। 'ब्लॉग' को युवा पीढ़ी ने सूचनाएँ, जानकारियों और दिल की भड़ास निकालने, प्रचारित-प्रसारित करने के 'टूल' के रूप में इस्तेमाल किया और नए-नए प्रयोग करके इसे अधिक सहज एवं ग्राह्य बनाने का काम किया। एक सच यह भी है कि ब्लॉग ने युवाओं के सोचने के तरीके को तो बदला ही साथ ही अपनी सोच को प्रभावी ढंग से लोगों तक पहुँचाने का सलीका भी सिखा दिया। कम्प्यूटर और इंटरनेट के प्रयोग करनेवालों की आधी से अधिक संख्या ब्लॉग पढ़ने और लिखने या फिर उस पर अपनी प्रतिक्रिया देने में शामिल हो चुकी है। कई मुद्दों पर ब्लॉग में पारम्परिक पत्रकारिता पर बढ़त ली है और जनता की आवाज बनने का भी काम किया है। यह कहना अतिशयोक्ति नहीं होगा कि ब्लॉगिंग, सिटिजन जर्नलिज़्म यानी नागरिक पत्रकारिता का एक बेहतरीन उपक्रम है, जो हर किसी को अपनी बात अपने ढंग से कहने का अवसर उपलब्ध कराता है। पत्रकारिता में अब नागरिक प्रतिरोध की गूँज, ब्लॉग में ही सुनाई देती है।

फिलहाल यह तो माना ही जा सकता है कि ब्लॉग से पत्रकारिता बहुत कुछ बेलाग हुई है। हर कोई बेधड़क, बेलौस वह सब कुछ कह रहा है, जो वह कहना चाहता है। यूनीकोड के आने के बाद से हिन्दी में भी ब्लॉग लेखन को बढ़ावा मिला है। हिन्दी में 'ब्लॉग' को 'चिट्ठा' तथा ब्लॉगिंग को 'चिट्ठाकारी' का नाम दिया गया है। कभी आप पत्रकारिता में मानक कहे जानेवाले 'शिव-शम्भु के चिट्ठे' पढ़ें तो आपको इन 'चिट्ठों' यानी ब्लॉग्स पर भी उसी तरह का बेबाकपन और बेलौसपन पढ़ने को मिल सकता है। इक्कीसवीं सदी के पहले दशक से ही ब्लॉग को एक तरफ साहित्य लेखन की एक विधा मानने के लिए अभियान चलाया जा रहा है तो कुछ विद्वान इसे लोकतन्त्र का पाँचवाँ खम्भा घोषित कर रहे हैं। आनेवाले दिनों में ब्लॉग को लेकर नए-नए प्रयोग होने तय हैं और यह भी तय है कि यह विधा और भी अधिक विस्तार लेगी-लेखन के वैविध्य में भी तकनीकी उन्नयन में भी।

वास्तव में 'ब्लॉग' उस व्यक्तिगत डायरी के समान है, जो ऑनलाइन होने के कारण दुनिया के किसी भी कोने के किसी भी व्यक्ति के द्वारा सहजता से पढ़ी जा सकती है। यह भी कह सकते हैं कि 'ब्लॉग' एक ऐसी वेबसाइट का प्रतिरूप है, जिसमें एक व्यक्ति द्वारा निरन्तर कुछ-न-कुछ लिखा जाता है। अब चाहे वह किसी घटना या चर्चा में रहे विषय पर उसके व्यक्तिगत विचार हों या कमेंट्री या फिर कोई फोटो या फिर वीडियो। इंटरनेट की दुनिया में ब्लॉग ठीक उसी तरह हमारे सामने आते हैं जैसे बाजार में स्थित किसी कम्पनी का अपना एक्सक्लूसिव आउटलेट। इसमें व्यक्ति अपनी पसन्द का कंटेंट परोसता है और उसके मित्र, उसकी विचारधारा के समर्थक या पढ़ने की इच्छा रखनेवाले लोग उसे पढ़ते हैं, उस पर कमेंट करते हैं या प्रत्युत्तर में अपने ब्लॉग पर भी उस पर लिखकर बहस को आगे बढ़ाते हैं। वास्तव में ब्लॉग लिखनेवाला यानी

ब्लॉगर अपनी मर्जी का कंटेंट परोसता है, अब चाहे वह गप्प ही क्यों न हो। बहुत से ब्लॉगरों ने 'ब्लाग' को गप्प मारने या भड़ास निकालने का अड्डा बना रखा है और उसे दुनिया भर के लोग अपनी मर्जी से पढ़ रहे हैं, कमेंट कर रहे हैं। यही वजह है कि ब्लॉग को 'बाउंड्रीलेस ऑन लाइन गॉसिप' (Boundary Less Online Gossip= BLOG) कहा जाए तो कोई अतिशयोक्ति नहीं होगी। फिलहाल ब्लॉग सोशल नेटवर्किंग का एक ऐसा माध्यम बन गया है जो एक तरह के विचारोंवाले लोगों को एक साथ एक ही मंच पर लाने और अपनी पसन्द के विषयों पर बहस करने, बहस को आगे बढ़ाने या फिर किसी मुद्दे पर आवाज उठाने का काम करता है।

वास्तव में 'ब्लॉग' शब्द 'वेबलॉग' का संक्षिप्त रूप हैं। वेबलॉग से ब्लॉग बनने और फिर आगे का सफर तय करने की कहानी बहुत पुरानी या फिर लम्बी नहीं है। 'वेबलॉग' शब्द का प्रयोग सबसे पहले 14 अगस्त, 1995 में बॉण्ड यूनिवर्सिटी, आस्ट्रेलिया के दो अध्यापकों जी रेकुंडेलिया तथा एम.रीस ने अपने आलेख 'एक्सप्लॉयटिंग द वर्ल्ड वाइड वेब फार इलेक्ट्रॉनिक मीटिंग डाक्यूमेंट एनालिसिस एंड मैनेजमेंट' में किया था। यह और बात है कि तब 'वेबलॉग' शब्द न तो उतना लोकप्रिय हो सका और न ही इसे उस तरह से प्रस्तुत किया जा सका कि लोग इसका प्रयोग प्रारम्भ कर सकें। 'वेबलॉग' शब्द के वर्तमान स्वरूप में प्रस्तुत करने तथा इसे लोकप्रिय बनाने का काम जॉन बर्जर ने 1997 में किया। जॉन ने अपनी वेबसाइट में वेबलॉग का प्रयोग बार-बार किया और इसे चलन में ला दिया। 'ब्लॉग' शब्द के अलग अस्तित्व की घोषणा 1999 में पीटर मेरहोल्ज ने यह कहते हुए की कि वह अब वेबलॉग की जगह 'वी ब्लॉग' का प्रयोग करेंगे। वी ब्लॉग (We Blog) ही का संक्षिप्त रूप 'ब्लॉग' हो गया। बाद में पायरा लैब के इवान विलियम्स ने 'ब्लॉग' शब्द का प्रयोग संज्ञा एवं क्रिया, दोनों ही रूप में करना प्रारम्भ कर दिया। इनके द्वारा ही पहली बार 'ब्लागर' शब्द चलन में लाया गया। 'ब्लॉगर', ब्लॉगिंग की मुफ्त सेवा उपलब्ध करानेवाला उपक्रम था, जिसे पायरा लैब ने लॉन्च किया था। वर्तमान में यह लैब 'गूगल' के अन्तर्गत संचालित है।

'ब्लॉग' का प्रारम्भ वेबसाइट या वेबपेज के रूप में ही हुआ, जिनमें दूसरी वेबवाइट्स या वेबपेजेस से जुड़ने और उनमें टिप्पणी करने की सम्भावनाएँ होती हैं। वर्ल्ड वाइड वेब (WWW) के पिता कहे जानेवाले टिम बर्नर्स-ली ने 1992 में पहली बार वेबपेज पोस्ट किया था। इसी को वेब की दुनिया में कंटेंट उपलब्ध कराने की या 'ब्लॉगिंग' के प्रारम्भिक चरण की शुरुआत माना जा सकता है। जनवरी, 1994 में जस्टिन हाल नाम के एक विद्यार्थी ने व्यक्तिगत ब्लॉगिंग का प्रारम्भ किया। 'जस्टिन्स होम पेज' ऐसा पहला ऑनलाइन जर्नल था, जिसमें प्रतिदिन कुछ न कुछ लिखा जाता था। जस्टिन के इस जर्नल को प्रारम्भिक ब्लॉगों में से एक माना जा सकता है। देव बाइनर ने 1997 में स्क्रिप्टिंग न्यूज' नाम का वेबलाग शुरू किया था, जो आज भी उपलब्ध है। इसे सबसे लम्बे समय से चले आ रहे ब्लॉग के रूप में देखा जाता है। नवम्बर, 1998 में कैमरॉन बैरेट ने 'कैम वर्ल्ड' नाम की साइट पर पहली बार ब्लॉग की लिस्ट प्रकाशित की थी, जो उस समय लिखे जा रहे थे। मई, 1999 में स्कॉट रोसेनबर्ग ने अपनी ब्लॉग साइट 'सलोन डाट काम' पर पहली बार 'वेब मीडिया' पर लेख लिखा और 'वेब जर्नलिस्ट' शब्द का प्रयोग किया। ब्लॉग लेखन यानी किसी भी प्रकार की ब्लॉगिंग करना अब उतना कठिन नहीं रहा,

जितना कि इस विधा के प्रारम्भिक दिनों में था। अब बहुतेरी 'ब्लॉग होस्टिंग सर्विस' हैं तो 'ब्लॉग सॉफ्टवेयर' भी हैं। ऐसे-ऐसे टूल्स भी वेब वर्ल्ड ने उपलब्ध करा दिये हैं कि उनके सहारे ब्लॉग लेखन की दुनिया में सहजता से अपनी उपस्थिति दर्ज कराई जा सकती है।

फोटोब्लॉग या फोटोलॉग, फोटो शेयरिंग और फोटो पब्लिशिंग का प्लेटफार्म है। दरअसल ब्लॉग की दुनिया बड़ी होने के साथ-साथ जब विशेषीकृत होने लगी, तब कई प्रकार के ब्लॉग सामने आए। इनमें फोटोब्लॉग अपेक्षाकृत अधिक लोकप्रिय हो गया। इसकी लोकप्रियता तब अधिक बढ़ गई, जब मोब्लॉग यानी मोबाइल ब्लॉग का चलन चल गया। दरअसल स्मार्टफोन आने के बाद ही लोगों में फोटो खींचने और उसे प्रस्तुत कर देने की होड़ मच गया। इसी होड़ में फोटोब्लॉग लोगों की पसन्द बनता चला गया। आज वेब-दुनिया में ढेर सारे फोटो ब्लॉग बन चुके हैं। फोटो ब्लॉग की लोकप्रियता को देखते हुए कई विशेषीकृत ब्लॉग होस्टिंग सर्विस भी प्रारम्भ हो चुकी हैं। फोटो ब्लॉग के माध्यम से फोटोग्राफी की मार्केटिंग भी हो रही है।

इन दिनों कई प्रकार के फोटो ब्लॉग लोगों की पसन्द बने हुए हैं, जिनमें प्रमुख हैं- ट्यूटोरियल फोटोग्राफी ब्लॉग्स, ट्रैवल फोटोग्राफी ब्लॉग्स, पोर्ट्रेट और फोटोजर्नलिज़्म फोटोग्राफी ब्लॉग्स, फैशन फोटोग्राफी ब्लॉग्स और स्ट्रीट फोटोग्राफी ब्लॉग्स। इन फोटोग्राफी ब्लॉग्स के माध्यम से न केवल लोग अपने फोटोग्राफी अनुभव को प्रस्तुत कर रहे हैं, बल्कि ब्लॉग उनके द्वारा की जा रही प्रगति का लेखा-जोखा भी हैं। फोटोग्राफी ब्लॉग के माध्यम से लोग अपनी सृजन क्षमता और तकनीकी योग्यता से उन लोगों को भी प्रभावित कर रहे हैं, जो फोटोग्राफी के क्षेत्र में कुछ नया करना चाहते हैं।

फोटोवॉयस

फोटोवॉयस एक ऐसी प्रक्रिया है जिसमें ऐसे लोग, जो आमतौर पर गरीबी, नस्ल, वर्ग, जातीयता, लिंग, भाषाजनित बाधाओं, संस्कृति या अन्य परिस्थितियों के कारण सामाजिक, राजनीतिक तथा आर्थिक रूप से पिछड़ गए हैं यानी सीमित शक्तिवाले लोग हैं, अपने सामाजिक वातावरण, दुरूहताओं और अनुभवों को लोगों तक पहुँचाने और उनसे दुख-दर्द साझा करने के लिए फोटोग्राफ का उपयोग करते हैं। हम यह भी कह सकते हैं कि इस फोटोवॉयस उपक्रम के माध्यम से विकास के क्रम में पिछड़ गए लोगों के जीवन की वास्तविकताओं को सामान्य जनता और नीति निर्माताओं तक पहुँचाने और सार्थक संवाद स्थापित करके सामाजिक परिवर्तन को प्रोत्साहित करने का प्रयास किया जाता है।

फोटोवॉयस को 1992 में मिशिगन विश्वविद्यालय के कैरोलिन सी वांग और फोर्ड फाउंडेशन में महिला स्वास्थ्य के लिए कार्यक्रम अधिकारी मैरी एन. बूरिस द्वारा विकसित किया गया था। मीडिया एवं सामाजिक शोध के क्षेत्र में फोटोवॉयस को एक गुणात्मक शोध (qualitative research) पद्धति के रूप में लिया जाता है, जिसका उपयोग प्राय: समुदाय-आधारित भागीदारी अनुसन्धान में किया जाता है, जिसमें शोधार्थी लोगों के अनुभवों को फोटोग्राफ के रूप में एकत्र करते हैं। फोटोवॉयस आमतौर पर सामुदायिक विकास, अन्तरराष्ट्रीय विकास, सार्वजनिक स्वास्थ्य और शिक्षा के क्षेत्र में उपयोग किया जाता है। बहरहाल बहुत से फोटो पत्रकारों ने

फोटोवॉयस की अवधारणा पर ही सामाजिक रूप से पिछड़े लोगों की आवाज बनने की कोशिश जारी रखी हुई है। हम यह भी कह सकते हैं कि ढेर सारे सन्दर्भों में फोटवॉयस, फोटो पत्रकारिता का ही एक रूप है।

इमोजी बनाम फोटो संचार

इक्कीसवीं सदी के प्रारम्भ में जब मोबाइल फोन पर मैसेजिंग की दुनिया बड़ी हो रही थी, तब मानवीय मनोभावों को प्रस्तुत करने की एक नई विधा इमोजी दुनिया के सामने आ गई और कुछ इस तरह लोगों के साथ जुड़ी कि अब वह जनसंचार की दुनिया का अप्रतिम साधन बन गई है। हम यह भी कह सकते हैं कि फोटो संचार की दुनिया में इमोजी ने अपना एक अलग ही स्थान बना लिया है। जापान में 186 इमोजी चरित्रों के साथ शुरू हुआ इसका सफर लगातार विस्तृत होता जा रहा है। जनसंचार के क्षेत्र में लोकप्रियता को देखते हुए इमोजी को लेकर कई देशों में तरह-तरह के प्रयोग हो रहे हैं। भारत में भी इमोजी का एक रूप हिमोजी प्रचलन में आ चुका है।

फोटो संचार विशेषज्ञ मानते हैं कि इमोजी की उत्पत्ति स्माइली से हुई, जो पहले इमोटिकॉन्स में विकसित हुई, इसके बाद हाल के वर्षों में इमोजी और स्टिकर आए। स्माइली पहली बार 1960 के दशक में दिखाई दी और इसे पहला अभिव्यक्ति प्रतीक माना जाता है। स्माइली एक पीला चेहरा है, जिसमें आँखों के लिए दो डॉट्स और एक चौड़ी मुसकराहट होती है और जो बटन, ब्रोच और टी-शर्ट पर छपी होती है। 1980 के दशक के प्रारम्भ तक, यह प्रतीक व्यापक हो गया था, जो पश्चिमी लोकप्रिय संस्कृति की एक स्थायी विशेषता के रूप में उभर रहा था। इमोटिकॉन्स 1872 में जापान में सामने आए। जापानी लोग इमोजी से पहले इमोटिकॉन्स के माध्यम से अपने मनोभावों व बातों का सम्प्रेषण करते थे, इसमें कुछ संख्याओं के माध्यम से संकेतों ही संकेतों में बात करके किसी भी भाव को समझ लिया जाता था, लेकिन धीरे-धीरे इसका दौर खत्म हो गया और इमोजी की लोकप्रियता बढ़ाती चली गई। *(देखें चित्र संख्या 39)*

हम कह सकते हैं कि इमोजी का पुनर्जन्म 22 फरवरी, 1999 को जापान में हुआ था, जब कलाकार शिगेताका कुरीता ने पहली बार कुछ चित्रों के माध्यम से बात करने की कोशिश की थी। तब उन्होंने 186 इमोजी के प्रतिरूप प्रस्तुत किए थे। 'इमोजी' जपानी भाषा के शब्द 'इ' (पिक्चर) और 'मोजी' (पात्र) से मिलकर बना है। इमोजी आइडियोग्राम या स्माइली होते हैं, जिनका फोन में मैसेज और चैटिंग के दौरान उपयोग किया जाता है। इनमें मानव चेहरे के हाव-भाव, जगह, मौसम, जानवर, हथेलियों के एक्शन, घर, दिल, गाडियाँ, पेड़-पौधे, फूल, गिफ्ट और भी कई चीजों के चित्र थे। तब यह एक नए ढंग से विजुअल मैसेजिंग यानी फोटो संचार के एक सहज-सरल प्रतिरूप की शुरुआत थी।

इमोजी की लोकप्रियता को देखते हुए ऑक्सफ़ोर्ड डिक्शनरी ने वर्ष 2013 में 'इमोजी' शब्द को अपने शब्दों के साथ शामिल कर लिया। एक अनुमान के मुताबिक सोशल मीडिया प्लेटफॉर्म पर प्रतिदिन सात अरब से अधिक बार इमोजी को बात करने के लिए उपयोग किया जा रहा है। जिन दस इमोजी का सबसे ज्यादा उपयोग हो रहा है उनमें खुशी, थम्स अप, रेड हार्ट, रोना, हाथ जोड़ना, हँसते हुए आँसू छोड़ना, दिल के साथ मुसकुराना, आँखों पर दिल के

साथ मुसकुराना, फेस ब्लोइंग किस और मुसकुराती आँख शामिल हैं।

नेटवर्क संचार की दुनिया में इमोजी का प्रयोग बहुत ही वैविध्य लिये हुए हैं। दरअसल इमोजी के पास न केवल अप्रतिम शब्दार्थ हैं, बल्कि उनकी भावनात्मक विशेषताएँ मानवीय व्यवहार के विभिन्न पक्षों से जुड़ी हुई हैं। अब तो इमोजी ने कानून, बाजार-व्यापार, स्वास्थ्य और शिक्षा के क्षेत्र में भी प्रवेश कर लिया है। विशेषज्ञ मानते हैं कि सामाजिक स्तर पर इमोजी, एक दृश्य भाषा के रूप में, गैर-अंग्रेज़ी भाषी देशों के लिए अंग्रेजी-प्रभुत्ववाले सोशल मीडिया का उपयोग करना आसान बनाता है। हम यह कह सकते हैं कि इमोजी सूचना के पीछे के इरादों और भावनाओं को व्यक्त करने के लिए कम्प्यूटर मीडिएटेड कम्युनिकेशन में गैर-मौखिक संकेतों की आवश्यकता को पूरा करते हैं।

दुनिया भर में इमोजी की विविधता पर शोध हो रहे हैं। विशेषज्ञ मानते हैं कि इमोजी के प्रयोग पर व्यक्तिगत और सामूहिक स्तर की विविधता का प्रभाव रहता है । यह प्रभाव लोगों की पसन्द, अनुभव, मनोभावों के रूप में सामने आता है। वास्तव में लोग अपनी सांस्कृतिक, सामाजिक, आर्थिक और राजनीतिक स्थितियों को ध्यान में रखते हुए इमोजी का प्रयोग करते हैं। यह सही है कि इमोजी उपयोगकर्ताओं को भावनाओं को व्यक्त करने और पाठ के अर्थ को समझने में मदद कर सकता है, लेकिन इमोजी का उपयोग संचार की व्याख्या में अस्पष्टता भी लाता है। इसे इस तरह समझें कि हालाँकि इमोजी में दृश्य समानता है, लेकिन उनकी व्याख्या सांस्कृतिक पृष्ठभूमि, तकनीकी अन्तर और उनकी अपनी दृश्य विशेषताओं से प्रभावित होती है। किसी इमोजी का विशिष्ट अर्थ, जो उपयोगकर्ता इमोजी द्वारा व्यक्त करना चाहता है, उनकी मानक या आधिकारिक परिभाषा से भिन्न हो सकता है, जिसके परिणामस्वरूप एक ही इमोजी की विभिन्न व्याख्याएँ हो सकती हैं।

नागरिक फोटो पत्रकारिता की धूम

इक्कीसवीं सदी के पहले ही वर्ष सितम्बर, 2001 को न्यूयार्क में हुए आतंकवादी हमलों ने वेब के इतिहास में एक नया अध्याय जोड़ दिया था। तब पहली बार 'वेब ट्रैफिक' का अहसास किया गया और सूचनाओं के आदान-प्रदान के लिए ईमेल, ब्लॉग और अन्य व्यक्तियों की ओर लोगों को जुड़ते देखा गया। यह पहला अवसर था जब लोग ही लोगों के लिए वेब पर सूचनाएँ और फोटोग्राफ शेयर कर रहे थे। हम कह सकते हैं कि यह पहला मौका था जब लोगों को पत्रकार की भूमिका निभाते हुए देखा गया। इंटरनेट पर दिखनेवाली इस जन-प्रतिक्रिया को 'डू इट योरसेल्फ जर्नलिज़्म' का पर्याय माना गया। यह एक ऐसा मौका था जब घटना के प्रत्यक्षदर्शियों ने फोटो और अपने आँखों देखे हाल यानी कमेंट्री से रू-ब-रू कराना शुरू किया। लोगों के पास अपनी व्यक्तिगत कहानियाँ थीं, अचानक आँखों के सामने घटित त्रासदी को लेकर भ्रम था, क्रोध था और नुकसान को समझने और समझाने की होड़ थी। यह सही है बीसवीं सदी के अन्तिम दशक में 'एवरीवन इज जर्नलिस्ट' की परिकल्पना सामने आ गया थी, लेकिन इतनी जल्दी इस परिकल्पना के सच होने का अन्दाजा किसी को भी नहीं था। यह एक ऐसा समय था, जब एक नागरिक या नागरिकों का समूह, समाचार और सूचना एकत्र

करने, रिपोर्ट करने, विश्लेषण करने और प्रसारित करने की प्रक्रिया में सक्रिय भूमिका निभा रहा था। वास्तव में इस तरह की भागीदारी का उद्देश्य स्वतन्त्र, विश्वसनीय, सटीक, व्यापक और प्रासंगिक जानकारी प्रदान करना होता है, जिसकी लोकतन्त्र को आवश्यकता होती है। नागरिकों का पत्रकारिता में भागीदार बनने का यह उपक्रम ही नागरिक पत्रकारिता यानी सिटिजन जर्नलिज़्म का प्रारम्भ था।

जनसंचार की दुनिया में प्रतिभागी ऑडियन्स (Participatory Audience) का बहुत महत्व होता है। सब जानते हैं कि विकास संचार को तब तक सफल होते नहीं देखा जा सकता, जब तक हम प्रतिभागी ऑडियन्स को साथ नहीं रखते। यहाँ यह बताना भी जरूरी है कि तीसरी दुनिया के विकासशील देशों में जब विकास यानी जन-विकास की पड़ताल शुरू हुई, तब यह पता चला इन देशों में विकास की अवधारणा इसलिए फलीभूत नहीं हो पाई कि वहाँ पर विकास संचार और प्रतिभागी ऑडियन्स के बीच का सामंजस्य गायब था। संचार विशेषज्ञों का मानना है कि यदि लोगों को विकास की अवधारणा का ठीक-ठीक परिचय दिया गया होता और विकास के कार्यों में उनकी भागीदारी सुनिश्चित की गया होती तो विकासशील देश अशिक्षा, भुखमरी और बेरोजगारी से कुछ हद तक बाहर निकल सकते थे। जाहिर है कि सदी के प्रारम्भ में इंटरनेट के रास्ते प्रतिभागी ऑडियन्स तेजी से तैयार हो रहे थे। लोगों को यह एहसास हो चुका था कि वे सूचनाओं और उनसे जुड़ी फोटोग्राफ को तत्काल पहुँचा देने का काम बड़ी ही आसानी से कर सकते हैं। इन लोगों के पास न कोई एजेंडा था और न ही किसी सूचना और फोटो के मैनिपुलेशन का कारण। यही वजह थी कि नागरिक पत्रकारिता ने तेजी से आकार लेना शुरू कर दिया। लोग अपने ही साथ के लोगों पर विश्वास कर रहे थे और सहजता से मिली जानकारियों और फोटो को आगे बढ़ा रहे थे। सब कुछ 'प्रतिभागी पत्रकारिता' (Participatory Journalism) का एक नया मॉडल प्रस्तुत करने जैसा था।

दरअसल 'प्रतिभागी पत्रकारिता' में किसी सम्पादकीय निरीक्षण की या औपचारिक पत्रकारिता के तरह की संगठित कार्य-योजना नहीं होती। यह सामूहिक संवाद की परिणति होती है, जिसमें किसी एक का उत्तरदायित्व नियत नहीं होता है। यह सभी का उत्तरदायित्व होता है कि वह सच को ईमानदारी से प्रस्तुत करे और ईमानदारी से मिले सच को इस विश्वास के साथ आगे बढ़ाए कि यही सच है। जब तक उसे फोटो या सूचना में सच और सूचना सम्प्रेषण की ईमानदारी न दिखाई दे, तब तक वह उसके प्रवाह का प्रतिभागी न बने। वर्तमान सदी के दूसरे दशक में इसी ईमानदारी की कमी ने ही फेक न्यूज और फेक व्यूज के फलसफे को अमल में आते दिखाया। यहाँ यह बताना जरूरी है कि सन 1990 के दशक की शुरुआत में, कई समाचार-पत्रों ने नागरिक पत्रकारिता के ही तरह के विचार के साथ एक प्रयोग किया, जिसमें चयनित फोकस समूहों, चुनावों और दैनिक समाचारों पर प्रतिक्रिया के रूप में पाठकों और समुदायों से भागीदारी की माँग की गई। इनमें से अधिकांश प्रयोग चुनाव कवरेज के आसपास केन्द्रित थे। यह प्रयोग कुछ हद तक सफल रहा था, लेकिन यह नई सदी की नागरिक पत्रकारिता से भिन्न प्रयास था। इसमें नागरिकों को केवल माँग के आधार पर ही अपनी प्रतिभागिता करने की छूट थी, जबकि इक्कीसवीं सदी में इंटरनेट के साथ शुरू हुई प्रतिभागी पत्रकारिता में नागरिक

को पत्रकार की तरह काम करने की छूट मिली हुई थी, वह भी किसी सम्पादक के बिना। यहाँ पत्रकारिता का गेटकीपर सिद्धान्त लागू नहीं होता था। हम कह सकते हैं कि पहले सेटेलाइट और फिर इंटरनेट के माध्यम से हो रहे संचार के प्रसार ने नागरिक पत्रकारिता के रूप में बदलती दुनिया को वैकल्पिक पत्रकारिता का एकदम नया और सम्भावनाओं से भरा आयाम दे दिया।

नागरिक पत्रकारिता को डेमोक्रेटिक जर्नलिज़्म, गोरिल्ला जर्नलिज़्म और स्ट्रीट जर्नलिज़्म के नाम से भी पुकारा जाता है। नागरिक पत्रकारिता को सामुदायिक पत्रकारिता (Community Journalism) और नगर-विषयक पत्रकारिता (Civic Journalism) के साथ नहीं रखना चाहिए । ये दोनों पत्रकारिता, परम्परागत पत्रकारिता के ही प्रतिरूप हैं। सहकारी पत्रकारिता (Collaborative Journalism) एक अलग ही अवधारणा है, जिसमें पेशेवर पत्रकार और गैर-पेशेवर यानी नागरिक पत्रकार मिलकर कार्य करते हैं। इसी तरह, सामाजिक पत्रकारिता (Social Journalism) पेशेवर और गैर-पेशेवर पत्रकारिता के मिश्रण के साथ एक डिजिटल प्रकाशन को दर्शानेवाली अलग अवधारणा है। नागरिक पत्रकारिता (Citizen Journalism) एक विशेष प्रकार की पत्रकारिता है, जिसमें 'नागरिक मीडिया' और 'यूजर जेनरेटेड कंटेंट' की महत्वपूर्ण भूमिका होती है। दरअसल इसे डेमोक्रेटिक जर्नलिज़्म भी इसीलिए कहा गया है कि इसमें लोगों द्वारा लोगों के मीडिया प्लेटफॉर्म पर लोगों के लिए ही पत्रकारिता शामिल होती है। *(देखें चित्र संख्या 40)*

बदलते समय में नागरिक पत्रकारिता की तरह ही नागरिक फोटो पत्रकारिता भी हमारे साथ है। दरअसल डिजिटल टेक्नोलॉजी ने सभी के लिए अनुकूल कैमरे और उनसे जुड़े पोर्टेबल उपकरणों की एक श्रृंखला तैयार कर दी है, जो लगभग मानक फोटोग्राफ प्रस्तुत करने में सक्षम हैं। दूसरी ओर नेटवर्क टेक्नोलॉजी ने फोटोग्राफी के अभ्यास को मजबूत करने का अवसर प्रदान कर दिया है। नतीजा यह है कि ढेर सारे लोग, मीडिया संस्थान या फोटोजर्नलिज़्म के संगठन से नहीं जुड़े हुए हैं, फोटो खींच रहे हैं और उन्हें लोगों तक पहुँचा रहे हैं। ये नागरिक फोटो पत्रकार, पहले से कहीं अधिक तेज और सक्रिय हो गई पत्रकारिता के अपरिहार्य हिस्से बन चुके हैं। ऐसे कई उदाहरण हैं, जब कई मीडिया संस्थानों ने इन नागरिक फोटो पत्रकारों की फोटो और वीडियो का प्रयोग अपने पाठकों और दर्शकों के लिए किया है। नागरिक फोटो पत्रकारिता का लाभ यह है कि मीडिया संस्थानों और संगठनों के पास अब फोटोग्राफ्स के एक ऐसे संग्रह तक पहुँच है, जो उन घटनाओं को कवर तो करना चाहता है, लेकिन उसके अपने पेशेवर फोटो पत्रकार द्वारा कम समय में यानी तत्काल सम्भव नहीं हो सकता है, हालाँकि पारम्परिक मीडिया, इन नागरिक फोटोग्राफ्स का उपयोग करते समय सच और झूठ के सन्देह में रहता है।

यहाँ एक बात और समझनी होगी कि पेशेवर और नागरिक फोटो पत्रकारों के बीच सहयोग, फोटो पत्रकारिता की प्रस्तुति के लिए लाभकारी होता है, हालाँकि इसके नुकसान भी हैं। जब मुफ्त सामग्री या कुछ या अधिक मूल्यवाली छवि का उपयोग करने का विकल्प दिया जाता है, तो अधिकांश फोटो-सम्पादक मुफ्तवाला विकल्प चुनते है क्योंकि विशेष रूप से प्रिंट पत्रकारिता में फोटो पत्रकारिता की लागत बढ़ती ही जा रही है। यह विकल्प पेशेवर फोटो पत्रकारिता

के भविष्य को खतरे में डालनेवाला है। यदि नागरिक फोटो पत्रकार पेशेवर के व्यवसाय को हड़पने में कामयाब हो जाता है तो यह तय है कि फोटो पत्रकारिता में अब तक देखी जानेवाली फोटोग्राफिक गुणवत्ता गायब हो जाएगी।

नागरिक फोटो पत्रकारिता के बढ़ते जाने के पीछे का उपकरण निस्सन्देह मुख्य रूप से स्मार्टफोन है। इस छोटे, पोर्टेबल, उपयोगकर्ता के अनुकूल उपकरण में व्यक्ति के साथ यात्रा करने और दृश्य को पर्याप्त मानक के साथ दर्ज करने की क्षमता है। इसके साथ ही इमेज-आधारित मंच सोशल मीडिया के निरन्तर विकास ने स्मार्टफोन प्रयोग करनेवाले हर किसी को प्रोड्यूसर और प्रकाशक की भूमिका निभाने के लिए सक्षम बना दिया है। नतीजा यह है कि सोशल मीडिया अब मुफ्त इमेज और मूविंग इमेज कंटेंट के सबसे बड़े संग्रह का सर्वसुलभ ठिकाना है।

नागरिक फोटो पत्रकारिता से जुड़ी कुछ बातों को समझना जरूरी है। पहली यह कि नागरिक पत्रकारिता में प्रतिनिधित्व पेशेवर फोटो पत्रकारिता से काफी भिन्न है। जहाँ पेशेवर फ़ोटोग्राफ़र को प्रशिक्षित किया जाता है कि कैसे एक फोटो-कथा का निर्माण किया जाए और उसे किस तरह सफल एवं सार्थक फोटोग्राफ्स में बदला जाए। उसे अपने कार्य के दौरान लगातार इस बात का अनुभव होता रहता है कि किस तरह उसे सामाजिक दायित्वों की पूर्ति करते हुए जिम्मेदारी के साथ फोटो-कथा को प्रस्तुत करना है। दूसरी ओर एक नागरिक फ़ोटोग्राफ़र अधिक सहज, अप्रशिक्षित और आवेग के साथ कार्य करता है। जाहिर है वह बिना कुछ सोचे-समझे अपना काम करता है और लोगों के समक्ष प्रस्तुत करने की होड़ में होता है। एक तथ्य यह भी है कि नागरिक फोटो पत्रकारों की संख्या, पेशेवर फोटो पत्रकारों की संख्या से बहुत अधिक हो गया है और उन्हें प्रकाशित करने के लिए अनुमति या सत्यापन की आवश्यकता नहीं है। यही वजह है कि अब विशेषज्ञों को यह कहना पड़ रहा है कि नागरिक और पेशेवर फोटो पत्रकार तथा सोशल और पारम्परिक मीडिया के बीच एक पारस्परिक नातेदारी यानी सहयोगी स्थिति सम्भव करनी होगी। हालाँकि इस धारणा को अमल में लाने के लिए एक-दूसरे के पक्ष को बेहतर ढंग से समझना जरूरी होगा।

4

मीडिया ट्रायल और विजुअल कम्युनिकेशन

इक्कीसवीं सदी मीडिया की नई-नई प्रवृत्तियों को सामने लानेवाली सदी है। टेक्नोलॉजी के बलबूते बदलती दुनिया में जो विधा सबसे तेजी से बदलाव का शिकार हुई है, उनमें मीडिया सबसे महत्वपूर्ण है। होड़, हड़बड़ी और हड़कम्प का शिकार मीडिया ने कई ऐसी प्रवृत्तियाँ भी अपनाईं, जिनको लेकर न्यायपालिका को बार-बार चेतावनी देनी पड़ रही है। इन्हीं प्रवृत्तियों में से एक है 'मीडिया ट्रायल'।

हालाँकि मीडिया ट्रायल की प्रवृत्ति दुनिया में पिछली सदी के सातवें दशक में ही सामने आ गई थी, लेकिन भारत में यह अन्तिम दशक में अपना स्थान बनाने में तब कामयाब हुई जब विजुअल कम्युनिकेशन ने विस्तार लिया। दरअसल 21वीं सदी के आते-आते विजुअल कम्युनिकेशन यानी फोटो पत्रकारिता और टेलीविज़न या वीडियो पत्रकारिता पहले से कहीं अधिक महत्वपूर्ण हो गईं। नई टेक्नोलॉजी ने इन दोनों पत्रकारिता को नया रंग-ढंग दे दिया, जिससे यह अपने पाठकों और दर्शकों के बीच अधिक लोकप्रिय हो गईं और उन पर व्यापक व गहरा प्रभाव डालने में कामयाब होने लगीं। नतीजा यह हुआ कि बरास्ते फोटोग्राफी और वीडियोग्राफी, मीडिया ट्रायल ने भी नए-नए रूप में सामने आना शुरू कर दिया। आज स्थिति यह है कि मीडिया ट्रायल को लेकर खूब प्रयोग हो रहे हैं, हंगामा भी हो रहा है और मीडिया को न्यायपालिका से चेतावनी और हिदायतें भी मिल रही हैं। महत्त्वपूर्ण यह कि 23 मार्च, 2023 को भारत के तत्कालीन प्रधान न्यायाधीश डी वाई चन्द्रचूड ने कहा कि "मीडिया ट्रायल के दीर्घकालिक परिणाम हो सकते हैं क्योंकि इससे ऐसी धारणा जन्म ले लेती है जो व्यक्ति को अदालतों के फैसले से पहले ही जनता की नजरों में गुनहगार बना देती है। जिम्मेदार पत्रकारिता सत्य के प्रकाश-स्तम्भ की तरह होती है जो हमें बेहतर कल का रास्ता दिखा सकती है। लेकिन, आज हमारी व्यवस्था में एक प्रमुख मुद्दा मीडिया द्वारा ट्रायल का है। पत्रकारों को यह समझना होगा कि कोई भी व्यक्ति तब तक निर्दोष होता है, जब तक अदालत उसे दोषी नहीं पाती। यह कानूनी प्रक्रिया का अहम पहलू है। हालाँकि, इस तरह के वाकये भी रहे हैं जब मीडिया ने एक विमर्श गढ़ा, जिससे व्यक्ति अदालत द्वारा दोषी करार दिये जाने से पहले ही जनता की नजरों में दोषी हो गया। इससे प्रभावित लोगों के जीवन पर और उचित प्रक्रिया पर दीर्घकालिक परिणाम हो सकता है।"

क्या है मीडिया ट्रायल

इन दिनों कुछ मीडिया के घराने विशेषकर कुछ इलेक्ट्रॉनिक मीडिया के न्यूज चैनल इस पुरानी कहावत को चरितार्थ करने में जुटे हुए हैं कि झूठ को कुछ इस तरह इतनी बार कहो कि वह सच लगने लगे। यही नहीं बिना किसी मुद्दे का आगा-पीछा जाने टीआरपी की होड़ में शामिल होनेवाले इन मीडिया रूपों को यह लगने लगा है कि वे जो कहेंगे, उसी को सही मान लिया जाएगा। मजाल है कि देश में कोई विवादित घटना घटे और हमारे कुछ खबरिया चैनल बिना समय गँवाए उसे लपक न लें। केवल लपक लेने भर की बात होती तो भी कुछ न बिगड़ता। बात तो उस मुद्दे पर अधकचरी बहस चलाकर अपने तरीके से निर्णय सुनाने की है। इसे आप इस तरह भी समझ सकते हैं कि इन दिनों 'मीडिया ट्रायल' के नाम पर अपने हित-अहित साधने की कवायद में जुटे खबरिया चैनल इस बात पर कुछ भी सुनने को तैयार नहीं होते कि मीडिया एथिक्स में मीडिया के स्वयं इस तरह निर्णायक बनने को गलत ठहराया जाता है। बदलते समय की दुहाई देनेवाले मीडिया के कई अलम्बरदार मीडिया ट्रायल को नई और जरूरी मीडिया प्रवृत्ति बताने से नहीं चूकते। इस तथाकथित नई प्रवृत्ति पर देश की सबसे बड़ी अदालत ने कई बार अपनी नाराजगी जाहिर की है।

मीडिया ट्रायल से तात्पर्य है कि अखबार या न्यूज़ चैनल द्वारा किसी मामले में आरोपी या फिर शक के घेरे में आए हुए व्यक्ति या व्यक्तियों का ट्रायल, बिना कोर्ट के फैसले का इन्तजार किए ही शुरू कर देते हैं। इसे इस तरह भी समझ सकते हैं कि जब अखबार, न्यूज़ वेब साइट्स और टेलीविज़न चैनल किसी घटना के घटने की सम्भावित परिस्थितियों, उससे जुड़े विभिन्न पहलुओं, कारणों, आरोपित व्यक्तियों या शक के दायरे में आए व्यक्तियों की अगले-पिछले रिकॉर्ड की पड़ताल, जाँच एजेन्सियों द्वारा की जा रही तफ्तीश पर समाचार, आलेख, सम्पादकीय टिप्पणियाँ और फोटोग्राफ प्रकाशित करते हैं या फिर इन पर टेलीविज़न शो तैयार करके प्रसारित करते हैं तो इन्हें मीडिया ट्रायल के अन्तर्गत रखा जाता है। कभी-कभी इन मीडिया ट्रायल में पत्रकारों और सम्पादकों की ओर से निर्णय भी सुना दिया जाता है।

मीडिया ट्रायल की प्रवृत्ति को खोजी पत्रकारिता का पर्याय मानकर चलनेवाले लोग किसी अपराध को सनसनीखेज बनाकर प्रस्तुत करने की होड़ में खुद ही जाँचकर्ता बन जाते हैं, खुद ही वकील और अन्त में खुद ही जज बनकर निर्णय सुना देते हैं। देश के कई विद्वान न्यायाधीशों ने मीडिया की इस प्रवृत्ति को गलत माना और इसे रोकने की बात कही। न्यायमूर्ति मदन बी लोकुर और न्यायमूर्ति दीपक गुप्ता की पीठ ने कहा था, "यह इतना आसान नहीं है। मीडिया कई बार एकदम चरम पर पहुँच जाता है। इसमें सन्तुलन बनाए रखने की आवश्यकता है। आप यह नहीं कह सकते कि आप जैसा चाहेंगे वैसा कहेंगे।" इसी तरह गुजरात उच्च न्यायालय के तत्कालीन न्यायाधीश न्यायमूर्ति के.एस. राधाकृष्णन ने भी इसे ठीक नहीं माना था और कहा था कि 'मीडिया दृढ़ सार्वजनिक राय कायम करता है, जो न्यायपालिका को प्रभावित करती है।' उच्चतम न्यायालय के न्यायाधीश मूर्ति कुरियन जोसेफ ने इस बात पर चिन्ता जाहिर की थी कि दंड विधान संहिता की धारा 161 और 164 के तहत दर्ज आरोपी के बयान भी मीडिया को जारी कर दिए जाते हैं। अदालत में मुकदमा चलता है तो समानान्तर रूप से मीडिया भी ट्रायल चलाने

लगता है। इसी तरह न्यायमूर्ति खेहर ने यह कहते हुए उच्चतम न्यायालय की ओर से एडवाइजरी जारी करने की बात कही थी कि किसी भी व्यक्ति की छवि बेहद अहम है। किसी भी गिरफ्तार व्यक्ति को अगर इलेक्ट्रॉनिक मीडिया या प्रिंट मीडिया में दिखाया जाता है तो उसकी छवि हमेशा के लिए खराब हो जाती है, भले ही बाद में उसे बरी क्यों न कर दिया जाए। सन 2017 में ही न्यायमूर्ति खेहर ने कहा था कि 'उच्चतम न्यायालय के पास 1999 से ऐसी कई याचिकाएँ पेंडिंग हैं जिनमें पुलिस या जाँच एजेन्सियों से जुड़ी मीडिया रिपोर्टिंग को लेकर गाइडलाइन जारी करने की माँग की गयी है।' यहाँ न्यायमूर्ति ए.के. सीकरी की यह बात भी महत्वपूर्ण है कि डिजिटल दौर में न्यायपालिका दबाव में है। कोर्ट में सुनवाई होने से पहले ही लोग सोशल मीडिया में बहस शुरू कर देते हैं कि फैसला क्या होना चाहिए।

कुछ वर्ष पहले सर्वोच्च न्यायालय के तत्कालीन मुख्य न्यायाधीश न्यायमूर्ति आर.एम. लोढ़ा, न्यायमूर्ति कुरियन जोसेफ, न्यायमूर्ति आर.एफ. नरीमन की खंडपीठ ने मीडिया ट्रायल की लगातार बढ़ती जा रही प्रवृत्ति को संज्ञान में लेते हुए कहा था कि किसी भी आपराधिक मामले में जाँच एजेन्सियों एवं अभियोजन अधिकारियों द्वारा ट्रायल पूरा न होने के पहले अपनी जानकारियों के आधार पर या जाँच के दौरान दी गयी जानकारियों के आधार पर मीडिया द्वारा किए जानेवाले ट्रायल गम्भीर समस्याएँ पैदा करते हैं। न्यायालय ने अपने निर्णय में यह आभास दे दिया था कि उसने एक ओर जहाँ किसी भी मुद्दे से जुड़े सभी पक्षों के हितों एवं अधिकारों के बीच सन्तुलन बनाने के लिए दिशा निर्देश बनाने का मन बना लिया है। वहीं यह भी कहा कि जाँच एजेन्सियों और अभियोजन पक्ष को ऐसा कुछ भी न तो कहना चाहिए और न ही करना चाहिए जिससे जाँच की प्रक्रिया या फिर न्यायिक प्रक्रिया प्रभावित होती हो या फिर जाँच की गोपनीयता भंग होती हो। खंडपीठ ने किसी गिरफ्तार व्यक्ति की मीडिया के सामने परेड कराने और उनकी फोटो खींचने की अनुमति देने की पुलिसिया प्रवृत्ति की भी गलत ठहराया था। यही नहीं, कुछ विशेष धाराओं के तहत पुलिस और मजिस्ट्रेट के सामने दिए गए कतिपय बयानों को मीडिया को बताए जाने को भी आड़े हाथों लिया था। बहरहाल यह पहली बार नहीं था, जब न्यायालय ने मीडिया ट्रायल पर सख्त रुख अपनाया। इससे पहले भी देश की सबसे बड़ी अदालत यानी सर्वोच्च न्यायालय यह कह चुका है कि मीडिया को न्यायालय में लम्बित मामलों की रिपोर्टिंग करते समय अपनी लक्ष्मण रेखा नहीं लाँघनी चाहिए। एक मामले की सुनवाई करते हुए न्यायालय ने यह भी कहा था कि निष्पक्ष ट्रायल और अभियुक्तों के बचाव के अधिकारों को दखलन्दाजी से बचाने के लिए मीडिया रिपोर्टिंग को स्थगित किया जा सकता है।

यहाँ यह जानना भी जरूरी है कि ऐसे कई मामले हैं, जिनको लेकर मीडिया की सक्रियता फायदेमन्द रही है। कई मामले तो मीडिया के कारण ही न्यायपालिका और कार्यपालिका के संज्ञान में आए और उनमें सही लोगों को न्याय मिल सका। लेकिन, पूँजी और मुनाफे की होड़ में शामिल अधिकांश खबरिया चैनल जब बिना सोचे-समझे या फिर पूर्वाग्रह से अभिप्रेरित होकर किसी मसले पर मीडिया ट्रायल करते हैं तो जाहिर है कि मीडिया की स्मृति परम्पराओं में दर्ज नैतिकताओं को धता बता दिया जाता है। पिछले दिनों कई ऐसी घटनाएँ घटी हैं जिनमें कई खबरिया चैनलों के 'लपोकीपन' ने उनकी साख पर तो बट्टा लगाया ही साथ ही पूरी मडिया

को कटघरे में खड़ा कर दिया। उदाहरण के लिए दिल्ली की एक स्कूली टीचर का फर्जी स्टिंग प्रसारित करके एक खबरिया चैनल ने उसकी प्रतिष्ठा को जिस तरह ठेस पहुँचाई, उससे वह शायद ही पूरी जिन्दगी उबर पाए। इसी तरह जस्टिस गांगुली पर लगे आरोपों के सन्दर्भ में खूब जमकर मीडिया ट्रायल हुआ, लेकिन सबूतों के अभाव में वह केस बन्द हो गया। इन दोनों ही केस में मीडिया ने फालोअप की परम्परा निभाकर अपने दायित्व को निभाना ठीक नहीं समझा। क्या जनता यह जानना नहीं चाहती कि आखिर उस स्कूली टीचर और जस्टिस गांगुली दोषी थे या नहीं? आखिर इन दोनों ही मामले में अन्तिम निर्णय क्या हुआ? मीडिया ट्रायल के कई अन्य प्रकरण, जैसे शिवानी भटनागर हत्याकांड मामला (1999), जेसिका लाल की हत्या का मामला (2006), रिजवानुर रहमान का मामला (2007), आरूषी तलवार हत्याकांड (2008), मुकेश मनवानी हत्याकांड (2018), मुजफ्फरपुर शेल्टर होम कांड (2018) आदि अखबारों और टेलीविज़न में चर्चा का विषय बने हैं। इनमें से कई के मामलों में देश के विद्वान न्यायमूर्तियों ने माना कि मीडिया ट्रायल ने न्यायालय की कार्यवाही को प्रभावित करने का असफल प्रयास किया।

माडिया ट्रायल और विजुअल कम्युनिकेशन

नीचे दिए गए समाचारों को गौर से पढ़िए, हमारे देश में विजुअल कम्युनिकेशन का पर्याय टेलीविज़न न्यूज चैनलों के लिए हदों और हिदायतों के बीच का पेंच फँसता नजर आ जाएगा। तमाम कोशिशों के बावजूद कुछ टेलीविज़न चैनल अपनी बचकानी हरकतों से पूरे मीडिया परिदृश्य पर ही प्रश्नचिन्ह लगवाने पर आमादा रहता है। *(देखें चित्र संख्या 41)*

''सुप्रीम कोर्ट ने उकसाने या भडक़ानेवाले टीवी कार्यक्रमों को लेकर केन्द्र सरकार के उदासीन रवैये पर नाराजगी जताई। कोर्ट ने कहा कि सरकार ने इस सम्बन्ध में कुछ नहीं किया है। उसने कहा कि इस तरह के कार्यक्रमों को नियन्त्रण करना न केवल एहतियाती कदम होगा, बल्कि कानून व्यवस्था बनाए रखने के लिए यह महत्वपूर्ण भी है। 26 जनवरी को ट्रैक्टर रैली के दौरान हुई हिंसा के बाद इंटरनेट सेवा बन्द किए जाने के मामले का हवाला देते हुए चीफ जस्टिस एस.ए. बोबडे की अध्यक्षतावाली तीन सदस्यीय पीठ ने कहा कि निष्पक्ष और सही रिपोर्टिंग करने की जरूरत है, लेकिन समस्या तब पैदा होती है जब इसका इस्तेमाल उकसाने के लिए होता है।''

(अमर उजाला, 29 जनवरी, 2021)

''सुप्रीम कोर्ट ने विवादित वेब सिरीज तांडव के निर्माताओं, कलाकारों व अन्य को गिरफ्तारी से राहत देने से इनकार करते हुए कहा कि अभिव्यक्ति की आजादी असीमित अधिकार नहीं है...कलाकार दूसरों की धार्मिक भावना को ठेस नहीं पहुँचा सकते।''

(अमर उजाला, 28 जनवरी, 2021)

''दिल्ली हाईकोर्ट ने बॉलीवुड के ३४ प्रमुख निर्माताओं और बॉलीवुड उद्योग संगठनों की याचिका पर सुनवाई के दौरान कहा, वह न्यूज चैनलों को खबरों को कवर करने से नहीं रोक रहा है, लेकिन केवल उन्हें जिम्मेदार पत्रकारिता को आगे बढ़ाने के लिए कह रहा है। कोर्ट ने कहा कि हम यह नहीं कह रहे कि आप ऐसी खबरों को कवर नहीं कर सकते, हम केवल आपको

जिम्मेदार पत्रकारिता करने को कह रहे हैं। मीडिया अगर कार्यक्रम कोड का पालन नहीं करता है तो अदालत इसे लागू कराएगी । '' (हिन्दुस्तान,10 नवम्बर, 2020)

'' लोकतन्त्र के चौथे स्तम्भ प्रेस से लोग डरे हुए हैं। वजह इसकी ताकत है। आखिर में अदालतों को ही ऐसे मामलों में दखल देना पड़ता है। आप टीवी पर अभद्र शब्दों और भाषा का प्रयोग करते हैं, लोग मीडिया से तटस्थ रहने की उम्मीद करते हैं। इससे बेहतर तो ब्लैक एंड व्हाइट दूरदर्शन का युग था। मीडिया को संयम बरतने की जरूरत है। दिल्ली हाईकोर्ट ने सोमवार को यह तल्ख टिप्पणी बॉलीवुड के 34 प्रमुख निर्माताओं और बॉलीवुड उद्योग संगठनों की याचिका पर सुनवाई के दौरान की। जस्टिस राजीव शकधर की पीठ ने कहा, मीडिया रिपोर्टिंग से ऐसा लगता है कि पहले धारणा बनाई जाती है और फिर रिपोर्टिंग की जाती है। इसमें खबर कम विचार ज्यादा होते हैं। '' (अमर उजाला, 10 नवम्बर, 2020)

''कोरोना महामारी की शुरुआत में तबलीगी जमात के कार्यक्रम पर मीडिया रिपोर्टिंग को लेकर केन्द्र सरकार की दलीलों पर सुप्रीम कोर्ट ने मंगलवार को नाखुशी जताई। कोर्ट ने कहा कि सरकार को टीवी पर इस तरह के मामलों को नियन्त्रित करने पर विचार करना चाहिए। साथ ही उससे यह पूछा कि इस मुद्दे पर उसने केबल टेलीविज़न नेटवर्क एक्ट के तहत क्या कार्रवाई की है। साथ ही सुप्रीम कोर्ट ने फेक न्यूज पर रोक लगाने के लिए तन्त्र विकसित करने के बारे में पूछा। प्रधान न्यायाधीश एस.ए. बोबडे की अध्यक्षतावाली पीठ ने सालिसिटर जनरल तुषार मेहता से कहा कि पहले तो आपने कोई हलफनामा नहीं दायर किया। हलफनामा दायर भी किया तो उसमें दो अहम मुद्दों पर कुछ नहीं कहा गया है। इस तरह से नहीं चल सकता।''

(दैनिक जागरण, 17 नवम्बर, 2020)

'' मुम्बई हाईकोर्ट की एक पीठ ने फिल्म स्टार सुशान्त सिंह की मौत से जुड़े मामले में राहत की माँग करने से जुड़ी याचिकाओं की सुनवाई करने के दौरान इस बात पर हैरानी जताई कि इलेक्ट्रॉनिक मीडिया पर सरकार का कोई नियन्त्रण नहीं है। हाईकोर्ट के मुख्य न्यायाधीश न्यायमूर्ति दीपांकर दतत और न्यायमूर्ति जी.एस. कुलकर्णी ने पूछा कि सरकार टीवी समाचारों का नियमन क्यों नहीं करती है।'' (दैनिक जागरण, 17 सितम्बर, 2020)

वैसे भारतीय टीवी मीडिया के लिए यह कोई नई बात नहीं है। इससे पहले भी इस तरह की हदें उसने पार की हैं और हिदायतों का दौर चलता रहा है। आपको याद होगा कि 26 / 11 को मुम्बई के ताज होटल में हुए आतंकी हमले की कवरेज में हुई गलतियों के बाद मीडिया के कोड ऑफ कंडक्ट तैयार करने की बात सरकार की ओर से आने के साथ-साथ खुद मीडिया के भीतर से भी आई थी। टेलीविज़न चैनलों की अपनी कुछ संस्थाओं ने भी इसी तरह की पहल कीं और कोड ऑफ कंडक्ट तैयार हुए, लेकिन रहा सब कुछ वही ढाक के तीन पात। तब भी टीवी कवरेज को लेकर सुप्रीम कोर्ट ने मीडिया को लताड़ लगाई थी। कोर्ट ने स्पष्ट कर दिया है कि संविधान के तहत मिली हर आजादी की तरह भाषण देने और अभिव्यक्ति की स्वतन्त्रता पर कुछ प्रतिबन्ध लगे हुए हैं, जिन्हें नजरअन्दाज नहीं किया जा सकता। वास्तव में ऐसा कोई भी कृत्य जिससे अनुच्छेद 21 के अन्तर्गत मिले जीने के अधिकार संकट में पड़ता हो या फिर

राष्ट्रीय सुरक्षा पर आँच आती हो तो उस अभिव्यक्ति की स्वतन्त्रता या फिर प्रेस की आजादी के नाम पर सही नहीं ठहराया जा सकता।

सच तो यह है कि पिछले कुछ वर्षों से जिस तरह पेराई पत्रकारिता यानी एक ही खबर को कई दिनों तक दिखाते-चलाते रहने और 'खबराटक' यानी खबरों को नाटक के अन्दाज में प्रस्तुत करने की अति हो गयी है। नरक तो बेमानी बहसों और उनके अधकचरे बहेसियों ने भी कर रखी है। न जाने क्यों अब तो ऐसा लगने लगा है कि अधिकांश टेलीविज़न खबरिया चैनल महज टाइम पास करने में लगे रहते हैं। पेड न्यूज, पेड व्यूज और पेड इंटरव्यूज अब दर्शकों को बड़ी ही सहजता से समझ में आ जाते हैं और उन्हें चैनल बदलने में कतई देर नहीं लगती। सच यह भी है कि बरसों पहले टेलीविज़न प्रसारण के लिए जिस डेफिसिट अटेंशन थ्योरी की बता कहा जा रही थी, वह सही मायनों में अब सच होती नज़र आने लगी है। अब तो दर्शकों की ओर से यह बात उठने लगी है कि टेलीविज़न कंटेंट की निगरानी के लिए कोई तो होना ही चाहिए। इससे पहले कि टेलीविज़न चैनलों के उपभोक्ताओं का कोई संघ बन जाए और दर्शकों की अटेंशन को बेच खानेवालों की शामत आ जाए, खुद चैनलों के कर्ता-धर्ताओं की फौज को सोचना ही पड़ेगा।

यह सही है कि प्रिंट मीडिया की अपनी आचार संहिता है और उसका बहुत हद तक पालन होता है। प्रिंट के पास प्रेस कौन्सिल ऑफ इंडिया जैसी नियामक संस्था भी है। दूसरी तरफ इलेक्ट्रॉनिक मीडिया के पास न तो सर्वमान्य आचार संहिता है और न ही की कोई प्रभावशाली नियामक संस्था। एन बी ए और ऐसी ही कुछ सस्थाएँ बनी अवश्य हैं, लेकिन न तो उनका कोई प्रभाव दिखता है और न ही उनकी अलम्बरदारी खुद कई टीवीवालों को स्वीकार है।

मानवाधिकार और फोटोग्राफी

''मानव अधिकार एक व्यक्ति की राष्ट्रीयता, उसके निवास, लिंग, राष्ट्रीयता या जातीय मूल, रंग, धर्म, भाषा या अन्य स्थिति पर ध्यान दिए बिना सभी मनुष्यों के लिए निहित अधिकार हैं। सभी समान रूप से भेदभाव के बिना मानव अधिकारों के हकदार हैं। ये अधिकार आपस में सम्बन्धित, अन्योन्याश्रित और अविभाज्य हैं।'' दुनिया के लगभग सभी लोकतान्त्रिक देश और अपनी जनता के प्रति सत्ता को समर्पित करके शासन चलानेवाली सरकारें मानव अधिकारों की इसी परिभाषा और उद्देश्य को आधार मानकर मानवीय समाज को विकसित करने और रखने में जुटी हुई हैं।

दुनिया के मौखिक और लिखित इतिहास इस बात के गवाह हैं कि मानवीय सभ्यता के स्थापित होने और 'समाज' नाम की संस्था के निर्मित होने के साथ ही लोगों की व्यक्तिगत सुरक्षा और सामुदायिक सुरक्षा की व्यवस्थाएँ आकार लेने लगी थीं। इस प्रयास में धार्मिक मान्यताओं और आस्थाओं का भी योगदान रहा। सामाजिक विकास के साथ-साथ मानवीय सुरक्षा और अधिकारों को नए-नए आयाम मिलते रहे। यह भी सही है कि दुनिया के विभिन्न देशों में आती-जाती बदलती सत्ताओं ने अपने-अपने ढंग से मानवीय सुरक्षा और अस्मिता के होने-न होने को परिभाषित किया और उसके अनुरूप कानून बनाया और अपने ही ढंग से उसे लागू कराया।

इस बात से इनकार नहीं किया जा सकता है कि मानव अधिकार (Human Rights) शब्द 17वीं शताब्दी में प्रचलित हुआ। सम्भवतः यही वह समय था, जब 'मानव अधिकार चेतना' अपने समय की स्थापित सामाजिक व धार्मिक व्यवस्थाओं से बाहर निकलकर राजनीति एवं सत्ता से जुड़ी व्यवस्थाओं में प्रवेश कर रही थी। इसे इंग्लिश बिल ऑफ राइट्स (1689), द फ्रेंच डिक्लरेशन ऑन राइट्स ऑफ मैन एंड सिटिजन (1789) तथा यू एस कान्स्टीट्यूटशन एंड बिल ऑफ राइट्स (1791) के माध्यम से बखूबी समझा जा सकता है। यही भी सही है कि तब तक मानव अधिकार की अवधारणा राष्ट्रीय सीमाओं के भीतर अपनी संस्कृति, परम्पराओं, सामाजिक मूल्यों और राष्ट्रीय कानूनों में बिंधी हुई थी। इसका कोई सार्वभौमिक स्वरूप दुनिया के सामने नहीं था। वास्तव में टेक्नोलॉजी के विकास और औद्योगिकीकरण के सहारे तब विकसित होती दुनिया का सबसे बड़ा स्याह पक्ष था अधिनायकवाद और उपनिवेशवाद। दुनिया की एक बड़ी आबादी दासता और गुलामी की जंजीरों में फँसी रहने पर मजबूर थी। कई देशों का सामाजिक ताना-बाना अपनी अस्मिता को बचाने के लिए चीत्कार कर रहा था तो कई देशों में आजादी के दीवाने राजनीति की नई-नई इबारत लिखने की होड़ में शामिल हो चुके थे। यह वह समय था जब पूरी दुनिया दो हिस्सों में बँट चुकी थी। एक हिस्से में वे राष्ट्र जो अधिकार एवं सुविधा सम्पन्न थे और दूसरे हिस्से में गुलाम और सुविधाविहीन राष्ट्रों की उपस्थिति थी। इसी परिदृश्य में 1914 में प्रथम विश्वयुद्ध और 1939 में द्वितीय विश्वयुद्ध से दुनिया का आमना-सामना हुआ।

द्वितीय विश्वयुद्ध के बाद दुनिया के विभिन्न देशों में सामाजिक-धार्मिक स्थितियों ने जिस परिदृश्य को जन्म दिया, उसमें मानवीय अस्मिता और उसके विभिन्न सरकारों को पुनः स्थापित करने और उन्हें भविष्य की पीढ़ियों के लिए बचाने की जरूरत आन पड़ी। इसी जरूरत ने मानव अधिकारों की आधुनिक अवधारणा को विकसित करने में मदद की। यह अवधारणा इस बात को सुनिश्चित करती है कि मानव अधिकार मानवीय सोच, समझ और सम्मान के प्रति संवेदनशील रहें और प्रत्येक नागरिक के लिए सामाजिक, आर्थिक और राजनीतिक न्याय की आवश्यकताओं का सम्मान करें। यही नहीं ये अधिकार राज्य की शक्ति और उसकी एजेन्सियों द्वारा उसके मनमाने उपयोग से प्रत्येक नागरिक की रक्षा करता है।

वास्तव में द्वितीय विश्वयुद्ध में जो कुछ हुआ, उसने विश्व शान्ति के लिए ईमानदार प्रयास कर रहे लोगों को यह अहसास करा ही दिया कि दुनिया के लोगों की व्यक्तिगत स्वतन्त्रता और सुरक्षा के अधिकारों का सीधा सम्बन्ध विश्व शान्ति और सुरक्षा से है, इसलिए मानव अधिकारों को वैश्विक मंच से सम्बल प्रदान करने का सार्थक प्रयास किया जाए। यहाँ यह स्वीकार करने में कतई गुरेज नहीं करना चाहिए कि उस समय मानव अधिकारों के प्रति लगी वैश्विक चेतना शक्तियों को अमरीका के तत्कालीन राष्ट्रपति फ्रैंकलिन डी0 रूजवेल्ट की उस उद्घोषणा से सम्बल मिला, जो 6 जनवरी, 1941 को जारी की गयी और जिसे विश्व में 'चार स्वतन्त्रताओं' (Four Freedom) के नाम से जाना जाता है। इस उद्घोषणा में राष्ट्रपति रूजवेल्ट ने वाक् की स्वतन्त्रता (Freedom of Speech), धर्म की स्वतन्त्रता (Freedom of Religion), अभाव से मुक्ति (Freedom from Want) तथा भय से मुक्ति (Freedom from fear) की बात कही थी। राष्ट्रपति रूजवेल्ट इस दिशा में सोचनेवाले अकेले राष्ट्रनेता नहीं थे, बल्कि विश्व के कई राष्ट्रों के प्रमुख

व जन नेतृत्वकर्ता इस तरह ही सोच रहे थे। विश्व में एक ऐसे संगठन की आवश्यकता महसूस की जा रही थी, जो वैश्विक स्तर पर मानवीय चेतना और मानवीय संवेदना के सम्मान से कार्य कर सके और विश्व शान्ति की कल्पना को मूर्त रूप दे सके। और यह तब सच हुआ 1945 में जब संयुक्त राष्ट्र संघ (United Nations) इन उद्देश्यों के साथ अस्तित्व में आया कि

1. विश्व में शान्ति स्थापित करना है,
2. राष्ट्रों के मध्य मैत्रीपूर्ण सम्बन्ध स्थापित करना है,
3. गरीबी, भुखमरी, महामारी, निरक्षरता से लोगों को मुक्ति दिलाने और एक दूसरे के अधिकार एवं स्वतन्त्रता की रक्षा करने के लिए सभी राष्ट्र मिलकर काम करेंगे,
4. विश्व के राष्ट्रों के बीच सौहार्द एवं सहयोग का परिदृश्य स्थापित करने का केन्द्र बनाना है।

26 जून, 1945 को सैन फ्रेन्सिस्को में संयुक्त राष्ट्र चार्टर पर 51 राष्ट्रों ने हस्ताक्षर किए और आज इसके 193 सदस्य हैं। सन् 1947 में संयुक्त राष्ट्र चार्टर के 68वें अनुच्छेद के अनुपालन में मानव अधिकार आयोग का गठन हुआ, जिसका उद्देश्य था कि मानव अधिकारों की एक ऐसी घोषणा तैयार की जाए, जो विश्व के सभी राष्ट्रों को स्वीकार्य हो। यह एक दुरूह लक्ष्य था। बड़ी-बड़ी रुकावटों और आपत्तियों से उबरकर अन्ततः उस लक्ष्य तक पहुँचने में सफलता मिल ही गया। 10 दिसम्बर, 1948 को संयुक्त राष्ट्र महासभा ने मानव अधिकारों की सार्वभौम घोषणा (Universal Declaration of Human Rights - UDHR) को अपना लिया।

संयुक्त राष्ट्र महासभा ने जिस मानव अधिकारों की सार्वभौम घोषणा (यूडीएचआर) को अपनाया, उसमें सदस्य देशों से मानवीय, नागरिक, आर्थिक और सामाजिक अधिकारों को बढ़ावा देने पर जोर दिया गया है। दुनिया को यह समझ देने में यह घोषणा सफल रही कि ये अधिकार दुनिया में स्वतन्त्रता, न्याय और शान्ति का हिस्सा हैं। यह एक बड़ी बात है कि मानवाधिकार पर सार्वभौम घोषणा का प्रारूप तैयार करने में भारत ने सक्रिय भागीदारी की । संयुक्त राष्ट्र के घोषणापत्र में लैंगिक समानता की जरूरत को स्थान दिलाने में भारतीय प्रतिनिधियों का महत्वपूर्ण स्थान रहा है। यह बताना भी आवश्यक है कि भारत छह प्रमुख मानव अधिकार प्रतिज्ञापत्र और बच्चों के अधिकारों पर समझौते के वैकल्पिक प्रोटोकॉल का हस्ताक्षरकर्ता है। यही वजह रही कि भारत के संविधान निर्माताओं ने मानव अधिकारों की सार्वभौम घोषणा में शामिल अधिकांश अधिकारों को संविधान में वर्णित और नागरिकों को प्राप्त मौलिक अधिकारों और नीति निर्देशक तत्वों में शामिल कर दिया है। मौलिक अधिकारों में समानता का अधिकार, स्वतन्त्रता का अधिकार, शोषण के विरुद्ध अधिकार, धार्मिक, सांस्कृतिक और शैक्षणिक स्वतन्त्रता के अधिकार और विभिन्न संवैधानिक उपचार शामिल हैं। इसी तरह नीति निर्देशक तत्वों में सामाजिक सुरक्षा का अधिकार, रोजगार चुनने की स्वतन्त्रता का अधिकार, बेरोजगारी के खिलाफ काम की सुरक्षा और कार्य के लिए सुविधाजनक परिस्थितियाँ, समान कार्य के लिए समान वेतन, मानवीय गरिमा का सम्मान, आराम और छुट्टी का अधिकार, लोगों के कल्याण को बढ़ावा देना, समानन्याय और मुफ्त कानूनी सहायता और राज्य द्वारा पालन किए जानेवाले नीति के सिद्धान्तों को शामिल किया गया है।

यही नहीं भारत सरकार ने मानव अधिकार रक्षा अधिनियम 1993 को बनाकर संघ तथा राज्य स्तर पर मानवाधिकारों की रक्षा सुनिश्चित करने के लिए आयोगों की स्थापना को आवश्यक कर दिया है। ये आयोग राष्ट्रीय मानव अधिकार आयोग और राज्य मानव अधिकार आयोग कहलाते हैं। राष्ट्रीय मानव अधिकार की स्थापना 12 अक्टूबर, 1993 को हुई। यह आयोग देश में मानव अधिकारों की रक्षा के लिए स्वायत्त तथा स्वतन्त्र निकाय की तरह कार्य करता है। मानव अधिकारों, मुद्दों को गम्भीरता से लेते हुए आयोग ने कई महत्वपूर्ण कार्य किए है। इनमें से कई मुद्दे तो सीधे भारत के उच्चतम न्यायालय के निर्देशानुसार देखे जा रहे हैं। इनमें बँधुआ श्रम का उन्मूलन, राँची, आगरा और ग्वालियर के मानसिक अस्पतालों का कामकाज, शासकीय महिला सुरक्षा गृह आगरा का कामकाज तथा भोजन का अधिकार शामिल है। मानव अधिकार आयोग द्वारा उठाए गए अन्य मुद्दे तथा कार्यक्रमों में बाल विवाह निषेध अधिनियम की समीक्षा 1929, बाल अधिकार प्रोटोकॉल के लिए कन्वेन्शन, सरकारी कर्मचारियों द्वारा कराए जानेवाले बालश्रम की रोकथाम, बालश्रम उन्मूलन, बच्चों के खिलाफ यौन हिंसा के लिए गाइड बुक, महिलाओं और बच्चों के अवैध व्यापार : लिंग संवेदीकरण के लिए न्यायपालिका मैनुअल, सेक्स पर्यटन और तस्करी की रोकथाम पर संवेदनशील कार्यक्रम, मातृ रक्ताल्पता और मानव अधिकार, वृन्दावन में बेसहारा औरतों का पुनर्वास, कार्यस्थल पर महिलाओं के यौन उत्पीड़न को रोकना, रेल में महिला यात्रियों का उत्पीड़न रोकना, सफाई उन्मूलन पुस्तिका, दलित मुद्दों विशेषकर उन पर हो रहे अत्याचारों की रोकथाम, डिनोटिफाइड और खानाबदोश जनजातियों की समस्याएँ, विकलांगों के लिए अधिकार, स्वास्थ्य का अधिकार, 1999 के उड़ीसा चक्रवात पीड़ितों के लिए राहत कार्य, 2001 के गुजरात भूकम्प के बाद राहत उपायों की निगरानी, जिला शिकायत प्राधिकरण और जनसंख्या नीति विकास और मानवाधिकार शामिल हैं। (भारत के राष्ट्रीय पोर्टल India.gov.in से प्राप्त जानकारी पर आधारित)

हमारा समय इस बात की दरकार पहले से कहीं अधिक शिद्दत के साथ रखता है कि लोग अपने अधिकारों के प्रति जागरूक हों और मानवीय अस्मिता व सामाजिक सरोकारों की थाती को बचाने और उत्तरोत्तर विकसित करने का प्रयास करें। बदलाव की जिद और सबसे आगे बने रहने की कोशिश में उन सरोकारों का साथ छूटता जा रहा है, जिनको साथ लेकर हमारे पूर्वज समाज को बनाने और माँजने का दायित्व निभाते आए हैं। इस बात से इनकार नहीं किया जा सकता कि भारत में अभी भी जनसंख्या का एक बड़ा हिस्सा ऐसा है, जो मानवाधिकार के सम्बन्ध में जागरूक नहीं है। सच तो यह है कि अधिसंख्य लोगों को यही नहीं पता कि उन्हें क्या-क्या अधिकार प्राप्त हैं और वे अपने हित में या देश तथा समाज के हित में उनका कब, कहाँ और किस तरह उपयोग कर सकते हैं। ऐसे में एक लोकतान्त्रिक देश के मीडिया के पास सबसे बड़ा एजेंडा यही हो जाता है कि वह मानवाधिकारों के विभिन्न पक्षों और सन्दर्भों के प्रति लोगों को जागरूक बनाए। भारतीय सन्दर्भों में यह दायित्व इसलिए भी महत्वपूर्ण हो जाता है कि हमारा देश सामाजिक परम्पराओं, मूल्यों और संगठन की दृष्टि से वैविध्य लिये हुए हैं और उसकी प्रकृति में सौहार्द और समरसता का पुट गहराई तक रचा-बसा है।

वास्तव में किसी देश के नागरिकों के अधिकार तभी सही अर्थ प्राप्त कर सकते हैं, जब आर्थिक, सामाजिक, राजनीतिक और सांस्कृतिक विकास निरन्तरता लिये हुए हों और यह बिना नागरिकों की सक्रिय प्रतिभागिता के सम्भव ही नहीं है। नागरिकों की सक्रिय प्रतिभागिता तभी सुनिश्चित हो पाती है, जब विकास संचार की प्रक्रिया सही अर्थों में क्रियान्वित हो रही हो। यही वजह है कि मानवाधिकारों की बात जब भी सामने आती है तब विकास संचार को मूर्त रूप देने में लगी मीडिया की भूमिका स्वत: ही सामने आ जाती है। वास्तव में टेक्नोलॉजी के साथ-साथ विकसित हो रहे हमारे समाज में हमारे रहन-सहन को बहुत हद तक मीडिया ने निर्धारित करना प्रारम्भ कर दिया है। हम अपने हक की आवाज को बुलन्द करने के लिए सबसे पहले मीडिया की ओर देखने से नहीं चूकते। मीडिया में आनेवाले समाचारों और विचारों में हम यानी साधारण जन अपने हिस्से के सुख-दुख नहीं पाते तो हताश होते हैं। लेकिन, हमें यह समझना होगा कि मीडिया तभी मानव अधिकारों या यूँ कहें कि नागरिक अधिकारों के प्रति जवाबदेह होगा जब उसे नागरिक सक्रियता का साथ मिलेगा। वास्तव में मीडिया सक्रियता और नागरिक सक्रियता के बीच पारस्परिक नातेदारी है और ये एक-दूसरे के पर्याय हैं। एक के बिना दूसरे के अस्तित्व की कल्पना करना ही बेमानी है।

लोकतान्त्रिक देश में स्वतन्त्र मीडिया मानव अधिकारों की रक्षा और उसके अनुपालन में महत्वपूर्ण भूमिका निभा सकता है। हलाँकि भारतीय मीडिया अपनी बनावट के समय से ही मानव अधिकारों के प्रति सचेत रहा है और उसके संरक्षण व उसके प्रति लोगों को जागरूक बनाने का दायित्व निभाता रहा है, लेकिन वर्तमान समय में जब भारतीय मीडिया का विस्तार हो रहा है और उसका वेविध्य लगातार बढ़ रहा है तब इन अधिकारों से जुड़े प्रश्नों को कवरेज देने का दायित्व भी बढ़ जाता है। यहाँ यह कहने में कोई गुरेज नहीं है कि पूँजी निवेश और कार्पोरेटी कल्चर ने मीडिया को इस जरूरी मिशन में पीछे कर दिया है। यह अकारण नहीं है कि लोगों के बीच मीडिया के लगभग सभी प्रतिरूपों विशेषकर टेलीविजन मीडिया की साख घटी है। इलेक्ट्रॉनिक मीडिया और उसके दर्शकों के बीच के रिश्ते को 'डेफिसिट अटेंशन थ्योरी' के सहारे परिभाषित करने पर मजबूर होना पड़ रहा है तो 'बेमानी बहसों' और 'पेराई पत्रकारिता' ने भी भारतीय दर्शकों को निराश किया है।

मीडिया से जुड़े लोगों को यह भी समझना होगा कि पत्रकारिता के मायने ही हैं सच, ईमानदारी, स्वतन्त्रता और सटीकता के साथ लोगों तक समाचारों को पहुँचाना। साथ ही यह भी देखना कि अपराध और भ्रष्टाचार उजागर होता रहे, सरकारें ठीक ढंग से काम करें, स्वतन्त्र रूप से विचार-विमर्श से सके, लोगों की निजता बरकरार रहे और सभी स्वयं को सुरक्षित अनुभव कर सकें और यह सभी तभी सम्भव है जब मीडिया स्वयं मानव अधिकारों के प्रति जागरूक हों और लोगों को जागरूक कर सके। यह सही है कि बदलते समय और बदलती दुनिया में अभिव्यक्ति की स्वतन्त्रता के अपने अलग ही ढंग के खतरे हैं और मीडिया कर्मियों को प्रतिदिन उनसे दो-चार होना ही पड़ता है। विशेषकर तब अधिक जब मानव अधिकारों के हनन को मीडिया तल्ख रवैये के साथ रिपोर्ट करता है। इस सच से इनकार नहीं किया जा सकता है कि जब मानव अधिकार, जनता, सत्ता और मीडिया के पारस्परिक नातेदारी में राजनीति का खेल शुरू हो जाता

है तब मीडिया के होने-न-होने पर बहस शुरू हो जाती है और पूरी मीडिया नकार का शिकार हो जाती है। यही वजह है कि पत्रकारिता के सुजान हमेशा से यह कहते आए हैं कि मीडिया को कभी निर्णायक या न्यायाधीश की भूमिका में नहीं आना चाहिए। पक्ष-विपक्ष का सच प्रस्तुत करके यह अपने पाठकों/दर्शकों/श्रोताओं पर छोड़ देना चाहिए कि वह किसे सही मानते हैं या फिर किसे गलत। मानव अधिकारों का मुद्दा हमेशा संवेदनशील होता है कि अतः उसे अत्यन्त गम्भीरता के साथ लेना चाहिए। यदि मानव अधिकारों का हनन हुआ है तो यह बुलन्द आवाज में उठना ही चाहिए, लेकिन बिना किसी पूर्वाग्रह और बिना किसी गलत उद्देश्य के साथ। यही वजह है कि पत्रकारों को मानव-अधिकारों एवं संवैधानिक उपचारों आदि की सम्यक जानकारी होना आवश्यक माना गया है।

मीडिया से जुड़े लोगों को यह भी समझना होगा कि मीडिया ही वह सहज-सुलभ उपक्रम है, जहाँ से साधारण जन से लेकर विशेष जन तक, सभी अपने-अपने हिस्से की सूचनाएँ प्राप्त करते हैं। मीडिया ही वह उपक्रम है जो तेजी के साथ व्यापक रूप से मानवाधिकारों के प्रति समाज में जागरूकता फैला सकता है। मीडिया ही वह उपक्रम है जो मानवाधिकारों के अनुपालन में आ रही विसंगतियों के खिलाफ बेबाक ढंग से आवाज बुलन्द कर सकता है और बिना पक्षपात के अपने विचार सत्ता और जनता के समक्ष रख सकता है। इस बात से इनकार नहीं किया जा सकता कि 'सार्थक पत्रकारिता' के मूल में मानवाधिकारों का संरक्षण ही होता है। प्रत्येक वह घटना 'समाचार मूल्य' रखती है, जो मानवाधिकारों के हनन से जुड़ी होती है। यही वजह है कि मानवीय संस्कारों, सरोकारों, संवेदनाओं और सम्बन्धों से मुँह फेरकर न तो कोई पत्रकार अपने पेशे के साथ न्याय कर सकता है और न ही कोई मीडिया उपक्रम अपने अस्तित्व को लोगों के बीच बनाए रख पाने में सफल हो पाता है।

इस बात पर भी ध्यान देना होगा कि पत्रकारों को मानवाधिकारों से पूरी तरह परिचित कराया जाए। मीडिया की पढ़ाई में मानवाधिकारों को शामिल करके इस उद्देश्य को प्राप्त किया जा सकता है। ऐसा मैं इसलिए कह रहा हूँ कि प्रायः मानवाधिकारों से जुड़े समाचारों को मानवाधिकारों से जुड़ा मुद्दा मानने में असमंजस बना रहता है। घरेलू हिंसा, नस्ली भेद, बच्चों के शोषण, शिक्षा, स्वास्थ्य, सांस्कृतिक-धार्मिक स्वतन्त्रता, पर्यावरण आदि से जुड़े मुद्दों को मानवाधिकार के विविध सन्दर्भों से जोड़कर रिपोर्ट करने में प्रायः संवाददाता चूक जाते हैं। घटनाओं का इन अधिकारों के आधार पर विश्लेषण नहीं हो पाता और मीडिया से जन अपेक्षाएँ अधूरी ही रह जाती हैं। कभी-कभी मीडिया स्वयं भी मानवाधिकारों के उल्लंघन का पर्याय बन जाता है। मीडिया की आधुनिक प्रवृत्तियाँ मसलन स्टिंग ऑपरेशन, मीडिया ट्रायल आदि मानवाधिकारों का उल्लंघन कर जाते हैं और मानवीय अस्मिता पर ही प्रश्नचिन्ह लगा बैठते हैं। मीडिया के जानकार इस बात को कहने से नहीं कतराते हैं कि 'मीडिया घराने का आन्तरिक ढाँचा भी मानवाधिकार के कवरेज में गम्भीर बाँधा पहुँचाते हैं।' इसे कुछ हद तक सही भी माना जा सकता है। मीडिया में कार्पोरेट कल्चर प्रभावी होता जा रहा है। 'मीडिया कन्वेर्जेन्स' और 'क्रॉस ओनरशिप' की प्रवृत्तियों ने बदलाव की बयार के ऐसे रास्ते बनाए हैं, जो 'मीडिया मिशन' या फिर यूँ कहें 'मिशनरी मीडिया' की ओर तो नहीं ही जाते हैं।

प्रख्यात संचार शास्त्री मार्शल मैकलुहान पिछली सदी के साठवें दशक में जब 'ग्लोबल विलेज' की परिकल्पना प्रस्तुत कर रहे थे, तब बहुत कम ही लोगों ने उस पर सहजता से विश्वास किया था। लेकिन, जैसे-जैसे समय बीतता गया वैसे-वैसे परिकल्पना मूर्त रूप लेती गई और आज हम ऐसे समय में हैं जब 'ग्लोबल कॉटेज' या 'ग्लोबल फेमिली' या फिर 'ग्लोबल कम्युनिटी' की बात होने लगी है। इंटरनेट ने पूरी दुनिया के सोच-विचार, रहन-सहन, और दोस्ती-रिश्तेदारी के मायनों को नए-नए आयाम दे दिये हैं एक बार फिर से मनुष्यता और मनुष्यता से जुड़े सरोकारों की परिभाषाएँ गढ़ी जा रही हैं और उसमें टेक्नोलॉजी का प्रभाव दिख रहा है। कई वर्षों पहले पत्रकार फ्रीडमैन ने कह भी दिया था कि गोल दुनिया अब फ्लैट होने जा रही है। 'फ्लैट अर्थ' पर सभी के लिए एक समान अवसर होंगे और यह सब इंटरनेट के बलबूते होगा। यही हो भी रहा है।

यह बड़ी बात है कि भारत ने हमेशा से टेक्नोलॉजी से जुड़ने और आगे बढ़ने में पहल की है सो जब भारत सरकार ने लोगों के समक्ष 'डिजिटल इंडिया' का कार्यक्रम रखा तो करोड़ों भारतीयों ने इससे जुड़ने में तनिक भी देर नहीं लगाई। वर्ष 2016-2017 का समय भारतीय जनमानस के डिजिटल समय के साथ कदमताल कर आगे बढ़ जाने के लिए हमेशा याद किया जाएगा। भारत को डिजिटल समय में जो बात सबसे अधिक सम्भावनाओं से जोड़ती है, वह है सबसे अधिक युवा इंटरनेट आबादी का यहाँ होना। मानवीय सरोकारों से लैस यह युवा आबादी दुनिया की सबसे बड़ा लोकतन्त्र रखनेवाला देश है। इंटरनेट से जुड़नेवाले मतदाताओं ने यदि भारतीय राजनीति में बदलाव लाने को मजबूर किया है तो इंटरनेट से जुड़नेवाले उपभोक्ताओं ने दुनिया के समक्ष एक बहुत बड़ा बाजार उपलब्ध कर दिया है।

इंटरनेट के जानकार यह मानकर चल रहे हैं कि भारत जैसे लोकतान्त्रिक देश में डिजिटल समय अपने पूरे उफान पर रहनेवाला है और भारतीय जनमानस में सार्थक परिवर्तन लाने में सहायक होगा। रही बात मीडिया की तो बदलते समय और बदलते समाज में मीडिया भी अपने आपको बदलने के लिए मजबूर हुआ है। मीडिया से जुड़े लोगों ने बीसवीं सदी के अन्तिम दो दशकों और इक्कीसवीं सदी के पहले दो दशक में जहाँ एक मीडिया के परम्परागत रूपों में गुणात्मक परिवर्तन देखा, वहीं नई टेक्नोलॉजी और उसके सहारे सक्रिय होते लोगों की मीडिया से बढ़ती नजदीकियों का भी साक्षात्कार किया। यही वे चार दशक रहे, जिसमें पहले सेटेलाइट के जरिए प्रिंट और टेलीविज़न पत्रकारिता ने रंग-रूप बदला और फिर नया मीडिया और वेब पत्रकारिता को अपनी जमात में शामिल कर लिया। इंटरनेट पर अखबार, पत्रिकाएँ, रेडियो और टेलीविज़न उपलब्ध कराने और उससे जुड़ने-जोड़ने की होड़ मच गयी। यह वही समय था जब वेब साइट्स, ब्लॉग, सोशल नेटवर्किंग साइट्स, पोडकास्ट जैसी पत्रकारीय सरीखी प्रस्तुतियाँ दुनिया के सामने आ गईं। यही वह समय था जब वैकल्पिक मीडिया की तलाश में जुटे साधारण जन को नागरिक पत्रकारिता यानी सिटिजन जर्नलिज़्म जैसे उपक्रम का साथ पसन्द आ गया। इंटरनेट और स्मार्ट फोन की जुगलबन्दी ने नए समय के मीडिया की ऐसी तसवीर लोगों के सामने रख दी कि हर कोई चमत्कृत हुए बिना नहीं रह सका। और, अब आर्टिफीशियल इंटेलिजेन्स से तैयार एंकर समाचार पढ़ती नजर आने लगी है।

सच तो यह है कि डिजिटल समय की सबसे बड़ी मीडिया उपलब्धि 'नागरिक पत्रकारिता' का अस्तित्व में आना है। 'नागरिक प्रतिरोध' और 'नागरिक सक्रियता' का पर्याय बननेवाले पत्रकारिता के इस प्रतिरूप को जन सामान्य ने हाथों-हाथ लिया है और अपने अधिकारों के पाने और बचाने की जद्दोजहद का अहम साथी बना लिया है। ब्लॉगिंग की असम्पादित टिप्पणीयों के संसार ने सोच-समझ की अलम्बरदारी करने वालों को कड़ी चुनौती दी तो 'सोशल मीडिया एक्टिविज़्म' ने जनान्दोलनों की नई पहचान देने का काम किया। सच कहा जाय तो 'सोशल मीडिया' नामक अस्त्र ने देश-दुनिया में जनान्दोलनों के दर्शन और समाजशास्त्र, दोनों को ही बदल डाला है। पिछले कुछ वर्षों में सोशल नेटवर्किंग साइट्स ने जो कमाल कर दिखाया, उससे पूरी दुनिया की सत्ताएँ भौचक रह गईं और, लोगों को इस ऊहापोह से मुक्ति मिल गया कि उनकी आवाज को बुलन्द करने में उनका पुराना साथी परम्परागत मीडिया साथ निभाएगा या नहीं। सोशल मीडिया ने एक ऐसा मंच उपलब्ध करा दिया है, जो पूरी तरह जन-सक्रियता, जन-बहस और जन-प्रतिरोध का मंच बन चुका है। जन भागीदारी के ऐसे वैश्विक मंच की कल्पना शायद ही किसी समाजशास्त्री या राजनीति के वेत्ता ने की होगी। भारत के लोगों ने हाथ आए इन नागरिक सक्रियता के उपक्रमों को बहुत तेजी से अपना बनाना शुरू किया है। यह अनायास नहीं है कि सितम्बर, 2013 में एक सोशल नेटवर्किंग साइट्स के संस्थापक को यह कहना पड़ा कि "दुनिया को अधिक खुला बनाना और लोगों को जोड़ना हमारा मकसद है। हम स्वयं से एक अरब लोगों को जोड़कर वाकई रोमांचित हैं। लेकिन हमने महसूस किया कि हमारा मकसद एक अरब लोगों को नहीं, बल्कि पूरी दुनिया को जोड़ना है।... हमारे लिए भारत में बहुत बड़ा अवसर है। हम इस अवसर का लाभ उठाने और 'कनेक्टेड विश्व' की कल्पना को साकार करने की शुरुआत यहीं से कर रहे हैं।" वास्तव में ब्लॉग, टिवटर और फेसबुक जैसी साइट्स के बहाने जनांकाक्षाओं और जन-सरोकारों के प्रति लोगों का उबाल और उफान देखने को मिल रहा है।

सन् 2015 में दुनिया भर में 'नेट न्यूट्रेलिटी' की खूब चर्चा होती रही। नेट न्यूट्रेलिटी यानी इंटरनेट तटस्थता। यह वह सिद्धान्त है कि जिसके तहत माना जाता है कि इंटरनेट सर्विस प्रदान करनेवाली कम्पनियाँ इंटरनेट पर हर तरह के डाटा को एक जैसा दर्जा देंगी। उन्हें न तो किसी सेवा को ब्लॉक करना चाहिए और न ही उसकी स्पीड धीमी करनी चाहिए। इसे ट्रैफिक के नियमन के उदाहरण से और अधिक बेहतर ढंग से समझा जा सकता है। ट्रैफिक के नियमों में सभी गाड़ियों के साथ एक जैसा बर्ताव किया जाता है, चाहे वह पेट्रोल से चलती हों या फिर डीजल से, बड़ी हों या छोटी आदि-आदि। यहाँ कोलम्बिया विश्वविद्यालय के मीडिया के प्राध्यापक टिम वू को याद करना जरूरी है, जिन्होंने 2003 में पहली बार 'नेट न्यूट्रेलिटी' शब्द का प्रयोग किया था। दिसम्बर, 2015 में जब एक सोशल नेटवर्किंग साइट्स ने नेट न्यूट्रेलिटी के बरक्स फ्री बेसिक्स का जुमला फेंका तो पूरे भारत में इसे लेकर बहस छिड़ गई। इसी बहस के बीच एक न्यूज वेबसाइट्स ने इस मुद्दे पर बड़ी ही सटीक टिप्पणी की। इसमें साफ-साफ कहा गया है कि- "भारत के लिए सवाल यह है कि क्या वह अपनी प्रभुता को बन्धक बनने देना चाहता है, क्या यह अपने नागरिकों के अधिकारों को प्रभावित होने देना चाहेगा? संविधान द्वारा नागरिकों को जीने का अधिकार प्राप्त है, इसमें इंटरनेट तक पहुँच भी शामिल हैं। मतलब

जितना सम्भव हो सके वहाँ तक इंटरनेट एक्सेस। इस सिद्धान्त का उल्लंघन संवैधानिक वैधता को चुनौती देना है।''

बहरहाल इंटरनेट धीरे-धीरे मानवीय सरोकारों का अहम आधार बनता जा रहा है। शायद यही वजह रही कि संयुक्त राष्ट्र ने कुछ वर्षों पहले ही इंटरनेट की उपलब्धता को मूलभूत मानवाधिकार की संज्ञा दे दी थी। सन् 2011 में संयुक्त राष्ट्र के एक प्रतिनिधि फ्रेंक ला रू ने अभिव्यक्ति की आजादी के सम्बन्ध में तैयार एक रिपोर्ट में यह कहा कि इंटरनेट की सुविधा ऐसी परिस्थिति में और भी अधिक महत्वपूर्ण हो जाती है, जब राजनीतिक अशान्ति फैली हो या फिर लोग किसी आपदा से घिर गए हों। रिपोर्ट में मिस्र और ट्यूनिशिया जैसे अरब देशों में हुए जन विद्रोह को और उसमें इंटरनेट की भूमिका को संज्ञान में लेते हुए कहा गया कि इंटरनेट असमानता से लड़ने के साथ-साथ विकास और मानव प्रगति को बढ़ावा देने जैसे बहुत से मानवाधिकारों के लिए एक अनिवार्य साधन बन चुका है। इसलिए दुनिया के सभी देशों को अपने नागरिकों को इंटरनेट सुविधा सहजता से उपलब्ध कराने का प्रयास करना चाहिए। फ्रेंक ने यह माना कि इंटरनेट पारदर्शिता बढ़ाने के लिए 21वीं सदी का सबसे महत्वपूर्ण और क्षमतावान उपक्रम है। वास्तव में इस बात से इनकार नहीं किया जा सकता कि दुनिया के कई देशों में हुए जनान्दोलनों और व्यवस्था से त्रस्त लोगों के बीच जागरूकता लाने में इंटरनेट ने जिस तरह भूमिका निभाई है उसे यह तय हो गया है कि इंटरनेट न्याय, समानता, जवाबदेही और मानवाधिकारों के आदर की माँग करने के लिए जनता को संगठित करने में महत्वपूर्ण भूमिका निभा सकता है।

इंटरनेट को मानवाधिकार से जोड़कर देखने और इसे मूलभूत मानवाधिकार मान लेने की कवायद 21वीं सदी के पहले दशक में शुरू हो गया थी। बॉन शहर में दुनिया भर के मीडिया कर्मियों के जमावड़े के बीच 2011 में इसे मानवाधिकार कहकर सम्बोधित करने की होड़ मची थी। नोबेल शान्ति पुरस्कार देनेवाली संस्था के अध्यक्ष थॉर्बयॉर्न यागलैंड ने तब कहा था- ''इंटरनेट तक पहुँच को बुनियादी अधिकार बनाने की बात चल रही है, लेकिन मैं कहता हूँ कि यह एक मानवाधिकार है।'' इसी ग्लोबल मीडिया मीट में बॉन शहर के मेयर युर्गन निक्श ने कहा कि- 'सोशल मीडिया ही अब असली कार्यकर्ता है।'

यह तो तय है कि आनेवाला समय डिजिटल समय के उत्थान का समय है। एक तरफ टेक्नोलॉजी के महारथी इस समय को सार्थक बनाने के लिए इसके दुष्परिणामों एवं आशंकाओं को खत्म करने और इसकी खूबियों को चार चाँद लगाने के लिए कृत संकल्प नजर आ रहे हैं तो दूसरी तरफ डिजिटल समय में अपने आपको सहज अनुभव करनेवाली जनता इसे अपने अधिकारों को पाने एवं सहेजने में प्रयोग कर रही हैं। इंटरनेट के प्रयोग की विविधता और उपादेयता को देखते हुए भारत सहित कई लोकतान्त्रिक देशों ने इसे विकास संचार का सर्वाधिक महत्वपूर्ण टूल मान लिया और इससे जनता को जोड़ने की मुहिम छेड़ दी है। भारत में सामाजिक, शैक्षिक, राजनीतिक और आर्थिक क्षेत्र में इंटरनेट के माध्यम से जो बदलाव दिख रहे हैं वे उत्साहित तो करते ही हैं, हमें आश्वस्त भी करते हैं कि हम अधिक पारदर्शी, समरसता एवं न्यायोचित से परिपूर्ण समय की ओर बढ़ रहे हैं।

अब बात फोटो पत्रकारिता और मानव अधिकार की। फोटोग्राफी को अपने समय का 'सच' कह देनेवाली कला कहा जाए तो कोई अतिशयोक्ति नहीं होगी। यह इतिहास सहेजने की कला है या फिर यूँ कहें कि यह स्मृतियों को सहेजने के उपक्रम के रूप में गाहे-ब-गाहे हर किसी से सहजता से जुड़ जानेवाली कला है। फोटोग्राफ के भीतर 'दृश्य-कथ्य' को प्रभावी ढंग से प्रस्तुत कर देने की अद्‌भुत कला होती है। डिजिटल टेक्नोलॉजी ने इसे और भी अधिक ग्राह्य बनाने में योगदान दिया है। फोटोग्राफ्स की सहायता से कठिन से कठिन बात को अत्यन्त सहजता से लोगों के दिल-दिमाग तक पहुँचाया जा सकता है। डिजिटल कैमरों की धमक ने जनसंचार और जन-सम्पर्क के क्षेत्र को जन सामान्य के अधिक निकट पहुँचने में सहयोग किया है। यह वह समय है, जब पब्लिसिटी, प्रोपेगेंडा, एडवोकेसी जैसे उपक्रम बिना फोटोग्राफी के बेमानी समझे जा रहे हैं और फोटोग्राफी अत्यन्त विश्वास के साथ इन उपक्रमों को पहले से कहीं अधिक मजबूत करके अपनी सार्थकता को सिद्ध कर रही है।

दुनिया में ऐसे कई सार्थक प्रयोग हो चुके हैं, जब फोटोग्राफी ने मानव अधिकारों और उससे जुड़े सन्दर्भों को पहले से कहीं अधिक प्रभावी ढंग से जन सामान्य के समक्ष प्रस्तुत किया है। मानव अधिकारों की सार्वभौमिक घोषणा को साठ वर्ष पूरे होने पर सन् 2008 में फोटोग्राफी को लेकर एक अप्रतिम प्रयोग किया गया, जिसने प्रचार-प्रसार और लोगों से जुड़कर संवाद करने का एक नया रास्ता मानवाधिकारवादियों को सुझा दिया। इस प्रयोग में दुनिया के कुछ महत्वपूर्ण फोटोग्राफरों तथा फोटो-पत्रकारों की सहायता से उक्त घोषणा के सभी अनुच्छेदों से जुड़ी फोटोग्राफ शृंखला तैयार की गया और उसे दुनिया के समक्ष प्रस्तुत किया गया। यह प्रयोग लोगों द्वारा न केवल सराहा गया, बल्कि लोगों ने यह भी माना कि वे पहले से कहीं अधिक बेहतर ढंग से अपने अधिकारों को समझ पा रहे हैं।

इस सच से इनकार नहीं किया जा सकता कि फोटोग्राफी ने अपने जन्म के साथ ही मानवीय संवेदनाओं से जुड़े हर पहलू को सहेजने का उपक्रम प्रारम्भ कर दिया था। फोटो-पत्रकारिता ने इसे और आगे बढ़ाया। वास्तव में पत्रकारिता का उद्‌देश्य ही अपने समय के सच को जनता और सत्ता के समझ बेबाकी के साथ रखना होता है। यही वजह है कि पत्रकारिता को स्वाभवतः सत्ता यानी व्यवस्था के विरोध में जनता की आवाज का पर्याय मान लिया जाता है। सामान्यतः पत्रकारिता अपने इस दायित्व का निर्वहन करने में कोई कोर-कसर नहीं छोड़ती। यही वजह है कि मानव अधिकारों के प्रति जागरूक करने और मानव अधिकारों के हनन के खिलाफ आवाज बुलन्द करने में पत्रकारिता चूकना नहीं चाहती। पत्रकारिता की इस मुहिम में फोटोग्राफ अधिक मजबूत ढंग से साथ निभाते हैं।

ऑनलाइन पत्रकारिता, सोशल मीडिया, स्मार्ट मोबाइल फोन की तिकड़ी ने जिस नागरिक पत्रकारिता यानी सिटिजन जर्नलिज़्म विधा को लोकप्रिय किया है उसने मानवाधिकारों के प्रति सतर्कता और जागरूकता को अधिक मजबूत किया है। कहीं भी, कोई भी, कभी भी पत्रकारिता कर्म से जुड़ सकता है। 'एवरीवन जर्नलिस्ट' के फंडे को चरितार्थ करती नागरिक पत्रकारिता ने इंटरनेट पीढ़ी को कुछ इस तरह आकर्षित किया है कि मीडिया के परम्परागत स्वरूपों को न केवल अपनी सक्रियता को बढ़ाना पड़ा है, बल्कि वे अब स्वयं के अधिक से अधिक जन-

सापेक्ष दिखने और होने की होड़ में शामिल हो गए हैं। बड़े-बड़े अखबारों और टेलीविज़न चैनलों ने स्वयं को इंटरनेट पर उपस्थित रहने की कवायद में शामिल कर लिया है। जाहिर है कि जनता, सत्ता और मीडिया के बीच संवाद का नया अध्याय प्रारम्भ हो चुका है और फोटोग्राफ इस संवाद की महत्वपूर्ण कड़ी के रूप में हम सभी के साथ है।

5

फोटो पत्रकारों के बदलते रंग-ढंग

एक फोटो पत्रकार में फोटोग्राफी और पत्रकारिता दोनों के गुण समाहित होते हैं। वास्तव में पत्रकारिता प्रस्तुतिपरक कला (Performing Art) का ही एक प्रतिरूप है। इसमें ऐसे संचार कौशल की आवश्यकता होती है, जो किसी सूचना या समाचार को इस तरह सम्प्रेषित कर सके कि वह अपने ऑडियन्स तक पूर्णता के साथ पहुँच सके। यही वजह है कि शब्दों के साथ दृश्यों को शामिल करने का चलन बहुत पहले से ही शुरू हो गया था। धीरे-धीरे टेक्नोलॉजी ने इस चलन को अनिवार्यता प्रदान कर दी। नतीजा यह है कि शब्दों के साथ फोटो का होना लगभग जरूरी सा हो गया। ऐसे लोगों की जरूरत आन पड़ी, जो शब्दों और फोटोग्राफ्स के तादात्म्य को स्थापित कर पाने में माहिर हों। इसी जरूरत को पूरा करने के लिए फोटो पत्रकार तैयार किए जाने लगे। फोटो पत्रकारों को सामान्य पत्रकारों की अपेक्षा कहीं अधिक तत्परता और सक्रियता दिखानी पड़ती है। पल-पल की तत्परता और सक्रियता ही समाचारों के आकार लेते ही उससे जुड़े फोटोग्राफ्स को कैमरे में कैद कर पाने में सफल बनाती है। दरअसल कैमरे में केवल फोटोग्राफ्स ही कैद नहीं होते हैं, बल्कि समाचारों के बनने में शामिल कई जरूरी तत्व भी कैद हो जाते हैं, जो समाचार लिखने एवं सम्पादित करनेवाले के लिए बहुत आवश्यक होते हैं। यही वजह है कि कई बार किसी महत्वपूर्ण समाचार को सम्पादित करने से पहले सम्पादक उस समाचार से जुड़े हर कोण के फोटोग्राफ्स का अवलोकन करना जरूरी समझता है, ताकि समाचार का कोई पक्ष छूटने न पाए। जाहिर है कि फोटो पत्रकारों पर समाचारों की प्रस्तुति को बेहतर बनाने का दबाव तो होता ही है, साथ ही अन्य से आगे बने रहने की होड़ भी रखनी होती है।

सहज एवं सक्रिय हुई फोटो पत्रकारिता

यह बात किसी से नहीं छुपी है कि आज के हमारे समय में सोशल मीडिया, समाचार-पत्रों से कई कदम आगे चल रहा होता है। अब हर किसी के पास स्मार्टफोन है और हर कोई फोटोग्राफर है। अब बहुत बार ऐसा भी होता है कि समाचार-पत्रों में किसी घटना की कौन सी फोटो प्रकाशित होनी चाहिए, यह सोशल मीडिया देखने के बाद ही तय हो पाता है। ऐसे में एक फोटोग्राफर जो उस घटनास्थल पर था, उसकी चुनौती बहुत बढ़ी हुई होती है कि वह कौन से

दृश्य को किस कोण और दृष्टिकोण से कैमरे में कैद करे ताकि उसकी फोटोग्राफ की जरूरत और मूल्य बरकरार रहे। बहरहाल यह कहना गलत न होगा कि हमारे समय के फोटो-पत्रकारों ने इस चुनौती को बहुत ही सहजता से स्वीकार किया है। जिस स्मार्ट फोन के बलबूते नागरिक फोटो पत्रकार सक्रिय हैं, उसे पेशेवर फोटो पत्रकार भी कम्प्लीट फोटो प्रोडक्शन स्टूडियो की ही तरह इस्तेमाल कर रहे हैं। उनकी सक्रियता भी पहले से कहीं अधिक बढ़ी हुई है। वे अपने कैमरे से तो फोटो खींचते ही हैं, साथ ही अपने स्मार्ट फोन से फोटो खींचकर, वहीं सम्पादित करके सीधे सम्पादक की डेस्क पर प्रेषित कर देते हैं, ताकि उनके समाचार-पत्र के वेब पेज या 'एप' पर वह फोटो तत्काल अपलोड की जा सके।

दरअसल बरास्ते स्मार्ट फोन और इंटरनेट होनेवाली वेब जर्नलिज़्म ने फोटो पत्रकारों की सक्रियता को बढ़ा दिया है। अब हर किसी फोटो पत्रकार को लगातार सोशल मीडिया तथा अन्य वेब प्लेटफॉर्म पर अपने को सक्रिय रखना पड़ता है, ताकि वह देश-दुनिया में हर पल घटित होनेवाली घटनाओं और अन्य सूचनाओं से स्वयं को अपडेट रख सके। विचारों के स्तर पर भी प्रत्येक फोटो पत्रकार को स्पष्टता बनाए रखनी पड़ती है। दरअसल इन दिनों फोटो पत्रकार मात्र फोटो खींचने तक ही सीमित नहीं रह गया है, उसे खबर लिखने या फिर उस घटना का वीडियो बनाकर भी एप पर अपलोड करना होता है। लिहाजा वह एक मल्टीस्किल्ड प्रोफेशनल की तरह अपने संस्थान में भूमिका निभाता है। यदि वह फ्रीलान्सिंग कर रहा है तो भी उसे मल्टीस्किल्ड यानी बहुआयामी व्यक्तित्व होने का गुण अपने में लाना ही पड़ता है। जाहिर है टेक्नोलॉजी ने फोटोग्राफी को जितना सहज बनाया है, उससे कहीं अधिक इससे जुड़ी पत्रकारिता को सक्रिय बना दिया है। इसीलिए फोटो प्रकार को पहले कहीं अधिक सहजता और सक्रियता के साथ अपने दायित्वों का निर्वहन करना पड़ रहा है।

नित नई चुनौतियाँ और नवाचार का दबाव

एक अच्छे फोटो पत्रकार के लिए जरूरी होता है कि वह नवाचार से जुड़े। नवाचार से जुड़ने का अर्थ है कि नए-नए विषयों पर नए-नए ढंग से काम किया जाए। फोटो पत्रकार के सामने हर दिन एक नई चुनौती होती है। यह चुनौती जहाँ एक ओर व्यवस्थागत होती है, वहीं दूसरी ओर तकनीकी और कलात्मकता के स्तर पर होती है। किसी विषय-विशेष या घटना-विशेष से जुड़ी हुई फोटोग्राफी का सीधा सरोकार उससे जुड़ी हुई व्यवस्था, उसके विशेषज्ञों की उपलब्धता और उसके लिए प्रयोग की जानेवाली फोटोग्राफिक तकनीकियों से होता है। इस बात का भी दबाव होता है कि फोटो पत्रकार की प्रस्तुति में विचारों की मौलिकता, घटना या विषय विशेष को देखने की नवीनता तथा पाठकों पर पड़नेवाले प्रभाव का पूर्वानुमान किस सीमा तक सटीक है।

एक संगीतकार अपनी प्रस्तुति में जिस तरह की 'हरकतों' का प्रयोग करके उसे अन्य से अलग बनाने का प्रयास करता है, ठीक उसी प्रकार की 'हरकतें' फोटो पत्रकार भी कर सकता है। ये 'हरकतें' दृश्य के कम्पोजीशन और प्रकाश के संयोजन में किए गए मौलिक प्रयोगों से की जा सकती हैं। इसे मैं एक उदाहरण से समझाना चाहता हूँ। कुछ बरस पहले देश की एक

प्रसिद्ध आर्ट गैलरी द्वारा कराई गया ऑन लाइन नीलामी में फोटोग्राफर दयनिता सिंह की एक फोटोग्राफ 7.03 लाख रूपये में खरीदी गया। 'गाँधीज रूम' शीर्षक की यह ब्लैक एंड व्हाइट फोटोग्राफ प्रयागराज के आनन्द भवन के उस कमरे की है, जहाँ महात्मा गाँधी आकर ठहरा करते थे। महत्वपूर्ण यह है कि दयनिता से पहले सैकड़ों फोटो पत्रकार और फोटोग्राफर उनके कमरे में गए थे और उन्होंने वहाँ की तसवीरें भी कैमरे में कैद की थीं। आखिर दयनिता की तसवीरों में ऐसा क्या था, जिसे दर्शकों ने हाथों हाथ लिया। जाहिर है कि दयनिता का कम्पोजीशन और प्रकाश संयोजन बेहतरीन था, जिसने उनकी फोटोग्राफ को जीवन्तता प्रदान कर दी और देखनेवालों को गाँधी, गाँधी की सहजता और सादगी, स्वतन्त्रता आन्दोलन में उनकी उपस्थिति और आनन्द भवन के मिले-जुले एक ऐसे कथ्य से जोड़ दिया, जिसे उससे पहले किसी ने भी प्रस्तुत नहीं किया था। मौलिकता और नवीनता का कमाल, जिसकी उम्मीद हर फोटोग्राफर और फोटो पत्रकार से की जाती है। दरअसल प्रत्येक फोटो पत्रकार को अपने फोटो के विषय में नई दृष्टि की खोज करनी होती है। उसे यह समझना होता है उसके हाथ में जो उन्नत उपकरण है, वह उस ही की दृष्टि के माध्यम से कुछ नया प्रस्तुत कर सकता है। यह दृष्टि फोटो पत्रकार में अपने समय और समाज को सजगता के साथ पढ़ते रहने यानी जानते-समझते रहने से ही पैदा होती है।

फोटो पत्रकारिता में नवाचार का एक आधार पूर्वानुमान भी होता है। प्रत्येक फोटो पत्रकार को स्वयं को इस तरह अद्यतन रखना पड़ता है कि वह किसी घटना का सटीक पूर्वानुमान लगा सके। स्वयं को अद्यतन रखने से यहाँ अर्थ है कि वह अपने आसपास के साथ-साथ देश-दुनिया में हो रही घटनाओं, सूचनाओं, नई-नई जानकारियाँ और साहित्य, संस्कृति, खेल, आर्थिक और राजनीतिक जैसे विभिन्न क्षेत्रों में समाचार बन रहे व्यक्तित्वों के सम्बन्ध में पहले से उपलब्ध जानकारियों के साथ-साथ नई जानकारियों से भी लैस रहे। पूर्वानुमान लगा लेने में सक्षम फोटो पत्रकार किसी भी घटना-परिघटना के पहले ही समझ जाता है कि यहाँ किस तरह का दृश्य उपलब्ध होने जा रहा है। यदि पूर्वानुमान सटीक होता है तो फोटोग्राफ भी सबसे अलग और कई-कई नए व मौलिक कथ्य के साथ कैमरे में कैद हो जाती है। उदाहरण के लिए उन दिनों मैं एक शहर में बतौर ब्यूरो इंचार्ज तैनात था, जहाँ साम्प्रदायिक दंगा हो गया था। ऐसे में एक राजनीतिक दल के तेज-तर्रार सांसद के उस शहर में प्रवेश करने की सूचना मिली। यह भी जानकारी मिली कि उस शहर का प्रशासन उस सांसद को शहर में प्रवेश करने से रोकने जा रहा है। जिस शहर से होकर उस सांसद को इस शहर में प्रवेश करना था, उसकी सीमा पर जबर्दस्त बैरिकेटिंग कर दी गई थी। मैं, मेरे सहयोगी रिपोर्टर और फोटोग्राफर, तीनों बैरिकेटिंग के पास खड़े थे। मन में आया कि हमें पूर्वानुमान लगाना चाहिए कि क्या होनेवाला है। हम उन सांसद और उनकी फितरतों से बखूबी परिचित थे। हमने अनुमान लगाया कि जब सांसद आएगा तो प्रोटोकॉल के तहत जिलाधिकारी उनसे नमस्कार करेगा। एक फोटो तब खींची जाएगी। कार से उतरने के बाद सांसद और उनके समर्थक इस बैरिकेटिंग को तोड़ने का प्रयास जरूर करेंगे। पुलिस ऐसा करने से रोकेगी और फिर गिरफ्तारियाँ होंगी, अफरा-तफरी का माहौल भी हो सकता है। बहरहाल रोचक यह कि हमारा अनुमान लगभग फिट बैठा। जिलाधिकारी ने नमस्कार किया, सांसद कार से उतरे और फिर समर्थकों के साथ बैरिकेटिंग को तोड़ने लगे। पुलिस और समर्थकों के बीच

में देर तक जोर आजमाइश चली, फिर अफरा-तफरी मची और गिरफ्तारियाँ हुईं। चूँकि हम अनुमान लगाकर तैयार थे, इसलिए हमारे पास हर एक क्षण के बेहतर फोटोग्राफ थे। अगले दिन हमारे समाचार-पत्र पर पहले पृष्ठ पर इस घटना से दो फोटो अगल-बगल छपे थे। जिलाधिकारी जब सांसद को नमस्कार कर रहे थे, तब की फोटो का कैप्शन था- 'मान जाइए सर।' और जब सांसद समर्थकों के साथ बैरिकेटिंग तोड़ रहे थे, उस समय की फोटो का कैप्शन था- 'हम नहीं मानेंगे।' फोटो और कैप्शन दोनों खूब चर्चित हुए।

इसी तरह की एक घटना और याद आ रही है, जब शहर के एक प्रमुख कॉलेज के गेट पर एक विद्यार्थी की गोली मारकर हत्या कर दी गई थी। उसके बाद पुलिस और विद्यार्थियों के बीच जमकर झड़प हुई और फिर पूरे शहर में खूब तोड़फोड़-आगजनी हुई। दिनभर जगह-जगह हमारे फोटो पत्रकार फोटो खींचते-खींचते थक गए थे। शाम को हमारे पास ढेर सारे फोटोग्राफ थे और हम असमंजस में थे कि इनमें से किसे प्रकाशित किया जाए और किसे नहीं। अन्त में हमने अपने शहर के लिए निर्धारित तीन प्रश्नों पर उन चालीस फोटोग्राफ को कैप्शन के साथ प्रकाशित करना तय किया, जो शहर में घटी घटनाओं के गवाह थे। यह पहला अवसर था जब हम कोई समाचार प्रकाशित नहीं कर रहे थे। हर पृष्ठ के शीर्ष पर हमने बस एक ही लाइन प्रकाशित की- देखिए, क्या-क्या हुआ हमारे-आपके शहर में। तीनों पृष्ठों पर क्रम से फोटोग्राफ कुछ इस तरह प्रकाशित किए गए थे कि लोगों को क्रमशः हुई घटनाएँ समझ में आ रही थीं। यह कहना अतिशयोक्ति नहीं है कि उस दिन हमारे इस अखबार को खोज-खोजकर पढ़ा गया, देखा गया और कहीं-कहीं तो अधिक दाम देकर खरीदा गया।

नए-नए टूल्स ने बदल दिया काम करने का ढंग

इक्कीसवीं सदी में जिस इंडस्ट्री में सबसे ज्यादा विकास देखने को मिल रहा है, वह कम्युनिकेशन से जुड़ी हुई इंडस्ट्री है। कम्युनिकेशन की प्रक्रिया जितनी वैविध्यपूर्ण 21वीं सदी में हुई है उतनी पहले कभी नहीं थी। आज भी कम्युनिकेशन को लेकर तरह-तरह के उपक्रम और उपकरण सामने आ रहे हैं। सबसे अधिक विकास और वह भी वैविध्यपूर्ण विकास कैमरे की दुनिया में देखने को मिलता है। डिजिटल कैमरे बड़ी तेजी से अपना स्वभाव और प्रभाव बदल दे रहे हैं। टेक्नोलॉजी का उफान इतना है कि आज बाजार में आया कैमरा कुछ घंटों या दिन में पुराना पड़ जा रहा है। नए-नए फीचरवाले कैमरे फोटोग्राफी को नित नई-नई उड़ान दे रहे हैं। यही नहीं, फोटोग्राफ के सम्पादन से जुड़े हुए सॉफ्टवेयर की दुनिया भी हर दिन नई हो जा रही है। नतीजा यह है कि नए-नए टूल्स के साथ सामंजस्य बैठाने के लिए अपने काम करने के ढंग में भी लगातार नयापन लाना पड़ रहा है। आज से 20 साल पहले की फोटो पत्रकारिता कई सौ बरस पुरानी लगने लगी है। दरअसल टेक्नोलॉजी की दुनिया में पिछले 20 वर्षों में इतना विकास हुआ है, जितना विकास पिछले कई सौ वर्षों में नहीं हुआ था।

सबसे बड़ा बदलाव, इंटरनेट और उससे जुड़ी हुई टेक्नोलॉजी के माध्यम से हुआ है। प्रिंट फोटो पत्रकारिता के बरक्स वेब फोटो पत्रकारिता विस्तृत होती चली जा रही है। दरअसल डिजिटल टेक्नोलॉजी ने कम समय में कहीं भी, कोई भी और कभी भी का फार्मूला फोटो

पत्रकारिता में एकदम सटीक बैठा दिया है। नतीजा यह है कि अब काम करने के ढंग में मूलभूत बदलाव आ चुका है। इंटरनेट पर तैरती फोटोग्राफ से यह तय किया जा रहा है कि अगले दिन समाचार-पत्रों में किन फोटोग्राफ को छापा जाए और किन्हें नहीं। आज समाचार-पत्रों में वही फोटो अधिक पसन्द की जाती है, जो तेजी से वायरल होने में सक्षम होती है। दरअसल सोशल मीडिया के प्रभावी होने के साथ ही मीडिया उपक्रमों में 'वायरल कल्चर' तेजी से हाबी हो रहा है। और यह सब हो रहा है बिना यह देखे, बिना यह सोचे कि इस 'वायरल फोटो' का समाचार-पत्र में छप जाने के बाद पाठक पर इसका प्रभाव क्या पड़ेगा। पहले पाठक को फोटो के माध्यम से डराया नही जाता था, केवल सूचना दी जाती थी। पर अब वह भी होता है। एक बड़े समाचार-पत्र के फोटो पत्रकार का यह कहना मायने रखता है कि "मोबाइल से ली गया फोटो, सोशल मीडिया के माध्यम से समाचार-पत्र में जगह बना रही है। अगर एक दिन में हम दस कार्यक्रमों की फोटो फाइल करते हैं तो उसमें से अमूमन छह फोटो मोबाइल फोन से करनी पड़ती है। अब न तो कंटेंट जरूरी है न क्वॉलिटी। अब जरूरी है फोटो, वह भी मार्केट वैल्यू की।"

फोटो पत्रकारों के पास अब कई-कई कैमरे और कई-कई लेन्स होते हैं। पहले से तय असाइनमेंट पर जाने की तैयारी बखूबी कर ली जाती है। यह भी तय होता है कि किन-किन दृश्यों के कितने-कितने फोटोग्राफ करने हैं। हाँ, यह जरूरी नहीं है कि जैसा सोचा गया हो वैसा ही घटनास्थल पर घटित होता हुआ दिखाई दे। महत्वपूर्ण यह है कि फोटो पत्रकारों के पास अब इमरजेंसी प्लान भी होता है। ऐसे समय में इनका उन्नत स्मार्टफोन सक्रिय हो जाता है। लेकिन, यहाँ यह कहना भी जरूरी है कि एक फोटो पत्रकार ने स्मार्टफोन के स्थान पर कैमरे को अधिक सक्रिय और तेजी से फोटो खींचनेवाला करार दिया। उसका कहना था कि फोटो खींचकर यदि तुरन्त भेजना हो तो इस स्मार्टफोन का उपयोग करना ठीक है, अन्यथा जितनी तेजी और एक्युरेसी के साथ फोटो आज के कैमरे से खींची जा सकती है उतना किसी अन्य टूल से नहीं। एक बात और जो जान लेना जरूरी है कि अब कैमरों की निर्माता कम्पनियाँ कैमरों में ठीक उसी तरह का फीचर लाने के लिए परिवर्तन कर रही हैं, जो फीचर इन स्मार्टफोन के इस्तेमाल को बढ़ावा देते हैं। ऐसे कैमरे बाजार में आ चुके हैं, जिनमें फोटो सम्पादन और फोटो डेसिमिनेशन की सुविधाएँ उपलब्ध होती हैं। यहाँ यह कहने में कतई गुरेज नहीं है कि टेक्नोलॉजी ने कई फोटो पत्रकारों को आलसी भी बनाया है। अब किसी फोटो पत्रकार को समाचार छूट जाने का भय नहीं रहता है। उसे पता है कि घटनास्थल पर मौजूद बहुत से लोग अपने स्मार्टफोन से फोटो खींच रहे होंगे और वह उनसे उस समय का फोटोग्राफ आसानी से प्राप्त कर सकता है। पहले किसी आयोजन का प्रारम्भ ही तभी होता था जब फोटो पत्रकार वहाँ पहुँच जाएँ। उनका बेसब्री से इन्तजार भी किया जाता था। अब ऐसा कम होता है। आयोजन शुरू हो जाते हैं और स्मार्टफोन चहक-चहककर ढेर सारे दृश्यों को उन फोटोग्राफरों के लिए अपने कैमरों में कैद कर लेते हैं, जो आराम से आयोजन स्थल पर पहुँचेंगे। ऊपर जिस मौलिकता, नवीनता और नवाचार की जरूरत की बात मैंने की थी, उसके दायरे में यह फोटो पत्रकार उनके काम नहीं आते हैं।

फोटो पत्रकार बनाम फोटो सम्पादक

फोटो पत्रकार और फोटो सम्पादक दोनों के बीच का सामंजस्य किसी भी समाचार-पत्र या पत्रिका की प्रस्तुतियों को महत्वपूर्ण बना देता है। जहाँ फोटो पत्रकार का दायित्व हर एक उस दृश्य को अपने कैमरे में कैद करना होता है, जो अगले दिन के समाचार-पत्र या पत्रिका में समाचारों के साथ प्रस्तुत किया जाना है, वहीं फोटो सम्पादक उसके पास आई फोटोग्राफ की गुणवत्ता बढ़ाने और उसकी प्रस्तुति के ढंग को तय करने का दायित्व निभाता है। दोनों का अपने-अपने कार्यों में माहिर होना बेहद जरूरी होता है। किसी बड़ी घटना, आपदा या फिर किसी बड़े समाचार के होने यानी घटित होने के समय फोटो पत्रकार और फोटो सम्पादक के बीच लगातार संवाद होते रहना अनिवार्य सा है। दरअसल फोटो पत्रकार के कार्य की गुणवत्ता बढ़ाने में फोटो सम्पादक महत्वपूर्ण भूमिका निभा सकते हैं। समाचार-पत्र या पत्रिका में कितना स्थान है, किस तरह की और कितनी फोटोग्राफ की आवश्यकता है तथा कितने समय तक फोटोग्राफ्स ली जा सकती हैं यह सब कुछ फोटो सम्पादक पर निर्भर करता है। फोटो सम्पादक ही समाचार-पत्र या पत्रिका के सम्पादक और फोटो पत्रकार के बीच का सेतु होता है। जाहिर है की फोटो पत्रकार और फोटो सम्पादक के बीच के सम्बन्ध बेहतर होने चाहिए।

यह बात और है कि टेक्नोलॉजी के इस दौर में फोटो सम्पादक की भूमिका बदलने लगी है। कहा तो यह भी जा सकता है कि किसी समाचार-पत्र में फोटो सम्पादक की भूमिका अब पहले की अपेक्षा बहुत कम हो गयी है। पहले फोटो सम्पादक तय करता था कि कौन सी फोटो, कितनी साइज में किस पृष्ठ पर किस रूप में छपेगी। लेकिन, अब छोटे-बड़े सभी अखबारों में फोटो सम्पादकों की भूमिका और अहमियत कम हो गयी है। इसका एक कारण तकनीक का दबाव होने के साथ यह भी है कि अखबार मालिकों की पहली प्राथमिकता अब पाठकों की पसन्द की जगह मार्केट और राजनीति हो गयी है। अब ऐसे फोटो सम्पादक की माँग होने लगी है, जो फोटो क्यूरेशन और फोटो सम्पादन के सॉफ्टवेयर पर काम करने के माहिर हों। फोटो क्यूरेशन यानी इंटरनेट पर उपलब्ध ऐसी फोटोग्राफ को प्राप्त करना, जो निर्धारित यानी प्रकाशन के लिए तय विषयों से जुड़ी हों और फेक (Fake) न हों। साथ ही उनके साथ कॉपीराइट तथा साहित्य चोरी का कोई मामला न बनता हो। कई संस्थानों में अब फोटो बैंक यानी फोटो स्टॉक भी बनाए जाने लगे हैं। फोटो क्यूरेशन में इंटरनेट पर उपलब्ध साइटों से देश-विदेश की घटनाओं से जुड़ी फोटो प्राप्त करना भी शामिल है। इसके लिए संस्थान की ओर से भुगतान भी किया जाता है, जिसके लिए फोटो सम्पादक ही बातचीत और मोल-भाव करता है। फोटो क्यूरेशन के लिए कई प्रकार के सॉफ्टवेयर भी आ चुके हैं, जिनसे यह काम पहले कहीं अधिक सहज एवं सरल होता जा रहा है। इसी तरह फोटो सम्पादन भी सॉफ्टवेयर के माध्यम से होनेवाला काम है, जिसे फोटो सम्पादक को निभाना पड़ता है। *(देखें चित्र संख्या 42)*

दूसरी तरफ अब अधिकतर समाचार-पत्र फोटो एजेन्सियों पर निर्भर होने लगे हैं। ऐसे में जबकि सभी समाचार-पत्रों का अपना अलग-अलग ले-आउट होता है, फोटोग्राफ के चयन का तरीका एवं शैली भी अलग-अलग होती है, तब किसी फोटो एजेन्सी द्वारा रिलीज की गया फोटोग्राफ को अपने यहाँ प्रकाशित करने का निर्णय किसी टेढ़ी खीर की तरह ही होता है, लेकिन

यह अब बहुतायत में होता है। कभी-कभी तो यह भी होने लगा है कि विज्ञापनदाता को ध्यान में रखकर ऐसी फोटोग्राफ को लेना मजबूरी होती है, जो फोटोग्राफ अपना फोटो पत्रकार लेकर आया होता है। कई संस्थानों ने अपने संस्थान से फोटो पत्रकारों को ही निकाल दिया है और एजेन्सी व सोशल मीडिया की फोटोग्राफ्स से काम चलाने लगे हैं। ऐसे में फोटो सम्पादक के पद भी खत्म होते जा रहे हैं।

फ्रीलान्स फोटो पत्रकारिता

ऐसा फोटो पत्रकार जो बिना किसी संस्थान से जुड़े हुए ही फोटो पत्रकारिता कर रहा हो 'फ्रीलान्स फोटो पत्रकार' या 'स्वतन्त्र फोटो पत्रकार' कहलाता है। फ्रीलान्सिंग फोटोग्राफी तो बहुत पहले से चलन में है, लेकिन फ्रीलान्स यानी स्वतन्त्र फोटो पत्रकारिता पिछले कुछ दशकों से ही अस्तित्व में आई है। पहले यह शौकिया रूप में अपनाई जानेवाली विधा थी, जबकि अब यह पेशेवर रूप ले चुकी है। पिछले कुछ वर्षों में फ्रीलान्सिंग फोटो पत्रकारिता का एक नया रूप सामने आया है। बरास्ते टेक्नोलॉजी, इस विधा को नित नया आयाम भी मिल रहा है और यह पहले से कहीं अधिक सहज हुई है। आज ढेर सारे ऐसे फ्रीलान्स फोटो पत्रकार हैं, जिनकी अपनी वेबसाइट या वेब पेज या ब्लॉग हैं और वे किसी फोटो एजेन्सी की तरह अपनी फोटोग्राफ्स का मूल्य प्राप्त कर रहे हैं। कई वेबसाइट फ्रीलान्स फोटोग्राफर की फोटोग्राफ्स का स्टॉक तैयार करती हैं, जहाँ से लोग अपनी जरूरत के अनुरूप फोटोग्राफ्स प्राप्त कर सकते हैं। इनमें दोनों तरह की व्यवस्थाएँ होती हैं यानी एडिटोरियल फोटोग्राफ्स और कामर्शियल फोटोग्राफ्स। फ्रीलान्स फोटोग्राफर की फोटो को लोग एक बार के प्रयोग के लिए खरीदते हैं या फिर उसे हमेशा के लिए खरीद लेते हैं। दोनों प्रकारों के लिए अलग-अलग मूल्य निर्धारित होते हैं। इस व्यवस्था ने फ्रीलान्स फोटोग्राफर की संख्या को बढ़ाने में तो मदद किया ही है साथ ही साथ प्रतियोगिता बढ़ जाने के कारण गुणवत्ता को भी बढ़ाया है।

फ्रीलान्स यानी स्वतन्त्र रूप से कार्य करने के लिए किसी फोटो पत्रकार को न केवल समाचारों के प्रति सजगता रखना पड़ता है, बल्कि अपने टूल्स यानी कैमरों आदि के साथ हमेशा तैयार रहना पड़ता है। फ्रीलान्स फोटो पत्रकार का नेटवर्क जितना विस्तृत होगा उतना ही वह सफल फोटो पत्रकार होगा। वर्तमान में फ्रीलान्स फोटोग्राफर के लिए ढेर सारे ऑनलाइन मंच हैं, जहाँ वे अपनी प्रस्तुतियाँ देकर स्वयं के कार्यों का प्रचार-प्रसार कर सकते हैं। फ्रीलान्स फोटो पत्रकार को अपने व्यक्तित्व और कार्यप्रणाली को लेकर हमेशा सचेत रहना पड़ता है। यह इसलिए कि फ्रीलान्स फोटो पत्रकार का अपने कार्य के प्रति समर्पण-भाव, न्यूज़ व उससे सम्बन्धित फोटो प्राप्त करने की तत्परता और कार्य की गुणवत्ता उसकी पहचान का कारण बनती हैं। आज बहुत से फ्रीलान्स फोटो पत्रकार अपने कार्यालय भी बनाते हैं और उसमें इंटर्न या ट्रेनी फोटोग्राफरों को रखकर बड़े ही विस्तृत रूप में कार्य करते हैं। इस तरह की व्यवस्था किसी फोटो एजेन्सी से कम नहीं होती है। दरअसल व्यवसायिक रूप से सुगठित रहने के लिए और आय-व्यय के बीच सन्तुलन बनाए रखने के लिए जरूरी है कि कार्यपद्धति सुनियोजित ढंग से अमल में लाई जाए। इसका अर्थ है कि कार्यालय के संचालन, स्टूडियो के रख-रखाव, फर्म

का पंजीकरण, आय-व्यय से जुड़े सभी आर्थिक एजेंडे का समय से निस्तारण, उपभोक्ताओं का मजबूत नेटवर्क बनाना, अपनी फर्म का यथासम्भव प्रचार-प्रसार करना आदि व्यवस्थित रूप में किया जाए। यह कहने में गुरेज नहीं कि फ्रीलान्स फोटोग्राफरों के लिए ढेर सारी सम्भावनाएँ सामने आ रही हैं और इनका भविष्य उज्ज्वल रहनेवाला है।

6

बढ़ रही है फोटो एजेन्सियों की सक्रियता

बीसवीं सदी में जैसे-जैसे मीडिया का विस्तार होता चला गया, वैसे-वैसे मीडिया के प्रसार और प्रकाशन क्षेत्र भी बढ़ते चले गए। नई-नई टेक्नोलॉजी साथ आई तो मीडिया के उत्पादों को बेहतर बनाने का अवसर भी हाथ आया। मीडिया उत्पाद यानी कि समाचार-पत्र, पत्रिकाएँ, रेडियो कार्यक्रम, टेलीविज़न समाचार चैनल आदि। धीरे-धीरे मीडिया उद्योग का रूप लेने लगा। बाजार और मीडिया की गलबहियों ने विज्ञापन की दुनिया को बड़ा कर दिया। फिर तो होड़ मच गयी अपनी प्रसार संख्या को बढ़ाने की। ऐसे में जरूरी हो गया कि अपने पाठकों, दर्शकों और श्रोताओं को हर उस खबर से रू-ब-रू कराया जाए जो देश-दुनिया के किसी भी कोने में घट रही है। ऐसे में जरूरी था कि ये खबरें और उनसे जुड़ी हुई फोटोग्राफ या ऑडियो-वीडियो समय-सीमा के भीतर प्राप्त हो जाएँ। यह तभी सम्भव था जब हर जगह मीडिया संस्थानों के संवाददाता या फोटो पत्रकार या वीडियो पत्रकार उपस्थित हों। सीमित आर्थिक संसाधनों में ऐसा किया जाना असम्भव सा था। यही वह कारण था कि समाचारों और उनसे जुड़े हुए फोटोग्राफ, वीडियो, ऑडियो के लिए एक समेकित प्रयास के रूप में एजेन्सियाँ सामने आईं। पहले यह प्रयास कई मीडिया संस्थानों ने मिलकर किया, लेकिन बाद में स्वतन्त्र रूप से कई एजेन्सियाँ स्थापित हुईं, जिन्होंने समाचार-पत्रों, टेलीविज़न चैनलों, रेडियो और अन्य मीडिया उपक्रमों के लिए समाचार और उनसे जुड़े फोटोग्राफ और वीडियो उपलब्ध कराने शुरू किए। आज स्थिति यह है कि देश-विदेश में कई न्यूज़ व फोटो एजेन्सियाँ काम कर रही हैं और नित नई होती टेक्नोलॉजी के सहारे मीडिया संस्थानों के लिए आवश्यक सामग्री उपलब्ध करा रही हैं।

मीडिया के लिए एजेन्सियाँ और उनकी उपादेयता

एक समाचार या फोटो या समाचार फोटो एजेन्सी वह है, जो मल्टीमीडिया या टेक्स्ट या फोटो प्रारूप में सूचना या समाचार एकत्र करती है और फिर उन्हें विभिन्न मीडिया संगठनों को बेचती है। सामग्री खरीदनेवाले संस्थाओं और संगठनों में विभिन्न समाचार-पत्र, टेलीविज़न चैनल, रेडियो, सरकारी संगठन आदि शामिल होते हैं। समाचार एजेन्सियों को न्यूज़वायर, समाचार सेवाओं या तार सेवाओं के रूप में भी जाना जाता है। तार सेवा शब्द की जड़ें पूर्व के समय से जुड़ी हैं, जब एजेन्सियाँ अपनी प्रस्तुतियाँ यानी समाचार भेजने के लिए टेलीग्राफ का

उपयोग करती थीं। आज कामकाज में डिजिटल टेक्नोलॉजी से बहुत आगे बढ़कर आर्टिफीशियल इंटेलिजेन्स तक का प्रयोग हो रहा है।

बीसवीं शताब्दी में द्वितीय विश्वयुद्ध के बाद पूरी दुनिया को यह अहसास हो गया था कि संवाद और सम्प्रेषण की दुनिया को बहुत मजबूत किया जाना है। यह वही समय था जब कई नए देश आजाद होकर दुनिया के सामने अपने को प्रस्तुत करने के प्रयास में लगे हुए थे। भारत भी उन देशों में से एक था। इन देशों के सामने यह चुनौती थी कि वे अपने देश में घट रही घटनाओं, कार्यकलापों, नीतियों, विकास की अवधारणाओं और अपनी उपलब्धियों के बारे में अपने देश में ही नहीं, बल्कि पूरी दुनिया को जस का तस सम्प्रेषित करें। यह वह समय था जब भारत सहित कई विकासशील देशों में विदेशी समाचार एजेन्सियाँ काम कर रही थीं। भारत में उन दिनों रॉयटर के साथ-साथ यूनाइटेड प्रेस इंटरनेशनल, एजेन्से फ्रान्स प्रेसे, एसोसिएटेड प्रेस, यूनाइटेड प्रेस ऑफ इंडिया, एसोसिएटेड प्रेस ऑफ इंडिया आदि एजेन्सियाँ काम कर रही थीं। जाहिर था कि आजादी के बाद भारत की अपनी प्रेस एजेन्सी होना आवश्यक हो गया था। उन दिनों की भारत सरकार के प्रयास से 1949 में प्रेस ट्रस्ट ऑफ इंडिया यानी पीटीआई ने काम करना शुरू कर दिया। रॉयटर्स की सहोदरी कम्पनी एसोसिएटेड प्रेस ऑफ इंडिया का सारा काम पीटीआई ने अपने हाथ में ले लिया। सन 1961 में यूनाइटेड न्यूज ऑफ इंडिया यानी यूएनआई की स्थापना हुई। भारत की इन दोनों एजेन्सियों ने सन्तुलित व स्वतन्त्र रूप से काम करना शुरू किया। यहाँ यह बताना जरूरी है कि सन 1919 में ब्रिटिश सरकार ने प्रेस इनफार्मेशन ब्यूरो स्थापित किया था, जिसका मुख्य कार्य ब्रिटिश संसद के समक्ष रखे जानेवाले भारत पर एक रिपोर्ट तैयार करना था। आजादी के बाद इस ब्यूरो ने सरकार की गतिविधियों, निर्णयों, नीतियों और योजनाओं से मीडिया और लोगों को परिचित कराने का काम शुरू किया। यहाँ उन दिनों को याद करना भी जरूरी है, जब 25 जून, 1975 को तत्कालीन प्रधानमंत्री श्रीमती इन्दिरा गाँधी ने राष्ट्रीय इमरजेन्सी यानी आपातकाल लगा दिया था तब पूरे देश में प्रेस सेन्सरशिप लागू हो गया थी और इस सेन्सरशिप का ऑफिस प्रेस इनफार्मेशन ब्यूरो में ही स्थापित किया गया था। तब सभी न्यूज़ एजेन्सियों व समाचार-पत्रों को आदेश दिया गया था कि वे अपने समाचारों और फोटोग्राफ को रिलीज करने या प्रकाशित करने से पहले उसकी संस्तुति उक्त सेन्सरशिप ऑफिस से कराएँ।

आपातकाल के समय सरकार को यह लगा था कि समाचार एजेन्सियाँ उनकी बात नहीं मान रही हैं। लिहाजा उन्होंने 16 फरवरी, 1976 को एक आदेश निकालकर सभी एजेन्सियों को बन्द कर दिया और उनके स्थान पर 'समाचार' नाम की नई एजेन्सी सृजित कर दी। इस एजेन्सी का कार्यालय पीटीआई कार्यालय में बना दिया गया। इसमें काम करनेवालों को या तो निकाल दिया गया या उनका पद बदल दिया गया। लेकिन, यह सब कुछ ज्यादा दिनों तक नहीं चला। 1977 के अन्तिम दिनों में जब तत्कालीन सरकार चली गयी और नई सरकार बनी, पुरानी एजेन्सियों के कर्मचारियों ने बहाली के लिए आन्दोलन कर दिया। अन्ततः अप्रैल, 1978 को समाचार नाम की एजेन्सी को समाप्त कर दिया गया और सितम्बर, 1978 से पुरानी एजेन्सियों को पुनर्जीवन दे दिया गया।

आज देश में कई समाचार एवं फोटो एजेन्सियाँ काम कर रही हैं। इनमें से कई फोटो एजेन्सियाँ निजी तौर पर चलाई जा रही हैं। बहुत से फोटोग्राफर अपनी प्रस्तुतियों को भी एजेन्सियों के रूप में ही ऑनलाइन बेचने का उपक्रम कर रहे हैं। कई फोटो स्टॉक एजेन्सियाँ भी अस्तित्व में आ चुकी हैं, जो जरूरत की फोटोग्राफ्स को उसके वैविध्य के साथ उपलब्ध कराने का दावा करती हैं। डिजिटल कम्युनिकेशन के इस समय में यह सब कुछ सहजता से सम्भव भी हो पा रहा है। हर पल घटती घटनाओं, दुर्घटनाओं, सरकारी और गैर-सरकारी गतिविधियों, आयोजनों से अपने पाठकों, दर्शकों और श्रोताओं को रूबरू कराने की होड़ सी मची हुई है और इसका फायदा उन एजेन्सियों को मिल रहा है, जो लगातार अपने संवाददाताओं और फोटो पत्रकारों के माध्यम से अपने समय को दर्ज करने में जुटे हुए हैं। दरअसल हर मीडिया प्रारूप को अब इन एजेन्सियों की पहले से कहीं अधिक जरूरत महसूस होती है। जैसे-जैसे मीडिया ऑडियन्स वैविध्यपूर्ण ढंग से बढ़ रहे हैं, वैसे-वैसे मीडिया की आवश्यकताओं को पूरा करनेवाली इन एजेन्सियों की उपादेयता भी बढ़ रही है।

प्रमुख फोटो एजेन्सियाँ

देश-दुनिया में समाचार और फोटो एजेन्सियों की संख्या में लगातार इजाफा होता जा रहा है। आज ढेर सारी ऐसी एजेन्सियाँ हैं, जिनसे दुनिया के मीडिया उपक्रम जुड़े हुए हैं या फिर स्वयं को उनसे जोड़ रहे हैं। कई समाचार एजेन्सियाँ अपने समाचारों, फीचर और आलेखों के साथ फोटोग्राफ भी उपलब्ध कराते हैं, तो कई एजेन्सियाँ ऐसी भी हैं, जो अपने फोटो पत्रकारों के माध्यम से मिली हुई फोटोग्राफ्स अपने उपभोक्ताओं के लिए प्रेषित करते हैं। ऐसी भी एजेन्सियाँ हैं, जो स्टॉक फोटोग्राफी एजेन्सियाँ कहलाती हैं। ये एजेन्सियाँ रोज-ब-रोज के हिसाब से फोटोग्राफ उपलब्ध कराने का काम तो नहीं करती हैं, लेकिन विभिन्न विषयों से जुड़ी हुई फोटोग्राफ्स का एक भरा-पूरा स्टॉक अपने पास रखती हैं, जिनको जरूरत पड़ने पर उपभोक्ता प्राप्त कर लेते हैं। समाचार और फोटो एजेन्सियों की तरह स्टॉक एजेन्सियाँ भी अपनी सदस्यता या सब्सक्रिप्शन का मूल्य वसूलती हैं। यही मूल्य इनकी आय का प्रमुख स्रोत होता है।

यूँ तो पूरी दुनिया ऑनलाइन अपनी उपस्थिति दर्ज करा चुकी है। ऑनलाइन का अर्थ है सीमा-विहीन हो जाना। यही वजह है कि देश की सीमा के भीतर और सीमा के पार की सभी एजेन्सियाँ अब मीडिया संस्थानों की पहुँच में हैं। कोई भी, कभी भी, किसी भी समाचार या फोटो एजेन्सी से जुड़कर उनके उत्पादों का लाभ उठा सकता है। फिर भी कुछ एजेन्सियाँ ऐसी हैं, जिनकी सहजता, सरलता और सक्रियता से भरी कार्यप्रणाली उन्हें लोकप्रिय बना चुकी है। इनमें से ही कुछ एजेन्सियाँ, जो भारत में लोकप्रिय हैं, संक्षिप्त विवरण यहाँ दिया जा रहा है:

प्रेस ट्रस्ट ऑफ इंडिया (पीटीआई)

प्रेस ट्रस्ट ऑफ इंडिया (Press Trust of India) भारत की प्रमुख समाचार एजेन्सी है, जिसकी पहुँच भारतीय रेलवे जितनी व्यापक है। भारत के लगभग हर जिले और छोटे शहरों को कवर

करने के लिए इसके पास 400 से अधिक पत्रकारों और 500 से अधिक स्ट्रिंगर्स हैं। पीटीआई की पूरी टीम एक दिन में 2,000 से अधिक समाचार और 200 से अधिक फोटोग्राफ तैयार करती है। इसके उपयोगकर्ताओं में मुख्यधारा का मीडिया, विशेषकर प्रेस, विभिन्न अनुसन्धान समूह, कम्पनियाँ और सरकारी और गैर-सरकारी संगठन शामिल हैं। पीटीआई एक निदेशक मंडल द्वारा चलाया जाता है, जिसकी अध्यक्षता वार्षिक आम बैठक में बारी-बारी से होती है। पीटीआई के दैनिक प्रशासन और प्रबन्धन का नेतृत्व मुख्य कार्यकारी अधिकारी करते हैं।

पीटीआई के संवाददाता दुनिया भर की प्रमुख राजधानियों और महत्वपूर्ण व्यापारिक और प्रशासनिक केन्द्रों में स्थित हैं। इसने अपने वैश्विक समाचार वितरण को बढ़ाने के लिए कई विदेशी समाचार एजेन्सियों के साथ विनिमय व्यवस्था भी की है। वर्तमान में, पीटीआई भारत के समाचार एजेन्सी बाजार में 90 प्रतिशत की हिस्सेदारी रखता है। पीटीआई को 1947 में पंजीकृत किया गया था और इसने 1949 में काम करना शुरू किया था। आज, अपनी सेवा के लगभग 75 वर्षों के बाद, पीटीआई अपने काम की विरासत और भारत में एक स्वतन्त्र और निष्पक्ष प्रेस के निर्माण में अपने योगदान पर गर्व कर सकता है। इसकी हिन्दी सेवा 'भाषा' है।

द यूनाइटेड न्यूज ऑफ इंडिया (यूएनआई)

द यूनाइटेड न्यूज ऑफ इंडिया (यूएनआई) की स्थापना 1961 में हुई थी। इसने वर्ष 1982 में अपनी हिन्दी सेवा 'यूनीवार्ता' प्रारम्भ की। इसके सदस्यों में 14 भाषाओं में छपनेवाले समाचार-पत्र, इलेक्ट्रॉनिक और वेब मीडिया के कई चैनल, ऑल इंडिया रेडियो और दूरदर्शन के साथ-साथ देश के प्रधानमन्त्री और कई केन्द्रीय मन्त्रियों के कार्यालय, केन्द्र व राज्य सरकारों के दफ्तर तथा कई कॉर्पोरेट ग्रूप शामिल हैं। इसकी व्यापारिक गतिविधियाँ 21 मार्च, 1961 में प्रारम्भ हुई थीं, तब से लेकर आज तक इसने कई नवाचारी कदम उठाए हैं, ताकि पत्रकारिता को उसके उच्चतम मानक तक पहुँचाया जा सके। देश के सभी राज्यों की राजधानियों और प्रमुख शहरों में इसके ब्यूरो स्थापित हैं तथा विश्व के सभी प्रमुख देशों की राजधानियों में इसके प्रतिनिधि नियुक्त हैं। यूएनआई सन 1987 से राष्ट्रीय न्यूज़ फोटो सर्विस में अग्रणी भूमिका निभा रही है। अपने उपयोगकर्ताओं को एक दर्जन ब्लैक एंड व्हाइट फोटो कोरियर से भेजने की शुरुआत करनेवाली एजेन्सी आज नई टेक्नोलॉजी के सहारे 150 से भी अधिक फोटोग्राफ्स प्रतिदिन रिलीज करती है। यही नहीं अन्तरराष्ट्रीय फोटोग्राफ के लिए यूएनआई ने अन्तरराष्ट्रीय एजेन्सी जिनहुआ (Xinhua) के साथ समझौता भी किया हुआ है।

एशियन न्यूज इंटरनेशनल (एएनआई)

पचास से अधिक वर्षों से सक्रिय एएनआई आज दक्षिण एशिया की अग्रणी मल्टीमीडिया समाचार एजेन्सी है, जिसके भारत, दक्षिण एशिया और दुनिया भर में 100 से अधिक ब्यूरो हैं। अपने उद्देश्यों को बताते हुए यह एजेन्सी घोषणा करती है कि "ज्ञान और जानकारी के लिए बुनियादी मानवीय आवश्यकता को पूरा करने की इच्छा से हमारा विकास हुआ है, और हमने अपने मार्गदर्शक सिद्धान्तों के रूप में सच्चाई, विश्वसनीयता, गुणवत्ता और गति के साथ ऐसा

किया है। तेजी से विकसित हो रही प्रौद्योगिकियों के युग में समाचार और सूचना की माँग के लगातार बढ़ते स्पेक्ट्रम को पूरा करने के लिए, उत्कृष्टता की हमारी खोज हमें अपने उत्पादों और सेवाओं में हमेशा नवाचार, सुधार और नया स्वरूप देती है।"

दक्षिण एशिया की अग्रणी मल्टीमीडिया समाचार एजेन्सी के रूप में एएनआई को दुनिया की सबसे अच्छी व्यावसायिक रूप से प्रबन्धित कॉर्पोरेट मीडिया संस्था माना जाता है। इसके ग्राहकों में देश-विदेश के टेलीविज़न चैनल, रेडियो स्टेशन, समाचार-पत्र, वेबसाइट्स और मोबाइल उपक्रम शामिल हैं, जिन्हें यह हर सम्भव वीडियो, ऑडियो, टेक्स्ट और फोटोग्राफ उपलब्ध कराने का प्रयास करती है। एएनआई हर पल समाचार, मनोरंजन और जीवन-शैली, व्यवसाय, खेल, मानव-हित सुविधाओं और सामाजिक और विकासात्मक मुद्दों सहित दर्शकों-पाठकों-श्रोताओं की रुचि के लगभग सभी क्षेत्रों को कवर करती है।

रॉयटर्स

सबसे बड़ी एजेन्सी होने का दावा करनेवाली कुछ एजेन्सियों में से एक, रॉयटर्स की विशेषता एक समाचार एवं फोटो एजेन्सी के रूप में है। दुनिया भर में उनके पास 600 से अधिक फोटोग्राफरों का नेटवर्क है, जिनमें से कई अन्तरराष्ट्रीय पुरस्कार विजेता हैं। रॉयटर्स अपनी वेबसाइट पर यह घोषणा करता है कि "सोलह से अधिक भाषाओं में बेजोड़ कवरेज के साथ, और हर दिन दुनिया भर में अरबों लोगों तक पहुँचने के साथ, हम विश्वसनीय बुद्धिमत्तापूर्ण सेवाएँ प्रदान करते हैं, जो मनुष्यों और मशीनों को स्मार्ट निर्णय लेने की क्षमता प्रदान करती हैं। सन 1851 में स्थापित, रॉयटर्स स्वतन्त्रता, अखंडता और पूर्वाग्रह से मुक्ति के विश्वसनीय सिद्धान्तों के प्रति हमेशा समर्पित रहा है, और विविध स्रोतों से और दुनिया के हर कोने से समाचार लाने के लिए अथक रूप से काम कर रहा है।" रॉयटर्स प्रत्येक वर्ष आठ लाख से भी अधिक फोटोग्राफ उपलब्ध कराने का दावा करती है।

एसोसिएटेड प्रेस (एपी)

सन 1846 में न्यूयॉर्क शहर के पाँच समाचार-पत्रों के आपसी सहयोग से एसोसिएटेड प्रेस का जन्म हुआ। एसोसिएटेड प्रेस तथ्यात्मक रिपोर्टिंग के लिए समर्पित एक स्वतन्त्र वैश्विक समाचार संगठन है। एपी आज सभी प्रारूपों में तेज़, सटीक, निष्पक्ष समाचारों का सबसे भरोसेमन्द स्रोत बना हुआ है और समाचार व फोटोग्राफ्स की दुनिया में महत्वपूर्ण प्रौद्योगिकी और सेवाओं का आवश्यक प्रदाता है। विश्वभर में यह लगभग 250 स्थानों से अपना कार्य कर रही है और इसके स्टाफ में दो-तिहाई से भी अधिक पत्रकार-फोटो पत्रकार शामिल हैं। यह एक तथ्य है कि एपी प्रतिवर्ष एक मिलियन फोटोग्राफ्स रिलीज करती है। एपी का कहना है कि "170 वर्षों से, हम ब्रेकिंग न्यूज और दुनिया की बड़ी घटनाओं को कवर कर रहे हैं और हमेशा उद्देश्यपूर्ण, सटीक पत्रकारिता के उच्चतम मानकों के लिए प्रतिबद्ध हैं। सन 1846 में पोनी एक्सप्रेस के माध्यम से समाचार देने से लेकर आज वर्चुअल रियलिटी में काम करने तक, हम हमेशा कुछ न कुछ नया करते रहते हैं।"

एजेन्सी फ्रान्स-प्रेस (एएफपी)

एएफपी यानी एजेन्सी फ्रान्स-प्रेस (Agence France-Presse) एक अग्रणी वैश्विक समाचार एजेन्सी है, जो विश्व की घटनाओं और दैनिक जीवन को प्रभावित करनेवाले मुद्दों को कवरेज प्रदान करती है। यह 151 देशों से समाचार और फोटोग्राफ्स एकत्र करती है। इसके साथ 100 अलग-अलग राष्ट्रीयताओं का प्रतिनिधित्व करनेवाले 2,400 कर्मचारी हैं, जो वीडियो, टेक्स्ट, फोटो और ग्राफिक्स को छह भाषाओं में उपलब्ध कराते हैं।

एएफपी ने अपने चार्टर में घोषित किया है कि "यह एक बहु-भाषी, बहु-सांस्कृतिक समाचार एजेन्सी है, जिसका मिशन निरन्तरता बनाए रखने के आधार पर दुनिया में कहीं भी और कभी भी समाचारों की सटीक, सन्तुलित और निष्पक्ष कवरेज प्रदान करना है। टेक्स्ट, फोटो, वीडियो, ग्राफिक्स या किसी अन्य प्रारूप में हो, एएफपी का कर्तव्य सूचना को तेजी से सच्चाई के साथ तलाश करना और प्रकाशित करना है। एएफपी राजनीतिक, वाणिज्यिक या वैचारिक प्रभाव से मुक्त एक स्वतन्त्र आवाज के साथ बोलती है।" एएफपी यह दावा करती है कि वह प्रतिदिन 10,000 से भी अधिक मौलिक फोटोग्राफ्स अपलोड करती है।

ईपीए इमेजेज

यूरोपीय प्रेस फोटो एजेन्सी बी.वी. (The European Pressphoto Agency B.V.) की स्थापना 1985 में सात यूरोपीय प्रमुख राष्ट्रीय समाचार एजेन्सियों द्वारा की गया थी, जो उस समय संचालित की जानेवाली ब्रिटिश/अमेरिकी-केन्द्रित फोटोग्राफी सेवाओं के विकल्पों की कमी को देखते हुए एक महत्वपूर्ण पहल थी। सन 2022 में यूरोपियन प्रेस फोटो एजेन्सी बी.वी. ने एक नए नाम से स्वयं को रीब्रांड किया और अब इसे ईपीए इमेजज (EPA Images) के नाम से जाना जाता है। आज, ईपीए इमेजेज (EPA Images) के आठ शेयरधारक हैं, जो अपने-अपने देशों में सभी मार्केट लीडर हैं: इनमें ग्रीस में एथेन्स-मैसेडोनियन न्यूज एजेन्सी (ANA-MPA), नीदरलैंड में अल्जेमीन नीदरलैंड पर्ससब्यूरो (ANP), इटली में एजेन्सिया नेजिअनल स्टेम्पा एसोसिएटा (ANSA), स्पेन में एजेन्सिया ईएफई (Agencia EFE), स्विट्जरलैंड में किस्टोन –एसडीए-एटीएस एजी (KEYSTONE-SDA-ATS AG), पुर्तगाल में लूसा- एजेन्सिया डि नोटिसिया डि पुर्तगाल (Lusa - Agência de Notícias de Portugal), हंगरी में मैगयार तविरति इरोडा (MTI) और पोलैंड में पोलस्का एजेन्सिया प्रासोवा (PAP) शामिल हैं।

वर्ष 2003 की शुरुआत में ईपीए ने अपनी फोटो सर्विस को विश्व स्तर पर लांच किया और बहुत जल्दी ही यह ग्लोबल फोटो सर्विस देनेवाली एजेन्सी बन गया। आज यह विश्व के 87 देशों में विभिन्न घटनाओं को कवरेज कर रही है और प्रतिदिन अपने उपभोक्ताओं को 2,000 से अधिक नई व मौलिक फोटोग्राफ्स उपलब्ध करा रही है। यूपीए के आर्काइव में 10 मिलियन से भी अधिक फोटोग्राफ संगृहीत हैं। ईपीए का कहना है कि "हम अपने ग्राहकों को अत्यधिक विश्वसनीय और प्रतिस्पर्धी फोटोग्राफ्स और वीडियो क्लिप को पेशेवर रूप से सम्पादित करके, समय पर प्रदान करते हैं। हमारी कवरेज सामान्य समाचार, राजनीति और व्यवसाय से लेकर खेल, कला, संस्कृति और मनोरंजन तक है। ईपीए इमेजेज एक स्वतन्त्र समाचार संगठन है

और इसके कर्मचारियों, सदस्यों और सहयोगियों का दायित्व है कि वे सरकारों, राजनीतिक दलों या किसी वैचारिक, वित्तीय या पक्षपातपूर्ण समूह को अपने काम को प्रभावित करने की अनुमति न दें।"

इंडो-एशियन न्यूज सर्विस (आईएएनएस)

निरन्तर बदलते वैश्विक रणनीतिक और आर्थिक परिदृश्य में भारत के बढ़ते महत्व के साथ, देश के बारे में खबरें दुनिया के लिए अधिक महत्वपूर्ण होती जा रही हैं, आईएएनएस इसी दृष्टिकोण से भारत और दक्षिण एशिया से समाचार और विश्लेषण प्रदान करता है। इंडो-एशियन न्यूज सर्विस या आईएएनएस एक निजी भारतीय समाचार एजेन्सी है। इसकी स्थापना 1986 में भारतीय अमेरिकी प्रकाशक गोपाल राजू ने "इंडियन एबरॉड न्यूज सर्विस" (Indian Abroad News Service) के रूप में की थी और बाद में इसका नाम बदल दिया गया। शुरू में भारत और उत्तरी अमेरिका में इसके समृद्ध डायस्पोरा के बीच एक सूचना पुल के रूप में काम करने के तीन दशक बाद, यह एक पूर्ण वायर एजेन्सी बन गया है, जो भारत और दक्षिण एशिया से 24X7 समाचारों को प्रकाशित करती है और जन-रुचि की घटनाओं को कवर करती है।

आईएएनएस को कई बिजनेस वर्टिकल में बाँटा गया है, मसलन आईएएनएस न्यूज सर्विस (अंग्रेजी और हिन्दी), आईएएनएस मल्टीमीडिया (आईएएनएस फोटो और आईएएनएस वीडियो), बी2सी स्वतन्त्र वेब पोर्टल (criciketfanatic.in bollywoodcountry.in), और पाँच लोकप्रिय यूट्यूब चैनल। इसकी उपभोक्ता सूची में भारत में व्यावहारिक रूप से काम कर रहे हर प्रमुख प्रिंट प्रकाशन, शीर्ष टेलीविज़न समाचार चैनल, वेबसाइट, मोबाइल ऑपरेटर, विदेशों में भारत से जुड़े प्रकाशन, केन्द्र और राज्य सरकार के मन्त्रालय और विभाग, प्रवासी भारतीय मिशन, कॉर्पोरेट और सार्वजनिक नीति संस्थान शामिल हैं।

गेटी इमेजेज

फोटोग्राफी की दुनिया में सबसे प्रसिद्ध और शायद सबसे प्रभावशाली फोटोग्राफी स्टॉक एजेन्सी है। पिछले कुछ वर्षों में कई अन्य एजेन्सियों को अधिगृहीत करके इसने अपनी पहुँच को व्यापकता देने का काम किया है। इसके पास विविधताओं से भरे फोटोग्राफ्स (रचनात्मक और सम्पादकीय) का असाधारण भंडार है और कई श्रेणियों के फोटोग्राफरों की बहुत बड़ी टीम है। यही कारण है कि इसके पास पहुँचा उपभोक्ता अपनी इच्छानुसार फोटोग्राफ प्राप्त कर ही लेते हैं। यह सर्वाधिक फोटोग्राफ उपलब्ध करानेवाली लोकप्रिय एजेन्सी मानी जाता है। हाल के वर्षों में इसने फिल्मों में भी शामिल होना शुरू कर दिया है।

अपनी वेबसाइट पर गेटी ने घोषणा की है कि – "हम दुनिया के अग्रणी दृश्य विशेषज्ञ हैं। हर जगह दृश्य संचार को उन्नत करने के लिए सामग्री को कैप्चर करना, बनाना और संरक्षित करना हमारा उद्देश्य है। सांस्कृतिक बदलावों की पहचान करके, नई प्रवृत्तियों का नेतृत्व करके और रचनात्मक अर्थव्यवस्था को शक्ति प्रदान करके, हम दुनिया भर में दृश्य कहानी कहने को बढ़ावा देते हैं। फोटो पत्रकार, वीडियोग्राफर, निर्माता, कला निर्देशक, रचनात्मक शोधकर्ता, डेटा

वैज्ञानिक और ग्राहक सेवा पेशेवरों के रूप में, हमने इसे अपना मिशन बनाया है ताकि आपको ऐसी कहानियाँ बताने में मदद मिल सके जो आपके ब्रांड, आपके ग्राहकों, आपके पाठकों और दर्शकों को आगे बढ़ाएगी और आपको बनाने में मदद करेगी। गेटी इमेजेज (Getty Images), आईस्टॉक (iStock) और अनस्पलाश (Unsplash) साथ मिलकर दुनिया के बढ़ते रचनात्मक समुदाय के पूरे स्पेक्ट्रम में रचनात्मकता और संचार को प्रोत्साहित करने और सक्षम करने के लिए विशिष्ट रूप से तैनात हैं।"

फोटोकॉर्प (FOTOCORP)

इस न्यूज़ फोटो स्टॉक एजेन्सी की स्थापना 19 अगस्त, 2004 को विश्व फोटोग्राफी दिवस पर मुम्बई स्थित फोटो-पत्रकारों द्वारा की गया थी। फोटोकॉर्प को आर्थिक रूप से मजबूत होते भारत में उच्च-गुणवत्ता वाली फोटोग्राफ्स की बढ़ती माँग को पूरा करने के लिए स्थापित किया गया। एजेन्सी का कहना है कि इसका मिशन वर्तमान गतिविधियों (करेंट अफेयर्स) और धरोहर बन चुकी उच्च गुणवत्तावाली फोटोग्राफ्स उपलब्ध कराना है। इसका दावा है कि इसके पास बेहतर गुणवत्तावाली फोटोग्राफ्स का व्यापक स्टॉक है, जो दैनिक रूप से अपडेट होता रहता है।

फोटोकॉर्प एक सदस्यता-आधारित फोटो एजेन्सी है, जो भारत और विदेशों में सम्पादकीय, विज्ञापन उद्योग, कॉर्पोरेट घरानों और मनोरंजन उद्योग के लिए अधिकृत फोटो असाइनमेंट भी करती है। इसके कई फोटो पत्रकारों को नेशनल प्रेस अवार्ड, नेशनल फाउंडेशन ऑफ इंडिया फेलोशिप और विभिन्न फोटोग्राफी प्रतियोगिताओं जैसे विभिन्न पुरस्कार प्राप्त हुए हैं।

भारत सरकार का पत्र सूचना कार्यालय (पीआईबी)

पत्र सूचना कार्यालय की स्थापना जून, 1919 में ब्रिटिश सरकार के गृह मन्त्रालय के तहत एक छोटी इकाई के रूप में की गया थी। इसका मुख्य कार्य ब्रिटिश संसद के समक्ष रखी जानेवाली, भारत पर एक रिपोर्ट तैयार करना था। यह तब शिमला में स्थित था। आज का पत्र सूचना कार्यालय (Press Information Bureau= PIB) सरकार की नोडल एजेन्सी है, जो सरकारी नीतियों, कार्यक्रमों, पहलों और उपलब्धियों पर प्रिंट और इलेक्ट्रॉनिक मीडिया को सूचना प्रसारित करती है। यह सरकार और मीडिया के बीच एक कड़ी के रूप में कार्य करता है और मीडिया में परिलक्षित लोगों की प्रतिक्रिया पर सरकार को फीडबैक प्रदान करने का कार्य भी करता है। पीआईबी संचार के विभिन्न तरीकों के माध्यम से सूचनाओं का प्रसार करता है, जैसे विज्ञप्ति, फीचर, लेख, बैकग्राउंडर, फोटोग्राफ्स तथा ब्यूरो की वेबसाइट पर उपलब्ध डेटाबेस इत्यादि। प्रसारित सूचनाएँ अंग्रेजी, हिंदी और उर्दू में जारी की जाती हैं। तत्पश्चात इनको देश के विभिन्न हिस्सों में लगभग 8400 समाचार-पत्रों और मीडिया संगठनों तक पहुँचाने के लिए अन्य भारतीय भाषाओं में भी इनका अनुवाद किया जाता है।

पत्र सूचना कार्यालय का मुख्यालय नई दिल्ली में है। क्षेत्रीय प्रेस और अन्य मीडिया की सूचना सम्बन्धी आवश्यकताओं को पूरा करने के लिए देश में इसके आठ क्षेत्रीय कार्यालय, 34 शाखा कार्यालय एवं सूचना केन्द्र हैं। पीआईबी देश-विदेश के मीडिया कर्मियों को मान्यता प्रदान करने का भी काम करता है, जिसमें सम्पादकों, संवाददाताओं के साथ-साथ कैमरामैन और

फोटोग्राफर भी शामिल होते हैं। इससे इन्हें सरकारी स्रोतों से जानकारी प्राप्त करने में सुविधा होती है। पीआईबी ने वर्ष 2009 से अपने को पूर्णत: ऑनलाइन कर लिया है, ताकि यह समाचार-पत्रों और अन्य मीडिया संस्थानों को सूचनाएँ और फोटोग्राफ्स सहजता से उपलब्ध करा सके।

राज्य सरकारों के सूचना एवं जनसम्पर्क विभाग

राज्य सरकारों के अपने सूचना एवं जनसम्पर्क विभाग होते हैं, जो शासन एवं जनता के बीच सेतु की भूमिका निभाते है। ये न केवल शासन द्वारा जनहित में विकास सम्बन्धी विभिन्न कार्यक्रमों, योजनाओं आदि के सम्बन्ध में लिये गए निर्णयों की जानकारी विभिन्न संचार माध्यमों द्वारा जनता तक पहुँचाने का महत्वपूर्ण दायित्व निभाते हैं, बल्कि विभिन्न सरकारी गतिविधियों की रिपोर्ट एवं फोटोग्राफ भी मीडिया को उपलब्ध कराते हैं। एक फोटो पत्रकार को इन विभागों के सम्बन्ध में जानकारी होना अनिवार्य है। इन विभागों के संगठन एवं कार्यों को समझने के लिए यहाँ हम उत्तर प्रदेश के सूचना एवं जनसम्पर्क विभाग का उदाहरण ले रहे हैं।

उत्तर प्रदेश के सूचना एवं जनसम्पर्क विभाग वर्तमान में अपनी निम्नलिखित इकाइयों की सहायता से जन संचार विशेषकर प्रिंट मीडिया क्षेत्र से जुड़े अपने दायित्वों का निर्वहन कर रहा है :

पत्र सूचना शाखा

शासन की नीतियों, कार्यक्रमों, योजनाओं, उपलब्धियों तथा घोषणाओं की जानकारी विभिन्न प्रचार माध्यमों, जिसमें समाचार-पत्र, इलेक्ट्रॉनिक मीडिया, दूरदर्शन, आकाशवाणी आदि के द्वारा जनता तक पहुँचाने का कार्य पत्र सूचना शाखा का है। इस शाखा द्वारा प्रेस-नोट, फोटोग्राफ, लेख/फीचर तथा समीक्षात्मक आलेख्य समय-समय पर हिन्दी, अंग्रेजी एवं उर्दू में एक साथ प्रकाशित कराए जाते हैं।

मुख्यमन्त्री सूचना परिसर

मुख्यमन्त्री सूचना परिसर, एनेक्सी द्वारा मुख्यमन्त्री से जुड़ी गतिविधियों के प्रचार-प्रसार हेतु त्वरित गति से प्रेस-नोट एवं फोटोग्राफ इत्यादि इलेक्ट्रॉनिक तथा प्रिंट मीडिया को उपलब्ध कराए जाते हैं। इसके अतिरिक्त पत्र-पत्रिकाओं में प्रकाशनार्थ सन्देश तैयार कर भेजे जाते हैं। शासन की विज्ञप्तियों एवं सन्दर्भ फोटोग्राफ्स को वेबसाइट पर अपलोड कराया जाता है तथा समस्त मीडिया समन्वय का कार्य भी यहीं से कराया जाता है।

प्रेस प्रभाग

शासन से समन्वय स्थापित करने एवं श्रमजीवी पत्रकारों तथा फोटो पत्रकारों को समाचार संकलन की सुविधा उपलब्ध कराकर शासन की नीतियों के प्रभावी प्रचार-प्रसार सुनिश्चित करने में सहायता करना इस प्रभाग का उद्देश्य होता है।

विज्ञापन प्रभाग

शासन की नीतियों, उपलब्धियों, योजनाओं एवं विकास कार्यक्रमों के व्यापक प्रचार-

प्रसार के उद्देश्य से समाचार-पत्रों को सूचीबद्ध करने एवं शासन की नीतियों, उपलब्धियों, योजनाओं एवं विकास कार्यक्रमों के व्यापक प्रचार-प्रसार की आवश्यकता एवं कार्य की महत्ता को दृष्टिगत रखते हुए समाचार-पत्रों में टेंडर एवं सजावटी विज्ञापन प्रकाशित कराए जाते हैं।

क्षेत्र प्रचार प्रभाग

शासन के विकासपरक कार्यक्रम एवं उपलब्धियों को जन-जन तक पहुँचाने तथा विभिन्न प्रचार इकाइयों के माध्यम से जनता से सीधा सम्पर्क बनाए रखने के उद्देश्य से प्रदेश के समस्त 75 जनपदों में जिला सूचना कार्यालय स्थापित हैं। ये कार्यालय जनपदों में हो रहे विभिन्न कार्यक्रमों, शासन की योजनाओं तथा उपलब्धियों के प्रचार-प्रसार हेतु अपने स्तर से प्रेस नोट तथा फोटोग्राफ्स जारी करते हैं। जनपद स्तर पर प्रदर्शनियों, गीत एवं नाट्य के कार्यक्रमों, प्रचार गोष्ठियों, प्रेस विज्ञप्तियों तथा लेख/फीचर, सफलता की कहानी, आदि द्वारा प्रचार-प्रसार सुनिश्चित किया जाता है। जिला स्तरीय ये इकाइयाँ जिलाधिकारी के निर्देशन में स्थानीय आवश्यकताओं के अनुरूप मीडिया प्लान बनाकर शासन की नीतियों, कार्यक्रमों योजनाओं और उपलब्धियों का समुचित प्रचार-प्रसार करती है।

प्रकाशन शाखा

प्रकाशन ब्यूरो द्वारा प्रचार साहित्य के माध्यम से आम जनता को प्रदेश सरकार की नीतियों, कार्यक्रमों, योजनाओं तथा उपलब्धियों की समुचित जानकारी प्रदान कराई जाती है। इस शाखा द्वारा प्रतिमाह मासिक पत्रिका के रूप में 'उ0प्र0 मासिक', 'उ0प्र0 सन्देश' हिन्दी में तथा 'नया दौर' उर्दू में प्रकाशित कराई जाती है। इसके साथ ही 'उत्तर प्रदेश वार्षिकी' का भी प्रतिवर्ष प्रकाशन कराया जाता है। सावधि प्रकाशनों के साथ ही प्रचारात्मक पुस्तक, पुस्तिका, फोल्डर, हैंडबिल, पोस्टर, फोटो एल्बम आदि प्रकाशित कराए जाते हैं।

संस्थाओं एवं संगठनों के मीडिया प्रभाग

देश के लगभग सभी महत्वपूर्ण सरकारी एवं गैरसरकारी संस्थान, संस्थाओं और संगठनों के अपने जनसम्पर्क या मीडिया प्रभाग होते हैं, जो मीडिया के साथ तालमेल बैठाकर प्रचार-प्रसार का काम करते हैं। इन प्रभागों या इकाइयों में नियमित अधिकारी तथा कर्मचारी तैनात होते हैं, जो मीडिया के सभी रूपों के साथ समन्वय बनाने तथा उन्हें अपने संस्थान या संगठन की सूचनाएँ, फोटोग्राफ, वीडियो आदि उपलब्ध कराते तो हैं ही, समय-समय पर उन्हें कवरेज के लिए आमन्त्रित भी करते हैं। इन सभी के लिए उनके पहले से तय दायित्व एवं उद्देश्य हैं, जिनके अनुरूप वे अपने कार्यों का निष्पादन करते हैं। वेब-प्रसार के इस समय में लगभग सभी संस्थान या संगठन की अपनी वेबसाइट्स और सोशल मीडिया प्लेटफॉर्म हैं, जिन पर वे लगातर अपनी गतिविधियों से जुड़े समाचार एवं फोटोग्राफ्स अपलोड करते रहते हैं। इसके लिए सभी वेबसाइट्स पर मीडिया गैलरी, प्रेस विज्ञप्तियाँ जैसे नाम के कॉलम आसानी से देखे जा सकते हैं।

यहाँ हम संस्थानों के मीडिया प्रभागों को समझने के लिए उदाहरण के रूप में देश की लोक सभा के सचिवालय के प्रेस तथा जनसम्पर्क स्कन्ध यानी विंग (Press and Public Relations

Wing) को ले रहे हैं। सचिवालय की वेबसाइट में दी गया जानकारी के अनुसार "प्रेस तथा जनसम्पर्क स्कन्ध की स्थापना अप्रैल, 1956 में प्रेस की आवश्यकताओं को पूरा करने तथा लोक सभा की दैनिक कार्यवाहियों को कवर करने के लिए प्रेस को सभी सम्भव सुविधाएँ प्रदान करने तथा लोक सभा के संसदीय तथा अन्य कार्यकलापों के समुचित प्रचार के लिए संसद सम्बन्धी समाचार देनेवाले प्रेस संवाददताओं तथा विभिन्न सरकारी प्रचार संगठनों और संचार माध्यमों के साथ बेहतर सम्पर्क स्थापित करने के उद्देश्य से की गई थी। प्रेस और जनसम्पर्क स्कन्ध लोक सभा और इसकी समितियों द्वारा किए गए कार्यों की जानकारी जनता पहुँचाने के लिए प्रेस, विभिन्न सरकारी प्रचार संगठनों और संचार माध्यमों के निकट सम्पर्क में रहता है। यह स्कन्ध संसद की कार्यवाही की कवरेज करनेवाले जन संचार के संवाददाताओं को समस्त सुविधाएँ प्रदान करता है। इन सुविधाओं में संसद की रिपोर्टिंग करने वाले सभी प्रत्यायित संवाददाताओं (लगभग 450) के लिए संसद भवन में तीन प्रेस कक्षों का आवंटन, संसदीय पत्र, दैनिक कार्यसूची, समिति के प्रतिवेदन, सभापटल पर रखे गए पत्र आदि उपलब्ध कराना शामिल है। मीडियाकर्मियों के उपयोग हेतु प्रतिलिपि निकालने और फैक्स करने की नि:शुल्क सुविधाएँ भी उपलब्ध हैं। लोक सभा और राज्य सभा की प्रेस दीर्घाओं में संचार माध्यमों के संवाददाताओं के लिए संसद की कार्यवाही के साथ-साथ भाषान्तरण सुविधा भी उपलब्ध है। मीडिया कर्मियों के लिए संसदीय ज्ञानपीठ में 10 कम्प्यूटरों, एक टी.वी. सेट और टेलीफोन कनेक्शनवाला एक अलग कार्यस्थल प्रदान किया गया है ताकि वे संसदीय कार्यवाही, घटनाक्रमों और कार्यकलापों सम्बन्धी अपनी रिपोर्ट आगे भेज सकें।''

इसी क्रम में फोटो कवरेज के सम्बन्ध में बताया गया है कि "स्कन्ध के माध्यम से संवाददाताओं/छायाकारों को समारोहों की कवरेज के लिए विशेष आमन्त्रण पत्र/पास जारी किए जाते हैं। संसद भवन परिसर में आयोजित सभी समारोहों/बैठकों की प्रेस विज्ञप्ति और छायाचित्रों को व्यापक कवरेज के लिए समाचार-माध्यमों को उपलब्ध कराया जाता है। सभी समारोहों की फोटो-कवरेज, फोटो प्रभाग 'प्रेस ट्रस्ट इंडिया ' तथा 'यूनीवार्ता ' के फोटो अनुभाग के अधिकारिक छायाकारों तथा पत्र सूचना कार्यालय के प्रत्यायित छायाकारों द्वारा की जाती है। इन सभी समारोहों के छायाचित्र प्रचार/प्रदर्शन/अभिलेख के प्रयोजन हेतु प्राप्त कर लिये जाते हैं।" यहाँ यह भी जानना जरूरी है कि सचिवालय की वेबसाइट पर अपनी मीडिया गैलरी है, जहाँ ढेर सारी विविधाताओं से भरी फोटोग्राफ्स अपलोड हैं। सोशल मीडिया पर भी उपस्थिति के लिंक यहाँ दिये गए हैं।

फोटो पत्रकारों के लिए यह जरूरी होता है कि वे सभी सरकारी एवं गैर-सरकारी संस्थाओं, संस्थानों तथा संगठनों के जनसम्पर्क या मीडिया प्रभाग से निरन्तर सम्पर्क बनाए रखें। ऐसा करने से उन्हें इनसे जुड़ी हुई विभिन्न गतिविधियों के कवरेज में सहजता होती है तथा आवश्यकता पड़ने पर विभिन्न जरूरी विषयों से जुड़े हुए फोटोग्राफ्स प्राप्त हो जाते हैं। जिस फोटो पत्रकार का अपना जनसम्पर्क मजबूत होता है, उसे विभिन्न संस्थाओं, संगठनों और संस्थानों के जनसम्पर्क या मीडिया प्रभाग से बहुत ही सहजता से सहयोग मिलता रहता है।

7

फोटो पत्रकारिता की नैतिकताएँ

जब कभी भी फोटो पत्रकारिता के लिए नैतिकता का प्रश्न सामने आता है, तब फोटो पत्रकार केविन कार्टर की याद आ ही जाती है। सन 1993 में टाइम पत्रिका में केविन का एक फोटोग्राफ छपा था, जिसे उसने सूडान में अकाल की भयावहता को दर्शाने के लिए खींचा था। इसमें भूख से जूझती एक बच्ची की मौत का इन्तजार करते एक गिद्ध को दिखाया गया था। इस फोटोग्राफ ने दुनिया को न केवल भूख की भयावहता से परिचित कराया, बल्कि लोगों की संवेदना को जगाने का काम किया। केविन को इस फोटोग्राफ के लिए पुलित्जर पुरस्कार भी मिला। आलोचकों का एक वर्ग केविन के फोटोग्राफ से जुड़े इस तर्क से सहमत नहीं था कि यह फोटोग्राफ दुनिया को भुखमरी के खिलाफ झकझोरने के लिए जरूरी था। यह वर्ग फोटोग्राफर की नैतिकता और कर्तव्यबोध पर प्रश्नचिन्ह लगा रहा था। अन्तत: उस बच्ची को मौत के मुँह में जाने से न रोक पाने और उसके स्थान पर महज फोटो खींचकर अपने दायित्व की पूर्ति कर लेने के अपराध बोध ने केविन को इतना परेशान किया कि उसने आत्महत्या ही कर ली। बहरहाल केविन की मौत के बाद यह मानने में तनिक भी देर नहीं लगाई गया कि उसकी एक फोटो से दुनिया जागी और हजारों बच्चियों को गिद्धों के मुँह में जाने से बचा लिया गया।

मैं यह कहानी इसलिए यहाँ दोहरा रहा हूँ कि फोटो पत्रकारों के दायित्व और नैतिकता के बीच की टकराहट को बखूबी समझा जा सके। एक फोटो पत्रकार के जीवन में कई ऐसे मौके आते हैं, जब उसे अपने दायित्व और नैतिकता, दोनों के बीच टकराहट का अनुभव होता है। तब उसे तय करना होता है कि वह फोटो पत्रकारिता के नैतिक मूल्यों को बचाते हुए अपने दायित्व का निर्वहन कैसे करे। किसी भी पत्रकार या फोटो पत्रकार का पहला दायित्व होता है कि वह स्वयं को सौंपे गए कार्य को पूरा करे, यानी उस घटनास्थल पर पहुँचकर सारे जरूरी दृश्यों को कैमरे में कैद करे, जो उसकी ऑडियन्स को शिक्षित करने, सलाह देनें, जागरूक करने फिर मनोरंजन करने के लिए आवश्यक हैं। संचार की दुनिया में मीडिया के यही चार काम निर्धारित किए गए हैं और सभी संचार कर्मियों को इनका अनुसरण करना ही उनका दायित्व होता है। सामान्यत: अपने दायित्वों का निर्वहन करते समय एक फोटो पत्रकार को उन्हीं नैतिकताओं का पालन करना होता है, जिसे अभिव्यक्ति की आजादी के सन्दर्भ में संवैधानिक रूप से और

व्यावहारिक रूप से प्रत्येक व्यक्ति के लिए निर्धारित किया गया है। किसी देश या समाज की संस्कृति, संस्कार और सरोकार भी नैतिकताओं का निर्धारण करते हैं। इन सभी नैतिक आधारों एवं सन्दर्भों में दायित्व बोध को सर्वोपरि रखा गया है। एक फोटो पत्रकार का प्रशिक्षण इस तरह होना चाहिए कि वह मौके पर यह तय करे कि उसे किस तरह अपने मानवीय नैतिक मूल्यों का पालन करते हुए अपने दायित्व को सम्यक रूप से निभाना है। हमें यह नहीं भूलना चाहिए कि ऐसा ही एक संकट तब भी आता है जब फोटो पत्रकारों को अपना जीवन जोखिम में डालकर सच को सामने लाने का प्रयास करना पड़ता है और तब लोग फोटो पत्रकारों के दायित्व को ही ऊपर रखते हैं।

प्रेस काउन्सिल द्वारा निर्धारित नैतिकताएँ

अपने देश भारत में पत्रकारिता की आचार संहिता बनाने और नैतिकताओं के आधार पर दायित्व निर्धारित करने का काम भारतीय प्रेस परिषद यानी प्रेस काउन्सिल ऑफ इंडिया ने किया है। परिषद ने फोटो पत्रकारिता के लिए भी मानक तय किए हैं। भारतीय प्रेस परिषद एक सांविधिक अर्ध न्यायिक अर्धशासी प्राधिकरण है, जिसकी पुनर्स्थापना संसद के अधिनियम 'प्रेस परिषद अधिनियम 1978' के तहत वर्ष 1979 में दोहरे उद्देश्य - भारत में समाचार-पत्रों और समाचार एजेन्सियों के स्तरों को बनाए रखकर और उनमें सुधार करके प्रेस की स्वतन्त्रता को सुरक्षित रखने के लिए की गयी। पहली बार इसकी स्थापना 1966 में प्रथम प्रेस आयोग की सिफारिशों पर 'भारतीय प्रेस परिषद अधिनियम 1965' के तहत इन्हीं समान दो उद्देश्यों के लिए की गयी थी। हालाँकि अधिनियम 1965 को 1975 में आपात्काल के दौरान निरस्त कर दिया गया था और प्रेस परिषद को समाप्त कर दिया गया था। तदुपरान्त अधिनियम 1965 के आधार पर एक ऐसा ही नया अधिनियम बनाया गया और इसके तहत वर्ष 1979 में प्रेस परिषद की पुनर्स्थापना की गया।

भारतीय प्रेस परिषद यानी प्रेस काउन्सिल ऑफ इंडिया ने पत्रकारिता के आचरण के मानकों में फोटो पत्रकारों के लिए जो मानक शामिल किए हैं, वे इस प्रकार है :

(i) केवल शब्दों की अपेक्षा किसी समाचार की तसवीर या दृश्य प्रस्तुति पाठकों तथा दर्शकों पर अधिक गहरा और चिरस्थायी प्रभाव डालती है। अत: निम्नलिखित कर्तव्यों तथा निषेधों का पालन उन्हें अपने आचार के आत्मनियन्त्रण और व्यावसायिक निष्ठा तथा उच्च मानक बनाए रखने में मदद करेगा।

कर्तव्य

1. चित्र यथार्थ और बोधगम्य हों और व्यक्तियों को सही सन्दर्भ में प्रस्तुत किया जाए।
2. सभी व्यक्तियों के साथ सम्मान और प्रतिष्ठा का व्यवहार किया जाए। नाजुक यानी कमजोर व्यक्तियों पर विशेष ध्यान दिया जाए और अपराध अथवा उन्माद के पीड़ितों के साथ अनुकम्पा का व्यवहार किया जाए। निजी दु:ख को तभी शामिल किया जाए जब जनता की उसे बाँटने या देखने की प्रबल और न्यायोचित

रुचि हो।

3. किसी दृश्य सामग्री का सम्पादन करते समय यह सुनिश्चित किया जाए कि चित्रों की विषय-वस्तु और सन्दर्भ की निष्ठा को बनाए रखा गया है। चित्रों में हेरफेर न किया जाए और न ही ध्वनि में किसी प्रकार का परिवर्तन किया जाए जिससे दर्शकों को भ्रान्ति हो या व्यक्तियों का गलत निरूपण हो।
4. व्यक्तियों से व्यवहार करते समय विनम्र रहने का प्रयास करें।
5. फोटोग्राफिक क्षण की निष्ठा का सम्मान किया जाए।
6. चित्र कोई ऐसी बात निरूपित न करें जो अश्लील, अभद्र या जनता की सुरुचि को ठेस पहुँचानेवाली हो।
7. यह सुनिश्चित करने का प्रयास करें कि जनता का कामकाज जनता में किया जाए। सभी पत्रकारों के लिए पहुँच के अधिकारों की रक्षा करें।
8. व्यक्तियों तक पूर्ण और निर्बाध पहुँच के लिए प्रयास करें और छिछले या हड़बड़ीवाले अवसरों के लिए विकल्प सुझाएँ।
9. विविध दृष्टिकोण लें और अलोकप्रिय या अलक्षित दृष्टिकोणों को दिखाने के लिए काम ना करें।
10. इस संहिता में अभिव्यक्त भाव और उच्च मानकों को उदाहरण तथा प्रभाव द्वारा बनाए रखने की कोशिश करें। जब ऐसी स्थिति का सामना करना पड़े जिसमें उचित कार्यवाही स्पष्ट न हो, तब उनसे परामर्श लें जो इस व्यवसाय में उच्चतम मानक दर्शाते हैं।

निषेध

1. व्यक्तियों की फोटो लेते समय जान-बूझकर घटनाओं को बदलने, या बदलने की कोशिश करने या प्रभावित करने का प्रयास न करें।
2. किसी व्यक्ति की गोपनीयता में हस्तक्षेप या आक्रमण न किया जाए, जब कि वह वास्तविक भारी जनहित के आधार पर, न कि किसी कामुक अथवा विकृत कुतूहल के आधार पर, अनिवार्य न हो।
3. आतंकवादी हमलों, साम्प्रदायिक दंगों या हिंसा की अन्य घटनाओं को कवर करते समय क्षत-विक्षत शवों या ऐसी अन्य छवियों को न दिखाएँ, जो घृणा अथवा आतंक पैदा करें या साम्प्रदायिक अथवा धार्मिक भावनाएँ भड़काएँ।
4. मंचित फोटो अवसरों से प्रभावित न हों।
5. उनसे उपहार, अनुग्रह या मुआवजा स्वीकार न करें जो कवरेज को प्रभावित करने की माँग कर सकते हों।
6. ऐसे राजनीतिक, सिविक या व्यापार के धन्धों अथवा नौकरी से बचें जो उनकी व्यावसायिक स्वतन्त्रता से समझौता कर सकती हो या समझौता करती हुई प्रतीत हो।
7. सूचना या भागीदारी के लिए स्रोत अथवा व्यक्ति को कोई भुगतान न करें और न ही

कोई तात्विक प्रतिफल दें।

8. काम में किसी प्रकार का पक्षपात निरूपित नही होना चाहिए।
9. अन्य पत्रकारों के प्रयासों को जान-बूझकर ध्वस्त न करें।

(ii) पुलिस द्वारा जुए की दुष्प्रवृति को अनदेखा करने को संकेतस्वरूप दर्शाने के लिए, फोटोग्राफ में गुप्त जुआ अड्डे के पास पुलिस कर्मी को खड़ा दर्शाना अनीतिकर या पत्रकारिता के मानदंडों का उल्लंघन नहीं कहा जा सकता है।

(iii) आम समाज में 'सम्मानजनक मृत्यु' के सिद्धान्त की व्यापक मान्यता है और जब तक कि उस घटना को फोटोग्राफ द्वारा दर्शाने का सार्वजनिक हित या प्रयोजन न हो, मीडिया को उससे बचने की सलाह दी जाती है।

अश्लीलता तथा अशिष्टता से बचा जाए :

(i) समाचार-पत्र/पत्रकार ऐसी कोई बात प्रकाशित नहीं करेंगे जो अश्लील, अशिष्ट अथवा जनता की सुरुचि के प्रतिकूल हो।

(ii) समाचार-पत्र ऐसे विज्ञापन प्रकाशित नहीं करेंगे जो अश्लील हों या जिनमें नग्न अथवा कामुक मुद्रा में प्रदर्शित किसी महिला की ओर पुरुषों की ललचाई दृष्टि आकर्षित होती हो जैसे कि वह स्वयं ही बिक्री के लिए कोई वाणिज्यिक वस्तु हो।

(iii) कोई चित्र अश्लील है या नहीं, इसका निर्णय तीन परीक्षाओं के आधार पर किया जाए, अर्थात:

क) क्या यह अशिष्ट तथा अभद्र है?

ख) क्या यह मात्र अश्लीलता की कृति है?

ग) क्या इसका उद्देश्य केवल पैसा कमाने के लिए किशोरों की यौन भावनाओं को गुदगुदाना है जिनके बीच वह संचारित होगी? अर्थात् क्या यह वाणिज्यिक लाभ के लिए एक दूषित स्वार्थसाधन है? अन्य संगत बात यह है कि क्या वह चित्र पत्रिका की विषय वस्तु से सम्बन्धित है। अर्थात क्या उसके प्रकाशन से कला, चित्रकारी, चिकित्सा शोध या यौन सुधार के सन्दर्भ में किसी महान् सामाजिक अथवा सार्वजनिक उद्देश्य की पूर्ति होती है?

(iv) एक फोटोग्राफ अथवा पेंटिग कला सम्बन्धी कार्य है और कलाकार इसके चित्रांकन में कलात्मक छूट का उपभोग करता है तथापि, यह समझना होगा कि कला सम्बन्धी कार्य का उपभोग, परख और सराहना पारखियों द्वारा की जाती है। एक समाचार-पत्र के पृष्ठ ऐसी पेंटिग के लिए सर्वाधिक उपयुक्त स्थान नहीं हो सकते।

(v) भूमंडलीकरण और उदारीकरण से मीडिया को यह लाइसेन्स नहीं मिल जाता कि वह प्रेस की स्वतन्त्रता का दुरुपयोग करे तथा समाज के मूल्यों को कम करे। मीडिया सार्वजनिक उद्देश्य की एक विशिष्ट भूमिका निभाता है, जिसके लिए उसे उन वाणिज्यिक धारणाओं से ऊपर उठना चाहिए जो अन्य उद्योगों तथा व्यापार द्वारा अपनाई जाती हैं। जहाँ तक उस भूमिका का सम्बन्ध है, मीडिया का एक कर्तव्य यह है कि हमारी सांस्कृतिक विरासत तथा सामाजिक मूल्यों का संरक्षण करे और उन्हें

आगे बढ़ाए।

(vi) समाचार-पत्र में पाठकों के निजी प्रश्नों का उत्तर देनेवाले 'नितान्त व्यक्तिगत' जैसे स्तम्भ जनता की शालीनता का उल्लंघन करनेवाली या जनता की मानसिकता को भ्रष्ट करनेवाली घोर अरुचिकर प्रस्तुतियाँ न बन जाएँ।

(vii) प्रेस का प्रयास यह सुनिश्चित करना होना चाहिए कि कवरेज व्यापक रूप से समाज के मानकों के अनुरूप हो, न कि मात्र कुछ एक के अनुरूप हो। प्रेस, स्तरों और संस्कृति के पतन को रोकना हमारा कर्तव्य भी है क्योंकि इसकी पहुँच और प्रभाव में समाज की विचारधारा और मानस पटल को मोड़ने की अद्भुत क्षमता होती है।

(viii) भारतीय पाठक काफी परिपक्व हैं और सही पत्रकारिता की सराहना करने में समर्थ हैं तथा लम्बे समय में 'तथाकथित लोकप्रिय स्वीकृति को बढ़ावा देकर पश्चिम की नकल के प्रयास परिचालन बढ़ाने के समाचार-पत्र के उद्देश्य को विफल कर सकते हैं।

(ix) समाचार-पत्र अपने लेखों के माध्यम से सार्वजनिक स्थानों में अनैतिक कार्यकलापों से सम्बन्धित घटनाओं का भंडाफोड़ कर सकते हैं। परन्तु यह फोटोग्राफिक साक्ष्य अथवा समाचार के संयमित प्रस्तुतीकरण की समुचित सावधानी बरतते हुए किया जाना चाहिए।

फोटो मैनिपुलेशन कितना सही है

नई टेक्नोलॉजी ने फोटोग्राफी के सम्पादन के तरह-तरह के सॉफ्टवेयर उपलब्ध कराए हैं, जिनसे न केवल फोटोग्राफ्स की गुणवत्ता बढ़ाई जा सकती है, बल्कि मूल कंटेंट के साथ साजिशन छेड़छाड़ भी की जा सकती है। इस तरह का फोटो मैनिपुलेशन बहुत बार देखने को मिल जा रहा है। जाहिर है कि ऐसे में फोटो पत्रकारों और उनके संस्थानों व संगठनों की सत्यनिष्ठा पर सवाल भी उठाया जा रहा है। कुछ फोटो पत्रकार तो इस कदाचार में संलिप्त पाए गए हैं और उन पर आरोप सिद्ध करके कार्रवाई भी करनी पड़ी है। लेकिन इस मामले में कोई स्पष्ट कानून न होने के कारण अकसर फोटोशॉप्ड और डिजिटल रूप से छेड़छाड़ की गया तसवीरें पत्रिकाओं और अन्य डिजिटल मीडिया पोर्टल्स के कवर पर दिखाई दे जाती हैं। कई बार जब ऐसी हरकतें पकड़ में आती हैं तो फोटो पत्रकारों या प्रकाशन संस्थानों द्वारा माफी माँगकर इतिश्री कर ली जाती है। इसका एक उदाहरण विश्वप्रसिद्ध टाइम पत्रिका भी है। 1994 में, सिम्पसन नामक व्यक्ति, जिसे हत्या के लिए गिरफ्तार किया गया था, की तसवीर में हेर-फेर करने के लिए टाइम पत्रिका की कड़ी आलोचना हुई थी। पत्रिका में उसे काला और शैतानी दिखाया गया था। टाइम पत्रिका ने बाद में अपने पाठकों से माफी माँग ली थी।

फोटो पत्रकारों को यह समझना चाहिए कि सटीकता और सत्यता ही पत्रकारिता की कसौटी हैं। फोटोग्राफ, लिखित अभिलेखों की तरह ही भावी पीढ़ी के लिए अतीत का बोध करानेवाले अधिकारिक ऐतिहासिक दस्तावेज होते हैं। अत: किसी भी फोटोग्राफ की सत्यता से छेड़छाड़ करके उसे भ्रामक बनाकर किसी सामाचार-पत्र या पत्रिका में प्रकाशित करना या वेब पर किसी

सार्वजनिक डोमेन में प्रसारित करना नैतिकता के विरुद्ध और व्यावहारिक आचार संहिता का उल्लंघन है और इसे हर तरह से हर स्तर पर रोका जाना चाहिए। बहरहाल फेक न्यूज की तरह ही फेक फोटोग्राफ्स की सत्यता जाँचने के कई फैक्ट चेकिंग टूल्स ऑनलाइन उपलब्ध हो चुके हैं और कई संगठन इस सम्बन्ध में लोगों को जागरूक भी कर रहे हैं। कई फोटो एजेन्सियों ने भी इस सम्बन्ध में सतर्कता बरतनी शुरू कर दी है।

यहाँ भी बताते चलें कि कई फोटो एजेन्सियों ने अपने फोटो पत्रकारों के लिए अपनी नीतियाँ और नैतिकताएँ तय कर रखीं हैं। उदाहरण के लिए एसोसिएटेड प्रेस यानी एपी ने अपने फोटोग्राफरों को जिन नीतियों का पालन करने को कहता है, उनमें कहा गया है कि – " एपी तसवीरों को हमेशा सच बोलना चाहिए। हम किसी तसवीर की सामग्री में किसी भी तरह से बदलाव या डिजिटल रूप से हेर-फेर नहीं करते हैं। फ़ोटोग्राफ़ की सामग्री को फ़ोटोशॉप या किसी अन्य माध्यम से बदला नहीं जाना चाहिए। किसी फोटोग्राफ में जोड़ा या घटाया गया कोई भी तत्व डिजिटली नहीं होना चाहिए। व्यक्तियों के चेहरे या पहचान को फोटोशॉप के द्वारा अस्पष्ट नहीं किया जाना चाहिए। कैमरा सेन्सर पर धूल और स्कैन किए गए प्रिंट पर पड़े स्क्रैच को खत्म करने के लिए केवल रीटचिंग या क्लोनिंग टूल का उपयोग स्वीकार्य है।... फोटोशॉप में मामूली समायोजन स्वीकार्य हैं। इनमें क्रॉपिंग, चकमा देना और बर्न करना, ग्रेस्केल में रूपान्तरण और सामान्य टोनिंग और रंग समायोजन शामिल हैं, जो स्पष्ट और सटीक फोटोग्राफ तैयार करने के लिए न्यूनतम आवश्यकता तक ही सीमित होने चाहिए। पृष्ठभूमि को डिजिटल रूप से धुँधला नहीं होना चाहिए या आक्रामक टोनिंग द्वारा समाप्त नहीं किया जाना चाहिए। फोटोग्राफ्स से 'रेड आई' को हटाने की अनुमति नहीं है।"

यहाँ 'रेड आई' को समझ लेते हैं। जब कैमरे के फ़्लैश का प्रकाश आँखों की रेटिना (Retina) पर पड़ता है तो रेड-आई इफ़ेक्ट (Red Eye Effect) होता है। दरअसल आसपास कम रोशनी (Low Ambient Light) होने पर हमारी आँखों की पुतली बड़ी हो जाती है, ताकि आँखों के अन्दर ज़्यादा प्रकाश प्रवेश करे। रेटिना की रक्त केशिकाएँ का रक्त जो प्रकाश परावर्तित करता है, उससे आँखें लाल दिखती हैं। बहुत से फोटोग्राफर या फोटो सम्पादक रेड आई को हटाने के लिए फोटोशॉप या अन्य फोटो एडिटिंग टूल का सहारा लेते हैं। फिलहाल रेड-आई इफ़ेक्ट को कम करने के लिए आधुनिक कैमरों में फ़ाइनल फ़्लैश से पहले प्री-फ़्लैश की सुविधा मिलने लगी है।

फोटोग्राफ का कॉपीराइट

फोटोग्राफी में कॉपीराइट का अर्थ है कि आपके द्वारा खींची गया यानी कैमरे में कैद की गया फोटो के आप ही स्वामी हैं। इसका मतलब यह है कि फोटोग्राफी के लिए कॉपीराइट कानून कहता है कि जिसने भी फोटो को क्लिक करने के लिए कैमरे का बटन दबाया है वह उस फोटो के कॉपीराइट का मालिक है। एक फोटोग्राफर अपने जीवन भर और जीवन के बाद के 60 साल तक उस कॉपीराइट का मालिक होगा।

भारत में कॉपीराइट अधिनियम 1957 की धारा 2 (सी) के तहत कलात्मक कार्य के रूप

में फोटोग्राफ कॉपीराइट कानून के तहत संरक्षित हैं। हालाँकि, कलात्मक कार्य के रूप में कार्य को योग्य बनाने के लिए गुणवत्ता बेमानी है। इसलिए एक खराब फोटोग्राफ भी कानून के तहत संरक्षित है। एक फोटोग्राफ के लिए कलात्मक कार्य के रूप में कॉपीराइट के अन्तर्गत आने के लिए आवश्यक तत्व केवल यह है कि फोटोग्राफ मौलिक होना चाहिए और उसको प्राप्त करने में फोटोग्राफर द्वारा अपने कौशल और प्रयास का उपयोग किया गया हो।

यह जानना भी महत्वपूर्ण है कि भारत में कॉपीराइट अधिनियम की धारा 25 के अनुसार, फ़ोटोग्राफ़ को प्रकाशन की तारीख से 60 वर्ष की अवधि के लिए कॉपीराइट सुरक्षा प्रदान की जाती है। हालाँकि विभिन्न देशों में यह अवधि अलग-अलग है। भारतीय कॉपीराइट अधिनियम साहित्यिक और कलात्मक कार्यों के संरक्षण के लिए बर्न कन्वेन्शन 1886, यूनिवर्सल कॉपीराइट कन्वेन्शन 1951 तथा बौद्धिक सम्पदा अधिकार समझौते के व्यापार से सम्बन्धित पहलुओं पर 1995 के समझौते जैसी अधिकांश अन्तरराष्ट्रीय सन्धियों के अनुपालन में बनाया गया है।

इस अधिनियम के अनुसार एक फोटोग्राफ का पहला मालिक उसको कैमरे में कैद करनेवाला फोटोग्राफर ही होगा, जब तक कि इसके विपरीत कोई समझौता न हो। इसका अर्थ यह भी हुआ कि भले ही आप कैमरे के मालिक हों, लेकिन आपका मित्र उस कैमरे से आश्चर्यजनक और कलात्मक फोटो लेता है तो उसका कॉपीराइट आपके मित्र के पास होगा। फ़ोटोग्राफ़र के अधिकार में पुनरुत्पादन, फोटो का सम्पादन करने या फिर कोई भी अनुकूलन करने, फोटो को प्रकाशित करने आदि का अधिकार शामिल है। एक फोटोग्राफर के पास अपनी फोटो को कॉपीराइट के अन्तर्गत दर्ज कराने या न कराने का विकल्प होता है। हम कह सकते हैं कि कॉपीराइट सुरक्षा के लिए पंजीकरण कराना चाहिए, लेकिन यह अनिवार्य नहीं है। दरअसल फोटो खींचते ही कॉपीराइट का अधिकार मिल जाता है। यहाँ यह भी जानना जरूरी है कि कॉपीराइट कानून के तहत विचार की अभिव्यक्ति कॉपीराइट योग्य है। हाँ, यह भी महत्वपूर्ण है कि कोई भी विचार अपने आप में कॉपीराइट का अधिकार नहीं रखता है। कॉपीराइट अधिनियम की धारा 51 फोटोग्राफरों के कॉपीराइट उल्लंघन की रक्षा करती है। भारत में न्यायालयों ने यह माना है कि फोटोग्राफर द्वारा किसी अन्य प्रकाशित सामग्री से कॉपी करके मूल कलाकार या लेखक से अनुमति लिये बिना एक फोटो का प्रकाशन कॉपीराइट का उल्लंघन है। हालाँकि, एक फोटोग्राफर के अलावा कोई अन्य व्यक्ति शिक्षण/अनुसन्धान उद्देश्यों, विधायी उद्देश्यों, न्यायिक कार्यवाही के लिए फोटोग्राफ का उपयोग कर सकता है। यह उचित उपयोग के सिद्धान्त के अन्तर्गत आता है और फोटोग्राफर की पूर्व सहमति के बिना तसवीरों के उपयोग की अनुमति है।

यहाँ यह कहना आवश्यक है कि भारत का कॉपीराइट अधिनियम, 1957 एक सम्पूर्ण अधिनियम है, जो अपने देश के फोटोग्राफरों के अधिकारों की प्रभावी रूप से रक्षा करता है। महत्वपूर्ण है कि यह कानून न केवल फोटोग्राफरों द्वारा ली गया पारम्परिक फोटोग्राफ्स की सुरक्षा करता है, बल्कि ऑनलाइन फोटोग्राफ्स की भी संरक्षा करता है। यह बात और है कि

अधिनियम के अन्तर्गत इसका स्पष्ट उल्लेख नहीं मिलता है।

'पैपराज़ी' बनने का फैशन

यह बात 1997 की है, जब एक सुबह पैपराजी शब्द समाचार-पत्रों की सुर्खियाँ बन गया था। तब हिन्दी के पाठकों ने पहली बार यह शब्द पढ़ा था। समाचार था कि ब्रिटेन की प्रिन्सेस डायना की एक कार एक्सीडेंट में मौत हो गया थी और इसका कारण बने थे वे फोटोग्राफर, जो उनके दोस्त के साथ उनकी फोटो अपने कैमरे में कैद करना चाहते थे। इन्हीं फोटोग्राफरों से बचने के लिए प्रिन्सेस डायना की कार भाग रही थी और दुर्घटना का शिकार हो गया। डिजिटल फोटोग्राफी की शुरुआत के दिनों में ही इन पैपराजी फोटोग्राफरों का यह कारनामा समाचार-पत्रों की सुर्खियां बन गया था। बाद के दिनों में ऐसे बहुत सारे समाचार सामने आए, जिनमें फोटोग्राफरों ने किसी सेलिब्रिटी के जीवन में जबरन झाँकने और लोगों के लिए प्रस्तुत कर देने की होड़ शामिल थी। बाद के दिनों में यह एक फोटोग्राफी ट्रेंड ही बन गया कि पैपराजी के रास्ते लोगों को किसी सेलिब्रिटी के जीवन से जुड़ी अनकही कहानियों से परिचित कराया जाए। यह बात और है कि फोटो पत्रकारिता की नैतिकताओं पर यह ट्रेंड किसी भी कसौटी पर खरा नहीं उतरता है।

पैपराज़ी (Paparazzi) शब्द कहाँ से आया ? हालाँकि दुनिया भर में यह शब्द जाना और इस्तेमाल किया जाता है, लेकिन फिर भी कोई भी पूरी तरह से निश्चित नहीं है कि यह शब्द कहाँ से आया। हाँ, कुछ लोग मानते हैं कि यह शब्द फेडेरिको फेलिनी की प्रतिष्ठित फिल्म 'ला डोल्से वीटा (1960)' में पहली बार सुनने को मिला था। इस फिल्म में एक फोटो पत्रकार का नाम पैपराज़ी (पैपराज़ो) है, जिसका किरदार प्रख्यात इतालवी अभिनेता वाल्टर सैंटेसो ने निभाया था।

पैपराज़ी ऐसे स्वतन्त्र फोटोग्राफर होते हैं, जो हाई-प्रोफाइल लोगों जैसे अभिनेता, संगीतकार, एथलीट, राजनेता और अन्य मशहूर हस्तियों की तब फोटो खींचने के लिए जी-जान लगा देते हैं, जब वे अपनी सामान्य दिनचर्या बिता रहे होते हैं। दरअसल लोग ऐसे लोगों की दिनचर्या को करीब से जानना-देखना चाहते हैं, जो उनकी निगाह में सेलिब्रिटी हैं। दरअसल ये फोटोग्राफर कैंडिड फोटोग्राफी (कैंडिड फ़ोटोग्राफ़ी सामान्यतया फ़ोटोग्राफ़ी की एक शैली मानी जाती है, जो किसी विषय या व्यक्ति के वास्तविक और अनछुए क्षणों को अनायास कैमरे में कैद कर लेती है। कभी-कभी व्यक्ति या विषय को इस बात की जानकारी होती है कि उनकी फोटो खींची जा रही है और कभी जानकारी के बिना ही फोटो खींच ली जाती है) में माहिर होते हैं और सेलिब्रिटी यानी मशहूर लोगों की गोपनीयता को भंग करने में जी-जान लगाने से नहीं चूकते। पैपराज़ी अपनी तसवीरें मीडिया आउटलेट्स को बेचकर अधिक से अधिक मूल्य प्राप्त करने की होड़ में होते हैं।

समय के साथ ये गोपनीय और कभी-कभी निंदनीय खींचे जा रहे पैपराजी फोटोग्राफ समाचार-पत्रों, विशेषकर टैबलॉयड समाचार-पत्रों के प्रथम पृष्ठ पर स्थान पाने लगे। नतीजा यह कि अपनी गोपनीयता भंग होने से बचने के लिए भागते-छिपते सेलिब्रिटी का पीछा करने

का रोमांच ही अब पर्याप्त नहीं था, प्रकाशनों को बेचने के लिए एक स्कूप की आवश्यकता थी। ऐसा फोटोग्राफ, जो किसी सेलिब्रिटी के सम्बन्ध में नए खुलासे करता हो, हर हाल में प्राप्त करना इनका शगल हो गया। क्योंकि जितना गोपनीय और नया खुलासा करनेवाला फोटोग्राफ होगा, उतना महँगा होगा।

बहरहाल फेक फोटोग्राफ्स और सेल्फी के इस समय में इस तरह की फोटोग्राफ को लेने की होड़ अब उस तरह की नहीं है, क्योंकि अब प्रामाणिक फोटोग्राफ को महत्व मिलने की दरकार बढ़ी है। हाँ, यह बात जरूर है कि 'ला डोल्से वीटा' के दिन भले ही खत्म हो गए हों, लेकिन अवैध ढंग से दर्ज पैपराज़ी फोटोग्राफ की तथाकथित सुन्दरता के प्रति उत्साह बना रहता है।

8

फोटो पत्रकारिता: विविध रूप

पत्रकारिता का कोई भी रूप हो, वह आठ ककार यानी क्या, क्यों, कहाँ, कब, कौन, किससे, किसको या किसके और कैसे (7W+H = What, Why, Where, When, Who, Whom, Which & How) पर ही टिका होता है। फोटो पत्रकारिता भी इन्हीं ककारों के उत्तर खोजती है और कोशिश करती है कि उसकी प्रस्तुति से रू-ब-रू होनेवालों को उनके सभी सवालों के उत्तर सहजता से मिल जाएँ। फोटो पत्रकारिता के क्षेत्र भी ढेर सारे हैं। दरअसल नित नए होते समय में जब समाचारों के लिए नए-नए क्षेत्र उभरकर सामने आ रहे हैं तो जाहिर है कि उनसे जुड़े फोटोग्राफी का वैविध्य तो होगा ही। आज पत्रकारिता में समाचारों, आलेखों, फीचर आदि के अनगिनत विषय उपलब्ध हो गए हैं। खूब लिखा जा रहा है और उसे विविधता के साथ प्रस्तुत भी किया जा रहा है। जाहिर है कि इस विविधताओं से भरी पत्रकारिता के लिए फोटोग्राफी के विषयों का वैविध्य भी होगा। आज फोटो पत्रकार कई नए विषयों पर काम कर रहे हैं और नए-नए प्रयोगों के माध्यम से फोटो पत्रकारिता को नित नया आयाम देकर समृद्ध कर रहे हैं। वर्तमान समय में न्यूज फोटोग्राफी (News Photography), सांस्कृतिक फोटोग्राफी (Cutural Photography), सामाजिक फोटोग्राफी (Social Photography), राजनीतिक फोटोग्राफी (Political Photography), आपदा फोटोग्राफी (Disaster Photography), खेल फोटोग्राफी (Sports Photography), पर्यावरण फोटोग्राफी (Environment Photography), युद्ध फोटोग्राफी (War Photography), फैशन फोटोग्राफी (Faishon Photography), प्रकृति फोटोग्राफी (Nature Photography), वन्यजीव फोटोग्राफी (Wildlife Photography), पोर्ट्रेट फोटोग्राफी (Portrait Photography) और विज्ञापन फोटोग्राफी (Advertisement Photography) जैसी कई विधाएँ खूब प्रचलन में हैं। इन दिनों फोटो फीचर (Photo Feature) और फोटो निबन्ध (Photo Essay) भी खूब तैयार किए जा रहे हैं और लोकप्रिय हो रहे हैं।

न्यूज फोटोग्राफी (News Photography)

किसी न्यूज़ असाइनमेंट को पूरा करने के लिए घटना या मामले की संवेदनशीलता, अधिक से अधिक जानने की जिज्ञासा, पत्रकारीय वृत्ति और घटना को देखने-समझने के प्रति एक परिपक्व सोच या दृष्टि बहुत जरूरी होती है। किसी भी पत्रकार या फोटो पत्रकार को उसके भीतर निहित जानने की ललक यानी जिज्ञासा और लगातार फील्ड वर्क यानी अपने काम का

निरन्तर अभ्यास (रियाज) ही उसे बेहतर बनाने का काम करती है। फोटो पत्रकार के लिए जरूरी होता है कि वह जो कुछ स्पष्ट दिखाई दे रहा है उसके परे जाकर देखने का प्रयास करे। यानी सब कुछ 'जरा हट के' देखने की आदत बनानी पड़ती है। कुछ अधिक भावनाओं के साथ कुछ अधिक आकर्षक और समूह कैमरे में कैद करना पड़ता है, जो लोगों को आकर्षित कर सके और कुछ सोचने पर मजबूर कर सके। किसी भी समाचार की फोटो को कैमरे में कैद करते समय एक फोटो पत्रकार को वहाँ की ध्वनियों, गतिविधियों और संवेदनाओं को पृष्ठभूमि पर रखते हुए अपनी दृष्टि को दृश्य संयोजना (Visual Composition) पर केन्द्रित रखना होता है।

एक अच्छा फोटो पत्रकार न्यूज़ कवरेज में फोटोग्राफ मिल जाने के बावजूद फोटो खींचना बन्द नहीं करता। जब वह फोटो खींच रहा होता है तो उसे उन सारे तत्वों को ध्यान में रखना होता है, जो किसी समाचार के होने में जरूरी होते हैं। उसकी कोशिश होती है कि वह अधिक से अधिक समाचार तत्वों को अपने कैमरे में कैद कर ले। *(देखें चित्र संख्या 43)* समाचारों के ये तत्व होते हैं- प्रभाव (Impact), प्रमुखता (Prominence), समीपता या निकटता (Proximity), बात का वजन (Weight), विवाद (Controversy), तात्कालिकता (Nowness), ताजगी (Freshness), समयानुकूलता (up-to-date), समयबद्धता या सामयिकता (Timliness), विलम्बता (Lateness), विषमता (Oddity), नवीनता (Newness), विलक्षणता (Novelity), मनोभाव (Emotions), रहस्य (Mysteries), दुविधा (Suspense), संघर्ष (Conflict), प्रतिफल या परिणाम (Consequence), मानवीय रुचि (Human interest),आपदा (Disaster), प्रगति या विकास (Progress or Development) आदि।

एक फोटो सम्पादक का यह कहना मायने रखता है कि बहुत से फोटो पत्रकारों से घटनास्थल पर बहुत सी चीजें कैमरे में कैद होने से छूट जाती हैं क्योंकि वे अधिक सामाजिक होते हैं, जिससे उनका ध्यान बँटा होता है और वे जरूरी दृश्यों के तत्काल उपस्थित हुए कम्पोजीशन पर ध्यान केन्द्रित नहीं कर पाते। किसी भी घटना के घटित होने की गति पर निर्भर करता है कि फोटो पत्रकार के सामने निरन्तर गतिमान यानी एक्शन दृश्य किस गति से प्रस्तुत होंगे। जाहिर है कि फोटो पत्रकार को उसी के अनुरूप कैमरे का संचालन करना पड़ता है। मसलन एक्शन दृश्यों की गति ही कैमरे की शटर स्पीड, एक्सपोज़र, ट्राइपॉड के उपयोग आदि का निर्धारण कराती है। फोटो पत्रकार को सभी जरूरी उपकरणों का बुद्धिमानी से उपयोग करना होता है, क्योंकि उसे एक निर्धारित समय सीमा के भीतर अपने कवरेज को पूरा करना होता है। फोटो पत्रकार को कभी भी अपने ऊपर अपने उपकरणों को हावी नहीं होने देना चाहिए। अपनी पूरी क्षमता और कौशल के इन उपकरणों के माध्यम से अपने असाइनमेंट को समय-सीमा के भीतर पूरा करना चाहिए, चाहे कितना भी कठिन और असम्भव असाइनमेंट क्यों न हो।

न्यूज़ फोटोग्राफी से जुड़े फोटो पत्रकार के समक्ष नित नई चुनौतियाँ प्रकट होती रहती हैं और इसके लिए उसे मानसिक रूप से तैयार रहना पड़ता है। कभी-कभी फोटो पत्रकार किसी कवरेज में होते हैं और अचानक वहाँ आपात स्थितियाँ उत्पन्न हो जाती हैं, ऐसे में फोटो पत्रकार की सजगता और अपने उपकरणों के प्रयोग किए जाने का कौशल बहुत मायने रखता है।

उदाहरण के लिए यदि कहीं शान्तिपूर्ण ढंग से धरना चल रहा होता है, लेकिन अचानक लोग उग्र हो जाते हैं, तोड़फोड़ शुरू हो जाती है, पुलिस लाठी चार्ज करने लगती है, लोग घायल होने लगते हैं, एम्बुलेन्स के सायरन बजने लगते हैं और लोगों की गिरफ्तारियाँ शुरू हो जाती हैं। ऐसे में ताबड़तोड़ ढंग से दृश्य फोटोग्राफर के सामने से होकर गुजरने लगते हैं। *(देखें चित्र संख्या 44)* यही वह समय होता है जब फोटो पत्रकारों को संयम बनाए रखना होता है और अपनी सजगता एवं विधागत कौशल का परिचय देना होता है। यह भी देखना होता है कि विषय के परे यानी असंगत दृश्य कैमरे में कैद न हों, किसी भी तरह का पूर्वाग्रह उसकी कवरेज में दिखाई न दे और तेजी से घट रहे दृश्यों में से कोई भी दृश्य छूटने न पाए। ऐसे में सफल फोटो पत्रकार वही होता है जो पहले ही अनुमान लगा लेता है कि यहाँ कुछ घटित होनेवाला है, जिसकी गति बहुत तेज होगी। कभी-कभी ऐसे घटना स्थलों पर फोटो पत्रकारों को एक साथ विभिन्न लेन्सों के साथ एक से अधिक कैमरे तैयार रखने पड़ते हैं।*(देखें चित्र संख्या 46)*

कभी-कभी फोटो पत्रकार किसी बड़ी दुर्घटना, घटना या आपातकालीन स्थिति के बाद ही घटनास्थल पर पहुँच पाते हैं। ऐसे में उनकी चुनौती और अधिक बढ़ जाती है। क्योंकि घटना के घटित होने के समय की कोई जीवन्त तसवीर अब नहीं ली जा सकती है। जाहिर है कि ऐसे में घटना की भयावहता दिखाने या उसके प्रति जागरूकता बढ़ाने के लिए फोटो पत्रकार को ऐसे दृश्य कैमरे में कैद करने पड़ते हैं, जो ठीक-ठीक घटना के करीब की कहानी कह सकें। उदाहरण के लिए दिसम्बर 2004 में हिन्द महासागर में आई सुनामी के बाद बचाव कार्य करने पहुँचे एक फोटो पत्रकार ने एक ऐसे फोटोग्राफ को कैमरे में कैद कर लिया, जिसमें राहत कार्य में लगे एक व्यक्ति को समुद्र के भीतर से एक बच्चे की टाँग पकड़कर बाहर निकालते हुए दिखाया गया था। *(देखें चित्र संख्या 47)* यह अकेला चित्र सुनामी की त्रासदी बताने के लिए काफी था। इलाहाबाद (अब प्रयागराज) में सन 2013 के कुम्भ मेला के दौरान रेलवे स्टेशन पर मची भगदड़ के बाद कैमरों में कैद किए गए फोटोग्राफ्स में भगदड़ के दौरान हुई त्रासदी की भयावहता निहित थी और उन्हें देखनेवाला हर दर्शक उसे महसूस कर पा रहा था। इसी तरह 31 अगस्त, 2005 को इराक के बगदाद शहर में एक अफवाह पर मची भगदड़ में 650 लोग मरे थे। इसमें फोटो पत्रकार ने भगदड़ के बाद सड़क पर फैली हजारों चप्पल-जूतों के फोटोग्राफ से भगदड़ की भयावहता को दिखाने का प्रयास किया था। *(देखें चित्र संख्या 48)*

सांस्कृतिक फोटोग्राफी (Cutural Photography)

सांस्कृतिक फोटोग्राफी (Cutural Photography) किसी व्यक्ति या किसी संस्कृति के सम्बन्ध में बहुत कुछ कहने-बताने की कला है। वास्तव में यह कला तब से है, जब से मानव के पास अपनी अभिव्यक्ति के साधन के रूप में भावचित्रात्मक शैली हुआ करती थी। गुफा चित्र इसके उदाहरण कहे जा सकते हैं। दरअसल संस्कृति किसी व्यक्ति से जुड़ी हो या फिर किन्हीं व्यक्तियों के समूह या किसी समाज या किसी देश से, वह गतिशील (Dynamic) होती है। हर पीढ़ी या समय में उसमें कुछ न कुछ नया जुड़ता रहता है। इस नया जुड़ने के पीछे सबसे बड़ा सच उसका लोगों से होनेवाला जुड़ाव है। इतिहास गवाह है कि इस जुड़ाव के बने रहने का

कारण कोई न कोई कला रही है। इनमें, सबसे महत्वपूर्ण और सहजता से उपलब्ध हो जानेवाली कला फोटोग्राफी ही है।

सांस्कृतिक फोटोग्राफी सरल नहीं है। यह अपने समय की संस्कृति का दस्तावेजीकरण होता है, जिसमें जरा सी चूक पीढ़ियों के भटकाव का कारण बन सकती है। दरअसल पीढ़ियों को अपनी सभ्यता एवं सामाजिक नीतियों-रीतियों का शिक्षण-प्रशिक्षण इसी फोटोग्राफी विधा के माध्यम से मिलता है। हम अपनी कलाओं, चाहे वे शास्त्रीय हों या फिर लोक कलाएँ, से प्रत्यक्ष रूप से न जुड़ पाने की स्थिति में फोटोग्राफी के माध्यम से ही रू-ब-रू हो पाते हैं। यही वजह है कि सास्कृतिक फोटोग्राफी महज कैमरे की 'क्लिक' पर निर्भर नहीं करती है, बल्कि यह कुछ नया जानने की ललक की निरन्तरता, देश-दुनिया के सांस्कृतिक वैविध्य से जुड़ने का जुनून और लोगों को सांस्कृतिक वैभव से जोड़ने की जरूरत को समझने का मिला-जुला प्रयास होता है, जो पत्रकारिता के लोगों के प्रति निभाए जानेवाले उन चारों निर्धारित दायित्वों, यानी सूचित करने, शिक्षित करने, मार्गदर्शन देने और मनोरंजन करने, को बखूबी निभाता है। *(देखें चित्र संख्या 49)*

बहुत से लोग यह मानते हैं कि सांस्कृतिक फोटोग्राफी नीरस होती है और इसमें बहुत कुछ नया करने या नया दिखाने का नहीं होता है, लेकिन ऐसा नहीं है। वास्तविकता यह है कि सांस्कृतिक फोटोग्राफी में कलाकारों के एक्शन, विशेषकर नृत्य और गायन से जुड़े कलाकारों की देह भाषा अद्भुत होती है। फोटोग्राफर को वह दृश्य अपने कैमरे में कैद करना पड़ता है, जो लोगों को न केवल उस कला से जोड़ता है बल्कि उस कला की रोमांचकता और रोचकता भी उसके फोटोग्राफ में झलकती रहे। कई बार ऐसा भी होता है कि फोटोग्राफर कलाकार की रोमांचक प्रस्तुति में इतना भाव विभोर हो जाता है कि वह महत्वपूर्ण एक्शन को दर्ज करने से चूक जाता है। रोचक यह है कि कलाकार भी फोटोग्राफर के हाव-भाव और मंशा को पूरी तरह समझते हैं और इसका आनन्द उठाते हैं। वे फोटोग्राफरों को अच्छे एक्शन को कैमरे में कैद कर लेने का अवसर भी देते हैं। एक ऐसे ही उदाहरण का साक्षी मैं भी रहा हूँ। प्रयाग कुम्भ के दौरान आयोजित सांस्कृतिक कार्यक्रम के मंच पर पंडवानी गायिका तीजन बाई प्रस्तुति दे रहीं थी। मैं कैमरा लेकर मंच के समीप उनके उस एक्शन के इन्तजार में था, जब वे तानपूरे को गदा बनाकर भीम के प्रसंग का अभिनय सहित गायन करें। लेकिन, उनकी प्रस्तुति का आकर्षण इतना था कि मैं अभिभूत हो उसमें गुँथा-बिंध सा कैमरा लिये खड़ा रह गया और वह दृश्य आ गया, जिसका इन्तजार मैं बहुत देर से कर रहा था। तीजन बाई इस बात को भाँप गईं, उन्होंने अपने एक्शन को फ्रीज किया और जोर से बोलीं- खींचो। अचानक मेरी तन्द्रा टूटी और मैंने उस दृश्य को कैमरे में कैद कर लिया। वहाँ उपस्थित दर्शकों को इस पूरे प्रकरण को समझते देर नहीं लगी और पूरा पंडाल तालियों से गूँज उठा।

सामाजिक फोटोग्राफी (Social Photography)

सामाजिक फोटोग्राफी के दो रूप होते हैं। पहला रूप उस फ्रीलान्स फोटोग्राफर का होता है जो समाज में रहते हुए लोगों की फोटोग्राफिक आवश्यकताओं को पूरा करता है। उसका अपना एक फोटो स्टूडियो होता है, जिसके माध्यम से विभिन्न सामाजिक, पारिवारिक और धार्मिक

गतिविधियों की फोटोग्राफी तो करता ही है, साथ ही लोगों के व्यवसाय और उद्योग के लिए अपनी फोटोग्राफी सेवाएँ देता है। इसके लिए फोटोग्राफर के पास व्यवसायिक और क्रिएटिव, दोनों प्रकार की क्षमताएं होना आवश्यक है। वर्तमान में बहुत से ऐसे फोटोग्राफरों ने अपने स्टूडियो में फोटोग्राफी प्रिंटिंग की यूनिट लगा रखी है, वे न केवल सामान्य-जन की फोटोग्राफिक आवश्यकताओं को पूरा कर रहे हैं, बल्कि बाजार के साथ बने रहने के लिए व्यवसाय और उद्योगों में लगी संस्थाओं और संस्थानों के लिए पोस्टर, बैनर और ब्रोशर भी तैयार कर रहे हैं। इन फोटोग्राफरों की सबसे अधिक उपयोगिता विवाह से जुड़ी हुई फोटोग्राफी में दिखाई देती है। डिजिटल फोटोग्राफी में होनेवाले बदलाव, सामाजिक फोटोग्राफी के इस रूप को आगे बढ़ाने में सहायक हुए हैं।

सामाजिक फोटोग्राफी का दूसरा रूप सामाजिक फोटो पत्रकारिता का है। सामाजिक फोटो पत्रकारिता या सोशल फोटो जर्नलिज़्म सीधे-सीधे सामाजिक ताने-बाने के विविध रूपों से जुड़ी होती है। इसमें विभिन्न सामाजिक गतिविधियाँ, सामाजिक विकास, सामाजिक संगठन, सामाजिक परिवर्तन, सामाजिक सुख-दुख, सामाजिक सहजता और दुरूहताएँ जैसे विषयों की फोटोग्राफी शामिल होती है। नया मीडिया आने के बाद पत्रकारिता का सामाजिक परिदृश्य के साथ पारस्परिक संवाद बनाए रखना आवश्यक हो गया है। समाचार-पत्र हों या फिर पत्रिकाएँ, समाज से सीधे संवाद करना चाहती हैं। किसी समाज में घटित हो रही छोटी-छोटी चीजों का कवरेज करके वे सीधे लोगों तक पहुँचकर उन्हें अपनी उपस्थिति का एहसास दिलाना चाहती हैं। यह सही है कि ऐसा करना एक तरह से बाजार के दबाव का परिणाम है, लेकिन सोशल मीडिया और सेल्फी फोटोग्राफी के दौर में, जब लोग खुद ही खुद की गतिविधियों का कवरेज कर रहे हों, तब अपने अस्तित्व को बचाए रखने के लिए भी सामाजिक पत्रकारिता और सामाजिक फोटो पत्रकारिता अपरिहार्य होते जा रहे हैं।

सामाजिक फोटो पत्रकारिता के लिए आवश्यक है कि फोटो पत्रकार में समाज के दुख और सुख, सफलता और असफलता, जीवन की सहजता और दुरूहताएँ, राग-द्वेष, आशाएँ और आकांक्षाएँ, अर्जित मानवीय स्वभाव और स्वाभाविक मनोभावनाएँ आदि को बेहतर ढंग से समझने की क्षमता अनिवार्य रूप से हो। दरअसल फोटो पत्रकार अपने आसपास के समाज को जितना बेहतर ढंग से समझेगा, उतना ही लोगों के करीब होगा और अपने प्रकाशन या प्रसारण संस्थान को बेहतर प्रस्तुति दे पाने में सहायक हो सकेगा। *(देखें चित्र संख्या 50)* हमें यह कहने में कोई सन्देह नहीं है कि हर किसी के चेहरे पर मुस्कुराहट लाने और उनकी यादों में जाने-अनजाने में बहुत कुछ जोड़ देने के प्रयास का सबसे बड़ा माध्यम सामाजिक फोटोग्राफी ही है।

राजनीतिक फोटोग्राफी (Political Photography)

राजनीति के क्षेत्र में फोटोग्राफी को एक रणनीतिक टूल के रूप में प्रयोग किया जाता है। दरअसल राजनीतिक संचार, राजनीतिज्ञों और ऑडियन्स के बीच के पारस्परिक संवाद पर आधारित होता है। राजनीतिक संचार का मकसद ही होता है कि अपनी बात को ऑडियन्स तक जस का तस पहुँचाना और उनसे तत्काल फीडबैक प्राप्त करना। इस जस का तस

पहुँचाने की प्रक्रिया में फोटोग्राफी बहुत महत्वपूर्ण भूमिका निभाती है। किसी भी राजनेता की छवि, राजनीतिक उपलब्धि, राजनीतिक घटनाक्रम, राजनीतिक मनोभाव और विशेष राजनीतिक उद्देश्य प्रस्तुत करने में फोटोग्राफी की भूमिका किसी भी दौर में कम नहीं रही है। यह अनायास नहीं था कि जब फोटोग्राफी की खोज नहीं हुई थी तब शासकों के दरबार में चित्रकार लगभग इन्हीं उद्देश्यों की पूर्ति के लिए रखे जाते थे। राजनीतिक इतिहास के कई पृष्ठ इन्हीं चित्रकारों द्वारा प्रस्तुत किए गए दृश्यों से भरे हुए हैं, जिन्हें पलटकर हम उन दिनों के राजनीतिक इतिहास से रू-ब-रू हो सकते हैं। इस बात से इनकार नहीं किया जा सकता कि जब से कैमरे और फोटोग्राफी ने दुनिया में अपनी उपस्थिति दर्ज कराई है, तब से सत्ता और विपक्ष एक दूसरे को निशाने पर लेने के लिए और जनता को अपनी तरफ आकर्षित करने के लिए इनका प्रयोग करते आ रहे हैं। वास्तव में राजनीति, जन मनोभाव (Public Emotions) और फोटोग्राफी के बीच की पारस्परिक नातेदारी इतनी मजबूत हो चुकी है, कि अब राजनीतिक फोटोग्राफी को पॉलीटिकल मार्केटिंग या पॉलिटिकल ब्रांडिंग का अपरिहार्य उपक्रम माना जाने लगा है। सदी के पहले दशक से हुए सोशल मीडिया के उभार ने इस बात को और अधिक मजबूती प्रदान की है।

राजनीति में व्यक्तिगत या समूह छवि निर्माण, मजबूत सार्वजनिक उपस्थिति के लिए बहुत जरूरी होता है। इसे अब बहुत प्रोफेशनल तरीके से पॉलीटिकल मार्केटिंग या पॉलिटिकल ब्रांडिंग के माध्यम से अमल में लाया जाता है। यह तब और भी महत्वपूर्ण हो जाता है, जब कोई राजनीतिक फोटोग्राफ जनमत बनाने में महत्वपूर्ण भूमिका निभाने लगता है।*(देखें चित्र संख्या 51 एवं 52)*

इसी तरह अमेरिकी राष्ट्रपति डोनाल्ड ट्रम्प 24 सितम्बर, 2020 को जैक्सनविले, फ्लोरिडा में सेसिल हवाई अड्डे पर एक अभियान रैली के दौरान बोलते हुए फोटो चर्चा में रही थी। टॉम ब्रेनर की यह फोटो रॉयटर्स ने रिलीज की थी और इसे पुरस्कार भी मिला था। *(देखें चित्र संख्या 53)*

फोटो पत्रकारिता में राजनीतिक फोटोग्राफी का बहुत ही आकर्षण है। लगभग सभी फोटो पत्रकार राजनीतिक फोटोग्राफ को अपने कैमरे में कैद करना चाहते हैं। इसका सबसे बड़ा कारण यह है कि एक लोकतान्त्रिक देश में लोग राजनीतिक रूप से अत्यन्त जागरूक होते हैं। ये सभी राजनीतिक व्यक्तित्व और राजनीतिक घटनाक्रम को बहुत करीब से जानना, देखना और समझना चाहते हैं। *(देखें चित्र संख्या 54 एवं 55)* यही वजह है कि राजनीतिक फोटो पत्रकारों की जिम्मेदारी भी बढ़ी होती है। उन्हें हर सम्भव प्रयास करना होता है कि वे पक्षधरिता के आरोप से बचे रहें। दरअसल जबसे टेक्नोलॉजी ने फोटो एडिटिंग के सॉफ्टवेयर उपलब्ध कराए हैं, तब से 'मैनिपुलेटेड फोटोग्राफ' और 'फेक फोटोग्राफ' ने राजनीति के क्षेत्र में झूठ और भ्रम फैलाने में महत्वपूर्ण भूमिका निभाई है। सोशल मीडिया पर इनका बोलबाला रहता है। यही वजह है कि आज ढेर सारे ऐसे सॉफ्टवेयर टूल्स भी विकसित हुए हैं, जिनसे भ्रम और झूठ फैलाती फोटोग्राफ को आसानी से पहचाना जा सकता है। यह भी सच है कि समकालीन फोटोग्राफर झूठ को सत्य की तरह परोसे जाने से असहज हैं और यही वजह है कि डिजिटल फोटोग्राफी के इस युग में वे फोटोग्राफी पर लगनेवाले नकलीपन के आरोपों के प्रति पहले से कहीं अधिक संवेदनशील हैं।

हमें यह नहीं भूलना चाहिए किसी भी देश का राजनीतिक इतिहास जितना बेहतर ढंग से फोटोग्राफ के माध्यम से समझा जा सकता है, उतना शब्दों के माध्यम से भी नहीं समझा जा सकता। *(देखें चित्र संख्या 56 एवं 57)* राजनीतिक घटनाक्रम के अनकहे-अनदेखे सच के करीब ले जानेवाली फोटोग्राफ से जुड़ना हर कोई चाहता है। राजनीतिक फोटोग्राफी का एक रूप यह भी है कि फोटो पत्रकार विशेषज्ञ के रूप में विशिष्ट नीतियों के समर्थन या विरोध में साक्ष्य और विश्लेषण प्रस्तुत करनेवाली टीम का हिस्सा बन जाता है। इसमें सबसे बड़ा खतरा यह होता है की फोटो पत्रकारों की स्वतन्त्रता, निष्पक्षता और विश्वसनीयता धूमिल होने का संशय बढ़ जाता है। दरअसल राजनीतिक फोटोग्राफ क़िसी दस्तावेजी प्रमाण की तरह होते हैं, जिनसे न केवल इतिहास के उस समय को समझने में मदद मिलती है, बल्कि उनसे सबक लेकर आगे बढ़ने का जुनून भी पैदा होता है। अपने देश में जब आजादी का 75वाँ वर्ष मनाया जा रहा था, तब स्वतन्त्रता आंदोलन से जुड़े फोटोग्राफ अपने देश को बनाने और आगे बढ़ाने का जुनून पैदा करने में कामयाब हो रहे थे।

पोर्ट्रेट फोटोग्राफी (Portrait Photography)

किसी व्यक्ति का हू-ब-हू चित्र यानी सादृश्य चित्र कैमरे के माध्यम से प्रस्तुत कर देना पोर्ट्रेट फोटोग्राफी कहलाता है। इसमें केवल व्यक्ति के चेहरे की फोटोग्राफ या चेहरा लेते हुए गर्दन के नीचे के कुछ हिस्से तक के फोटोग्राफ को प्रस्तुत करना होता है। हम कह सकते हैं कि लगभग पासपोर्ट साइज का फोटोग्राफ। यहाँ यह जानना महत्वपूर्ण है कि पोर्ट्रेट फोटोग्राफी करते समय फोटोग्राफर को यह ध्यान देना होता है कि फोटोग्राफ में व्यक्ति के व्यक्तित्व की पूरी झलक देखनेवाले को मिल जाए। इसलिए जरूरी होता है कि किसी व्यक्ति का फोटोग्राफ लेने से पहले उसके सम्बन्ध में पूरी तरह वाकिफ हो लिया जाए यानी उसके व्यक्तित्व (Personality), व्यवहार या अभिवृत्ति (Attitude), कार्यक्षेत्र (Profession), सोच-विचार (Thought), उसके हाव-भाव (Facial Expressions), उसकी देह-भाषा (Body Language) को भली-भाँति जान लिया जाए।

प्रख्यात फोटोग्राफर श्री रघु राय अपने एक आलेख में कहते हैं कि "मैं कोशिश करता हूँ कि फोटोग्राफ में उस शख्स का सच सामने आए, जिसका फोटोग्राफ लिया जा रहा है। मैंने कई बहुत बेहतरीन व सशक्त फोटोग्राफ तब लिये थे, जब मेरे विषय कैमरे के प्रति सचेत नहीं थे। एम.एस. सुब्बुलक्ष्मी का फोटोग्राफ तब लिया गया, जब वह प्रस्तुति दे रही थीं और बिस्मिल्ला खान का चित्र तब लिया गया जब वे विलायत खान के साथ जुगलबन्दी में थे।*(देखें चित्र संख्या 58)*

एक सच यह भी है कि पोर्ट्रेट फोटोग्राफी, मानवीय प्रकृति की समझ और फोटोग्राफी कौशल की मिश्रित कला है। यही वजह है कि अपने फोटोग्राफी विषय यानी पोर्ट्रेट के लिए प्रस्तुत व्यक्ति, चाहे वह कोई तीन वर्ष का बच्चा हो या फिर पंचानबे वर्ष का कोई बूढ़ा व्यक्ति, के साथ बातचीत के माध्यम से तालमेल बैठाना होता है। यह तालमेल विषय यानी व्यक्ति को अधिक सहज बना देता है, जिससे वह लेन्स के सामने भी सहज बने रहकर अपनी प्राकृतिक

(Natural) प्रस्तुति दे पाते हैं। जब कोई फोटोग्राफर किसी का फोटो शूट करने के लिए जाता है तो उस व्यक्ति यानी विषय के आसपास कुछ ऐसा होता है, जो उसे विशेष बनाता है। हर किसी के पास कुछ न कुछ होता है, जो उनके द्वारा किए जानेवाले कार्यों का प्रतीक होता है। पोर्ट्रेट फोटोग्राफर की जिम्मेदारी बनती है कि वह उन सब चीजों को शामिल करते हुए व्यक्ति की फोटोग्राफ को कैमरे में कैद करें जो उसके व्यक्तित्व को परिभाषित करने में सहायक सिद्ध हो रहे हैं।*(देखें चित्र संख्या 59)*

फोटो पत्रकारिता में पोर्ट्रेट फोटोग्राफी को महत्वपूर्ण स्थान मिला हुआ है, कारण यह कि बहुत बार किसी विशेष क्षण को दर्शाने, किसी विशेष व्यक्ति का साक्षात्कार प्रस्तुत करने, किसी समाचार के लिए सामाजिक मनोभाव प्रस्तुत करने तथा किसी विशेष मनोभाव के समय चेहरे को प्रस्तुत करने मैं पोर्ट्रेट फोटोग्राफी का उपयोग होता है। राजनीतिक संचार, विकास संचार व सांस्कृतिक संचार के क्षेत्र में पोर्ट्रेट फोटोग्राफी का बहुत उपयोग होता है। फोटो पत्रकारिता में, पोर्ट्रेट शॉट्स में समाज के महत्वपूर्ण सदस्यों को उनके सामान्य वातावरण में दिखाया जाता है, जैसे कि कार के बगल में रेस कार चालक, ऑपरेशन थिएटर रूम के अन्दर एक डॉक्टर या अपने विद्यार्थियों के संग अध्यापक आदि। वास्तव में एक पोर्ट्रेट में व्यक्ति की मनोदशा, उसका व्यक्तित्व और चरित्र तथा उससे जुड़े वातावरण की सटीक प्रस्तुति होनी चाहिए ताकि दर्शक उस व्यक्ति के सम्बन्ध में सही निष्कर्ष पर पहुँच सके।

आपदा फोटोग्राफी (Disaster Photography)

आपदा प्रबन्धन और मीडिया की पारस्परिक नातेदारी है। वास्तव में मीडिया के सरोकारों में जनता के हिस्से का सुख-दुख शामिल होता है। संकट के समय जो जनता के सबसे करीब होता है, वह मीडिया ही है। शासन भी जनता से संवाद बनाए रखने के लिए बहुत ही आशा के साथ मीडिया की ओर देखता है। आजादी की लड़ाई के दिनों में महात्मा गाँधी ने कहा था कि आपदा के समय एक पत्रकार का साथ होना हजारों को ढाढ़स दिये रहता है। गाँधी जी का यह वाक्य हर समय में अपनी सार्थकता सिद्ध करता आया है। यही वजह है कि आपदा के समय मीडिया की भूमिका को नकारा नहीं जा सकता। हाल के वर्षों में देश के कई स्थानों विशेषकर उत्तराखंड और जम्मू-कश्मीर में आई आपदाओं ने एक बार फिर हमें इस बात के लिए चौकन्ना किया है कि हम बदली हुई परिस्थितियों में आपदा प्रबन्धन और मीडिया के पारस्परिक सम्बन्धों को खँगालें और नई चुनौतियों के अनुरूप तैयारी करें। *(देखें चित्र संख्या 60 एवं 61)*

यह सच है कि आपदाएँ बताकर नहीं आती हैं। वे अनायास, अचानक हमारे सामने होती हैं और अगर हम तैयार नहीं हैं तो वे जनहानि का कारण तो बनती ही हैं, देश और समाज के विकास का पहिया भी नष्ट कर देती हैं। सब कुछ ठप सा हो जाता है। जनता और सत्ता, दोनों आशा और निराशा के बीच घड़ी के पेंडुलम की तरह झूलते हुए अपने समय से जूझते रह जाते हैं और समय पर पहल न कर पाने का दंश भोगते हैं। आपदाएँ प्राकृतिक हों या फिर सामाजिक व्यवहार या तकनीक के इस्तेमाल से उपजी हों, एक ही तरह की जरूरतों की दरकार रखती हैं। ये जरूरतें मानवीय सरोकारों एवं संचेतनाओं से जुड़ी होती हैं। यही वजह है कि व्यवस्था

यानी सत्ता और पीड़ित यानी जनता के बीच अगर कोई सेतु बनकर चीजों को सहज एवं सरल बनाने का काम करता है तो वह है मीडिया। बदलती दुनिया और बदलते समय में मीडिया के सभी उपक्रम यानी समाचार-पत्र, पत्रिकाएँ, टेलीविज़न चैनल, रेडियो, वेब न्यूज पेपर, ब्लॉग और सोशल मीडिया आदि आपदा के समय सक्रिय हो उठते हैं और अपने-अपने रंग-ढंग के अनुरूप काम करने लगते हैं।

सच यह है कि किसी भी आपदा के समय व्यवस्था (सत्ता), जनता और मीडिया के बीच की पारस्परिक नातेदारी ही आपदा प्रबन्ध को मजबूती प्रदान करती है। जानकारों का मानना है कि भारत में 'इंटीग्रेटेड इनफार्मेशन सिस्टम' विकसित न होना आपदा प्रबन्धन की सबसे बड़ी कमी है। जिम्मेदार अधिकारियों और कास्टिंग के सभी सिस्टम (प्रिंट कास्ट, ब्रॉड कास्ट, टेलीकास्ट एवं वेब कास्ट) के बीच समन्वय ही आपदा प्रबन्धन में हमें अधिक परिपक्व और जिम्मेदार बना सकता है। जाहिर है कि आपदा प्रबन्धन में आपदा स्थल और आपदा से पीड़ित लोगों की फोटोग्राफ की प्रस्तुति का बहुत ही महत्वपूर्ण स्थान होता है।

खेल फोटोग्राफी (Sports Photography)

फोटोग्राफी के क्षेत्र में खेल फोटोग्राफी अपेक्षाकृत युवा है, क्योंकि फोटोग्राफी के आविष्कार के बाद लगभग एक सदी तक खेल पेशेवर फोटोग्राफरों की पहुँच से भी बाहर था। बहुत दूर से और तेज गति से चलनेवाले खेल कैमरे में कैद करना किसी चुनौती से कम नहीं था। यह चुनौती सन 1950 तक बनी रही, जब तक कैमरों के लिए तेज प्रकाशिकीवाली हाई स्पीड फिल्म उपलब्ध नहीं हो गयी। आज उन्नत कैमरों और उन्नत लेन्सों की सहायता से खेल फोटोग्राफी बहुत आगे निकल गयी है।

खेल फोटोग्राफी जानकारी, जज्बा और जुनून का पर्याय है। किसी भी खेल फोटोग्राफर के लिए उस खेल के बारे में जानकारी रखना आवश्यक होता है, जिसकी फोटोग्राफी के लिए वह उपस्थित हुआ है। हर खेल की अपनी तकनीक होती है, शैली होती है और खिलाड़ियों की अपनी अलग देह भाषा होती है। इन तीनों को समझते हुए ही कोई फोटोग्राफर उस एक्शन की सम्भावना का आकलन कर पाता है, जो उसके समक्ष कुछ सेकंड बाद घटने जा रहा है। इसी आकलन के आधार पर वह अपनी कम्पोजीशन और प्रकाश संयोजना की तैयारी करके रखता है। कभी-कभी किसी खिलाड़ी या खेल के किसी विशेष एक्शन के लिए घंटों इन्तजार करना पड़ जाता है। साथ ही फोटोग्राफर यह कोशिश करता है उससे कोई भी जरूरी दृश्य छूटने न पाएँ। उसे पता होता है कि उसे न केवल खेल के रोमांच को अपने पाठकों या दर्शकों के समक्ष प्रस्तुत करना है, बल्कि खेल इतिहास के दृश्यों का डॉक्यूमेंटेशन भी करना है। *(देखें चित्र संख्या 62 एवं 63)* हो सकता है बाद में उसके फोटोग्राफ जाँच-परख और प्रशिक्षण के भी काम आएँ। यही वजह है कि चाहे तेज धूप हो या फिर बर्फीली हवाएँ, खेल फोटोग्राफर को अपना जुनून बरकरार रखना होता है।

हम यह भी कह सकते हैं कि खेल फोटोग्राफी, एक्शन फोटोग्राफी का पर्याय है। इसके लिए जितना फोटोग्राफर का सही स्थान पर उपस्थित होना जरूरी है, उतना ही उसके द्वारा सही

समय पर सही प्रतिक्रिया देना भी जरूरी है। इसी तरह भी समझ सकते हैं कि किसी भी खिलाड़ी का कोई भी एक्शन क्षण भर के लिए प्रदर्शित होता है। खिलाड़ी से बहुत दूर बैठे फोटोग्राफर को उस क्षण भर में उस एक्शन को कैमरे में कैद करना होता है। सही स्थान-सही समय-सही प्रतिक्रिया ही सही प्रस्तुति को सम्भव करा पाती है। इसे हम और रोचक तरीके से कहें तो जितनी तेजी से कोई खिलाड़ी अपने एक्शन को प्रदर्शित करता है उतनी ही तेजी से खेल फोटोग्राफर को अपना एक्शन प्रदर्शित करना पड़ता है। यह सम्भावित और अनायास उपस्थित होनेवाले दृश्यों को पकड़ने का खेल है। इसमें उसी खिलाड़ी फोटोग्राफर की जीत होती है, जो खेल की बारीकियों में माहिर होता है। बहुत से प्रमुख समाचार-पत्रों और पत्रिकाओं में ऐसे ही माहिर खेल फोटो पत्रकार अलग से रखे जाते हैं।

पर्यावरण फोटोग्राफी (Environment Photography)

हमारी प्रकृति और पर्यावरण हमेशा से कलाकारों को अपनी ओर आकर्षित करते रहे हैं। अब वे चित्रकार हों या मूर्तिकार या फिर आधुनिक समय के फोटोग्राफर। प्रकृति के रंगों और दृश्यों का सौन्दर्य हमेशा से कुछ नया सृजित करने के लिए प्रेरित करता रहा है। फोटोग्राफी ने इस सौन्दर्य की प्रस्तुति को नित नया आयाम देने की कोशिश की है। बहुत से फोटो पत्रकारों के फोटोग्राफ लोगों में अपने पर्यावरण के प्रति प्रेम जागृत करने और जिम्मेदारी का बोध कराने में सफल रहे हैं। यहाँ यह भी कहना जरूरी है कि जब भी हम पर्यावरण फोटोग्राफी की बात करते हैं, तो इसके मायने केवल यह नहीं है कि हम पर्यावरण प्रदूषण या पर्यावरणीय आपदाओं को ही फोटोग्राफी से दिखाने की बात करें। यह पर्यावरण फोटोग्राफी का एक पक्ष हो सकता है, समग्र नहीं। पर्यावरण फोटोग्राफी के समग्र में हमारी पृथ्वी और हमारी प्रकृति के सौन्दर्य का हिस्सा अधिक होना चाहिए। जितना अधिक हम अपनी प्रकृति और पर्यावरण के सौन्दर्य को लोगों के सामने रखेंगे, उतना ही अधिक अपनी प्रकृति और पर्यावरण के प्रति लोगों को जागरूक बना सकेंगे और उतनी ही अधिक मजबूती के साथ हम उन्हें पर्यावरणीय प्रदूषण व आपदाओं से बचा सकेंगे। इसलिए पर्यावरण और प्रकृति के फोटोग्राफरों की जिम्मेदारी बहुत अधिक बनती है। *(देखें चित्र संख्या 64 एवं 65)*

पर्यावरण फोटोग्राफी को लेकर कई तरह के प्रयोग भी हो रहे हैं। विभिन्न प्रकार के एक्सपोजर, डेप्थ ऑफ फील्ड, पॉइंट्स ऑफ फोकस, कम्पोजीशन का वैविध्य का संग-साथ लेकर फोटोग्राफर तरह तरह से हमारे पर्यावरण को प्रस्तुत करके लोगों में जागरूकता लाने का प्रयास कर रहे हैं। डिजिटल टेक्नोलॉजी ने इन प्रयासों में नए पंख लगा दिये हैं। प्रकृति और पर्यावरण को प्रस्तुत करते समय फोटो पत्रकारों द्वारा प्रयोग की गया सृजनात्मकता अब देखते ही बनती है। जितना इनोवेशन पर्यावरण फोटोग्राफी को लेकर हुआ है और हो रहा है, उतना किसी अन्य फोटोग्राफी विधा में नहीं हुआ है। विशेषकर शहरी पर्यावरण को लेकर जिस तरह से फोटो पत्रकार काम कर रहे हैं, वह सराहनीय है। यह तय है कि फोटो पत्रकारिता के क्षेत्र में पर्यावरण फोटोग्राफी का महत्व और अधिक बढ़ेगा। इसलिए जरूरी है कि नए फोटोग्राफर पृथ्वी, प्रकृति और पर्यावरण को गहराई से समझने का प्रयास करें। जितना अधिक

हम अपनी पृथ्वी, प्रकृति और पर्यावरण को जानेंगे उतनी ही जिम्मेदारी के साथ इन्हें बचाने का प्रयास कर सकेंगे।

युद्ध फोटोग्राफी (War Photography)

पत्रकारों और फोटो पत्रकारों को सशस्त्र युद्ध के अन्तरराष्ट्रीय सम्मेलन द्वारा युद्ध के दौरान रिपोर्टिंग करते समय सुरक्षा प्रदान करने की बात कही गयी है, लेकिन इतिहास गवाह है कि कभी शत्रु सेना द्वारा इन्हें लक्ष्य बनाया जाता है और कभी अपने ही देश की सेना द्वारा कुछ दृश्यों की फोटोग्राफ लेने से रोक दिया जाता है। दरअसल युद्ध की विभीषिका किसी भी देश के पक्ष में नहीं जाती है। इसलिए पक्ष या विपक्ष का कोई भी देश युद्ध की फोटोग्राफ लेना प्राय: पसन्द नहीं करता। लगभग हर देश की सेनाओं के अपने फोटोग्राफर होते हैं, जो अपनी नीतियों के अनुरूप फोटोग्राफ लेकर मीडिया को उपलब्ध कराते हैं। इतिहास गवाह है कि जब-जब फोटो पत्रकारों ने युद्ध का फोटोग्राफ लेकर प्रकाशित किया है, तब-तब दुनिया में उन फोटोग्राफ को लेकर चर्चा हुई है और शान्ति के लिए लोग उद्वेलित हुए हैं। कई फोटोग्राफ हैं, जिन्हें हम दुनिया को बदल देनेवाले फोटोग्राफ मानते हैं। अपनी जान की बाजी लगाकर फोटोग्राफर युद्ध की फोटोग्राफ को महज इसी उद्‌देश्य के साथ सामने लाने का प्रयास करते हैं कि दुनिया को युद्ध-स्थल की सच्चाई दिखाया जा सके। यह अलग बात है कि इन फोटोग्राफ में शान्ति की अपील निहित होती है। यहाँ यह भी कहना जरूरी है कि कई बार युद्ध के दौरान लिये गए फोटोग्राफ अपने देश की जनता के भीतर समाए भय को दूर करने और उन्हें देश के प्रति प्रेम की भावना जगाने का काम करते हैं तथा उन्हें यह भरोसा दिलाते हैं कि उनके अपने देश की सेना उनकी रक्षा करने में सक्षम है। उदाहरण के लिए कारगिल युद्ध (सन 1999) के दौरान युद्ध स्थल पर लिये गए फोटोग्राफ, लोगों में देश प्रेम और अपनी विजय के प्रति आस्था जगाने में कामयाब रहे थे। तब के सभी प्रमुख समाचार-पत्रों ने इन्हें बढ़-चढ़कर प्रकाशित किया था और ये लोगों के अपने व्यक्तिगत पेपर-कटिंग संग्रह में शामिल हो गए थे।*(देखें चित्र संख्या 66 एवं 67)*

यूँ तो युद्ध के सभी फोटोग्राफ इतिहास का हिस्सा होते हैं, लेकिन कुछ फोटोग्राफ ऐसे होते हैं जो स्वयं में इतिहास बन जाते हैं। मसलन सन 1971 के भारत-पाकिस्तान युद्ध के परिणामस्वरूप पाकिस्तानी सेना के आत्मसमर्पण करने और बाँग्लादेश नाम के नए देश के उदय होने की गवाही देता वह फोटोग्राफ, जिसमें भारतीय सेना के लेफ्टिनेंट जनरल जगजीत सिंह अरोड़ा के समक्ष पाकिस्तानी सेना के लेफ्टिनेंट जनरल ए ए ए के नियाजी आत्मसमर्पण के प्रपत्र पर हस्ताक्षर कर रहे हैं। यह फोटोग्राफ आज भी हर हिन्दुस्तानी के दिल में अपने देश के प्रति प्रेम और कुछ कर गुजरने का जज्बा पैदा कर देता है। *(देखें चित्र संख्या 68)*

युद्ध फोटोग्राफी के अन्तर्गत हम देश के भीतर होनेवाली आतंकी गतिविधियों के भी फोटोग्राफ को शामिल कर सकते हैं। अब ये आतंकी गतिविधियाँ विभिन्न आतंकवादियों के समूहों द्वारा की जा रही हों या फिर नक्सलवादियों द्वारा, इनके समाचारों के साथ फोटोग्राफ का होना जरूरी होता है। इनका भी फोटोग्राफ लेना उतना ही खतरनाक होता है, जितना युद्ध-स्थल पर फोटोग्राफ लेना। इन आतंकी गतिविधियों को कैमरे में कैद करते समय और इन्हें

प्रकाशित या प्रसारित करते समय हर फोटो पत्रकार की यह नैतिक जिम्मेदारी बनती है कि वे यह सुनिश्चित करें कि उसकी फोटोग्राफ से देश की आन्तरिक सुरक्षा को किसी भी तरह की हानि नहीं पहुँचेगी। यही वजह है कि सरकार की तरफ से कई बार एडवाइजरी जारी करके मीडिया से आग्रह किया जाता है कि मीडिया को यह सुनिश्चित करना चाहिए कि आतंकवादी हमले की लाइव रिपोर्टिंग से हमलावरों को सुराग नहीं मिलना चाहिए और न ही अपने प्रकाशन या प्रसारण से उनके गलत इरादों को बढ़ावा देना चाहिए।

ट्रैवेल फोटोग्राफी (Travel Photography)

यात्रांए अनुभवों की थाती होती हैं। यात्राओं में रचे-बसे सामाजिक-सांस्कृतिक-ऐतिहासिक रंग और सौन्दर्य हमेशा से आकर्षण का केन्द्र रहे हैं और मनुष्य के बनने और मँजने में इन यात्राओं का बहुत योगदान रहा है। सच तो यह भी है कि प्रकृति को निकट से जानने और अपने सामाजिक, सांस्कृतिक और आर्थिक इतिहास से रू-ब-रू होने की कोशिशें भी यात्राओं की ही देन हैं। कई प्रसिद्ध यात्रियों के यात्रा वृत्तान्त इतिहास का हिस्सा बने हुए हैं। अपने देशों से निकलकर सुदूर देशों की यात्रा करनेवाले इन यात्रियों के यात्रा वृत्तान्त को समझकर इतिहास की कई गुत्थियों को सुलझाने का प्रयास भी किया गया है। दरअसल यात्राओं के दौरान होनेवाले रोचक और रोमांचक अनुभव को साझा करने की प्रवृत्ति लोगों में शुरू से ही रही है। प्रारम्भ में मौखिक रूप से चलने वाली इस परम्परा ने जब से लिखित रूप लेना शुरू किया है, तब से इसकी लोकप्रियता और उपादेयता दोनों बढ़ गयी हैं। यात्रा वृत्तान्त की इस रुचिकर-लोकप्रिय विधा ने कब रेखाचित्रों और कला-चित्रों की सहायता लेना शुरू किया, यह ठीक-ठीक नहीं कहा जा सकता, लेकिन यह कहना गलत नहीं होगा कि जब से फोटोग्राफी ने स्वयं को स्टूडियो के दायरे से बाहर निकाला है, तबसे 'यात्रा फोटोग्राफी' यानी 'ट्रैवेल फोटोग्राफी' का चलन तेजी से चल पड़ा। लोगों में यात्राओं के प्रति बढ़ता आकर्षण और उसे अपनी स्मृतियों में दर्ज कर लेने की ललक ने इस विधा को वैविध्य से भर दिया है।

वास्तव में ट्रैवेल फोटोग्राफी को नित नए आयाम तब मिलने शुरू हुए, जब लोगों के लिए प्रोफेशनल कैमरे प्राप्त करना सहज हो गया। उन दिनों से लेकर आज तक जैसे-जैसे कैमरे उन्नत होते गए हैं, वैसे-वैसे यात्रा वृत्तान्त लिखने और उन्हें प्रकाशित करने की होड़ भी तेजी पकड़ती गया। यात्रा वृत्तान्त से जुड़ी पुस्तकों में तो फोटोग्राफ छपे ही, कई पुस्तकें (कॉफी टेबल) तो विशेष रूप से फोटोग्राफ्स पर आधारित करके ही प्रकाशित की गयी हैं। यही नहीं, कई पत्रिकाओं और समाचार-पत्रों ने यात्राओं से जुड़े नियमित कॉलम प्रकाशित करने की परम्परा शुरू की और आज तक इन्हें जारी रखा हुआ है। मोबाइल फोन में कैमरों के उपलब्ध होने के बाद से तो इस विधा में और भी वैविध्य देखने को मिलने लगा। आज स्थिति यह है कि सोशल मीडिया पर लोग अपनी यात्राओं से जुड़े लाखों फोटोग्राफ प्रतिदिन अपलोड कर रहे हैं। यात्राओं से जुड़े कुछ विशेष ब्लॉग भी, जिन्हें ट्रैवेलॉग कहना अधिक उचित रहता है, इंटरनेट पर प्रकाशित किए जा रहे हैं। यह सब महज इसलिए हो रहा है कि लोगों को फोटोग्राफ्स के माध्यम से दुनिया को देखना, जानना और समझना, विशेषकर उन स्थानों को देखना जहाँ जाना कुछ असम्भव सा ही

लगता है, बहुत आकर्षित करता है। बहुत से लोग इन फोटोग्राफ्स के माध्यम से ही भविष्य की अपनी यात्राओं की रूपरेखा तय करते हैं। *(देखें चित्र संख्या 69 एवं 70)*

यात्रा फोटोग्राफी का एक बहुत बड़ा हिस्सा धार्मिक पर्यटन से भी जुड़ा हुआ है। लोग उन स्थानों पर जाना अपनी पहली पसन्द में शामिल करते हैं, जहाँ वे पर्यटन के साथ-साथ धर्म को भी निभा सकें। यह अकारण नहीं है कि भारत सहित दुनिया के कई देश धार्मिक पर्यटन को बढ़ावा दे रहे हैं। ऐसे में मीडिया के सभी उपक्रमों के लिए यह आवश्यक हो गया है कि वे उन स्थानों और स्थलों के फोटोग्राफ या वीडियो को लोगों के समक्ष प्रस्तुत करें, जिन्हें भी करीब से देखना चाहते हैं। यही वजह है बहुत से धार्मिक स्थलों की फोटो स्टोरी या डिजिटल स्टोरी इंटरनेट पर सहजता से उपलब्ध हो जाती हैं।

ट्रैवेल फोटोग्राफी का यह एक अद्‌भुत समय है। एक साथ ढेर सारे फोटोग्राफ सामने आ रहे हैं। ऐसे में वही फोटोग्राफ लोकप्रिय हो रहे हैं जो एक से अधिक आयाम प्रस्तुत कर पा रहे हैं। ऐसे फोटोग्राफ के मूल में आश्चर्य में डाल देनेवाली कम्पोजिशन, प्रकाश का अप्रतिम प्रयोग और विषय की सुंदरता जैसे तत्व शामिल होते हैं। जिस फोटोग्राफ में कोई मानवीय मनोभावना निहित होती है और वह एक नई कहानी कह रही होती है, जो दर्शक को एक फोटोग्राफ के बाद दूसरी फोटोग्राफ की प्रतीक्षा करने के लिए प्रेरित करती है। यात्रा फोटोग्राफी करते समय यह ध्यान देना होता है कि दृश्य अप्रत्याशित रूप से बहुत तेजी से बदल रहे होते हैं। ऐसे में कैमरा टेक्निक से बहुत अच्छी तरह से परिचित होना बहुत जरूरी होता है। यह भी जरूरी होता है कि उस विषय से भलीभाँति परिचित हुआ जाए जो अभी तक अपरिचित सा था। विषय की उस संवेदना से जुड़ना भी जरूरी होता है, जिसे दर्शकों को महसूस कराना है।

वन्यजीव फोटोग्राफी (Wildlife Photography)

हम जिन चीजों या दृश्यों से दूर होते हैं, उसे देखने-जानने की ललक हमारे भीतर स्वत: ही जागृत होती रहती है। यही वजह है कि वन और उनमें रहनेवाले वन्यजीव हमारे लिए हमेशा से ही कौतूहल का विषय बने रहे हैं। इसी जानने-देखने की ललक और जन-कौतूहल ने ही वन्यजीव फोटोग्राफी को जन्म दिया। इस फोटोग्राफी का आकर्षण और जरूरत उन लोगों को भी होती है, जो वैज्ञानिक तरीके से इनका अध्ययन करना चाहते हैं और इनके संरक्षण एवं संवर्धन में भूमिका निभाते हैं। यही वजह है कि वन्यजीव फोटोग्राफी कला, विज्ञान, शोध, रोमांच और जन-कौतूहल का मिला-जुला संस्करण है, जो सामान्य-जन से लेकर वैज्ञानिकों-अध्येताओं के लिए आकर्षण का केन्द्र होती है। कह यह भी सकते हैं कि जितनी जीवन्तता फोटोग्राफी के इस प्रकार में देखने को मिलती है, उतनी किसी अन्य प्रकार में नहीं मिलती। उदाहरण के लिए प्रख्यात वन्यजीव फोटोग्राफर रिचर्ड बरबीक और आनन्द डांडेकर के खींचे फोटोग्राफ लिए जा सकते हैं।

इस बात से इनकार नहीं किया जा सकता कि वन्यजीव फोटोग्राफी खतरों से भरी होती है, लेकिन यह विविधताओं से भरी एक्शन फोटोग्राफी का पर्याय है और अलग तरह के जाखिम भरे रोमांच से रू-ब-रू कराती है।

यह सच किसी से नहीं छुपा है कि जैसे-जैसे मनुष्यों की संख्या बढ़ती गया है और कंकरीट के जंगल फैलते गए हैं, वैसे-वैसे वन क्षेत्र सिकुड़ते गए हैं और वन्यजीवों की संख्या कम होती गया है। यह अनायास नहीं है कि आज शहरी क्षेत्रों में वन्यजीवों के प्रवेश की घटनाएँ बढ़ी हैं, यह वन्य क्षेत्रों के सिकुड़ते जाने का ही नतीजा है। संख्या कम होने में मनुष्यों की लालच के कारण होनेवाली वन्यजीवों की हत्याएँ यानी शिकार भी जिम्मेदार रहा है। दरअसल लोगों को वन-सम्पदा और उसके सौन्दर्य से परिचित कराने का सम्यक प्रयास नहीं हुआ, जिसके कारण लोगों ने वनों को या तो अपना दुश्मन माना या फिर अपने लालच का शिकार बनाने और दोहन करने का ठीहा समझा। परिणाम यह रहा है कि कई वन्य जीव लुप्तप्राय हो चुके हैं या फिर होनेवाले हैं। तय है कि आनेवाले समय में हमारे पीछे आनेवाली पीढ़ियाँ कई वन्यजीवों को रू-ब-रू देख पाने से वंचित ही रह जाएँगी। सरकार की ओर से इन्हें बचाने के लिए अभयारण्य बनाने के साथ-साथ कई तरह के उपाय किए जा रहे हैं, लेकिन बिना जन-जागरूकता के इन प्रयासों के फलीभूत होने के आसार कम ही दिखाई पड़ रहे हैं। फोटोग्राफी के माध्यम से ये प्रयास बहुत हद तक सफल किए जा सकते हैं।

यहाँ मैं एक उदाहरण देना चाहता हूँ। कुछ वर्षों पूर्व एक समाचार-पत्र में एक शीर्षक पढ़कर मैं चौंक सा गया था। यह शीर्षक था 'आम आदमी की तरह मर गए वनराज'। दरअसल यह समाचार गुजरात में गिर जंगल के पास एक शहरी इलाके से जुड़ी सड़क पर ट्रक से कुचलकर मर गए शेर का था। इस हादसे के बाद का फोटोग्राफ भी समाचार के साथ प्रकाशित था, जिसमें शेर का मृत शरीर सड़क के बीचों-बीच पड़ा था और आसपास रक्त फैला हुआ था। इस समाचार का शीर्षक और फोटोग्राफ हर पाठक को अपनी ओर आकर्षित कर रहा था। यहाँ यह भी शीर्षक हो सकता था कि 'ट्रक से कुचलकर मर गया एक शेर' या कुछ और शीर्षक भी। लेकिन प्रकाशित शीर्षक 'आम आदमी की तरह मर गए वनराज' एक अलग ही कहानी कह रहा था, जिसमें मानवीय लापरवाही और व्यवस्था पर तंज था। साथ ही लोगों में जागरूकता फैलाने में भी यह समाचार सफल हो रहा था।

वन्यजीव फोटोग्राफी की अपनी आचार संहिता और नैतिकताएँ हैं, जिनका पालन प्रत्येक फोटोग्राफर को जरूर करना चाहिए। इनका निर्धारण न केवल वन्यजीवों के संरक्षण व सुरक्षा को ध्यान में रखकर किया गया है, बल्कि फोटोग्राफरों की अपनी सुरक्षा के लिए भी ये जरूरी हैं। वन क्षेत्र में फोटोग्राफर को अपने हर कदम सावधानी से बढ़ाने पड़ते हैं। 'सावधानी हटी-दुर्घटना घटी' वाला स्लोगन यहाँ बखूबी लागू होता है। प्रायः देखा गया है कि अति उत्साह और कुछ नया पाने के जुनून में अपने जीवन को जोखिम में डाल देते हैं। कई बार उनका यह उत्साह और जुनून वन्य प्राणियों के लिए भी जोखिम का सबब बन जाता है। यह ध्यान रखना चाहिए कि किसी वन्यजीव के लोकप्रिय एक्शन को कैमरे में कैद करने के लिए उसपर दबाव डालना या उसे ऐसा करने के लिए मजबूर करना खतरनाक हो सकता है। वन्यजीव फोटोग्राफी बहुत धैर्य माँगती है। फोटोग्राफर को धैर्य के साथ किसी वन्यजीव के लोकप्रिय एक्शन का इन्तजार करना चाहिए। प्राकृतिक रूप से प्रस्तुत हुआ कोई भी दृश्य अपने आप में अलग तरह का आकर्षण रखता है। दरअसल किसी तरह का शोर और अपनी दिनचर्या में छेड़छाड़ वन्यजीवों को पसन्द

नहीं आती है और वे इसकी क्रूर प्रतिक्रिया देने से नहीं चूकते। जब कोई वन्यजीव अपने बच्चों के साथ आराम कर रहा हो, तब तो उसे कतई नहीं छेड़ना चाहिए।

वन्यजीव से किसी भी तरह के भय का दायरा इस बात पर निर्भर करता है कि वह कितनी दूरी से फोटोग्राफर को स्वयं की तसवीर लेने की अनुमति देता है। यह कुछ मीटर से लेकर कई किलोमीटर तक का हो सकता है। इक्कीसवीं सदी में पर्यावरण क्षरण, ग्लोबल वार्मिंग और मनुष्यों के कारण होनेवाले विभिन्न दबावों से सभी वन्यजीवों के लिए खतरे की वजह से वन्यजीव फोटोग्राफी एक अलग तरह की तात्कालिकता और अनिवार्यता से ग्रसित है। दूसरी ओर इस आधुनिक टेक्नोलॉजी के समय में वन्यजीवों के व्यवहार के विशेषज्ञ फोटोग्राफरों द्वारा सुपर टेलिफोटो लेन्स का प्रयोग किया जा रहा है, ताकि वन्यजीवों से जुड़े पर्यावरण को किसी तरह का नुकसान पहुँचाए बिना ही फोटोग्राफ लिये जा सकें। वर्तमान में वन्यजीवों के फोटोग्राफ की गुणवत्ता इन्हीं लेन्सों के परिणामस्वरूप प्राप्त होती है, जो कभी असम्भव समझे जानेवाले विपथन सुधार (Aberration Correction) की सुविधा उपलब्ध कराते हैं।

यह कहना गलत न होगा कि 300 से 800 मिमी फोकल लेन्थवाले लम्बे लेन्स अभी भी बहुत महँगे हैं। इसलिए 100 मिलीमीटर से लेकर 200 मिलीमीटर के बीच की फोकल लेन्थ के कम कीमतवाले मैक्रो लेन्स भी वन्यजीव फोटोग्राफी के लिए आदर्श सिद्ध हो सकते हैं। वन्यजीव फोटोग्राफी के लिए उच्च गुणवत्तावाले ट्राइपॉड और ट्राइपॉड हेड भी अत्यन्त आवश्यक होते हैं। दरअसल ऐसे ट्राइपॉड की आवश्यकता पड़ती है, जो दलदली जमीन, खारे पानी और बर्फीले स्थानों पर सहजता से खड़े किए जा सकें। यदि फोटोग्राफर सुपर टेलिफोटो लांग लेन्स इसका इस्तेमाल कर रहे हैं तो उन्हें ऐसे ट्राइपॉड अवश्य ही प्रयोग करने पड़ते हैं। आज डिजिटल टेक्नोलॉजी ने फोटोग्राफी प्रोडक्शन और पोस्टप्रोडक्शन को बहुत आसान कर दिया है, तब यह मायने रखता है कि फोटोग्राफर के बीच रचनात्मक क्षमता कितनी है और वह फोटोग्राफी तकनीक यानी अपर्चर और शटर स्पीड के सम्यक प्रयोग, प्रकाश नियन्त्रण-नियमन और दृश्य संयोजना के सहारे कितनी कलात्मकता के साथ वन्यजीवों से जुड़े दृश्य को प्रस्तुत कर सकता है।

विज्ञापन फोटोग्राफी (Advertisement Photography)

मैं पहले ही कह चुका हूँ कि हमारा समय विजुअल एक्सप्लोजन का समय है। हमारे सामने जितने विजुअल्स प्रस्तुत हो रहे हैं, उनमें से अधिकांश विजुअल विज्ञापन से जुड़े हुए हैं। मार्केटिंग और ब्रांडिंग के इस समय में हर तरफ विजुअल्स का महत्व बढ़ता जा रहा है। रोचक बात यह है कि अच्छी विज्ञापन फोटोग्राफी लोगों को कुछ ऐसा खरीदने के लिए प्रेरित कर देती है, जिसकी उनको वास्तव में आवश्यकता नहीं है। यह उत्पादों, वस्तुओं या सेवाओं को दर्शकों के सामने रखकर उन्हें उनमें दिलचस्पी लेने पर मजबूर करती है। वास्तव में ग्राहकों और उत्पादों के बीच सबसे शक्तिशाली सम्बन्ध भावनाओं (Emotions) का होता है। यदि फोटोग्राफर एक ऐसा फोटोग्राफ प्रस्तुत करने में सफल हो जाता है, जो केवल उत्पाद या सेवा के बार में दिखाने के स्थान पर एक खुशहाल जीवन, एक बेहतर सेवा या एक अच्छी याद

जैसी मानसिक छवि बनाता है, तो उपभोक्ता का एक भावनात्मक जुड़ाव उससे बन जाएगा और फिर उस उत्पाद की खरीदारी करने या उस सेवा से जुड़ने की सम्भावना बढ़ जाएगी। आजकल उपभोक्ताओं की आकांक्षाओं की पहचान करने के लिए सर्वे या शोध का सहारा लिया जाता है। फोटोग्राफर उत्पाद को बढ़ावा देने के लिए इन सर्वे या शोध के निष्कर्षों का उपयोग करता है। लोगों की आकांक्षाओं के बारे में मिली जानकारी का लाभ उठाकर विज्ञापन फोटोग्राफी के माध्यम से ग्राहकों को इस बात के लिए राजी किया जाता है कि उन्हें अपने लक्ष्यों को प्राप्त करने के लिए अमुक उत्पाद या सेवा की आवश्यकता है।

विज्ञापन फोटोग्राफी के लिए दृश्य शैलियों (Visual Styles) की एक विस्तृत शृंखला और रचनात्मक तकनीकियों (creative techniques) के उपयोग की आवश्यकता होती है। दरअसल डिजिटल आपाधापी के इस समय में वही विज्ञापन सफल हो रहे हैं, जो लोगों को अपनी ओर खींच पाने और अपने साथ कुछ देर ठहरकर उत्पाद या सेवा को समझाने में सफल हो रहे हैं। ऐसे में लोगों का ध्यान खींच पाने में समर्थ केवल कलात्मक फोटोग्राफी ही हो पा रही है। जरूरी है कि विज्ञापन फोटोग्राफर को रंग मनोविज्ञान से लेकर ब्रांडिंग रणनीति तक का समुचित ज्ञान होना चाहिए ताकि यह सुनिश्चित हो सके कि उनके द्वारा प्रस्तुत फोटोग्राफ से तैयार विज्ञापन बाजार में उपलब्ध अन्य मार्केटिंग प्रचारों के समुद्र में सबसे अलग, सबसे अनोखा, सबसे आकर्षक है।

जब हम किसी विज्ञापन को देखते हैं, तो सबसे पहले उसमें शामिल फोटोग्राफ को ही देखते हैं। यही वजह है कि एक धारणा बनी हुई है कि उत्पाद या सेवा के फोटोग्राफ को जटिल या समझने में समय लेनेवाली नहीं होना चाहिए, लेकिन उसका आकर्षण इतना होना चाहिए कि वह अपने से लोगों को जोड़ सके। हमें यह तथ्य नहीं भूलना चाहिए के मानवीय स्मृतियों में 65 प्रतिशत दृश्य यानी फोटोग्राफ ही होते हैं। इसलिए विज्ञापन फोटोग्राफर को यादगार फोटोग्राफ कैमरे में कैद करना होता है।

विज्ञापन का कोई भी प्रारूप हो, चाहे वह अखबार में छपनेवाला विज्ञापन हो या टेलीविज़न में दिखनेवाला विज्ञापन, सड़क के किनारे चौराहों या बड़ी बिल्डिंग के ऊपर लगनेवाली होर्डिंग्स हों या छोटे-छोटे बिलबोर्ड हों या फिर पोस्टर हों या पैम्फ्लेट्स, लगभग सभी में फोटोग्राफ का उपयोग होता है। यह फोटोग्राफ दूर से ही लोगों को अपनी ओर यानी विज्ञापन की ओर आकर्षित करते हैं। विज्ञापन फोटोग्राफी से जुड़े हर किसी को यह ध्यान रखना चाहिए कि हम में से प्रत्येक की क्रिएटिव ज्योग्राफी अलग-अलग होती है, यानी सोचने और समझने का दायरा और नजरिया अलग-अलग होता है। ऐसा इसलिए कि हमारी परवरिश और हमारे परिवेश अलग-अलग होते हैं। एक फोटोग्राफ को लेकर लोगों की सोच और समझ भी अलग-अलग होती है। विज्ञापन फोटोग्राफर को अपनी प्रस्तुति देते समय यह बखूबी समझ लेना चाहिए कि उसकी फोटोग्राफ के क्या-क्या मायने निकलेंगे। जाहिर है कि इन मायनों का विज्ञापन के पक्ष में होना बहुत जरूरी है। इसलिए विज्ञापन की फोटोग्राफी करते समय प्रकाश संयोजना, दृश्य कम्पोजिशन और फोटोग्राफी तकनीक प्रबन्धन कुछ इस तरह होना चाहिए की फोटोग्राफर की कलात्मकता, सृजन क्षमता और तकनीकी कौशल एक मुकम्मल प्रस्तुति दे सके।

फैशन फोटोग्राफी (Faishon Photography)

फैशन फोटोग्राफी, विज्ञापन फोटोग्राफी का ही एक रूप है। इसमें फोटोग्राफ्स के माध्यम से लोगों को विशेष रूप से तैयार वस्त्रों और अन्य ऐसी वस्तुओं के प्रति आकर्षण पैदा किया जाता है, जो उनके सजने-सँवरने और बेहतर दिखने में भूमिका निभाते हैं। वास्तव में फैशन फोटोग्राफी मार्केटिंग का एक टूल है, जो लोगों के मनोभावों को समझने और उनका प्रयोग किसी ब्रांड के प्रचार-प्रसार में किया जाता है। फैशन फोटोग्राफर ब्रांड के प्रचार-प्रसार के लिए और फैशन डिजाइनरों को प्रोत्साहन देने के लिए सुन्दर दिखनेवाले मॉडल और आकर्षक स्थानों का उपयोग करते हैं। ग्लैमर और आकर्षण से भरी हुई इस फोटोग्राफी में वही फोटोग्राफर सफल हो पाता है, जिसे फोटोग्राफी की तकनीक का भली-भाँति ज्ञान हो। दरअसल इस फोटोग्राफी में सटीक कम्पोजिशन, सही लेन्सों का प्रयोग, प्रकाश का सही संयोजन और कैमरे का सटीक संचालन ही बेहतर परिणाम दे पाता है।

इसे हम इस तरह भी कह सकते हैं कि फैशन फोटोग्राफी का परिणाम इस बात पर निर्भर करता है कि फैशन फोटोग्राफ कहाँ, कब, किसकी और कैसे ली जा रही हैं। 'कहाँ' से उस वातावरण या उस स्थान या उस बैकग्राउंड दृश्य से है, जहाँ फोटोग्राफ शूट की जा रही है। यह कोई स्टूडियो या किसी फैशन शो का रैम्प या कोई पर्यटन स्थल या कोई जन-साधारण स्थल या फिर फोटोग्राफर की रुचि या विज्ञापन की जरूरत के अनुरूप स्थान आदि हो सकता है। 'कब' का सम्बन्ध प्रकाश संयोजना से है। 'किसकी' का सम्बन्ध उस मॉडल से है, जिसका उपयोग वस्तु या वस्तु की विशेषताओं को प्रस्तुत करने के लिए किया जा रहा है। 'कैसे' का अर्थ उस तकनीक से है जिस पर कैमरे का संचालन आधारित होता है। इन चारों तत्वों कहाँ, कब, किसकी और कैसे का सम्यक उत्तर ही फैशन फोटोग्राफी की गुणवत्ता को निर्धारित करता है तथा उसकी सम्प्रेषणीयता को तय कर देता है।

फोटो पत्रकारिता में फैशन फोटोग्राफी का एक अलग ही स्थान है। समाचार-पत्र जहाँ इसके लिए एक नियत दिन और एक नियत पृष्ठ का निर्धारण कर देते हैं वहीं पत्रिकाओं में भी इन्हें खूब स्थान मिलता है। कई फैशन पत्रिकाएँ भी अलग से प्रकाशित की जाती हैं। फोटो पत्रकारिता के लिए की जा रही फैशन फोटोग्राफी को एडिटोरियल फैशन फोटोग्राफी भी कहा जाता है। इस तरह की फोटोग्राफी में फोटो पत्रकार को प्रकाशन की नीति और शैली को ध्यान में रखते हुए डिजाइनर को साथ लेकर फोटो शूट करना होता है। कभी-कभी यह पूरी प्रक्रिया उस विज्ञापन कैम्पेन के लक्ष्य पर निर्भर करती है, जिसे फैशन डिजाइनर या फैशन ब्रांड ने तय किया होता है।

फैशन फोटोग्राफी में इस बात का ध्यान देना अनिवार्य होता है कि जिस फैशन फोटोग्राफ को शूट किया जा रहा है, उसका प्रयोग कहाँ होगा। यह फोटोग्राफ किसी समाचार-पत्र या पत्रिका में प्रकाशित होना है या किसी पोस्टर का हिस्सा बनना है या फिर किसी बिलबोर्ड या बड़ी होर्डिंग का हिस्सा होना है। फैशन फोटोग्राफर प्रस्तुति की आवश्यकता के अनुरूप ही फोटो शूट करता है। किसी डिजाइनर या किसी ब्रांड के लिए फैशन कैटलॉग तैयार करना भी एक अलग तरह की चुनौती होती है। फैशन फोटोग्राफी तब तक सफल नहीं हो सकती जब तक कि

डिजाइनर और मॉडल के साथ फोटोग्राफर का बेहतर समन्वय न बन जाए। फैशन फोटोग्राफी इन तीनों की पारस्परिक नातेदारी और सहयोग पर ही निर्भर करती है। फैशन फोटोग्राफर को इस बात का भी ध्यान देना होता है कि जिस वस्त्र या फैशन की अन्य वस्तुओं की फोटोग्राफ वह अपने कैमरे में कैद कर रहा है, वह पोस्ट प्रोडक्शन के बाद डिजाइनर या ब्रांड की उस मनशा को दर्शकों तक संप्रेषित कर देगा, जिसे ध्यान में रखकर उन्हें तैयार किया गया है। यहाँ यह कहना अतिशयोक्ति नहीं होगा कि कई बार फैशन वस्तु और वस्तुओं के फोटोग्राफ उनकी अपनी गुणवत्ता से कहीं अधिक होते हैं। दरअसल यही डिज़ाइनर और इंडस्ट्री की माँग भी होती है। *(देखें चित्र संख्या 73)*

फैशन फोटोग्राफी सबसे अधिक वैविध्यपूर्ण विधा है। इसके लिए आवश्यक उपकरणों की कोई निर्धारित सूची नहीं बताई जा सकती। सबसे महत्वपूर्ण होता है फोटोग्राफर का रचनात्मक प्रक्रिया से होकर गुजरना। फिर भी यह कहा जा सकता है कि फैशन फोटोग्राफर के पास उन्नत प्रोफेशनल कैमरा होना चाहिए, ताकि उच्च गुणवत्तावाली फोटोग्राफ सहजता से प्राप्त किए जा सकें। यहाँ यह भी कहना जरूरी है इस फोटोग्राफी के लिए उपयुक्त लेन्स का चयन बहुत मायने रखता है। फोटोग्राफर को लेन्स का चयन करते समय इस बात पर ध्यान देना चाहिए की वह फोटो शूट करते समय मॉडल के पास या दूर रहने का विकल्प रखता है। फोटोग्राफी में सबसे बड़ा खेल प्रकाश संयोजना का होता है। प्रकाश ही फैशन फोटोग्राफ को बना सकता है या बिगाड़ सकता है। यह फोटोग्राफर पर निर्भर करता है कि वह प्रकाश का सहयोग लेकर फोटो के सौन्दर्य को किस तरह गढ़ता है। प्रकाश संयोजना का एक उद्देश्य फोटोग्राफ के साथ आ रही छाया (Shadow) को कम करना है या छिपाना होता है। यह काम मॉडल और कपड़ों की स्थिति को चालाकी से स्थिर करके भी किया जा सकता है। फोटोग्राफर अपने अनुभव से प्रकाश और फैशन के वस्त्र और वस्तु को प्रस्तुत कर रहे मॉडल के बीच सामंजस्य बैठाकर सबसे बेहतर परिणाम देने की हर सम्भव कोशिश करता है। जितना बेहतर यह सामंजस्य होगा, पोस्ट प्रोडक्शन में उतना ही कम मैनिपुलेशन यानी काट-छाँट करना पड़ेगा।

फोटो फीचर (Photo Feature)

फोटो फीचर यानी फोटो कथा एक ऐसी विधा है, जिसमें फोटोग्राफ्स के माध्यम से किसी विषय को समग्र रूप से प्रस्तुत करने का प्रयास किया जाता है। फोटो फीचर किसी घटना-दुर्घटना, किसी विशेष व्यक्तित्व, किसी विशेष समाचार या फिर किसी विषय-विशेष से जुड़ा हो सकता है। इसमें फोटो आख्यान की तरह विषय से जुड़ी कहानी कहने का प्रयास किया जाता है। कभी-कभी फोटो फीचर में केवल फोटो के कैप्शन ही शामिल होते हैं, जबकि कुछ फोटो फीचर में थोड़ा सा शाब्दिक आख्यान भी शामिल किया जाता है, ताकि लोगों को फोटो के सन्दर्भ की जानकारी दी जा सके।

फोटो फीचर के कई रूप हैं। पत्रकारिता में समाचार फोटो फीचर के साथ-साथ, विभिन्न विषयों, जैसे राजनीतिक, सांस्कृतिक, धार्मिक, पर्यावरण, शैक्षिक, आर्थिक, स्वास्थ्य या फिर व्यक्ति-विशेष से जुड़े हुए फोटो फीचर बहुतायत में प्रकाशित किए जाते हैं। कई बार ऐसा

होता है कि जो घटनाएँ या दुर्घटनाएँ घट रही होती हैं, उनके सम्बन्ध में लोग विस्तार से जानना चाहते हैं। तब पत्रकार या सम्पादक को उस घटना-दुर्घटना के भूत और वर्तमान को ध्यान में रखकर प्रस्तुति देनी होती है। इसमें वर्तमान की क्रमशः कहानी कहती हुई फोटोग्राफ्स तो होती ही हैं, साथ ही पूर्व में इसी तरह की घटित घटना या दुर्घटना से जुड़े फोटोग्राफ्स को भी कहानी में शामिल कर लिया जाता है। इसी तरह किसी व्यक्ति का साक्षात्कार प्रकाशित करते समय भी उसके पूर्व में लिये गए फोटोग्राफ्स को ही वर्तमान फोटोग्राफ्स के साथ शामिल किया जाता है। दरअसल किसी भी फोटो फीचर का मुकम्मल होना इसी बात पर निर्भर करता है कि वह पूरी कहानी को शुरू से अन्त तक कह पा रहा है या नहीं। इसी बात को ध्यान में रखकर प्रकाशन संस्थानों में फोटो फीचर के लिए फोटो संग्रह या फोटो डाटाबेस तैयार किए जाते हैं, जिनका प्रयोग समय-समय पर समाचार कहानियों को प्रस्तुत करते समय किया जाता है।

किसी भी प्रकाशन के लिए, चाहे वह समाचार-पत्र हो या कोई पत्रिका, फोटो फीचर तैयार करते समय फोटो पत्रकार और सम्पादक मिली-जुली भूमिका होती है। दरअसल पहले सम्पादक तय करता है कि अमुक फोटो फीचर में कौन-कौन सी और किस-किस तरह की फोटोग्राफ्स शामिल की जानी हैं। फोटोग्राफ्स के साथ क्या कैप्शन और कंटेंट जाएगा, यह भी पहले से तय कर लिया जाता है। वास्तव में यह योजना प्रकाशन की अपनी नीति और शैली को ध्यान में रखकर बनाई जाती है। इसी योजना के अनुरूप फोटो पत्रकार फोटो खींचने या फिर उन्हें फोटो संग्रह से प्राप्त करने का प्रयास करता है।

कभी-कभी अनायास ही कुछ ऐसा मिल जाता है कि फोटो पत्रकार उस पर फोटो फीचर तैयार करने के लिए प्रेरित हो जाते हैं। होता यह है कि प्रायः फोटो फीचर पहले से तय करके तैयार किए जाते हैं, लेकिन कई बार फोटो पत्रकारों को किसी कवरेज के दौरान ही इतनी अच्छी और कई तरह के फोटोग्राफ्स मिल जाते हैं उनसे फोटो फीचर बनाया जा सकता है। अनायास बननेवाले फोटो फीचर का समाचार मूल्य यानी पाठक मूल्य बहुत अधिक होता है। तात्कालिक रूप से ये फोटो फीचर बहुत व्यापक लोकप्रियता प्राप्त कर लेते हैं। यही वजह है कि किसी महत्वपूर्ण घटना या दुर्घटना या जन आन्दोलन या फिर किसी समाचार-विशेष की कवरेज करते समय ही फोटो पत्रकार यह तय कर लेता है कि उसे इस कवरेज के दौरान फोटो फीचर भी बनाना है। दरअसल फोटो पत्रकार को मन ही मन फोटो फीचर का खाका बना लेना होता है, तभी वह उसके अनुरूप दृश्यों को कैमरे में कैद कर पाता है।

किसी भी फोटो फीचर के लिए फोटो लेते समय यह अवश्य ध्यान रखना चाहिए कि प्रत्येक फोटो, कहानी कुछ इस तरह कहती हुई प्रस्तुत हो कि उसे हर उम्र, धर्म, जाति, शैक्षिक एवं आर्थिक स्थिति के पाठक सहजता से समझ सकें। फोटो फीचर की एक चुनौती यह भी है कि उसे जब भी देखा- समझा जाए, वह सम-सामयिक ही लगे।

फोटो फीचर या फोटो कथा की तरह ही फोटो निबन्ध (Photo Essay) भी रचे जाते हैं। इसमें फोटोग्राफ्स को क्रमशः ऐसे नियत क्रम में लगाया जाता है, ताकि वे एक प्रवाह की तरह दर्शक को सम्प्रेषित हो जाएँ। यानी किसी विषय के फोटोग्राफ्स को एक के बाद एक दृश्यों को जोड़ते हुए कुछ इस तरह प्रस्तुत किया जाए कि पाठक के समक्ष वह किसी फिल्म की तरह

प्रस्तुत हो। फोटो निबन्ध किसी विषय-विशेष पर रचे जाते हैं और उस विषय पर पूरी जानकारी प्रस्तुत करने में सक्षम होते हैं। यह किसी समाचार-पत्र, पत्रिका, ब्लॉग, वेब पेज आज किसी भी प्रारूप का हिस्सा बन सकते हैं। इसे रचे जाने के लिए फोटो पत्रकार को नियत विषय पर शोध करना होता है। आँकड़ों की तरह फोटोग्राफ जुटाए जाते हैं। उस सच तक पहुँचने की कोशिश की जाती है, जो विषय को भली-भाँति सम्प्रेषित कर सके और लोगों की संवेदना प्राप्त कर सके। यही वजह है कि फोटो निबन्ध लिखने के लिए फोटो पत्रकार को नियत विषय में शामिल भी होना पड़ता है यानी उसका हिस्सा बनना पड़ता है। संवेदना (Sympathy) पकड़ने के लिए समवेदना (Empathy) से होकर गुजरना पड़ता है। फोटो निबन्ध के लिए फोटो आनन-फानन में नहीं खींचे जाते, बल्कि बहुत सोच-समझकर और विषय को गहराई से समझने के बाद लिये जाते हैं। इसे हम इमर्सिव फोटो जर्नलिज़्म (Immersive Photo Journalism) भी कह सकते हैं। फोटो निबन्ध में फोटो फीचर की अपेक्षा फोटोग्राफ्स की संख्या अधिक हो सकती है और वे एक नियत प्रवाह बनाती हुई होती हैं, ताकि लिये गए विषय का सम्प्रेषण बेहतर ढंग से हो सके।

विविधताएँ और अनन्त संभावनाएँ

जैसे-जैसे समाचारों की दुनिया विस्तार लेती जा रही है, वैसे-वैसे फोटो पत्रकारिता को भी नए-नए आयाम मिलते जा रहे हैं। ऐसे ढेर सारे विषय सामने आए हैं, जिनसे जुड़ी फोटोग्राफी लोकप्रिय हो रही है। मसलन धार्मिक गतिविधियों और धार्मिक पर्यटन से जुड़ी फोटोग्राफी ने भी फोटो पत्रकारिता में अपना स्थान बना लिया है। इसी तरह हाल के दिनों में फूड फोटोग्राफी, इंटीरियर डिजाइनिंग फोटोग्राफी, मॉन्यूमेंट फोटोग्राफी, स्टिल लाइफ फोटोग्राफी, फाइन आर्ट फोटोग्राफी, आर्किटेक्चरल फोटोग्राफी, इवेंट फोटोग्राफी, लाइफ़स्टाइल फोटोग्राफी, वेडिंग फोटोग्राफी, प्रोडक्ट फोटोग्राफी, फोटोग्राफी साइंटिफिक, फॉरेन्सिक फोटोग्राफी, अंडर वाटर फोटोग्राफी आदि ने भी अपनी उपस्थिति दर्ज करा दी है और इनसे जुड़े विशेषज्ञ तैयार भी होने लगे हैं। जाहिर है कि फोटोग्राफी के ये प्रकार फोटो पत्रकारिता के भी हिस्से बनते जा रहे हैं। हम कह सकते हैं कि फोटो पत्रकारिता में अभी और विविधताएँ शामिल होनी है और विस्तार की अनन्त सम्भावनाएँ उपस्थित हैं।

9

फोटो पत्रकारिता: तकनीक एवं उपकरण

यह कहना गलत न होगा कि नित नई होती तकनीक ने फोटो पत्रकारिता को नए-नए उपकरणों और उपक्रमों से लैस कर दिया है। आज हम यह कह सकते हैं कि टेक्नोलॉजी के बलबूते फोटोग्राफी में होता आ रहा बदलाव का दौर चरम पर पहुँच चुका है। एक समय ऐसा भी था जब डिजिटल टेक्नोलॉजी को पारम्परिक फोटोग्राफी का दुश्मन माना जा रहा था और आज स्थिति यह है कि वही डिजिटल टेक्नोलॉजी फोटोग्राफी के लिए सबसे बड़ा वरदान साबित हुई है। फोटोग्राफी के इतिहास में कभी भी इतना शानदार विकास और इतना वैविध्यपूर्ण विस्तार नहीं देखा गया। सच तो यह है कि डिजिटल फोटोग्राफी ने सामाजिक और सांस्कृतिक क्षेत्र में एक क्रान्ति लाने का काम किया है। फोटोग्राफी का यह दौर हर पल रोमांचित कर देनेवाला है और बड़ी बात तो यह है कि लोग इस रोमांच को लगातार दर्ज कर रहे हैं। यह टेक्नोलॉजी ही है, जिसने फोटोग्राफी के उपकरणों और उपक्रमों को नित नया आयाम देने का काम किया। यह अप्रतिम नहीं तो और क्या है कि कैमरे सीधे वाईफाई से जुड़कर फोटो एडिटिंग और उन्हें निर्धारित लक्ष्य तक पहुँचाने की सुविधा उपलब्ध करा रहे हैं। नतीजा यह कि आज हर कोई 'फोटोग्राफर' है और उसमें बहुत कुछ नया रचने का जुनून पैदा हो गया है। यही वजह है कि यह बात बार-बार दोहरानी पड़ती है कि फोटोग्राफी को लेकर इतना अद्‌भुत और अप्रतिम समय कभी नहीं रहा।

डिजिटल फोटोग्राफी का तकनीकी पक्ष

किसी भी तरह की फोटोग्राफी के दो पक्ष होते हैं। पहला तकनीकी पक्ष और दूसरा कला पक्ष। तकनीकी पक्ष यानी फोटोग्राफी के टूल अर्थात कैमरे को संचालित करना। प्राय: यह माना जाता है कि कैमरा जितना अधिक तकनीक में उन्नत होता है, उतनी ही अधिक गुणवत्ता वाली फोटोग्राफ प्राप्त की जा सकती है। लेकिन, फोटोग्राफी का दूसरा पक्ष यानी कला पक्ष, पहले तकनीकी पक्ष से कहीं अधिक महत्वपूर्ण होता है। यह पक्ष पूरी तरह से फोटोग्राफर के अपने तकनीकी अनुभवों, सामाजिक-सांस्कृतिक सरोकारों और उनकी समझ तथा कुछ नया और बेहतर करने के जुनून पर निर्भर करता है। यही वजह है कि जहाँ फोटोग्राफी के तकनीकी पक्ष का एक बना-बनाया खाका है, वहीं दूसरा कला पक्ष विविधताओं से भरा हुआ है। एक बेहतर

फोटोग्राफर के लिए यह जरूरी होता है कि वह तकनीकी खाके के हर खाँचे को भली भाँति समझे और अपनी कलात्मकता के बलबूते स्वयं की प्रस्तुतियों को दूसरों से बेहतर करने के प्रति हर समय सतर्क रहे। अर्थ यह हुआ कि पहले फोटोग्राफी के प्रमुख टूल यानी कैमरे को समझा जाए और उसके सहोदर मसलन विभिन्न प्रकार के लेन्सों, फिल्टर, ट्राईपॉड, रिफ्लेक्टर्स, फ्लैश गन, सॉफ्यवेयर आदि उपकरणों की सम्यक जानकारी प्राप्त कर लिया जाए।

हालाँकि बाजार में सैकड़ों अलग-अलग डिजिटल कैमरे हैं, लेकिन कुछ मूलभूत बातें हैं जो सभी में समान हैं। देखा जाए तो हर कैमरा, एक छोटे-सँकरे बॉक्स की तरह है, जिसमें एक छेद है। जब हम शटर को बटन दबाकर हटाते हैं, प्रकाश इस छेद से प्रवेश करके लेन्स के माध्यम से एक फोटो सेन्सिटिव इलेक्ट्रॉनिक सेन्सर पर पड़ता है, जहाँ इमेज बनती और मेमोरी कार्ड पर रिकॉर्ड पर दर्ज हो जाती है। इक्कीसवीं सदी में कैमरे को लगातार उन्नत बनाने का काम हो रहा है। यह इसलिए कि डिजिटल कैमरों के बरक्स स्मार्ट फोन या आई फोन के कैमरे पूरी धमक के साथ फोटोग्राफी के क्षेत्र में उपयोग हो रहे हैं। बड़ी बात यह कि इन कैमरों के आकर्षण के बलबूते ही इन फोन से जुड़ी इंडस्ट्री का लगातार विस्तार भी सम्भव हो पा रहा है। सच तो यह कि यही वह दबाव है, जो डिजिटल कैमरों की इंडस्ट्री को लगातार आगे बढ़ने और नए-नए प्रयोग करने के लिए प्रेरित कर रहा है। *(देखें चित्र संख्या 74)*

आज जिस कैमरे को हम समझने का प्रयास करते हैं, कल उसमें कोई-न-कोई नया फीचर जुड़कर उसे पहले से कहीं अधिक बेहतर या उन्नत बना देता है। यही वजह है कि नित नए होते डिजिटल कैमरों के विभिन्न अंगों और उनकी कार्यकी को समझने के लिए उसके साथ उपलब्ध होनेवाले ब्रोशर या कैटलॉग से बखूबी समझा जा सकता है। यहाँ हम सर्वाधिक लोकप्रिय डीएसएलआर कैमरों के कुछ महत्वपूर्ण अंगों और सहोदर उपकरणों की ही चर्चा करेंगे:

शटर बटन या शटर रिलीज (Shutter Release) : इससे दृश्य को कैमरे में कैद करने का नियन्त्रण किया जाता है। इसके आधे दबाव पर कैमरा ऑटोफोकस हो जाता है, जबकि इसे पूरी तरह दबाने यानी प्रेस करने पर कैमरे में फोटोग्राफ दर्ज हो जाती है।

मोड डायल (Mode Dial) : डीएसएलआर में स्विचिंग मोड के लिए अलग से डायल होता है। दरअसल मोड डायल से कैमरे के बेसिक फंक्शन पर जा सकते हैं। यह फोटोग्राफी के काम में तेजी लाने में सहायक होता है। यह बात और है कि यह कुछ अधिक स्थान घेरता है। कुछ डीएसएलआर में अतिरिक्त सेटिंग के लिए दो डायल भी होते हैं।

टॉप प्लेट डिस्प्ले (Top-Plate Display) : यह एक्सपोज़र और फोकस की जानकारी के साथ-साथ बैटरी की स्थिति, ड्राइव मोड और मीटरिंग पैटर्न दिखाते हुए एक नजर में कैमरे की सभी सेटिंग का संक्षिप्त विवरण उपलब्ध करा देता है।

हॉटशू (Hotshoe) : इसे कैमरे का सिर भी कह सकते हैं। मुख्य रूप से यहाँ पर ऐड-ऑन फ्लैश गन लगाया जाता है, लेकिन यहाँ कुछ अन्य उपकरण भी लगाए जा सकते हैं, जैसे वीडियोग्राफी के समय माइक्रोफोन या फिर जीपीएस लोकेशन डिवाइस।

बिल्ट-इन फ्लैश (Built-in Flash) : कभी-कभी अँधेरे में फोटोग्राफ लेते समय दृश्य पर अधिक प्रकाश डालने के लिए कैमरे में निर्मित इस फ्लैश का इस्तेमाल करते हैं। सूर्य के

प्रकाश से भरे दिन में, फोटोग्राफ से छाया को हटाने के लिए या उसे प्रकाशित करने के लिए या कंट्रास्ट को कम करने के लिए भी इस फ्लैश का इस्तेमाल होता है। फोटोग्राफी में इस तकनीक को फिल-इन फ्लैश कहा जाता है।

व्यूस्क्रीन (Viewscreen) : इसका उपयोग किसी दृश्य का फोटोग्राफ करते समय और उसकी समीक्षा करते समय, दोनों के लिए किया जा सकता है। कुछ बेहतर गुणवत्तावाली व्यूस्क्रीन में घूम जाने (Rotate) की भी क्षमता होती है, जिससे फोटोग्राफर सहजता के साथ विभिन्न कोणों से फोटोग्राफ ले सकता है। कई कॉम्पेक्ट और डीएसएलआर कैमरों में स्मार्टफोन की तरह नियन्त्रण बनाने के लिए व्यूस्क्रीन टचस्क्रीन की तरह काम करती है।

व्यूफाइंडर (Viewfinder) : यह डीएसएलआर का मुख्य आकर्षण होता है, जो लेन्स के माध्यम से दृश्य की सटीक फ्रेमिंग करने में सहायक होता है। वास्तव में यह फोटो कैप्चर करते समय सेटिंग्स और अन्य उपयोगी जानकारी के साथ यह दिखाता है कि आपके फ्रेम में क्या है। कुछ मिररलेस कैमरों में व्यूफाइंडर नहीं होता है। ऐसे में एक बाहरी व्यूफांइडर खरीद सकते हैं और इसे कैमरे से जोड़ सकते हैं।

लेन्स और इनके प्रकार (lens and their Types) :

डीएसएलआर कैमरों की सबसे बड़ी खूबी यही है कि इनमें लेन्स बदलने की सुविधा होती है। यद्यपि इन कैमरों के साथ मिलनेवाला जूम लेन्स कई महत्वपूर्ण फोटोग्राफी कार्यों को पूरा करने में सक्षम होता है, लेकिन फिर भी कई अन्य लेन्स भी होते हैं, जिनका उपयोग विभिन्न परिस्थितियों में की जानेवाली फोटोग्राफी में होता है। लेन्स किसी दृश्य को अलग ढंग से देखने का दृष्टिकोण देते हैं, कम प्रकाश में फोटोग्राफी की सुविधा देते हैं या फिर फोटोग्राफ की गुणवत्ता बढ़ाने में सहायक होते हैं। लेन्स के विभिन्न प्रकारों में टेलीफोटो लेन्स, वाइड एंगल लेन्स, स्टैंडर्ड जूम लेन्स आदि प्रमुख हैं। *(देखें चित्र संख्या 75)*

टेलीफोटो लेन्स (Telephoto Lenses), जिन्हें टेलीजूम लेन्स (Telezoom Lenses) भी कहते हैं, लम्बी फोकस दूरीवाले लेन्स होते हैं, जोकि अधिकांश डीएसएलआर कैमरों में 35 एम.एम. से अधिक होती है या फिर फुल फ्रेम कैमरा में 50 एम.एम. से अधिक होती है। यह लम्बी दूरी पर स्थित वस्तुओं को बड़ा करके दिखाते हैं। यह कहीं दूर पर घट रही घटनाओं या क्रियाओं या विषय से जुड़े दृश्य को पास लाने के लिए बहुत अच्छे होते हैं, विशेषकर जब खेल के मैदान पर या वन्यजीव फोटोग्राफी की जा रही हो। आजकल 70 से 300 एम.एम. की रेंजवाले टेलीजूम लेन्स बेहतर माने जाते हैं। क्योंकि टेलीफोटो लेन्स भारी होते हैं, इसलिए फोटोग्राफी करते समय कैमरे के हिल जाने की आशंका बनी रहती है। अच्छा यह होता है कि फोटोग्राफी करते समय यदि टेलीफोटो लेन्स का इस्तेमाल किया जा रहा है तो कैमरे को ट्राइपॉड पर लगा दिया जाए। कुछ लेन्सों के साथ कैमरा हिलने (Camera Shake) से होनेवाले धुँधलेपन को कम करने के लिए टेक्नोलॉजी भी जुड़ने लगी है, जो कैमरे के कम्पन (Vibration) को कम करती है और इमेज के स्थिरीकरण (Stablization) को बढ़ाती है। **वाइड एंगल लेन्स (Wide-Angle Lenses)** अपेक्षाकृत अधिक चौड़े क्षेत्र को कवर करने के लिए उपयोग में लाया जाता

है। इसे विशेष रूप से लैंडस्केप फोटोग्राफी या फिर आर्किटेक्चरल फोटोग्राफी के लिए प्रयोग में लाया जाता है। इसकी विशेषता यह होती है इसके दायरे में आनेवाला पूरा क्षेत्र प्रकाशित रहता है, लेकिन इनकी फोटोग्राफ किनारे पर गोल हो सकती है। सामान्यतया यह 12 से 24 एम.एम. तक होता है। **स्टैंडर्ड जूम लेन्स (Standard Zoom Lenses)** अपेक्षाकृत बेहतर फोटोग्राफ उपलब्ध कराते हैं, जो अधिक शार्प और बेहतर कंट्रास्टवाले होते हैं। यही नहीं, इनसे कम फोटो विरूपण (Distortion) होता है और फोटोग्राफ के किनारे पर अवांछित रंगों का आ जाना (Fringing) भी कम हो जाता है। **प्राइम लेन्स (Prime Lenses)** निश्चित फोकल लम्बाई के कारण कम लचीले होते हैं और इनमें जूम की क्षमता नहीं होती है। ये तेज और हलके भी होते हैं, जिससे इनको लेकर चलना आसान हो जाता है। **मैक्रो लेन्स (Macro Lenses)** का उपयोग बहुत क्लोज-अप, मैक्रो फोटोग्राफ बनाने के लिए किया जाता है। इनकी डिज़ाइन अद्बितीय होती है, जो इन्हें बेहद नज़दीक से दृश्यों के बहुत शार्प फोटोग्राफ कैप्चर करने में सहायक होती है। प्रकृति फोटोग्राफी के लिए ये लेन्स बहुत अच्छे हैं। दरअसल ये एक फोटोग्राफ में किसी दृश्य के बहुत अधिक विवरण कैप्चर कर सकते हैं। अंडर-वाटर फोटोग्राफी में भी इन लेन्सों का उपयोग किया जा सकता है।

कुछ और विशिष्ट कैमरा लेन्स होते हैं, जो फोटोग्राफ को एक अनूठा रूप देते हैं और फोटोग्राफर को बेहतरीन अनुभव प्रदान करते हैं। ये विशिष्ट कैमरा लेन्स कई प्रकार के होते हैं। प्रमुख प्रकारों में फिशआई लेन्स, टिल्ट शिफ्ट लेन्स, इन्फ्रारेड लेन्स आदि शामिल हैं। फिशआई लेन्स (Fisheye Lens) एक अल्ट्रा-वाइड-एंगल लेन्स है, जो अपने चारों ओर पूर्ण 180 डिग्री त्रिज्या ले सकता है। इसे फिशआई लेन्स का नाम इसलिए दिया गया है क्योंकि ये दृश्य देखने के क्षेत्र को बहुत बदल देते हैं, यहाँ तक कि घर में एक कमरा भी एक बुलबुले जैसा दिखता है। टिल्ट शिफ्ट लेन्स (Tilt Shift Lens) दृश्य यानी यथार्थ का रूप बदल देते हैं, जिससे चीजें वास्तव में छोटी दिखती हैं। इन्फ्रारेड लेन्स (Infrared Lens) दृश्य के बजाय प्रकाश के प्रयोग से सम्बन्धित होते हैं। एक अद्बितीय दृश्य प्रभाव उत्पन्न करने के लिए ये इन्फ्रारेड को छोड़कर सभी प्रकाश तरंगों को फ़िल्टर करते हैं।

फिल्टर्स (Filters):

फ़ोटोग्राफ़ी में फ़िल्टर का उपयोग लेन्स की सुरक्षा और लेन्स के माध्यम से दर्ज होनेवाले फोटोग्राफ की सुन्दरता, दोनों के लिए होता है। ये काँच या रेजिन यानी राल की एक शीट के रूप में होते हैं, जो कैमरे के लेन्स से जुड़ी होती है या जोड़ी जा सकती है। ये अत्यन्त कठिन प्रकाश स्थितियों में दृश्यों को कैप्चर करने के लिए अपरिहार्य हो सकते हैं, फोटोग्राफ में प्रकाश संयोजना का विशेष प्रभाव उपस्थित कर सकते हैं, ये रंगों की गुणवत्ता को बढ़ा सकते हैं और प्रतिबिम्बों यानी प्रतिच्छाया को कम कर सकते हैं और लेन्स की रक्षा कर सकते हैं। फोटोग्राफी के साथ-साथ सिनेमैटोग्राफी में भी फिल्टर का व्यापक रूप से उपयोग किया जाता है। डिजिटल कैमरों की सेटिंग में नए-नए टूल्स का होना और फोटोग्राफ को कम्प्यूटर रिटचिंग के माध्यम से बेहतर बनाने की सम्भावना ने यह जता दिया है कि अधिकांश फिल्टर प्रभाव डिजिटल रूप

से सम्भव हो सकते हैं। लेकिन हम यह नहीं कह सकते हैं कि फिल्टर अब बेमानी हो चुके हैं। दरअसल अभी भी कुछ ऐसे ही विशेष प्रभाव है जो पारम्परिक रूप से कैमरा फिल्टर तकनीक का इस्तेमाल करके ही उत्पन्न किए जा सकते हैं। आजकल कई प्रकार के फिल्टर बाजार में उपलब्ध हो गए हैं। इनमें से पोलेराइजिंग फिल्टर, न्यूट्रल डेंसिटी फिल्टर और विभन्न प्रकार के ग्रैजुएटेड न्यूट्रल डेंसिटी फिल्टर प्रमुख रूप से प्रयोग में लाए जाते हैं।

पोलेराइजिंग फिल्टर (Polarizing Filter) ध्रुवीकृत (Polarized) प्रकाश को फ़िल्टर करता है, बहुत बेहतर ढंग से प्रतिबिम्बों यानी प्रतिच्छाया (Reflections) को कम करता है, रंगों की गुणवत्ता को बढ़ाता है और कंट्रास्ट को बेहतर करता है। यह फिल्टर किसी भी तरह की फोटोग्राफी के लिए इस्तेमाल किया जा सकता है। सामान्यतया ये गोलाकार होते हैं, जिससे ध्रुवीकरण (Polarization) के प्रभाव को सहजता से नियन्त्रित किया जा सकता है। सूर्य का प्रकाश विभिन्न दिशाओं में उन्मुख या अभिविन्यसित (Oriented) प्रकाश तरंगों से बना होता है। *(देखें चित्र संख्या 76)*

वास्तव में एक पोलराइजिंग फिल्टर एक छलिनी की तरह काम करते हुए कैमरे के सेन्सर के माध्यम से प्रकाश के केवल एक अभिविन्यास को ही अनुमति देता है और शेष सभी प्रकाश किरणों को रोक देता है। यह काँच या पानी जैसी सतहों से परावर्तन को कम करने का काम भी करता है।

न्यूट्रल डेन्सिटी फिल्टर (Neutral Density Filter) लेन्स में प्रवेश करनेवाले प्रकाश की मात्रा कम कर देता है, जिससे कैमरे की शटर स्पीड कम हो जाती है। यह उन स्थितियों के लिए उपयोगी होता है, जहाँ मोशन ब्लर बनाने की आवश्यकता होती है, मसलन नदियाँ, झरने, चलते हुए लोग आदि को फोटोग्राफ करते समय या फिर ओवरएक्सपोजर से बचने के लिए फ्लैश के साथ बड़े एपर्चर का उपयोग करते समय। ये तब वीडियो के लिए भी उपयोगी होते हैं जब अच्छी दिखनेवाली गति के लिए अपेक्षाकृत लम्बी शटर स्पीड आवश्यक होती है।

ग्रैजुएटेड न्यूट्रल डेन्सिटी फिल्टर (Graduated Neutral Density Filter) का उपयोग तब किया जाता है जब ऐसे दृश्यों की फोटोग्राफी करनी होती है यानी उन दो विषयों की दमक यानी धवलता (Brightness) में बहुत अन्तर होता है। उदाहरण के लिए, यदि सूर्यास्त के समय फोटोग्राफ लिया जा रहा है, तो अग्रभूमि (Foreground) पर अकसर अँधेरा होता है, जबकि आकाश बहुत चमकीला यानी धवल होता है और इस स्थिति में कैमरा या तो आसमान की धवलता को बुझा सा देगा या अग्रभूमि को अंडर एक्सपोज कर देगा। लेकिन, यदि लेन्स के सामने एक जीएनडी फिल्टर लगा देते हैं, तो फोटोग्राफ में अग्रभूमि को अच्छी तरह से उजागर करते हुए आकाश को गहरा कर सकते हैं।

ट्राईपॉड्स (Tripods):

प्राय: फोटो शूट करते समय कैमरे को सहारा देने के लिए तीन पैरवाले स्टैंड यानी ट्राइपॉड की जरूरत पड़ती है। कभी-कभी फोटोग्राफर ट्राइपॉड के स्थान पर एक पैरवाले मोनोपॉड या बीनबैग्स का प्रयोग ही करते हैं। दरअसल सहारे की जरूरत तब पड़ती है जब लम्बी शटर

स्पीड की आवश्यकता होती है। इस स्थिति में कैमरा शेक होने यानी कम्पन हो जाने के कारण फोटोग्राफ के ब्लर हो जाने का खतरा बना रहता है। परम्परागत रूप से ट्राइपॉड एल्यूमीनियम के बने होते हैं, क्योंकि यह एक हलकी धातु होता है। आजकल कार्बन फाइबर से बने ट्राइपॉड भी प्रयोग में लाए जा रहे हैं, लेकिन यह अपेक्षाकृत महँगे होते हैं। ट्राइपॉड के हेड पर कैमरे को फिट करने और उसे रिलीज करने की व्यवस्था बेहतर होनी चाहिए। यह भी देखना चाहिए कि इस बात की व्यवस्था है या नहीं कि ट्राइपॉड पर कैमरा लगाने के बाद वह सुरक्षित रहे।

मोनोपॉड आमतौर पर खेल और संगीत के आयोजनों को कवर करनेवाले फोटोग्राफरों द्वारा उपयोग किए जाते हैं। ऐसा इसलिए है कि इन विषयों की फोटोग्राफ्स लेने के लिए प्राय: कम या मिश्रित रोशनी में कैमरे पर लगे टेलीफोटो लेन्स के साथ शूटिंग की जाती है। ये विशेष स्थितियाँ होती हैं, जहाँ कैमरा शेक या कम्पन फोटोग्राफ को खराब कर सकता है, इसलिए कैमरे को स्थिरता की आवश्यकता है। फोटोग्राफर मोनोपॉड्स का उपयोग करना पसन्द करते हैं क्योंकि वे कॉम्पैक्ट रूप से मुड़े होते हैं और भीड़-भाड़वाली घटनाओं में सावधानी से ले जाए जा सकते हैं और ज़रूरत पड़ने पर लम्बाई में बढ़ाए जा सकते हैं। इसी क्रम में बीनबैग लेन्स सपोर्ट का सबसे सरल रूप है और टेलीफोटो लेन्स के लिए एक सुरक्षित, मुलायम आराम स्थान उपलब्ध करा सकता है। वन्यजीव फ़ोटोग्राफ़रों को बीनबैग विशेष रूप से उपयोगी लगते हैं क्योंकि वे वन्यजीवों के प्रकट होने की प्रतीक्षा करते समय इसकी सहायता से भारी लेन्स पकड़े रह सकते हैं। यह लेन्स को डगमगाने या गिरने या कम्पन का शिकार होने से बचाता है। इसे कहीं भी फिट किया जा सकता है, वह कार का दरवाजा हो या किसी टीले का शिखर, जैसी जहाँ जरूरत हो। *(देखें चित्र संख्या 77, 78 एवं 79)*

रिफ्लेक्टर्स (Reflectors) :

रिफ्लेक्टर या परावर्तक एक फोटोग्राफी उपकरण है, जिसका उपयोग प्रकाश को किसी विषय या दृश्य पर डालने करने के लिए किया जाता है। *(देखें चित्र संख्या 80)* यह प्रकाश पैदा नहीं करता, बल्कि यह पहले से मौजूद प्रकाश को पुनर्निर्देशित या पुन:प्रेषित करता है। इसे इस तरह भी समझ सकते हैं कि प्रकाश लगभग सभी सतहों से किसी न किसी रूप में परिवर्तित होता है। हम इसका प्रयोग फोटोग्राफी करते समय अपने लाभ के लिए भी कर सकते हैं। एक रिफ्लेक्टर या परावर्तक का उपयोग करके हम दृश्य के चारों ओर छाया क्षेत्रों को भरने के लिए प्रकाश डाल सकते हैं।

जब अलग-अलग स्थानों पर और दिन के अलग-अलग समय में फ़ोटोग्राफी की जाती है, तो सहजता से इस बात का अहसास होता है कि कुछ ऑब्जेक्ट प्रकाश को अवशोषित करते हैं, जबकि अन्य प्रकाश को बाउन्स कर देते हैं यानी वापस भेजते या फिर अनियमित रूप से फैला देते हैं। ऐसी स्थिति में एक या अधिक रिफ्लेक्टर लगाने से फोटोग्राफर को उपलब्ध प्रकाश को अपने लाभ के लिए हेरफेर करने और अपना वांछित फोटोग्राफिक प्रभाव प्राप्त करने में मदद मिल सकती है। रिफ्लेक्टर कई रंग के होते हैं, लेकिन अधिकतर तीन रंगों के ही उपयोग में लाए जाते हैं। सफेद रिफ्लेक्टर, ग्रे रंग की तुलना में अधिक प्रकाश को दर्शाते हैं और सिल्वर रंग

प्रकाश के और भी अधिक उत्पादक हैं। यही वजह है कि पोर्ट्रेट शूट करते समय अलसाए से बदली वाले दिनों में सिल्वर रिफ्लेक्टर का उपयोग किया जाता है, जबकि तेज धूप में सफेद रिफ्लेक्टर का उपयोग करना अच्छा होता है। सफेद रिफ्लेक्टर पारम्परिक परावर्तक होता है और फोटोग्राफर की सेटिंग की वर्तमान प्रकाश व्यवस्था के समान एक नरम, प्राकृतिक चमक प्रदान करता है। सिल्वर रिफ्लेक्टर फोटोग्राफ के रंग को बदले बिना फोटोग्राफर द्वारा शूट की जा रही रोशनी की तुलना में थोड़ा अधिक उज्ज्वलता या धवलता दर्शाता है। इसी क्रम में यह जानना जरूरी है कि गोल्ड रिफ्लेक्टर समान चमक देता है, लेकिन वर्तमान सेटिंग की रोशनी की तुलना में गर्म टोन को दर्शाता है। क्योंकि काली सतह किसी भी प्रकाश को परावर्तित नहीं करती है इसलिए जब फोटोग्राफर यह चाहता है कोई परावर्तित प्रकाश उसके विषय पर न पड़े तो काले रंग के रिफ्लेक्टर को विषय के बगल में रखा जा सकता है। अन्य रंगों के रिफ्लेक्टर का उपयोग या तो नहीं होता है या बहुत कम होता है।

फ्लैशगन (Flashguns) :

लगभग सभी डिजिटल कैमरों में एक छोटा फ्लैश अन्तर्निहित होता है, जो कम रेंज के फोटोग्राफ के लिए तथा तब जब तेज प्रकाश के कारण उत्पन्न होनेवाली छाया को हलका करने के लिए फ्लैश के छोटे ब्लिप की आवश्यकता होती है, सटीक बैठता है। फ्लैश पूरी तरह ऑटोमेटेड यानी स्वचालित होते हैं, जिसका अर्थ है कि इनका उपयोग होना या न होना फोटोग्राफर की मर्जी पर निर्भर करता है। यहाँ यह जानना महत्वपूर्ण है कि फ्लैश फोटोग्राफी के लिए सटीक एवं सही एक्सपोजर का इस्तेमाल अनिवार्य होता है। एक परिष्कृत मीटरिंग सिस्टम से इस बात का ध्यान रखा जाता है, जो दरअसल लेन्स के माध्यम से फ्लैश की तीव्रता को मापता है। इसे टीटीएल भी कहते हैं। टीटीएल (TTL) का अर्थ है थ्रू-द-लेन्स है। इसका मतलब है कि कैमरे के लेन्स से गुजरने के बाद ही प्रकाश को मापा जाता है। *(देखें चित्र संख्या 81)*

कभी-कभी हमें बहुत कम प्रकाश में फोटोग्राफ लेना होता है।,तब हमें ऐसे अतिरिक्त प्रकाश की आवश्यकता होती है जो हमारे कैमरे की शटर स्पीड के अनुपात में हमें प्रकाश प्रदान कर सके और यही काम फ्लैश गन करती है। इसे कैमरे पर स्थित हॉटशू पर फिट कर लिया जाता है। सामान्य फ्लैश गन में एक काँच लगे बॉक्स के भीतर एक बल्ब लगा होता है। बल्ब से निकला प्रकाश काँच से होकर जब बाहर आता है तो समान रूप से अपनी निर्धारित सीमा में फैल जाता है। कुछ फ्लैश गन में स्लेव नाम से एक छोटा अतिरिक्त प्रकाश स्रोत भी होता है। दोनों प्रकाश स्रोतों का नियमन करने के लिए बटन, लाइट सेन्सर, बैटरी लगाने का स्थान, एक डिस्कनुमा पैमाना या स्केल भी फ्लैश गन में होता है। इस पैमाने पर गाइड नम्बर लिखे होते हैं। बिल्ट-इन फ्लैश या स्पीडलाइट की शक्ति को एक गाइड नम्बर (जीएन) के रूप में दिया जाता है। संख्या जितनी अधिक होगी, फ्लैश उतना ही तेज होगा।

किसी भी फ्लैश की शक्ति का अनुमान उस पर लिखे पावर फैक्टर से लगाया जाता है। इस पावर फैक्टर का आकलन, कैमरे में लगी मेमोरी कार्ड की स्पीड व विषयवस्तु की दूरी पर निर्भर करता है। जब भी इन दोनों में से किसी में भी परिवर्तन किया जाता है तो गाइड नम्बर

बदल जाता है। गाइड नम्बर के पैमाने से यह अनुमान लगाया जा सकता है की मेमोरी कार्ड के लिए विषय की दूरी के आधार पर एपर्चर का एफ-स्टॉप कितना होगा। एफ-स्टॉप प्राप्त करने के लिए गाइड नम्बर को विषय की दूरी से भाग दिया जाता है। इसी तरह एफ-स्टॉप को गाइड नम्बर से भाग देकर वह दूरी निकाली जाती है, जहाँ पर विषय को रखकर बेहतर फोटोग्राफ प्राप्त किए जा सकते हैं। दरअसल एफ-स्टॉप कैमरे पर अपर्चर माप को दर्शाता है। अपर्चर कैमरे के लेन्स में प्रवेश करनेवाले प्रकाश की मात्रा को नियन्त्रित करता है और इसे एफ-स्टॉप में मापा जाता है। शटर स्पीड और आईएसओ (प्रकाश के प्रति संवेदनशीलता) के साथ, अपर्चर तीसरा मौलिक घटक है, जो फोटोग्राफी में एक्सपोजर त्रिकोण बनाता है। एफ-स्टॉप सेटिंग या एफ-नम्बर न केवल उचित एक्सपोजर प्राप्त करने में मदद करता है, बल्कि यह विषय की स्थिति यानी फोटोग्राफिक क्षेत्र की गहराई को निर्धारित करके फोटोग्राफ के रंगरूप को निर्धारित करने में भी मदद करता है। ऑटोमेटिक फ्लैश गन में मेमोरी कार्ड की गति के अनुसार एफ-स्टॉप की सम्भावनाएँ अधिक होती हैं, जिसके कारण यह फ्लैश गन, हस्त चलित फ़्लैश गन से कहीं अधिक शक्तिशाली होती हैं। दरअसल हस्त चलित फ्लैश गन में एक या दो एफ-स्टॉप की सम्भावना ही होती है, जबकि ऑटोमेटिक फ्लैश गन में यह संख्या पाँच तक होती है।

नई टेक्नोलॉजी के निरन्तर होते विकास के इस समय में बहुत से कैमरों में वायरलेस फ्लैश का इस्तेमाल होने लगा है। किसी दृश्य को शूट करने के लिए एक साथ कई फ्लैश गन को जगह- जगह रख दिया जा सकता है और फिर कैमरे से सिग्नल देकर एक साथ सभी को ट्रिगर किया जा सकता है। सिग्नल देने का यह काम डीएसएलआर में निर्मित फ्लैश के माध्यम से या फिर विशेष इन्फ्रारेड या रेडियोवेव ट्रिगर के माध्यम से किया जा सकता है। यही नहीं, फ्लैश गन, और सॉफ्टबॉक्स, डोम्स, अम्ब्रेला जैसे कई लाइट मोडिफाइंग एसेसरीज के माध्यम से प्रकाश नियमन को लेकर कई अप्रतिम सृजनात्मक प्रयोग हो रहे हैं, जिनसे फोटोग्राफी को नए-नए आयाम मिल रहे हैं और आगे भी मिलते रहने तय हैं।

इमेजिंग सॉफ्टवेयर (Imaging Software) :

डिजिटल कैमरों के हम सबके हिस्से में आने से पहले फोटोग्राफी में 'डार्क रूम' का बड़ा महत्व हुआ करता था। दृश्यों को कैमरे में कैद करने के बाद फिल्म को प्रोसेस करना और निगेटिव को प्रिंट करना डार्क रूम में ही सम्भव हो पाता था। रसायनों की सहायता से फोटोग्राफर स्वयं द्वारा खींची गया फोटोग्राफ में 'कलर करेक्शन' कर लेते थे यानी कहाँ प्रकाश को हलका करना है और कहाँ गहरा यह डार्क रूम में सहजता से किया जा सकता था। फोटोग्राफी में जब तक व्यक्ति डार्क रूम तकनीक से परिचित नहीं हो जाया करता था, उसे पूरी तरह फोटोग्राफर नहीं माना जाता था। डिजिटल फोटोग्राफी आने के बाद भी डार्क रूम की अवधारणा फोटोग्राफी का हिस्सा बनी रही है। हाँ, यह जरूर हुआ है कि अब फिजिकल डार्क रूम की जगह डिजिटल डार्क रूम ने ले ली है। दरअसल डिजिटल फोटोग्राफी में भी किसी दृश्य को कैमरे में कैद कर लेना, तब तक अधूरा रहता है जब तक कि पोस्ट प्रोसेसिंग के द्वारा उसमें सुधार की सम्भावनाओं

को अमल में न लाया जाए। सुधार की सम्भावनाएँ डिजिटल डार्क रूम में पूरी की जा सकती हैं, जहाँ यह काम कम्प्यूटर पर किसी सॉफ्टवेयर की सहायता से किया जाता है। आज डिजिटल कैमरे इस्तेमाल करनेवाले हर फोटोग्राफर के पास उन्नत कम्प्यूटर या लैपटॉप हैं, जिन पर वे इमेजिंग सॉफ्टवेयर की सहायता से फोटो करेक्शन और सम्पादन का काम कर रहे हैं।

डिजिटल फोटोग्राफर द्वारा सबसे अधिक प्रयोग होनेवाला सॉफ्टवेयर एडोब फोटोशॉप है। यह सॉफ्टवेयर अपने ब्रांड नेम के साथ डिजिटल फोटोग्राफी प्रक्रिया का एक अभिन्न हिस्सा बन गया है। हम यह भी कह सकते हैं कि फोटोशॉप अब फोटो सम्पादन प्रक्रिया का दूसरा नाम हो गया है। यह एक अलग बात है कि बहुत सारे ऐसे सॉफ्टवेयर उपलब्ध हो चुके हैं, जो फोटो सुधार और सम्पादन में प्रयोग में लाए जा रहे हैं। इनमें एडोब लाइट रूम, कोरल प्रिंटशॉप प्रो, पिकासा, पिक्सेल मेटर, स्काइलम लुमिनर नियो, सेरिफ एफिनिटी फोटो, जीआईएमपी, स्नैपा इत्यादि शामिल हैं। फोटो करेक्शन और एडिटिंग के ये सॉफ्टवेयर बनानेवाली कम्पनियाँ पारस्परिक स्पर्धा के चलते हर समय कुछ नया देने की होड़ में शामिल हो गया हैं। यही वजह है कि हर सॉफ्टवेयर में नए-नए फीचर शामिल हो रहे हैं, जो एक तरफ फोटोग्राफिक उत्पाद की गुणवत्ता बढ़ा रहे हैं तो दूसरी तरफ वास्तविक सत्य (Actual Truth) और गढ़े गए सत्य (Manufactured Truth) के बीच भ्रम फैला रहे हैं। जाहिर है कि हर फोटोग्राफर को इन सॉफ्टवेयर का इस्तेमाल बहुत ही सूझ-बूझ के साथ करते हुए अपनी सृजन क्षमता का परिचय देना एक चुनौती सा बन गया है।

प्रकाश (Light) और प्रकाश का नियमन (Regulation of Light)

फोटोग्राफी को प्रकाश लेखन की संज्ञा दी गया है। प्रकाश के माध्यम से सम्प्रेषण की यह कला, विज्ञान के रास्ते होती हुई आज टेक्नोलॉजी का साथ पाकर लगभग हर किसी का साथ निभा रही है। अपने आसपास के दृश्यों, चीजों और लोगों को देखने, समझने और उन्हें अपनी स्मृतियों में दर्ज कर लेने में प्रकाश की भूमिका को नकारा नहीं जा सकता। दरअसल प्रकाश के बिना सब कुछ असम्भव सा है। पिनहोल कैमरे से लेकर आधुनिक मिररलेस कैमरे तक प्रकाश के सम्यक उपयोग से छायाचित्र यानी फोटोग्राफ प्राप्त करने की जुगत लगाई जाती रही है। यह भी अनायास नहीं है कि फोटोग्राफी में प्रकाश की उपादेयता को लेकर लगातार प्रयोग हो रहे हैं और इसके रास्ते फोटोग्राफी को बेहतर बनाने के प्रयास हो रहे हैं। यहाँ यह कहने में कोई अतिशयोक्ति नहीं होगी कि जो लोग प्रकाश से जुड़े भौतिक विज्ञान की बेहतर समझ रखते हैं, वे इन प्रयोगों में अपेक्षाकृत अधिक सफल हो जाते हैं। प्रकाश से जुड़ी परावर्तन, अपवर्तन, अवशोषण, विसरण जैसी अनेक भौतिक प्रक्रियाएँ हैं, जो फोटोग्राफी की प्रक्रिया को प्रभावित करती हैं।

किसी दृश्य को कैमरे में कैद करते समय सबसे महत्वपूर्ण यह समझना होता है कि प्रकाश किधर से आ रहा है या फिर प्रकाश की व्यवस्था में किन दिशाओं को प्रमुखता दी गया है। इसे इस तरह भी समझ सकते हैं कि प्रकाश अपने आने की दिशा से फोटोग्राफिक विषय की छाया-प्रतिच्छाया बनाने, विषय के किसी विशेष भाग को उभारने या दबाने-छिपाने या विषय को

कलात्मक रूप देने आदि में महत्वपूर्ण भूमिका निभाता है। फोटोग्राफर को तय करना पड़ता है प्रकाश किधर से अर्थात आगे, पीछे, ऊपर, नीचे, दाएँ, बाएँ या फिर विभिन्न कोणों में से किधर से आएगा, किधर-किधर से आएगा, कितनी दूर या कितनी पास से आएगा, कितना फैलकर आएगा या कितना संकुचित होकर आएगा, कितना उष्ण होगा या कितना ठंडा। फोटो पत्रकारिता के बहुत से मामलों में प्राकृतिक प्रकाश में ही दृश्यों को कैमरे में कैद करना होता है, लेकिन कुछ मौके ऐसे होते हैं, जब प्रकाश की स्थिति और व्यवस्था पर ध्यान देना ही होता है। यह बात और है कि सूर्य के प्रकाश में फोटोग्राफी करते समय प्रकाश के स्तर और उसकी गहनता पर ध्यान रखना जरूरी हो जाता है। रंगीन फोटोग्राफी में प्रकाश का स्तर उतना मायने नहीं रखता जितना कि श्वेत एवं श्याम (Black & White) फोटोग्राफी में जरूरी हो जाता है। ऐसे में प्रकाश के स्तर को समझने के लिए उसकी कंट्रास्ट जानी वैषम्य को समझना पड़ता। दरअसल विषय और उसकी पृष्ठभूमि प्रकाश के स्तर पर निर्भर करती है। प्राकृतिक प्रकाश में यह कंट्रास्ट सूर्य के उगते समय के प्रकाश, दोपहर की धूप, शाम की गोधूलि वेला और चाँद की रोशनी के साथ-साथ आसमान के साफ होने या फिर बादल होने पर भी निर्भर करता है।

उदाहरण के लिए आउटडोर फोटोग्राफी के समय सिर के ठीक ऊपर से आ रहा सर्वदिशात्मक बहुत बेहतर नहीं माना जाएगा। इस तरह का प्रकाश 'सपाट प्रकाश' (Flat Light) कहलाता है। अर्थ यह है कि आकाश में इसका उच्च कोण इसे छाया सृजित करने से रोकता है। आउटडोर फोटोग्राफी के समय किसी भी दृश्य में छाया दृश्य की बनावट और उसकी गहराई, महत्वपूर्ण योगदान देती है। इसी तरह लैंडस्केप फोटोग्राफी सूर्य के उगते समय या फिर गोधूलि वेला में अधिक प्रभावकारी बनती है। पोर्ट्रेट फोटोग्राफी करते समय यह ध्यान देना बहुत आवश्यक होता है कि प्रकाश किस कोण से आएगा या फिर परावर्तित होकर किस तरफ जाएगा या किस तरफ से लौटेगा। यह तय है कि फोटोग्राफर प्रकाश को लेकर नए-नए प्रयोग करते रहते हैं। अब तक प्रकाश के उपयोग को लेकर जो भी रीति-नीति सामने आई है वह सब इन्हीं प्रयोगों पर आधारित है। यह कहना गलत होगा कि फोटोग्राफी में प्रकाश नियमन के कोई बने-बनाए नियम हैं। टेक्नोलॉजी के सहारे आगे बढ़ती हुई डिजिटल फोटोग्राफी डिजिटल उपकरणों की सहायता से नित नए नियम गढ़ रही है।

फोटोग्राफी में प्राय: सौम्य या मन्द प्रकाश (Soft Light) तथा दृढ़ यानी तेज प्रकाश (Hard Light) की बात होती है। दरअसल जब प्रकाश के इन प्रकारों की बात की जा रही होती है तब मकसद केवल प्रकाश के द्वारा बननेवाली छाया के सम्बन्ध में बात हो रही होती है। दृढ़ यानी तेज प्रकाश अँधेरे में अचानक उत्पन्न हुए प्रकाश का अनुभव कराता है। इससे बनी हुई छाया के किनारे अधिक पैनापन (Sharpness) दिखाते हैं। सौम्य या मन्द प्रकाश से बननेवाली छाया के किनारे धुँधले होते हैं और ये प्रकाश के फैलाव की मन्थर गति का अनुभव कराते हैं।

प्रकाश नियमन बात करते समय व्हाइट बैलेन्स (White Balance) को समझना आवश्यक है। दरअसल यह दृश्य से अवास्तविक रंगों को हटाने की प्रक्रिया है, ताकि जो वस्तुएँ स्वयं में सफ़ेद दिखाई देती हैं, वे फ़ोटोग्राफ में भी सफ़ेद ही दिखाई दें। इसके लिए प्रकाश स्रोत के 'रंग तापमान' (Colour Temperature) को ध्यान में रखना पड़ता है, जो कि सफेद प्रकाश के सापेक्ष

गर्मी या ठंडक को सन्दर्भित करता है। विभिन्न प्रकाश स्रोतों से मिलनेवाले प्रकाश में सफेद रंग कौन सा है, यह पहचानने में हमारी आँखें बहुत अच्छी हैं, लेकिन डिजिटल कैमरों को अकसर ऑटो व्हाइट बैलेन्स (AWB) के साथ बड़ी कठिनाई होती है और नतीजा यह होता है कि खराब प्रभाव दर्शानेवाले नीले, नारंगी, या यहाँ तक कि हरे रंग के प्रकाश भी सफेद के साथ हो जाते हैं। डिजिटल व्हाइट बैलेन्स को बेहतर ढंग से समझने से इन अवांछित रंगों से बचने में मदद मिल सकती है। यहाँ यह जानना जरूरी है कि तापमान को केल्विन यूनिट में मापा जाता है। दिन का प्रकाश 52000 केल्विन का और एक टंगस्टन बल्ब का प्रकाश लगभग 3200 केल्विन का होता है। स्वभावत: सभी कैमरे स्वयं ही प्रकाश के तापमान को समझकर सन्तुलन बनाने का प्रयास करते हैं, लेकिन फिर भी परिदृश्य प्रकाश को समझते हुए इसके नियमन का प्रयास किया जा सकता है। बहुत से डिजिटल कैमरे कस्टम व्हाइट बैलेन्स मोड के माध्यम से व्हाइट बैलेन्स को प्रीसेट करने की सुविधा देते हैं।

फोटोग्राफी में प्रकाश नियमन से जुड़ा हुआ है महत्वपूर्ण पहलू एक्सपोजर है, यानी कितना प्रकाश कैमरे के भीतर से होकर गुजरता है और सेन्सर तक पहुँचता है। सेन्सर पर पहुँचनेवाले प्रकाश की मात्रा पर ही निर्भर करता है कि फोटोग्राफ की चमक या दमक हल्की होगी या गहरी। कैमरे में प्रकाश की मात्रा का नियमन अपर्चर, शटर स्पीड और आईएसओ संवेदनशीलता में परिवर्तन लाकर किया जा सकता है। कैमरों में ऑटोमेटिक एक्सपोज़र मोड भी होता है, जो प्रकाश की तीव्रता के आधार पर आवश्यकतानुसार अपर्चर और शटर स्पीड में परिवर्तन कर लेता है। सेमी ऑटोमेटिक एक्सपोज़र मोडवाले कैमरे में अपर्चर और शटर स्पीड में से किसी एक को सेट कर लेने पर दूसरा अपने आप से हो जाता है। मैनुअल मोड में आवश्यकतानुसार अपर्चर और शटर स्पीड की स्थिति का चयन किया जा सकता है।

प्रकाश को कैमरे से होकर सेन्सर तक पहुँचाने के लिए शटर क्षण भर के लिए खुलता है। शटर के खुलने के समय पर ही निर्भर करता है कि कितना प्रकाश कैमरे के भीतर जाएगा और इमेज कितनी गहरी या हलकी बनेगी। इसी को **शटर स्पीड** कहते हैं। शटर स्पीड दो विशेष चीजों के लिए जिम्मेदार है। इमेज की चमक या दमक (Brightness) को बदलने के लिए और या तो फ्रीज़िंग एक्शन या ब्लरिंग मोशन द्वारा नाटकीय प्रभाव पैदा करने के लिए। शटर स्पीड जितनी लम्बी होगी, कैमरे के सेन्सर पर उतनी ही अधिक रोशनी पड़ेगी और इमेज उतनी ही चमकदार बनेगी। उदाहरण के लिए एक विषय की फोटोग्राफ 1/1000S पर ली जाती है और यदि शटर स्पीड को 1S तक कम कर देते हैं तो दूसरी फोटोग्राफ उससे अपेक्षाकृत उज्ज्वल (Brighter) होगी। तेज़ शटर स्पीड गति को फ्रीज़ (Freeze) करती है, जबकि धीमी शटर स्पीड गति को धुँधला (Blur) गति। उदाहरण के लिए यदि 1/4000 सेकंड की स्पीड से उड़ान भरते हुए एक पक्षी की फोटोग्राफ लिया जाए तो हर पंख अपनी पूरी आभा के साथ दिखेंगे, यहाँ तक कि फड़फड़ानेवाले पंख भी। लेकिन, यदि उसी पक्षी की फोटोग्राफ 1/15 सेकंड पर लेते हैं, तो यह एक अस्पष्ट धुँधलापन लिये हुए फोटोग्राफ होगा। इस तरह का प्रभाव मोटर साइकिल या कार के विज्ञापन में भी देखने को मिलता है, जहाँ इनके पहिए गति की दिशा में आगे बढ़ते हुए धुँधले करके प्रस्तुत किए जाते हैं। शटर स्पीड का एक प्रभाव कैमरा शेक (Camera

Shake) यानी कैमरे के कम्पन के रूप में भी सामने आता है। दरअसल यदि शटर खुला हो और फोटोग्राफर कैमरे को हिलाता है या अपनी जगह से हटता है तो सब कुछ धुँधला हो जाता है। इसी को कैमरा शेक कहते हैं। इसे तब अपेक्षाकृत अधिक ध्यान देने की आवश्यकता होती है, जब शटर स्पीड, लेन्स की फोकस दूरी से लम्बी होती है। *(देखें चित्र संख्या 82)*

शटर स्पीड को प्रायः एक सेकंड के अंशों में मापा जाता है, जब वे एक सेकंड से कम होते हैं। उदाहरण के लिए, 1/4 सेकंड का अर्थ है एक सेकंड का एक चौथाई, जबकि 1/250 का अर्थ है एक सेकंड का दो सौ पचासवाँ भाग (या चार मिलीसेकंड)। अधिकांश आधुनिक डीएसएलआर और मिररलेस कैमरे एक सेकंड के 1/4000वें भाग की शटर स्पीडवाले हो सकते हैं, जबकि कुछ एक सेकंड के 1/8000वें भाग की तेज गति को रखते हैं। दूसरी ओर, अधिकांश डीएसएलआर या मिररलेस कैमरों पर सबसे लम्बी उपलब्ध शटर स्पीड आमतौर पर 30 सेकंड होती है।

कैमरे के भीतर जाने वाले प्रकाश के नियमन में **अपर्चर** (Aperture) की भूमिका भी होती है। इसे प्रकाश नियन्त्रक भी कहते हैं। अपर्चर वह छिद्र होता है, जिससे होकर प्रकाश कैमरे में प्रवेश करता है। इसे छोटा या बड़ा किया जा सकता है, जिसकी इकाई स्टॉप या एफ/स्टॉप (f/Stop) के रूप में जानी जाती है। अपर्चर के आकार को एक स्टॉप कम कर देने पर इससे होकर भीतर जानेवाले प्रकाश की मात्रा आधी हो जाती है। आम तौर पर इसे 1.4, 2, 2.8, 4, 5.6, 8, 11 और 16 जैसी संख्याओं के रूप में लिखा जाता है। कम f/स्टॉप अधिक एक्सपोज़र देता है क्योंकि वे बड़े एपर्चर का प्रतिनिधित्व करते हैं, जबकि उच्च f/ स्टॉप कम एक्सपोजर देते हैं क्योंकि वे छोटे एपर्चर का प्रतिनिधित्व करते हैं। यह पहली बार में थोड़ा विरोधाभासी लग सकता है, लेकिन जैसे-जैसे अलग-अलग f/स्टॉप पर फोटोग्राफ लेंगे, यह और अधिक स्पष्ट होता जाएगा। अपर्चर, डेफ्थ ऑफ फील्ड (विषय के सामने और पीछे स्वीकार्य तीक्ष्णता (Sharpness) का वह क्षेत्र, जिस पर लेन्स केन्द्रित होता है) को भी प्रभावित करता है। इसे इस तरह भी समझ सकते हैं कि—

कम f/स्टॉप – लेन्स पर बड़ा अपर्चर- कम डेफ्थ ऑफ फील्ड- अधिक धुँधला बैकग्राउंड

अधिक f/स्टॉप – लेन्स पर छोटा अपर्चर- अधिकतम डेफ्थ ऑफ फील्ड-बहुत साफ बैकग्राउंड

अपर्चर और शटर स्पीड के बीच की नातेदारी को भी समझना जरूरी है। कम एफ/स्टॉप का उपयोग करने का मतलब है कि लेन्स में अधिक प्रकाश प्रवेश कर रहा है और इसलिए शटर को सही एक्सपोजर बनाने के लिए लम्बे समय तक खुले रहने की आवश्यकता नहीं है, जो तेज शटर स्पीड में होता है। इसी तरह उच्च एफ/स्टॉप का उपयोग करने का मतलब है कि कम प्रकाश लेन्स में प्रवेश कर रहा है और इसलिए शटर को थोड़ी देर तक खुला रहने की आवश्यकता होगी, जो धीमी शटर गति में होता है। बहरहाल अपर्चर के नियमन का कोई निर्धारित नियम नहीं है। हाँ, यह जरूर है कि अपर्चर प्राथमिकता का चयन करने के लिए कुछ दिशानिर्देश हैं, जिनका पालन करके हम फोटोग्राफिक प्रस्तुति को बेहतर बना सकते हैं। उदाहरण के लिए पोर्ट्रेट बनाते समय 'चयनात्मक फ़ोकस' (Selective Focus) का उपयोग

करके हम अपने विषय को परिवेश से अलग करते हैं। एक बड़ा एपर्चर (निचला f/स्टॉप, जैसे f2.8) का चयन करने से उथली डेफ्थ ऑफ फील्ड सृजित होती है, जिसमें केवल विषय या विषय का सिर्फ एक हिस्सा ही फोकस में होता है। यह दर्शकों का ध्यान विषय की ओर केन्द्रित करने में मदद करता है। इसी तरह लैंडस्केप फोटोग्राफी के लिए लेन्स चुनते समय, हम आमतौर पर विषय के आगे के क्षेत्र (foreground) से पृष्ठभूमि (background) तक जितना सम्भव हो उतना विवरण देखना चाहते हैं। ऐसे में हमें एक छोटा एपर्चर (उच्च f/स्टॉप, जैसे f/8 या f/11) चुनकर क्षेत्र की अधिकतम गहराई प्राप्त करने का प्रयास करना होगा।

प्रकाश के नियमन का तीसरा कारक सेन्सर की संवेदनशीलता होती है, जिसे हम आईएसओ संवेदनशीलता (ISO Sensitivity) भी कह सकते हैं। आईएंसओ यानी इंटरनेशनल स्टैंडर्ड्स ऑर्गेनाइजेशन। आईएसओ मूल रूप से फिल्म की संवेदनशीलता को सन्दर्भित करता है। वास्तव में यह 'प्रकाश एकत्र करने' की क्षमता है। आईएसओ रेटिंग जितनी अधिक होगी, कम प्रकाश में ली गया फोटोग्राफ को कैप्चर करने की फिल्म की क्षमता उतनी ही अधिक होगी। उच्च आईएसओ फिल्म को 'फास्ट फिल्म' कहा जाता था। इसे कम आईएसओ फिल्म की तुलना में कम एक्सपोजर की आवश्यकता होती थी। डिजिटल फोटोग्राफी के लिए, आईएसओ कैमरे के सेन्सर की संवेदनशीलता यानी उसके द्वारा सिग्नल प्राप्त करने को सन्दर्भित करता है। आईएसओ संवेदनशीलता की विभिन्नता को स्टॉप में ही प्रदर्शित किया जाता है। अलग-अलग कैमरे के लिए अलग-अलग आईएसओ होते हैं। जैसे-जैसे आईएसओ का मान (Value) बढ़ता जाता है, वैसे-वैसे फोटोग्राफ की गुणवत्ता खराब होती जाती है। इसे फोटोग्राफी में डिजिटल न्वॉएज (Noise) कहते हैं। न्वॉएज तो हमेशा होता है लेकिन कुछ आईएसओ सेटिंग के साथ यह और भी अधिक बढ़ जाता है। बहरहाल पोस्ट प्रोसेसिंग के समय सॉफ्टवेयर के द्वारा इसे दूर किया जा सकता है।

अन्ततः हम कह सकते हैं कि शटर स्पीड, अपर्चर और आईएसओ, तीनों की डिजाइनिंग इस तरह की जाती है कि वे एक साथ काम कर सकें। एक फोटो पत्रकार को इनके प्रयोग का सम्यक ज्ञान होना अनिवार्य है।

दृश्य संयोजना (Photo Composition)

फोटोग्राफी में कम्पोजीशन यानी दृश्य संयोजना का अर्थ है कि किसी दृश्य में शामिल सभी तत्वों को संघटित करके इस तरह संयोजित किया जाए कि कैमरे में कैद किए जानेवाली फोटोग्राफ का प्रभाव बढ़ जाए। इसे इस तरह भी समझा जा सकता है कि कम्पोजीशन, कैमरे के व्यू-फाइंडर में की जानेवाली वह प्रक्रिया है, जिसमें दृश्य के सभी तत्वों को और व्यक्तिगत विवरणों को एक व्यवस्थित और सुखद-सुन्दर रूप में सजा लिया जाता है। यह ध्यान देने की बात है कि कम्पोजीशन के लिए कोई बने-बनाए नियम या खाँचों में अपनी फोटोग्राफ को फिट करके और उसे अन्तिम रूप देकर काम चला लेना बहुत बार ठीक नहीं होता है। यह पूरी तरह फोटो खींच रहे व्यक्ति पर निर्भर करता है कि वह किसी पहले से तय नियम या खाँचे का अनुसरण करेगा या फिर नियमों या खाँचों को छोड़कर या तोड़कर कोई नया नियम या

नया कम्पोजीशन देने की जुगत लगाएगा। बहरहाल एक फोटोग्राफर या फोटो पत्रकार के लिए यह आवश्यक है कि वह कम्पोजीशन से जुड़ी कुछ आधारभूत बातों व नियमों की जानकारी रखे।

फोटो कम्पोजीशन इस बात पर निर्भर करता है कि हम कैमरे की किस स्थिति को पसन्द कर रहे हैं। इसका अर्थ यह हुआ कि हम किसी दृश्य के भीतर के किसी भी तत्व के स्थान को बदले बिना, कैमरे सहित अपनी स्थिति को बदलकर फोटो का स्वरूप बदल सकते हैं। ऐसा करते समय हमें यह ध्यान देना होता है कि प्रत्येक व्यक्ति की सोच और समझ तथा परिवेश और परवरिश अलग-अलग होती है। जरूरी नहीं है कि जो कम्पोजीशन हमें पसन्द आ रहा है वह प्रत्येक दर्शक को भी पसन्द आएगा। हर फोटोग्राफर का यह प्रयास होना चाहिए कि वह इस तरह का कम्पोजीशन तैयार करे कि वह सभी को सम्प्रेषित हो सके। यहाँ यह कहना भी जरूरी है कि कोई भी फोटो कम्पोजीशन गलत या सही नहीं होता, बल्कि यह फोटोग्राफर की मनशा या सोच-समझ को लोगों तक पहुँचाने का काम करता है। आज के डिजिटल समय में जब कैमरे का तकनीकी पक्ष ऑटोमेटिक हो गया है, तब केवल फोटो कम्पोजिशन ही है जो फोटोग्राफर की अपनी क्रिएटिविटी को प्रस्तुत करने में सहायक होता है और उसे अन्य से अलग करता है।

किसी भी फोटोग्राफ की प्रस्तुति यानी आकार-प्रकार को दो तरह से नियन्त्रित किया जा सकता है। बाहरी रूप से हम यह तय कर सकते हैं कि फोटोग्राफ का आकार वर्गाकार होगा, लैंडस्केप होगा, पोर्ट्रेट होगा या फिर पैनोरमिक होगा। हमारे पास एक विकल्प भीतरी रूप से आकार-प्रकार को नियन्त्रित करने का भी होता है, जिसमें हम फ्रेमिंग का उपयोग करके फोटो लिए जा रहे दृश्य में शामिल होनेवाले महत्वपूर्ण तत्वों को नियन्त्रित और नियमित कर सकते हैं। यूँ तो फोटो कम्पोजीशन को लेकर कई सिद्धान्त दिये गए हैं, लेकिन कई बार ऐसा लगता है कि इन सिद्धान्तों के प्रयोग को किनारे करके बेहतर फोटोग्राफ प्राप्त की जा सकती है। किसी भी फोटोग्राफर द्वारा सिद्धान्तों से परे जाकर नया प्रयोग तभी सम्भव हो पाता है, जब वह दिये गए उन सिद्धान्तों को भलीभाँति जानता हो। इसलिए जरूरी है पहले सिद्धान्तों के अमल पर अभ्यास कर लिया जाए। उदाहरण के लिए हम **रूल आफ थर्ड्स** की बात कर सकते हैं, जिसे लैंडस्केप फोटोग्राफर विशेष रूप से पसन्द करते हैं। सत्यता यह है कि यह सिद्धान्त चित्रकला से लिया गया है और ढेर सारे फोटोग्राफिक विषयों में प्रयोग किया जा सकता है। यह सिद्धान्त इस तथ्य पर आधारित है कि आँख स्वाभाविक रूप से पृष्ठ के दो तिहाई ऊपर स्थित एक बिन्दु पर जाकर ठहरती है। इस बिन्दु को प्राप्त करने के लिए फोटो फ्रेम को तीन क्षैतिज और तीन लम्बवत रेखाओं में बैठाकर प्राप्त किया जा सकता है। दरअसल यह सिद्धान्त यह बताता है कि फोटो फ्रेम के केन्द्र में आकर्षण का मुख्य फोकस हमें तिहाई के कटान बिन्दु पर रखना चाहिए। इसे इस तरह भी समझ सकते हैं कि यदि फोटो के लिए चयनित दृश्य के फ्रेम को दो क्षैतिज और दो लम्बवत रेखाओं को इस तरह रखें कि वे नौ (9) बराबर आयताकार खानों में विभाजित किए जाएँ। अब इसमें दृश्य को फिट करके यह देखना होता है कि फोटो में शामिल किए जानेवाले मुख्य तत्व आयताकार खाना बनानेवाले किसी कटान बिन्दु पर हों। दरअसल ये कटान बिन्दु ही

आकर्षण के बिन्दु होते हैं और फोटो या चित्र देखनेवाले की नजर इन पर जाती है और अधिक देर ठहरती है। इसे हम निम्नलिखत चित्र के माध्यम से समझ सकते हैं, जिसमें क्रॉस बिन्दुओं को रूल आफ थर्ड्स ग्रूप आकर्षण केन्द्र बिन्दु माना जा सकता है। *(देखें चित्र संख्या 83)*

यद्यपि हम यह मानकर चल सकते हैं कि फोटोग्राफ विभिन्न आकारों की स्पष्ट सीमाओंवाले आयताकार या वर्गाकार फ्रेम के भीतर रखी जा सकती है, लेकिन हमें बन रहे फ्रेम के परिमाण (proportions) को हलके में नहीं लेना चाहिए क्योंकि वे फोटोग्राफ के भीतर के कंटेंट की नींव बनाते हैं। यहाँ यह कहने में गुरेज नहीं है कि वर्गाकार प्रेम की अपेक्षा आयताकार फ्रेम अधिक पसन्द किए जाते हैं। यह इसलिए कि आयताकार प्रेम में आकर्षण केन्द्र बिन्दु स्पष्ट होते हैं और सहजता से लोगों की आँखों से तालमेंल बैठा लेते हैं। बहरहाल अतीत में फोटो के प्रारूप को कैमरे और फिल्म के रूप से तय किया जाता था, लेकिन अब फोटो प्रारूप तय करने की प्रक्रिया बहुत लचीली हो गया है। अब कैमरे के व्यूहफाइंडर में ही तैयार होनेवाली फोटोग्राफ्स का आभास किया जा सकता है और मनमाफिक प्रारूप तय किया जा सकता है। कम्पोजीशन का अन्य मूल्य तत्व फोटो के आन्तरिक अनुपात का नियन्त्रण है, जिसे हम कम्पोजीशन के भीतर तत्वों को सही ढंग से रखकर प्राप्त कर सकते हैं।

यहाँ यह कहना भी जरूरी है कि अच्छी फोटोग्राफ लेने का एक ही सिद्धान्त है कि अपनी क्षमता और विजुअलाइजेशन का प्रयोग करते हुए अच्छी फोटोग्राफ खींची जाए। फोटो पत्रकारिता में किसी भी सिद्धान्त के पालन करने का सम्यक समय नहीं मिल पाता है। जरूरत के हिसाब से सिद्धान्त बदल दिये जाते हैं। हाँ, यह जानना बहुत जरूरी है कि जब तक हमें सिद्धान्त नहीं पता होंगे, तब तक हम बदलने की हिम्मत नहीं जुटा सकेंगे।

पत्रकारिता में फोटो की गुणवत्ता

इस बात से इनकार नहीं किया जा सकता कि फोटोग्राफी के सारे तत्व मिलकर एक बेहतर फोटोग्राफ बनाते हैं। इन तत्वों में मुख्य रूप से कैमरे के प्रकार, उसके रिजोल्यूशन, प्रकाश व्यवस्था, रूल ऑफ थर्ड, कम्पोजीशन और बेहतर सम्पादन के सम्यक प्रयोग शामिल होते हैं। लेकिन, फोटो पत्रकारिता में इन जरूरी तकनीकी तत्वों के साथ-साथ वही फोटोग्राफ बेहतर मानी जा सकती है जो—

1. जो फोटोग्राफ प्रकाशित एवं प्रसारित होने के बाद लोगों को बहुत ही सहजता से अपनी ओर आकर्षित कर सके।
2. जो फोटोग्राफ जीवन्तता रखती हो। इसे इस तरह भी कह सकते हैं कि फोटोग्राफ में निहित दृश्य लोगों को सीधे विषय से जोड़कर उन्हें उस दृश्य में उपस्थित होने का अहसास करा रही हों।
3. जो फोटोग्राफ किसी जानकारी या तथ्य, जो लोगों के लिए समाचार बन रहा है, को बिना किसी तरह के पक्षपात के जस का तस सम्प्रेषित कर सके।
4. हो सके तो उस फोटोग्राफ के सम्बन्ध में बताने के लिए कैप्शन की जरूरत ही न पड़े और वह स्वयं में कई सौ शब्दों का मुकम्मल समाचार हो।

5. जो फोटोग्राफ लोगों की संवेदनाओं को जगाने में सफल हो रही हो यानी उनके दिल और दिमाग को स्पर्श कर सके।
6. जो फोटोग्राफ अपने समय के सामाजिक, सांस्कृतिक, आर्थिक, राजनीतिक इतिहास का दस्तावेज बनने का सामर्थ्य रखती हो।
7. जो फोटोग्राफ जनसंचार के निर्धारित चार काम करने यानी लोगों को सूचित करने, शिक्षित करने, मार्गदर्शन देने और मनोरंजन करने में पूरी तरह समर्थ हो।
8. जो फोटोग्राफ पत्रकारिता के आधार माने जानेवाले सभी ककारों (7W+H) यानी क्या (What), क्यों (Why), कौन (Who), कहाँ (Where), कब (When), किसको (Whom), किस या किससे (Which) और कैसे (How) सम्यक उत्तर देने में सक्षम हो।
9. फोटो पत्रकार को हमेशा नवाचार या नवप्रवर्तन का सामने लाना का प्रयास करना चाहिए। नयापन (Newness), पत्रकारिता का बहुत ही महत्वपूर्ण तत्व है, जिसमें एक साथ कई तत्व जैसे प्रभाविता (Impact), निकटता (Proximity), मनोभाव (Emotions), ताजगी (Freshness) निहित होते हैं।
10. जो फोटोग्राफ हमारे अपने परिवेश और परिदृश्य में उपस्थित हर तरह के जीवन के वैविध्य की कहानी कहने में सक्षम हो।
11. जो फोटोग्राफ देश-दुनिया में सामाजिक बदलाव के बयार का कारण बन रही हो।

बहरहाल हमें यह ध्यान में रखना होगा कि एक फोटो पत्रकार इतनी शीघ्रता में होता है कि प्रायः उसके पास फोटोग्राफी के बने-बनाए नियमों का पालन करने का समय नहीं होता। उसके सामने इतनी तेजी से घटनाएँ घट रही होती हैं क्षण भर की देरी उसके असाइनमेंट को पूरा करने में बाधक बन सकती है। जाहिर है कि उसका पूरा ध्यान सामने उपस्थित हो रहे और तेजी से बदल रहे दृश्यों को अपने कैमरे में कैद कर लेने पर होता है। लेकिन फिर भी, जब हम पत्रकारिता को जल्दी में रचा गया इतिहास मानते हैं और फोटोग्राफी को कला के क्षेत्र का हिस्सा मानते हैं तो फोटो पत्रकारिता को हम जल्दी में रचा गया कलात्मक इतिहास कह सकते हैं। और, जब हम इसे कलात्मक इतिहास कह रहे हैं तो फोटो पत्रकार की कलाकारी तो दिखनी ही चाहिए। इसलिए हर फोटो पत्रकार के लिए यह जरूरी हो जाता है कि फोटोग्राफी की बारीकियों को अपने अभ्यास के माध्यम से लगातार सीखता रहे और उसे बेहतर बनाता रहे।

10

फोटो पत्रकारिताः सम्भावनाओं से भरा क्षेत्र

यह कहना कोई अतिशयोक्ति नहीं है कि यह समय फोटो पत्रकारिता के लिए अनन्त सम्भावनाओं से भरा समय है। यह अनायास नहीं है कि आज जिस इंडस्ट्री ने तेजी से विकास करना जारी रखा हुआ है, वह फोटोग्राफी और उससे जुड़े टूल यानी कैमरे और उससे जुड़ी एसेसरीज की इंडस्ट्री ही है। हम उम्मीद करते हैं कि भारतीय डिजिटल कैमरा बाजार 2023-2028 के दौरान 5.72% का सीएजीआर यानी कम्पाउंड एनुअल ग्रोथ रेट प्रदर्शित करेगा। द इंटरनेशनल मार्केट एनालिसिस रिसर्च एंड कन्सल्टिंग ग्रूप (आईएमएआरसी) की रिपोर्ट के मुताबिक भारतीय डिजिटल कैमरा बाजार में वृद्धि का श्रेय मनोरंजन उद्योग में व्यापक रूप से उत्पाद अपनाने को दिया जा सकता है। हाई डेफिनिशन (एचडी) गुणवत्ता में मोशन फुटेज शूट करने के लिए डिजिटल कैमरों को व्यापक रूप से अपनाया जा रहा है। इसके अलावा, जनता के बीच न्यूज व मनोरंजक फोटोग्राफी के लिए बढ़ती प्राथमिकता बाजार के विकास पर सकारात्मक प्रभाव डाल रही है। डिजिटल कैमरे उच्च-गुणवत्तावाली तसवीरों को कैप्चर करने और संगृहीत करने में सहायता करते हैं और फिल्मों से पेपर प्रिंट प्राप्त करने की परेशानी को समाप्त करते हैं। इसके अलावा, विभिन्न टेक्नोलॉजी, जैसे ग्लोबल पोजिशनिंग सिस्टम (जीपीएस), ब्लूटूथ और वाई-फाई के साथ एकीकृत कैमरों का होना, कैमरों के बाजार के विकास को तेजी प्रदान कर रहे हैं। ये प्रौद्योगिकियाँ बेहतर सुरक्षा प्रदान करने, अन्य उपकरणों के साथ बेहतर कनेक्टिविटी प्रदान करने और विभिन्न स्मार्ट उपकरणों में वायरलेस रूप से फ़ोटो स्थानान्तरित करने में सहायता करती हैं। ट्रैवेल और फूड ब्लॉगर्स और विभिन्न विषयों के पॉडकास्टर्स के बीच बेहतर कैमरों की बढ़ती माँग, बजट के अनुकूल कैमरों के लांचिंग और बढ़ती उपभोक्ता व्यय क्षमता सहित अन्य ढेर सारे कारक हैं, जो पूरे देश में कैमरों के बाजार के लिए सकारात्मक परिदृश्य बना रहे हैं।

दूसरी ओर फिक्की यानी फेडरेशन ऑफ इंडियन चैम्बर ऑफ कॉमर्स एंड इंडस्ट्री द्वारा भारतीय मीडिया पर जारी 2022 की रिपोर्ट में कहा गया है कि ऑनलाइन समाचारों की पहुँच 2020 और 2021 के बीच बढ़ी है। वर्ष 2021 में ऑनलाइन समाचार दर्शकों की संख्या 460 मिलियन से अधिक हो गया। इस दौरान मोबाइल और डेस्कटॉप पर समाचार साइट, पोर्टल और एग्रीगेटर उपयोगकर्ताओं की संख्या 467 मिलियन तक पहुँच गया है। यह इंटरनेट उपयोगकर्ताओं का लगभग 56% है। गूगल समाचार, इनशॉर्ट्स और डेलीहंट इनमें से कुछ प्रमुख समाचार एकत्रीकरण प्लेटफॉर्म हैं और रेडसीर की रिपोर्ट के मुताबिक भारत में इनकी पहुँच 340 मिलियन होने का अनुमान है। रॉयटर्स डिजिटल न्यूज़ रिपोर्ट 2021 के अनुसार,

सोशल मीडिया का उपयोग करते समय लोग मशहूर हस्तियों पर सबसे अधिक ध्यान देते हैं। हालाँकि, दूसरा सबसे लोकप्रिय विषय मुख्यधारा के समाचारों का ही होता है। भारत में भी न्यूज साइट्स पर विजिटर्स की संख्या सबसे ज्यादा है, जो बरास्ते सोशल मीडिया यहाँ तक पहुँचते हैं। कुछ मामलों में इनकी संख्या 90% से अधिक है। यह उम्मीद जताई जा रही है कि सन 2024 तक डिजिटल मीडिया का व्यापार 537 बिलियन रुपये तक पहुँच जाएगा, जबकि इस समय तक प्रिंट मीडिया 250 बिलियन पर ही रहेगा।

यहाँ यह जानना जरूरी है कि कोरोना महामारी (2020-21) में प्रिंट मीडिया उद्योग को बहुत नुकसान हुआ था, जबकि डिजिटल मीडिया अचानक बहुत तेजी से बढ़ गया था। विशेषज्ञ मानते हैं कि शीघ्र ही प्रिंट मीडिया स्वयं को रिकवर कर लेगा। फिक्की की रिपोर्ट में जागरण प्रकाशन के प्रधान सम्पादक और पूर्णकालिक निदेशक संजय गुप्ता का यह कथन बहुत मायने रखता है कि "तेजी से विकसित हो रहे न्यूज मीडिया व्यवसाय में लगातार आगे बढ़ते हुए ब्रांड की विश्वसनीयता महत्वपूर्ण होगी और यही उसे दूसरों से अलग करेगी। गुणवत्तापूर्ण पत्रकारिता से लैस समाचार ब्रांड डिजिटल प्लेटफॉर्म पर पाठकों के विश्वास का लाभ उठाने के लिए प्रयास करेंगे और अन्ततः सही विज्ञापन वातावरण बनाने और बेहतर मुद्रीकरण के सन्दर्भ सफलता हाथ लगेगी।" मलयाला मनोरमा कम्पनी लिमिटेड के कार्यकारी सम्पादक एवं निदेशक जयन्त मामेन मैथ्यू कहते हैं कि "प्रिंट की विश्वसनीयता और प्रासंगिकता अब अत्यन्त प्रासंगिक है, क्योंकि हम नए क्षेत्रों को अपने ब्रांड स्थापित करने के लिए समाचार-पत्रों में विज्ञापन देते देख रहे हैं। उन्हें अभी भी प्रिंट की ताकत चाहिए, जो उन्हें पूरे भारत में पहुँचा सकती है।" एक अन्य विशेषज्ञ डीबी कार्प के उप प्रबन्ध निदेशक पवन अग्रवाल कहते हैं कि "प्रिंट किसी को भी अपनी पहुँच को अधिकतम करने का सबसे सरल तरीका प्रदान करता है क्योंकि यह एक विश्वसनीय स्रोत है और प्रकृति में हाइपर-लोकल है। अपने पाठकों पर इसका स्थायी प्रभाव पड़ता है। यही वे गुण हैं जिनके कारण प्रिंट का भविष्य आशाजनक लग रहा है।" जाहिर है कि बदलाव की बयार बह रही है और नई सम्भावनाओं की कई-कई खिड़कियाँ खुलती नजर आने लगी हैं।

बहरहाल टेक्नोलॉजी के बलबूते बदलती दुनिया समाज, सत्ता, बाजार और मीडिया से जुड़े क्षेत्रों में ये बातें नया व सार्थक बदलाव लाने में सफल हो रही हैं-

- पहले की अपेक्षा अब विज्ञान संचार के क्षेत्र के बहुत अधिक विस्तार मिला है और लोग टेक्नोलॉजी के सहारे जीवन को बेहतर बनाने में पहले की अपेक्षा अधिक विश्वास करने लगे हैं।
- हमारे समय के अधिसंख्य लोग अपने समय व समाज को पल-पल दर्ज करने की होड़ में शामिल हैं। वे न केवल लगातार फोटो खींच रहे हैं, बल्कि बहुत कुछ लिख भी रहे हैं, बोल भी रहे हैं। इसे इस तरह भी समझ सकते हैं कि दुनिया में हर पल इंटरनेट यूजर बढ़ रहे हैं तो साथ ही स्मार्ट फोन रखनेवाले लोगों की तादाद भी लगातार बढ़ती जा रही है।
- बदलाव की बयार में बाजार पहले से कहीं अधिक इंटरेक्टिव और विविधताओं से भरा हुआ है। इसका एक कारण प्रोड्यूसर और कंज्यूमर के बीच का भेद मिट जाना है। प्रोज्यूमर नाम की एक नई पीढ़ी तैयार हो गयी है, जिसके साथ बाजार नित नई पहल करने में अपने को सक्षम बना चुका है। लोगों की खरीद क्षमता बढ़ी है और वे उन्नत

टेक्नोलॉजी से जुड़ने को लगातार आतुर रहते हैं।

- मीडिया को न केवल नए-नए आयाम मिल रहे हैं, बल्कि इन आयामों के साथ लोगों की भागीदारी बढ़ी है। दरअसल मीडिया का नया रूप नागरिक मीडिया का है, जो अधिक सहज, स्वतन्त्र, सक्रिय, साझीदार और सामाजिक है।
- कम्युनिकेशन डिजाइन और कम्युनिकेशन आर्किटेक्चर जैसी नई विधाएँ और इनमें माहिर लोग जन-संचार के स्वरूप को नित नया करने की होड़ में शामिल हो चुके हैं।
- आर्टिफीशियल इंटेलिजेन्स, रोबोटिक्स, ऑगमेंटेड रिएलिटी, चिप कम्युनिकेशन जैसी नई-नई टेक्नोलॉजी ने जन-संचार के मिजाज को पूरी तरह बदल दिया है।
- नित नई होती जा रही टेक्नोलॉजी ने ऑडियन्स के आचार-व्यवहार, सोच-समझ और संस्कार-सरोकार में बड़ा बदलाव किया है और यह क्रम निरन्तर जारी है। बरास्ते इंटरनेट और सोशल मीडिया के अधिक प्रयोग से आनेवाले इन बदलावों में लोगों की जागरूकता को नया आयाम मिला है और वे पहले से कहीं अधिक लोकतान्त्रिक ढंग से सोचने व काम करने में विश्वास करने लगे हैं।
- टेक्नोलॉजी के बलबूते मीडिया का टारगेट ऑडियन्स अब तेजी से पार्टिसिपेटरी (प्रतिभागी) ऑडियन्स में बदलने लगा है। दरअसल अब लगभग हर किसी की जेब में स्मार्ट फोन है, जो पूरी तरह स्टूडियो बन चुका है। इसमें लिखा जा सकता है, फोटो खींची जा सकती है, वीडियो शूट किया जा सकता है, ऑडियो रिकॉर्ड हो सकती है, इन सभी का सहजता से सम्पादन हो सकता है और इन सभी को ऑडियन्स तक पहुँचाया जा सकता है।
- मीडिया संस्थानों के समक्ष चुनौती है कि उन्हें उन्हीं को अपने ऑडियन्स में शामिल करने की जुगत लगानी है, जो स्वयं अपने या अपने जैसे लोगों के ऑडियन्स हैं और लगातार कंटेंट डेवलप कर रहे हैं, जिसे यूजर जेनरेटेड कंटेंट का नाम देकर बाजार में शामिल होने से कोई रोक नहीं पा रहा है।
- मीडिया के विविध उपक्रमों में जन-भागीदारी को ऑनलाइन मार्केटिंग, ब्रैंडिंग और बैंकिंग से बहुत बढ़ावा मिला है। उदाहरण के लिए एक फोटोग्राफर के लिए स्वयं की फोटो को ऑनलाइन बेचने के कई ठीहे यानी मंच उपलब्ध हैं, ठीक उसी तरह जैसे प्रिंट, फोटो, ऑडियो और वीडियो प्रस्तुति के लिए ढेर सारी पेड एवं मुफ्त होस्टिंग सर्विसेज उपलब्ध हैं।

उपयुक्त सभी बातों के अपवाद भी हो सकते हैं, लेकिन हमारा प्रयास होना चाहिए कि हम बेहतर पक्ष को ध्यान में रखकर ही अपनी बात और काम को आगे बढ़ाएँ और उन्हीं के सहारे दुनिया को बेहतर बनाने का प्रयास करें।

बदल रही है प्रिंट पत्रकारिता की दुनिया

एक तरफ दुनिया में सोशल मीडिया की धूम के बीच 'एवरीवन इस जर्नलिस्ट' का जुमला चल रहा है, तो दूसरी तरफ कोरोना के बाद लगातार गिरते सरकुलेशन आँकड़ों के बीच

समाचार-पत्रों के रेवेन्यू मॉडल में बदलाव करना पड़ रहा है। दुनिया भर के समाचार-पत्र इस समय संकट से उबरने की कोशिश में लगे हुए हैं। सोशल मीडिया और अन्य मीडिया प्रारूपों ने लोगों में निःशुल्क समाचार प्राप्त करने की आदत डाल दी है। नतीजा यह है कि समाचार-पत्रों के सर्कुलेशन में तेजी से गिरावट आई है। इससे उबरने की जद्दोजहद में कई को स्वयं का प्रकाशन बन्द करना पड़ा है, तो कई पृष्ठों की कटौती करके और बढ़े हुए मूल्य के साथ स्वयं को बचाने में जुटे हुए हैं। कई ने ई-पेपर को शुल्क सहित कर दिया है तो कई ने ऐप के रास्ते अपने रेवेन्यू मॉडल को पुनर्संयोजित करने की कोशिश जारी रखी है। अच्छी बात यह है कि भारत में अभी भी समाचार-पत्र अपने अस्तित्व को बचाए रखने में सफल रहे हैं। इसका एक बड़ा कारण यह भी है कि भारतीय ऑडियन्स के बीच समाचार-पत्रों की विश्वसनीयता अन्य मीडिया प्रारूपों की अपेक्षा बहुत अधिक है। लोग चाहते हैं कि समाचार मीडिया, विशेष रूप से प्रिंट मीडिया जीवित रहे और कारण है लोकतन्त्र को मजबूती देने में इसका अब तक का सतत योगदान। लोकतन्त्र में सबसे महत्वपूर्ण है अच्छी, विस्तृत एवं सटीक जानकारी हमारे पास होना। इतिहास साक्षी है कि समाचार-पत्रों ने इस सन्दर्भ में पारम्परिक रूप से अपना निरन्तर योगदान बनाए रखा है और हमारे लोकतन्त्र को हमेशा मजबूती देने का काम किया है। इस सन्दर्भ में नोबेल पुरस्कार विजेता अमर्त्य सेन का यह कथन मायने रखता है कि एक लोकतान्त्रिक देश में कभी अकाल नहीं पड़ सकता क्योंकि भोजन की कमी या वितरण विफलताओं के बारे में खबरों को छुपाया और दबाया नहीं जा सकता। और, यह काम हमारे समाचार-पत्र बखूबी करते आए हैं।

बहरहाल प्रिंट मीडिया का यह 'डिजिटल युग में पुनर्जागरण काल' कहा जा सकता है, जिसमें प्रिंट मीडिया को नए तेवर देने के लिए कई सार्थक प्रयोग किए जा रहे हैं। इन प्रयोगों में समाचार-पत्रों के प्रथम पृष्ठ से लेकर अन्तिम पृष्ठ तक बदलाव देखने को मिल रहे हैं। बदलाव की यह बयार विदेशी समाचार-पत्रों में बहुत तेजी से देखने को मिल रही है, जिसकी गूँज भारतीय समाचार-पत्रों में भी सुनाई देने लगी है। रोचक बात यह है कि बदलाव के प्रयोगों के केन्द्र में समाचार-पत्रों में प्रस्तुति यानी डिजाइन है और प्रस्तुति या डिजाइन के केन्द्र में विजुअल कंटेंट हैं यानी फोटोग्राफ, कार्टून, कैरिकेचर, ग्राफ, इनफोग्राफिक्स आदि। यहाँ समाचार-पत्रों में अपनाई जा रही कुछ नई प्रवृत्तियों की चर्चा की जा रही है।

सोशल मीडिया पर समाचारों की उपस्थिति को नकारा नहीं जा सकता, लिहाजा समाचार-पत्रों ने उन समाचारों को विस्तार से गहरी पड़ताल के बाद देना शुरू किया है, जो पहले ही सोशल मीडिया का हिस्सा बन चुके होते हैं। दरअसल पाठकों को किसी समाचार को गहराई यानी विस्तार से जानने के लिए समाचार-पत्रों का रुख करना ही पड़ता है। बड़ी बात यह कि सोशल मीडिया पर फेक न्यूज, फेक व्यूज और फेक फोटो की सम्भावना के बरक्स यहाँ यानी समाचार-पत्रों में समाचारों के कथ्य और उससे जुड़े फोटोग्राफ की विश्वसनीयता परखी हुई होती है। विस्तृत और गहरी पड़ताल के बाद समाचारों के प्रकाशन की यह प्रवृत्ति अब प्रायः राष्ट्रीय समाचार-पत्रों के साथ-साथ क्षेत्रीय एवं स्थानीय समाचार-पत्रों में भी देखी जा रही है। समाचार-पत्रों ने अपनी नई प्रवृत्तियों में अपनी इस खूबी का प्रचार करना भी शामिल कर लिया

है। अब पहले पृष्ठ को लगभग फोस्टर की तरह डिजाइन किया जा रहा है, जिसमें समाचारों के शीर्षकों और फोटोग्राफ्स की सहायता से भीतर के पृष्ठों में प्रकाशित सामग्री का विवरण देकर पाठकों को समाचार-पत्र पढ़ने और उसे खरीदने के लिए आकर्षित किया जा रहा है। विदेशी समाचार-पत्रों ने तो अपने प्रथम पृष्ठ को पूरी तरह पोस्टर का रूप दे दिया है। इसमें किसी एक महत्वपूर्ण समाचार को एक बड़ी फोटोग्राफ के साथ प्रमुखता से प्रकाशित किया जाता है और शेष समाचारों को उनकी फोटोग्राफ के साथ थोड़ा-थोड़ा प्रकाशित करके समाचार का शेष भाग पढ़ने हेतु अन्दर के पृष्ठों पर जाने के लिए कहा जाता है। भारत के कुछ समाचार पत्र भी कभी-कभी इस नई प्रवृत्ति को अपनाते हैं।

इन दिनों समाचार-पत्र पहले की अपेक्षा अधिक फोटोग्राफ प्रकाशित कर रहे हैं, ताकि लोगों को समाचार समझने में आसानी हो जाए। यह एक बेहतर होते जाने की ओर बढ़ता कदम है, जिसका अर्थ है अधिक गहन पड़ताल के बाद तैयार कथ्य और एक मजबूत दृश्य प्रस्तुति भी। समाचार-पत्रों में फोटो की संख्या पिछले कुछ वर्षों से बढ़ रही है, तो फोटोग्राफ्स तथा अन्य विजुअल्स की सहायता से तैयार इनफोग्राफिक्स की मात्रा भी बढ़ रही है। बेशक अखबार एक टेक्स्ट माध्यम बना हुआ है, लेकिन अधिक से अधिक सामग्री को अधिक से अधिक दृश्य रूप में प्रस्तुत किया जाने का सफल प्रयोग भी हो रहा है।

एक बड़ा बदलाव यह भी दिख रहा है कि अब समाचार-पत्र न केवल प्रिंट में बल्कि ऑनलाइन भी सफल हो रहे हैं। दुनिया की सबसे बड़ी समाचार वेबसाइटों में से कुछ समाचार-पत्रों की अपनी वेबसाइट हैं और कई देशों में ये वेबसाइट्स उपयोगकर्ता संख्या की सूची में शीर्ष पर हैं। अब समाचार-पत्र न केवल वेब पर तेजी से समाचार लाते हैं, वे अधिक गहन जानकारी भी प्रस्तुत करते हैं। समाचारों से जुड़ी मल्टीमीडिया कहानियां अधिक लोकप्रिय हो रही हैं। यह टेक्स्ट, फोटोग्राफ्स, वीडियो-फिल्मों और एनिमेटेड इन्फोग्राफिक्स के एक सार्थक एवं आकर्षक संयोजन की प्रस्तुति होती है।

समाचार-पत्रों में **फोटो रिपोर्ताज** प्रकाशित करने का भी चलन पहले की अपेक्षा कुछ अधिक हुआ है। रिपोर्ताज द्वितीय विश्वयुद्ध के बाद समाचार-पत्रों में लोकप्रिय होनेवाली गद्य शैली है, जिसमें घटना का तथ्यात्मक वर्णन मिलता है। फोटो रिपोर्ताज भी घटना का तथ्यात्मक वर्णन ही है, लेकिन यह शब्दों में नहीं श्रृंखलाबद्ध फोटोग्राफ्स के जरिये प्रस्तुत किया जाता है। हम यह भी कह सकते हैं कि रिपोर्ताज फ़ोटोग्राफ़ी या जिसे डॉक्यूमेंट्री फ़ोटोग्राफ़ी के रूप में भी जाना जाता है, एक फ़ोटोग्राफ़िक शैली है जो एक क्षण या घटना को कथात्मक अन्दाज़ में कैप्चर करती है, यानी ऐसे फोटोग्राफ्स जो एक कहानी कहते हैं। रिपोर्ताज का एक बड़ा हिस्सा कलाकारी का है और इसमें यह चित्रित करना होता है कि आपका विषय क्या अनुभव करा रहा है। उदाहरण के लिए विषय कितना भी दुखद क्यों न हो फोटोग्राफ्स को बेहतर और आकर्षक होना ही पड़ता है। दृश्य यानी फोटोग्राफ का संयोजन, प्रकाश और समग्र अनुभव एक रिपोर्ताज में कही जानेवाली कहानी कहने के लिए बहुत महत्वपूर्ण है। और यही एक बड़ा अन्तर है, जो रिपोर्ताज फोटोग्राफी को अन्य प्रकार की फोटोग्राफी से अलग करता है।

फोटो रिपोर्ताज का एक और रूप **विजुअल स्टोरी टेलिंग** का है। विजुअल स्टोरी टेलिंग

पाठकों एवं दर्शक को बाँधे रखने और लोगों की भावनाओं को कहानी की तरफ मोड़ने के लिए फोटोग्राफ्स के साथ-साथ ग्राफिक्स का भी उपयोग किया जाता है। यह वस्तुतः एक समाचार या फीचर में किसी विषय से जुड़ी कहानी कहने के लिए दृश्य सामग्री के साथ सूचना सम्प्रेषित करने जैसा है। यूँ तो इन दिनों डिजिटल स्टोरी टेलिंग की धूम मची हुई है, लेकिन अध्ययन बताते हैं कि प्रिंट में प्रकाशित होनेवाली विजुअल स्टोरी टेलिंग को लोग अधिक पसन्द कर रहे हैं और उसपर अधिक समय भी दे रहे हैं। *(देखें चित्र संख्या 84)* प्रिंट में विज्ञापन की दुनिया इन दिनों इसे ही प्रकाशित करने पर जोर दे रही है। हमारा समय नवाचार का समय है और लोग नए-नए आइडिया लेकर बाजार में उतर रहे हैं। समाचार-पत्रों ने अपने ऐसे ही पाठकों के लिए विजुअल स्टोरी प्रकाशित करनी शुरू की है। कहानी की शैली में फोटोग्राफ्स और ग्राफिक्स के माध्यम से लोगों को नए-नए रोज़गार शुरू करने की प्रेरणा देने का प्रयास हो रहा है।

दुनिया में लोग विभिन्न संस्कृतियों से जुड़ने की ललक रखते हैं। पिछले कुछ वर्षों में ऐसी विजुअल कहानियाँ बहुत लोकप्रिय हुईं जो देश-दुनिया की संस्कृतियों से जोड़ने का काम करती हों। इनमें भारत में लगनेवाले कुम्भ मेलों के बारे में प्रकाशित होनेवाली कहानियाँ भी शामिल रहीं। पिछल कुम्भ मेलों के दौरान दुनिया के कई प्रमुख समाचार-पत्रों ने फोटोग्राफ्स के माध्यम से ऐसी ढेर सारी कहानियाँ प्रकाशित कीं और अपने पाठकों को भारत की इस अप्रतिम एवं अद्‌भुत परम्परा से जोड़ने का काम किया। *(देखें चित्र संख्या 85 एवं 86)*

समाचार-पत्रों में इन दिनों **इनफोग्राफिक्स** को प्रकाशित करने की प्रवृत्ति भी बढ़ी है। फोटोग्राफ्स और ग्राफिक्स के माध्यम से किसी जानकारी या उससे जुड़े आँकड़ों को प्रस्तुत करनेवाली यह विधा भारत के ढेर सारे समाचार-पत्रों में प्रायः देखने को मिल जाती है। दरअसल यह फोटो सांख्यिकी का भी एक आकर्षक उदाहरण है। एक इनफोग्राफिक फोटोग्राफ्स और ग्राफिक्स का एक संग्रह होता है, जो किसी विषय को आसानी से समझने लाय्यक ढंग से प्रस्तुत किया जाता है, जैसा कि नीचे दिये गए उदाहरण में। इनफोग्राफिक्स में सूचनाओं को जल्दी और स्पष्ट रूप से सम्प्रेषित करने के लिए आकर्षक दृश्यों का उपयोग किया जाता है। *(देखें चित्र संख्या 87)*

समाचार-पत्रों में मल्टीमीडिया के विभिन्न प्रारूपों का भी प्रयोग होने लगा है। उदाहरण के लिए क्यूआर कोड के माध्यम से पाठक को दर्शक या श्रोता होने का आनन्द भी उपलब्ध कराना। पिछले कुछ वर्षों से समाचार-पत्रों ने 'समाचार-पत्र में टीवी' का चलन चलाया है। समाचार-पत्र पढ़ने के साथ लाइव टीवी का यह अनुपम प्रयोग उस नवाचार का हिस्सा है, जिसे समाचार-पत्र अपने पाठकों को लगातार स्वयं के साथ बनाए रखने की जुगत के तौर पर कर रहे हैं। 'इसके लिए एक क्यूआर कोड (QR Code) समाचार के साथ दिया जाता है, जिसे पाठक अपने स्मार्टफोन के कैमरे से स्कैन करके सीधे उस समाचार-पत्र की वेबसाइट पर पहुँच जाता है, जहाँ उस समाचार से जुड़ा वीडियो उपलब्ध रहता है। *(देखें चित्र संख्या 88)* इसी तरह के प्रयोग क्यूआर कोड के माध्यम से किसी घटना से जुड़े उन फोटोग्राफ्स तक पहुँचाने के लिए किया जा रहा है, जिन्हें समाचार-पत्र में प्रकाशित नहीं किया गया है, लेकिन उन्हें विस्तृत समाचार के साथ वेबसाइट पर प्रस्तुत कर दिया गया है। कभी-कभी तो किसी समाचार

को विस्तृत रूप से समझाने के लिए क्यूआर कोड के माध्यम से फोटोग्राफ्स की श्रृंखला तक पाठकों को ले जाया जाता है, जहाँ वे क्रमवार प्रस्तुत की गईं फोटोग्राफ्स के माध्यम से उक्त समाचार से जुड़ी अपनी हर जिज्ञासा को शान्त कर सकते हैं।

ऐसा ही एक प्रयोग दैनिक भास्कर में आजादी के अमृत महोत्सव के अवसर पर किया। इसका प्रतिभागी मैं स्वयं भी था। दैनिक भास्कर ने एक श्रृंखलाबद्ध कॉलम 1 से 15 अगस्त, 2022 के बीच प्रकाशित किया, जिसका शीर्षक था "मैं 15 अगस्त, 1947 का हिन्दुस्तान बोल रहा हूँ।" इस श्रृंखला में आजादी के ठीक पहले भारत में जो कुछ हो रहा था, उसे रोचक ढंग से प्रस्तुत किया गया था। यह श्रृंखला मैंने यानी धनंजय चोपड़ा ने लिखी। यह श्रृंखला दैनिक भास्कर के हिन्दी के साथ-साथ मराठी एवं गुजराती संस्करणों में भी प्रकाशित की गया। हर दिन प्रथम पृष्ठ पर छपने वाली इस श्रृंखला के अन्त में क्यूआर कोड प्रकाशित किया जाता था, जिसको स्कैन करके पाठक, श्रृंखला में कही जा रही कहानी को प्रख्यात उद्घोषक हरीश भिमानी की आवाज में सुन सकते थे। यह श्रृंखला शब्दों के साथ ध्वनि की प्रस्तुति का बेहतरीन उदाहरण बनी और बहुत लोकप्रिय भी हुई।

वेब पत्रकारिता को चाहिए फोटो पत्रकार

यह एक महत्वपूर्ण तथ्य है कि बीसवीं सदी के अन्तिम वर्षों में भारतीय पत्रकारिता के व्यापक होते परिदृश्य में वेब पत्रकारिता ने अपना स्थान बनाना शुरू कर दिया था। यह वही समय था जब पत्रकारों के एक संगठन ने अपने सदस्य पत्रकारों के लिए वेब पत्रकारिता की कार्यशाला का आयोजन किया। एक पत्रकार के रूप में मुझे भी इस कार्यशाला का हिस्सा बनने का अवसर मिला था। उन दिनों कम्प्यूटर की धमक हर समाचार-पत्र कार्यालय में हो चुकी थी और समाचारों और फोटोग्राफ्स को पेज पर लगाकर इंटरनेट के माध्यम से प्रकाशन हेतु भेजने की शुरुआत भी हो चुकी थी। यह समय पत्रकारिता के डिजिटल होने का प्रारम्भिक समय था और सभी में इसे लेकर बहुत उत्साह भी था। कार्यशाला का आयोजन तत्कालीन प्रधानमन्त्री श्री अटल बिहारी वाजपेई की प्रेरणा से हुआ था, जिन्होंने कुछ दिनों पहले ही पत्रकारों के एक सम्मेलन को सम्बोधित करते हुए वेब पत्रकारिता की ओर कदम बढ़ाने का आह्वान किया था। तब कई बड़े समाचार-पत्रों ने भी वेब पत्रकारिता को गम्भीरता से लेना शुरू कर दिया था। नतीजा यह कि इक्कीसवीं सदी के पहले दशक में जब हमारे आसपास की दुनिया बड़ी तेजी से डिजिटल हो रही थी, तब हम वेब पत्रकारिता के उपयोगकर्ता हो चुके थे।

आज बेहतरीन कैमरों से युक्त स्मार्ट फोन की दुनिया बहुत व्यापक हो चुकी है और हमारा साथ देने के लिए कई ऐसी टेक्नॉलॉजी विकसित हो चुकी हैं, जो वेब पत्रकारिता को नित नए आयाम उपलब्ध कराने का काम कर रही हैं। लगभग सभी समाचार-पत्र अपने ई-संस्करण इंटरनेट पर उपलब्ध करा रहे हैं, सभी की रात-दिन अपडेट होती अपनी वेबसाइट्स हैं और सभी ने अपने न्यूज़ ऐप लांच कर दिये हैं। यह अनायास नहीं है कि पत्रकारिता में ऑगमेंटेड रियलिटी और आर्टिफिशियल इंटेलिजेन्स का भी बढ़-चढ़कर प्रयोग होने लगा है। डिजिटल मीडिया इंडस्ट्री लगातार विकसित होती जा रही है और सर्वाधिक लाभ कमानेवाली भी बनती

जा रही है। नतीजा यह है कि डिजिटल दुनिया में पहले से उपस्थित मीडिया घरानों के साथ-साथ अब नए-नए मीडिया स्टार्टअप सामने आ रहे हैं। ढेर सारी डिजिटल फोटोग्राफी स्टॉक एजेन्सियों का अस्तित्व में आना, इस बात का पुख्ता प्रमाण देती हैं । यही वजह है कि देश के कई विश्वविद्यालयों में मीडिया के विद्यार्थियों को मीडिया अन्तरप्रेन्योरशिप और मीडिया स्टार्टअप जैसे विषयों से रू-ब-रू कराया जा रहा है। जाहिर है कि ऐसे में वेब पत्रकारिता में माहिर लोगों की और विशेषकर फोटो पत्रकारों की जरूरत पड़ेगी। ये वे पत्रकार होंगे जो फोटो के साथ-साथ समाचारों को लिखना भी जानते होंगे। *(देखें चित्र संख्या 89)*

यह बात कई बार कही जा चुकी है कि हमारा समय विजुअल एक्सप्लोजन का समय है। हर किसी के हाथ में कैमरा है और हर कोई अपने समय को दर्ज कर रहा है। हम यह भी कह सकते हैं यह समय फोटो खींचने की होड़ का समय। वेब पत्रकारिता के सन्दर्भ में हम इस समय को अधिक उर्वर समय कह सकते हैं। यह इसलिए कि चौबीस घंटे- सातों दिन चलनेवाली वेब पत्रकारिता की लगातार घट रही घटनाओं और समाचार बनती जानकारियों से जुड़ी फोटोग्राफ्स की जरूरत इसी होड़ के रास्ते पूरी हो रही है। समाचारों के इतने सारे वेब प्लेटफॉर्म हो चुके हैं कि अब उनके बीच सबसे आगे निकलने की प्रतियोगिता सी ठन गया है। नतीजा यह है कि अपनी साख बचाते हुए गुणवत्तायुक्त समाचारों की प्रस्तुति देने के लिए प्रशिक्षित फोटो पत्रकारों की आवश्यकता बढ़ती जा रही है। ऐसे में जो फोटो पत्रकार डिजिटल फोटोग्राफी के साथ-साथ मीडिया की नई-नई तकनीक से अपने को प्रशिक्षित करते हुए आगे बढ़ेंगे उन्हीं के लिए नए-नए रोजगार के रास्ते खुलते चले जाएँगे। यह अनायास नहीं है प्रिंट मीडिया के नए संस्करणों को देश के विभिन्न भागों में लांच न कर पानेवाले बड़े मीडिया संस्थानों ने अब पूरे देश में वेब प्लेटफॉर्म के रूप में अपने न्यूज़ ऐप लांच कर दिये हैं और ऐसे फोटो पत्रकारों को नौकरी पर रख रहे हैं, जो लिखने के साथ-साथ फोटोग्राफी-वीडियोग्राफी और उनके सम्पादन में माहिर हों।

स्वतन्त्र फोटो पत्रकारिता की भी बढ़ी है माँग

जैसे-जैसे समाचार-पत्रों के रिवेन्यू मॉडल में परिवर्तन आ रहा है, वैसे-वैसे स्वतन्त्र फोटो पत्रकारों की भूमिका बड़ी होती जा रही है। आज बहुत से ऐसे समाचार-पत्र हैं, जो किसी एजेन्सी से फोटोग्राफ लेते हैं या उन्होंने किसी स्टॉक फोटो एजेन्सी के साथ गठबन्धन कर रखा है। नतीजा यह है कि अकेले भारत में दो दर्जन से भी अधिक ऐसी एजेन्सियाँ काम कर रही हैं, जो या तो समाचारों के साथ के लिए फोटोग्राफ्स देती ही हैं या फिर स्टॉक के रूप में स्वतन्त्र फोटो पत्रकारों की फोटोग्राफ्स को उपलब्ध कराने का उपक्रम करती हैं। यही नहीं, बहुत से ऐसे स्वतन्त्र फोटो पत्रकार हैं, जिन्होंने अपने अनुभवों और कौशल के बलबूते अपनी व्यक्तिगत पहचान बना ली है और वे अपनी वेबसाइट या अपने सोशल मीडिया पेज के माध्यम से स्वयं के द्वारा खींची गया फोटोग्राफ्स को समाचार-पत्रों और विभिन्न वेब न्यूज आउटलेट्स को उपलब्ध करा रहे हैं। पिछले दिनों देश की एक स्टॉक फोटो एजेन्सी ने बड़ी संख्या में स्वतन्त्र फोटो पत्रकारों को खुद से जोड़ने का अभियान चलाया। नतीजा यह हुआ पहले दिन ही 10,000 से अधिक स्वतन्त्र फोटो पत्रकारों ने

उससे जुड़ने की इच्छा जता दी। इसके बाद तो कई फोटो एजेन्सियों ने ऑनलाइन अपनी प्रतिभा का परिचय दे रहे प्रशिक्षित और अप्रशिक्षित, दोनों तरह के स्वतन्त्र फोटो पत्रकारों को खुद से जोड़ने की होड़ मचा दी। बहुत से लोकप्रिय ब्लॉगर भी अपने कथ्य के साथ फोटो लगाने के लिए इन स्वतन्त्र फोटो पत्रकारों का सहयोग ले रहे हैं। जाहिर है कि यह समय स्वतन्त्र फोटो पत्रकारिता के लिए सबसे बेहतर समय है।

स्वतन्त्र फोटो पत्रकारिता का मुख्य आकर्षण उन महत्वपूर्ण फोटोग्राफ्स को, जो शक्तिशाली समाचार, फीचर या फिर कोई भी सामाजिक, सांस्कृतिक या फिर राजनीतिक कहानियाँ कह रही हैं, अपने कैमरे में कैद करना और उसके लिए भुगतान प्राप्त करना है। लेकिन, इन फोटोग्राफ्स को क्लिक करने के पीछे की कड़ी मेहनत में दैनिक रूप से सम्भावित सैकड़ों शॉट्स लेना, उनमें से सर्वश्रेष्ठ काम का चयन करना और उनका सम्पादन करना शामिल है। कई बार अपने काम करने के लिए देश-दुनिया में बहुत सारी यात्राएँ भी अपनी रुटीन में शामिल करनी होती हैं और सबसे जरूरी बात कि अपने आपको और अपने उपकरणों को सुरक्षित रखने की जिम्मेदारी भी बखूबी निभाना पड़ता है। यही नहीं, सबसे बड़ी आवश्यकता तो समाचार फोटोग्राफ्स आउटलेट्स एवं प्रकाशनों तथा फोटोग्राफिक एजेन्सियों पर सम्पर्क बनाने की होती है।

आज जब लगभग हर किसी की जेब में कैमरावाला स्मार्ट फोन है, तब एक फोटो पत्रकार को अपनी फोटो खींचने की क्षमता का लगातार अद्यतन करते रहना पड़ता है। किसी भी फोटो पत्रकार के लिए सबसे आवश्यक कौशल यह है कि वह अपने कैमरे का उपयोग करने में कुछ इस तरह सक्षम हो कि उसे दृश्य संयोजना और प्रकाश नियमन के बार में बहुत सोचना न पड़े और वह पल भर में आवश्यक शॉट्स की रचना कर ले। फोटो पत्रकार को देश-दुनिया में घट रही वर्तमान घटनाओं के प्रति जागरूक रहना पड़ता है, ताकि वे सही समय पर सही जगह पर पहुँच सकें और अपने असाइनमेंट का सर्वश्रेषठ प्रस्तुत कर सकें।

एक स्वतन्त्र फोटो पत्रकार के रूप में आमदनी इस बात पर निर्भर करती है कि आप अपने काम का उचित मूल्य प्राप्त करने के लिए उसे कैसे प्रस्तुत करते हैं। साथ ही यह फोटो पत्रकार के अपने कौशल और अनुभव पर भी निर्भर करता है। यदि फोटो पत्रकार किसी प्रकाशन के साथ काम कर रहे हैं, तो वह काम की गुणवत्ता और मेहनत के आधार पर सीधे भुगतान की बातचीत कर सकते हैं, लेकिन यदि एजेन्सी के माध्यम से काम कर रहे हैं तो उसके निर्धारित मूल्य पर ही काम करना होता है। कुछ फोटो स्टॉक एजेन्सियाँ फोटो पत्रकारों के काम का मूल्य निर्धारित करते समय अपना कमीशन जोड़ लेती हैं और तब उसे बिक्री के लिए अपलोड करती हैं, जबकि कुछ में फोटो पत्रकार अपनी कृति का मूल्य निर्धारित करके एजेन्सी को दे देता है। एजेन्सियाँ उसमें अपना मुनाफा जोड़कर बिक्री के लिए प्रस्तुत करती हैं। आज स्वतन्त्र फोटो पत्रकार अपनी कृतियों को बेचने के लिए अपनी व्यक्तिगत वेबसाइट बनाते हैं या फिर सोशल मीडिया को इसका माध्यम बनाते हैं। यह कहने में कोई गुरेज नहीं है कि आज स्वतन्त्र रूप से काम कर रहे फोटो पत्रकारों की माँग बहुत बढ़ी है। इसका लाभ वे युवा भी उठा रहे हैं, जिनके पास उन्नत कैमरेवाले स्मार्ट फोन हैं।

मार्केटिंग, ब्रैंडिंग, पैकेजिंग, बनाम फोटो पत्रकारिता

बरास्ते टेकनोलॉजी, बदलते समय और बदलती दुनिया में मीडिया हमेशा की तरह बना रहे, यह तो हो ही नहीं सकता। और, ऐसे में तो कतई नहीं, जब हम सूचना क्रान्ति और ज्ञान क्रान्ति के दौर से होते हुए नवाचार यानी इनोवेशन क्रान्ति के समय में हों। पूरी दुनिया नए-नए विचारों से लैस होकर आगे बढ़ रही है। व्यापार और उपभोक्ता के बीच की नातेदारी को नया रंग-रूप दिया जा रहा है। मीडिया संस्थानों ने भी अपने ऑडियन्स के साथ अपनी बनी-बनाई परिभाषाओं को बदलना शुरू कर दिया है। यह तब और जरूरी हो जाता है जब चौतरफा 'डेथ ऑफ मास कम्युनिकेशन' और 'एवरीवन इज जर्नलिस्ट' की घोषणाएँ की जा रही हों। मीडिया मीट्रिक्स की नई चुनौतियाँ गिनाई जा रही हों। सच यह भी कि आभासी दुनिया अनायास ही बड़ी हो गयी है और वास्तविक दुनिया कोरोना माहामारी के चंगुल में फँसकर अपने को बाहर निकालने की जुगत भिड़ा रही है। ऐसे में खुद को बचाने का हवाला देकर मीडिया संस्थानों में ब्रैंडिंग, पैकेजिंग और मार्केटिंग को पत्रकारीय मिशन से बहुत ऊपर रख दिया गया है। और तब, यह समय मीडिया पर प्रश्नचिन्ह लगाने का नहीं, बल्कि उसे बदली हुई परिस्थितियों में नए ढंग से समझने और उसपर बेहतर होने का एक दबाव बनाकर अपनाए रखने का है।

वास्तव में कोरोना महामारी के दौर ने हमें लगातार पहले से कहीं अधिक डिजिटल होते मीडिया के साथ कर दिया है। अब देखिए न, कई अखबारों के डिजिटल रूप, प्रिंट रूप से कहीं अधिक पहुँच बना ले रहे हैं। पहले अखबारों को अपने डिजिटल रूप की पहुँच बढ़ाने के लिए कुछ सर्च इंजन या फिर सोशल मीडिया के कई प्लेटफॉर्म पर निर्भर रहना पड़ता था। इधर कुछ वर्षों से इन दोनों ही ऑनलाइन प्लेटफॉर्म अपने बिजनेस मॉडल को बदलने में लगे हुए हैं। जाहिर है कि जब दिखने लगा है कि डिजिटल टेक्नोलॉजी ही है, जिसने दुनिया को थमने नहीं दिया है, तो इसकी सेवाएँ देनेवालों के भाव तो बढ़ेंगे ही। बहरहाल बरसों से सीधे पाठकों से संवाद करनेवाले अखबारों ने बीच के इन माध्यमों से ही तौबा कर लिया है। ब्रैंडिंग, पैकेजिंग और मार्केटिंग के नए फलसफे के तौर पर अपने ब्रैंड का अलग एप ही विकसित कर लिया जा रहा है। और, उसके माध्यम से अपने ऑडियन्स तक सीधे पहुँच बनाने का प्रयास किया जा रहा है। एक अखबार की मानें तो उसके एप के यूजर की संख्या करोड़ में पहुँच रही है। एक सीमा के बाद इन एप पर मुफ्त में खबर देना रुक जाएगा और हर दिन खबर का मूल्य चुकाना होगा। यह सहजता से हो भी जाएगा। क्योंकि जब कोरोना महामारी ने देश में पसरना शुरू किया था, तब लोगों ने अखबारों के ई-संस्करण पढ़ने शुरू कर दिये थे। कुछ ही महीनों बाद अखबारों ने अपने ई-संस्करण के मूल्य निर्धारण करके अपने पाठकों को उसे देने के लिए कह दिया था। इसे मजबूरी कहना गलत होगा कि लोगों ने बताए गए मूल्य चुकाकर बहुत ही सहजता से ई-संस्करण की सदस्यता ग्रहण कर ली थी। यह आश्चर्य करने की बात नहीं है कि इन दिनों कई मँझोले और छोटे अखबार अपने ई-संस्करण ही प्रकाशित कर रहे हैं, प्रिंट या तो नहीं या फिर बहुत कम संख्या में।

वैसे बड़ा बदलाव तो कंटेंट की बाजीगीरी का भी है। बड़ी ही चतुराई से अब किसी मीडिया हाउस के सभी अंग चाहे वह सम्पादकीय विभाग हो या फिर प्रसार का या विज्ञापन यानी मीडिया

मार्केटिंग का, सब मिलकर इस बाजीगीरी में शामिल हैं और कंटेंट यानी शब्दों और फोटोग्राफ्स की पैकेजिंग को मुनाफे से जोडक़र अंजाम देने में अपना-अपना योगदान दे रहे हैं। रोचक यह कि इस तरह के आपसी सद्भाव से रचनात्मकता में भी बहुत कुछ नयापन देखने को मिल रहा है। वैसे यह कहना गलत न होगा कि स्मार्ट फोन के रूप में पूरा स्मार्ट स्टूडियो अपनी जेब में लेकर चलनेवाला ऑडियन्स खुद भी पहले से कहीं अधिक क्रिएटिव हो गया है। वह अपने स्मार्ट फोन पर लिख रहा है, फोटो खींच रहा है, वीडियो बना रहा है और बड़ी ही सहजता से उनका सम्पादन करके अपने जैसे ऑडियन्स को सम्प्रेषित भी कर दे रहा है। सच तो यह भी है कि यह जनता द्वारा जनता का इतिहास लिखे जाने जैसा है। जाहिर है कि अपने ऑडियन्स की इस प्रवृत्ति का पूरा फायदा मीडिया संस्थान उठाना चाहते हैं।

वैसे ब्रैंडिंग, पैकेजिंग और मार्केटिंग की बात मीडिया में कोई नई नहीं है। यह विज्ञापन के खाँचे के साथ-साथ कब और कैसे सम्पादकीय खाँचे का हिस्सा बन गया, पता ही नहीं चला। पहले-पहल तो यह आरोप लगाया जाता रहा कि यह सम्पादकीय नैतिकता के विरुद्ध है, लेकिन बाद में इसे नैतिकता के जामे में फिट करके यह जता दिया गया कि यह बदलते समय में आर्थिक जरूरत भी है और पेशेवर जरूरत भी। याद कीजिए किस तरह पेड न्यूज के 'एडवर्टोरियल'या 'इम्पैक्ट फीचर'रूप को हमने मीडिया की नई प्रवृत्ति मानकर साथ में रख लिया था। साधारण ऑडियन्स को तो यह कभी बताने की कोशिश ही नहीं की गया कि इस तरह की प्रवृत्तियों के खामियाजे उसे किस रूप में भुगतने होंगे।

बहरहाल अब जब-जब चुनाव आता है, मीडिया की शुचिता निशाने पर रहती है। पेड न्यूज एवं पेड व्यूज का खतरा तो रहता ही है, साथ ही मीडिया घरानों की अपनी पसन्दगी और नापसन्दगी भी हावी रहती है। कार्पोरेटी मीडिया के साथ तो ये खतरे हर समय बने रहते हैं। यही नहीं, पेड न्यूज और पेड व्यूज की तर्ज पर पेड इंटरव्यू, पेड विजुअल्स और ऐसी ही कई विधाओं ने भी जन्म ले लिया है। बहुतेरे मीडियाकर्मी अब खबरों की दुनिया को छोडक़र नेताओं की ब्रैंडिंग, पैकेजिंग और मार्केटिंग के फंडों को नए-नए ढंग से करने और उन्हें जनता-जनार्दन के सामने प्रस्तुत कर देने की जुगत भिड़ाने में लगे हुए हैं। बहरहाल बदलते समय में बदलते मीडिया के संग-संग दर्शक, श्रोता और पाठक भी बदलने पर मजबूर हो रहा है। वह मीडिया और उसके काम को उस तरह नहीं देख रहा, जिस तरह दशक पहले देखता था। यही वजह है कि पिछले दशक से ही मीडिया ने अपनी स्वयं की ब्रैंडिंग पर भी ध्यान देना शुरू कर दिया था। सरोकारी पत्रकारिता को त्याग देने के खतरे से वह बखूबी परिचित है। कोरोना महामारी ने इस मामले में कई तरह से चौंकाय़ा भी है और भविष्य के प्रति सचेत भी किया है। तय है कि यदि मीडिया ने बदलते समय और बदलते समाज को ठीक से पढ़ने में जरा सी भी चूक की और समाज की जरूरी ध्वनियों और स्वरों को पकडक़र उन्हें आवाज देने का काम नहीं किया तो ब्रैंडिंग, पैकेजिंग और मार्केटिंग का हरएक फलसफा फेल हो जाएगा। यह भी तय है कि आज के 'मीडिया कर्म'के प्रति बदलती जन भावनाएँ ही आनेवाले समय में 'मीडिया इंडस्ट्री'की सम्भावनाओं को तय करेंगी।

परिशिष्ट

फोटोग्राफी से जुड़ी पारिभाषिक शब्दावली

एडिटिव कलर (Additive Colour) : अनुकरण करने या दूसरे रंग की अनुभूति देने के लिए दो या दो से अधिक रंगीन प्रकाश को मिलाने के लिए संयोजन।

एम्बिएंट लाइट यानी परिवेश प्रकाश (Ambient Light) : उपलब्ध प्रकाश जो फोटोग्राफर के नियन्त्रण में नहीं है।

एपर्चर (Aperture) : एपर्चर वह खुला छिद्र है, जिसके माध्यम से कैमरे में प्रवेश करने के लिए प्रकाश लेन्स से गुजरता है। सेन्सर या निगेटिव फिल्म तक पहुँचनेवाले प्रकाश की मात्रा को नियन्त्रित करने के लिए इसके आकार को नियन्त्रित किया जा सकता है। एपर्चर का व्यास, जिसे एफ-स्टॉप के नाम से जाना जाता है, एक्सपोजर और डेफ्थ ऑफ फील्ड को प्रभावित करता है।

आर्टिफैक्ट (Artefact) : डिजिटल छवि पर कोई भी जानकारी जो अवांछित है।

बैकलाइटिंग (Backlighting) : कैमरे के सामने प्रकाश स्रोत के साथ विषय को पीछे से रोशन करना।

ब्रैकेटिंग (Bracketing) : सर्वश्रेष्ठ एक्सपोज़र खोजने के लिए कई तरह के शॉट्स लेना और जान-बूझकर अंडर और ओवर एक्सपोज़ करना।

ब्लू ऑवर (Blue hour) : ब्लू ऑवर सूर्योदय से पहले या सूर्यास्त के बाद की एक छोटी अवधि होती है, जब सूर्य क्षितिज के ठीक नीचे होता है। अप्रत्यक्ष सूर्य का प्रकाश समान रूप से विसरित होता है और एक नीली छाया प्रदान करता है। ब्लू ऑवर की अवधि स्थान के आधार पर अलग-अलग होती है, लेकिन आम तौर पर एक घंटे से भी कम समय तक रहता है।

बल्ब (Bulb) : बल्ब एक कैमरा सेटिंग है, जो शटर को तब तक खुला रखती है जब तक शटर रिलीज़ बटन को दबाए रखा जाता है। कुछ मामलों में, शटर रिलीज़ को शटर खोलने के लिए और इसे बन्द करने के लिए एक बार दबाने की आवश्यकता होती है। यह मोड फोटोग्राफर्स को कैमरे द्वारा दी गया सुविधा की तुलना में अधिक लम्बा एक्सपोजर लेने की अनुमति देता है।

बर्स्ट रेट (Burst rate) : बर्स्ट रेट फोटोग्राफिक शॉट्स की वह संख्या है, जो एक कैमरा लगातार शूटिंग मोड में ले सकता है। इस मोड का उपयोग करते समय, फोटोग्राफ्स

को मेमोरी कार्ड में स्थानान्तरित करने से पहले एक उच्च-गति की बफर मेमोरी में संगृहीत किया जाता है। एक बार बफर भर जाने के बाद, कैमरा खाली जगह बनाने के लिए पर्याप्त समय देने हेतु एफपीएस को कम कर देता है। बर्स्ट रेट इमेज के प्रारूपों से प्रभावित हो सकती है, क्योंकि यह फ़ाइल के आकार के साथ-साथ उपयोग किए गए मेमोरी कार्ड की गति पर निर्भर करती है।

कैंडिड (Candid) **:** कैंडिड एक ऐसा पोर्ट्रेट फोटोग्राफ है, जो तब लिया जाता है जब विषय यानी व्यक्ति स्वयं को फोटोग्राफ़ी के लिए प्रस्तुत नहीं कर रहा होता है। यह या तो फोटोग्राफर की उपस्थिति से अनजान किसी विषय या व्यक्ति को कैमरे में कैद करके या फोटोशूट के दौरान गति देकर और मॉडल को आश्चर्यचकित करके प्राप्त किया जा सकता है। इस तरह की पोर्ट्रेट फ़ोटोग्राफ़ी, विवाह जैसे औपचारिक वातावरण में अधिक प्रासंगिक होती जा रही है।

ब्राइटनेस (Brightness) **:** दृश्य धारणा की गुणवत्ता, जो प्रकाश की तीव्रता की मात्रा के साथ बदलती है।

कैमरा एक्सपोजर (Camera Exposure)**:** एक कैमरे में लाइट सेन्सिटिव फिल्म या लाइट सेन्सर तक पहुँचनेवाले प्रकाश की मात्रा। इसे लेन्स के एपर्चर और एक्सपोज़र की अवधि को समायोजित करके बदला जा सकता है।

सीसीडी (CCD= Charge-Coupled Device)**:** डिजिटल कैमरे में मिलनेवाला एक प्रकार का इमेजिंग सेन्सर।

सीएमवाईके (CMYK= Cyan, Magenta, Yellow, Key black)**:** डेस्कटॉप और वाणिज्यिक मुद्रण में उपयोग की जानेवाली प्राथमिक स्याही, जो रंगों की एक शृंखला का अनुकरण करने के लिए उपयोग की जाती है

कलर बैलेन्स (Colour Balance) **:** एक छवि में रंगों की सापेक्ष ताकत या क्षमता।

कलर टेम्परेचर (Colour Temperature) **:** प्रकाश के रंग का मापन।

डेफ्थ ऑफ फील्ड (Depth of Field) **:** यह एक ऑप्टिकल उपकरण, जैसे कैमरा या माइक्रोस्कोप द्वारा केन्द्रित किसी वस्तु के सामने और पीछे की दूरी की सीमा होती है, जिसके भीतर अन्य वस्तुएँ भी स्पष्ट दिखाई देंगी और परिणामस्वरूप प्राप्त होनेवाली फोटोग्राफ या छवि में स्पष्ट रूप से परिभाषित होंगी।

डायाफ्राम (Diaphragm) **:** लेन्स में वह उपकरण, जो एपर्चर बनाता है।

डॉजिंग (Dodging) **:** यह फोटोग्राफ या छवि के कुछ हिस्सों तक पहुँचनेवाले प्रकाश की मात्रा को चयनित रूप से कम करके प्रिंटिंग के दौरान स्थानीय कंट्रास्ट को नियन्त्रित करने की तकनीक है।

ड्रॉप शैडो (Drop Shadow) **:** एक ग्राफिक प्रभाव है, जिसमें एक वस्तु सतह के ऊपर तैरती हुई प्रतीत होती है, और अपने नीचे एक समायोजित अस्पष्ट यानी धुंधली सी छाया छोड़ती है।

इलेक्ट्रॉनिक व्यूफाइंडर (Electronic Viewfinder) **:** कैमरे के लेन्स के माध्यम से दृश्य दिखानेवाली यह एक आईपीस के नीचे दिखने वाली एक एलसीडी स्क्रीन होती है।

एफ/ नम्बर (f/number) : लेन्स डायाफ्राम की सेटिंग, जो लेन्स द्वारा प्रेषित प्रकाश की मात्रा निर्धारित करती है

फ्लेयर (flare) : यह लेन्स के भीतर आन्तरिक परावर्तन के कारण इमेज या छवि न बनानेवाला प्रकाश होता है।

फोकल लेन्थ यानी फोकस दूरी (Focal Length) : लेन्स के केन्द्र से फिल्म या डिजिटल सेन्सर पर इसके फोकस बिन्दु तक की दूरी, जब लेन्स अनन्त पर सेट होता है। आमतौर पर यह मिलीमीटर में मापी जाती है।

फोकस (Focus) : लेन्स की दूरी सेटिंग को समायोजित करके इमेज यानी छवि को फ़ोकस में लाना।

एफपीएस (FPS) : एफपीएस का अर्थ है फ्रेम प्रति सेकंड और यह उस गति को निर्धारित करता है, जिस पर एक कैमरा फोटोग्राफ ले सकता है। यह विशेष रूप से खेल और वन्यजीव फोटोग्राफरों के लिए महत्वपूर्ण है, जिन्हें यह सुनिश्चित करना होता है कि वे तेजी से शूट करते हुए समयबद्ध दृश्यों को कैमरे में कैद कर सकें।

एफ-स्टॉप (F-stop) : एफ-स्टॉप कैमरे पर एपर्चर माप को दर्शाता है। एपर्चर कैमरे के लेन्स में प्रवेश करनेवाले प्रकाश की मात्रा को नियन्त्रित करता है और इसे एफ-स्टॉप में मापा जाता है। शटर स्पीड और आईएसओ (प्रकाश के प्रति संवेदनशीलता) के साथ, एपर्चर तीसरा मौलिक घटक है, जो फोटोग्राफी में एक्सपोजर त्रिकोण बनाता है। एफ-स्टॉप सेटिंग या एफ-नम्बर न केवल उचित एक्सपोजर प्राप्त करने में मदद करता है, बल्कि यह विषय की स्थिति यानी फोटोग्राफिक क्षेत्र की गहराई को निर्धारित करके फोटोग्राफ के रंगरूप को निर्धारित करने में भी मदद करता है।

ग्रेन (Grain) : सिल्वर या रंग के वे छोटे कण, जो एक छवि बनाते हैं।

ग्रे-स्केल (Greyscale) : यह एक इमेज में काले और सफेद के बीच विभिन्न चरणों (Steps) की संख्या की माप है।

हाइपरफोकल (Hyperfocal) : यह वह दूरी है, जिस पर फोकस बिन्दु गहरी डेप्थ ऑफ फील्ड उपलब्ध कराता है। लैंडस्केप फ़ोटोग्राफ़रों द्वारा अकसर यह सुनिश्चित करने के लिए इसका उपयोग किया जाता है कि उनके दृश्य यथासम्भव स्पष्ट हों।

आईएसओ (ISO) : आईएसओ यानी इंटरनेशनल ऑर्गनाइजेशन फॉर स्टैंडर्डाजेशन (International Organization for Standardization), प्रकाश के प्रति सेन्सर की संवेदनशीलता का प्रतिनिधित्व करता है। इसकी संख्या जितनी अधिक होगी, उतनी अधिक जानकारी प्राप्त की जा सकेगी। कम रोशनीवाली स्थितियों जैसे एस्ट्रोफ़ोटोग्राफ़ी में उच्च आईएसओ संख्या का उपयोग किया जाता है। डिजिटल कैमरे में आईएसओ को आसानी से बदलने की व्यवस्था होती है।

इंटरपोलेशन (Interpolation) : यह उपलब्ध डेटा का उपयोग करके एक डिजिटल इमेज में पिक्सल शामिल करने की विधि है।

आइरिस (Iris) : कैमरे में प्रकाश प्रवेश करने के लिए लेन्स डायाफ्राम द्वारा बनाया गया छेद।

लाइट मीटर (Light Meter) : प्रकाश की प्रतिक्रिया में कैमरा सेटिंग की गणना करने के लिए उपयोग किया जानेवाला उपकरण है। यह एक ऐसा उपकरण है, जो सर्वोत्तम एक्सपोजर मान निर्धारित करने के लिए दृश्य की चमक को मापता है। अधिकांश कैमरों में एक अन्तर्निहित प्रकाश मीटर होता है, जो लेन्स के माध्यम से परावर्तक रीडिंग पर निर्भर करता है।

लेन्स हुड (Lens Hood) : लेन्स का एक सहायक उपकरण जो इसे प्रकाश से छाया देता है और बारिश से बचाता है।

मेटाडाटा (Metadata) : यह इमेज या फोटोग्राफ के बारे में आवश्यक जानकारी होती है। इसमें आयाम यानी डायमेन्शन, रिज़ॉल्यूशन, कीवर्ड, कैमरा सेटिंग्स, फ़ोकल लेन्थ, कॉपीराइट आदि जानकारियाँ शामिल होती हैं। इनमें से अधिकांश जानकारी अपने आप फ़ोटो में जोड़ दी जाती है, लेकिन कुछ जानकारियों को पोस्ट-प्रोसेसिंग में जोड़ा या संशोधित किया जा सकता है।

मोनोक्रोम (Monochrome) : काले, सफेद और ग्रे रंग से बना फोटोग्राफ या इमेज।

न्वॉएज (Noise) : एक इमेज में वे अनियमितताएँ या बाधाएँ, जो फोटोग्राफ की सूचना सामग्री को कम करती है यानी उसकी गुणवत्ता को कमतर करती है। यह विशेष रूप से उच्च आइएसओ या बहुत धीमी शटर गति पर शूट की गया फोटोग्राफ में दिखाई देता है। यह फ़िल्म ग्रेन का डिजिटल फ़ोटोग्राफ़ी प्रतिरूप होता है।

पोर्टफोलियो (Portfolio) : यह मूल रूप से एक फोटोग्राफर के काम का संग्रह होता है। पिछले कुछ वर्षों में, ऑनलाइन पोर्टफोलियो एक अनिवार्य आवश्यकता बन गए हैं और अब तो पेशेवर फोटोग्राफर व फोटो पत्रकार पोर्टफोलियो के रूप में अपनी वेबसाइट बनाने लगे हैं। वेबसाइट के माध्यम से फोटोग्राफर अपने काम को प्रदर्शित करने के साथ-साथ अब ग्राहकों के साथ संवाद भी कर सकते हैं, अपने प्रोजेक्ट्स को लगातार अपडेट कर सकते हैं और स्वयं द्वारा दी जा रही सेवाओं की बुकिंग भी कर सकते हैं।

फोटोमोंटाज (Photomontage) : विविध छवियों के संयोजन से बनाई गया एक समग्र फोटोग्राफिक छवि।

पोलेराइजर (Polarizer) : फ़िल्टर का प्रकार जो इसके माध्यम से गुजरनेवाले प्रकाश को ध्रुवीकृत करता है। मुख्य रूप से आकाश को गहरा करने या पानी के परावर्तन या प्रतिबिम्ब को हटाने के लिए उपयोग किया जाता है।

पैनिंग (Panning) : किसी एक्शन का अनुसरण करते हुए कैमरे को क्षैतिज रूप में घुमाना पैनिंग कहलाता है।

रिज़ॉल्यूशन (Resolution) : यह मेगापिक्सेल में वह आयाम (Dimension) है, जिसे एक कैमरा सेन्सर कैप्चर करने में सक्षम होता है। दूसरे शब्दों में यह एक माप है कि एक ऑप्टिकल सिस्टम कितना विवरण या विस्तार देख सकता है।

सैचुरेशन यानी संतृप्ति (Saturation) : सैचुरेशन यानी संतृप्ति की स्थिति एक इमेज या फोटोग्राफ की रंग तीव्रता को सन्दर्भित करती है। जैसे-जैसे उनकी संतृप्ति बढ़ती है, रंग अधिक चमकीले दिखाई देते हैं और अधिक शुद्ध माने जाते हैं।

शटर स्पीड (Shutter speed) : शटर स्पीड यानी शटर गति वह समयावधि है, जिसमें एक कैमरा सेन्सर फोटो लेते समय प्रकाश के सम्पर्क में आता है। धीमी शटर गति गतिमान विषयों (Moving Subjects) के धुँधलेपन को कैप्चर करती है, जिससे यह रात में की जा रही फोटोग्राफी और लैंडस्केप फ़ोटोग्राफ़रों के लिए अत्यधिक मूल्यवान हो जाता है। दूसरी ओर तेज शटर गति फोटोग्राफरों को एक मिलीसेकंड के समय को फ्रीज करने की अनुमति दे देती है, जो आमतौर पर खेल फोटोग्राफी जैसे क्षेत्रों में नितान्त आवश्यक है।

विगनेटिंग (Vignetting) : यह प्रकाश किरणों के अवरोधन के माध्यम से छवि के कोनों को काला करने की तकनीक है।

वाटरमार्क (Watermark) : वॉटरमार्क टेक्स्ट या इमेज का एक हिस्सा है, जो किसी फोटो में उसके कॉपीराइट के स्वामित्व की पहचान करने के लिए जोड़ा जाता है। वॉटरमार्क का सबसे सामान्य प्रकार फोटोग्राफर का अपना पहले से निर्धारित पारदर्शी लोगो (Logo) होता है।

व्हाइट बैलेन्स (White Balance) : व्हाइट बैलेन्स दृश्य को रोशन करनेवाले प्रकाश के तापमान की क्षतिपूर्ति करने के लिए इमेज में किया जानेवाला समायोजन है। दूसरे शब्दों में यह एक सफेद रंग का प्रतिरूप (गर्म, ठंडा या प्राकृतिक) है, जो मानक सफेद रंग प्राप्त करने के लिए उपयोग में लाया जाता है।

ज़ूम लेन्स (Zoom Lens) : वे होते हैं जिनकी फ़ोकल लम्बाई को संशोधित किया जा सकता है, जिससे फ़ोटोग्राफ़रों को विषय को वास्तविक रूप से नज़दीक दिखाने की अनुमति मिलती है। प्राइम लेन्स की तुलना में इस प्रकार के लेन्स अधिक लोकप्रिय हैं, क्योंकि यह अधिक लचीलापन प्रदान करता है।

सन्दर्भ ग्रन्थ

1. Farrell Ian; Complete Digital Photography; QuercusBook, UK
2. Horton Brian; Guide to Photojournalism; Associated Press,USA
3. Taylor David; The Advanced Photography Guide; DK Pnguin Random House, New Yark, USA
4. Tomang; Digital Photography MASTERCLASS; DK Pnguin Random House, New Yark, USA
5. Skoda Uwe & Lettmann Birgit; India and Its Visual Cultures; SAGE, New Delhi, India
6. Harris Geoffrey & Spark David; Practical Newspaper Reporting; SAGE, New Delhi, India
7. H.M.; Photography: at the frontier between art and science; Unesco, Taylor & Francis.
8. Gregory Thomas; The First Camera Ever Made: A History of Cameras; History Cooprative.
9. Ananny M. & C. Strohecker; situated citizen photojournalism and a look at Dilemmatic thinking. proceedings of the association for the advancement of computing in education's E- learn conference; Montreal, Canada.
10. जायसवाल नवल; फोटो पत्रकारिता; सामयिक प्रकाशन, नई दिल्ली।
11. शर्मा ओ.पी.; प्रेक्टिकल फोटोग्राफी; हिन्द पॉकेट बुक्स, नई दिल्ली।
12. कोठारी गुलाब; प्रकाश-लेखन; पत्रिका प्रकाशन, जयपुर।
13. चोपड़ा धनंजय; यह जो मीडिया है; साहित्य भंडार, प्रयागराज।
14. चोपड़ा धनंजय; मानवाधिकार, मीडिया और जन-सरोकार; साहित्य भंडार।
15. चोपड़ा धनंजय; संचार शोध और मीडिया; लोकभारती प्रकाशन, राजकमल समूह, नई दिल्ली, पटना, प्रयागराज।
16. चोपड़ा धनंजय (सम्पादक) ; कला त्रैमासिक फोटोग्राफी विशेषांक; अंक 36; राज्य ललित कला अकादमी, उत्तर प्रदेश, लखनऊ।
17. बिष्ट प्रताप सिंह (सम्पादक) ; आजकल फोटोग्राफी विशेषांक; अंक 7, वर्ष 52 ; प्रकाशन विभाग, सूचना प्रसारण मन्त्रालय, भारत सरकार, नई दिल्ली।

चित्र-वीथिका

चित्र-1 : भारत की पहली सरकार (निर्वासित) के मन्त्रिमंडल के साथ सरकार के प्रधान नेताजी सुभाष चन्द्र बोस। फोटो (साभार) : अभ्युदय का सुभाष अंक (1945)

चित्र-2 : देश विभाजन के बाद शरणार्थी बनने जा रहे लोगों का दर्द दर्शाता दृश्य। फोटो (साभार) : डेक्कन हेराल्ड

चित्र-3 : महात्मा गाँधी दुनिया को खुशहाल भविष्य का आभास देते हुए। फोटो (साभार) : पीटीआई

चित्र-4 : सन 1947 में आजादी का जश्न मनाते कलकत्ता के लोग।
फोटो (साभार) : न्यूज 18 डॉट कॉम / गैटी

चित्र-5 : फोटो पत्रकार केविन कार्टर की ऐतिहासिक कृति (साभार)

चित्र-6 : आदिवासी चित्रकार पेमा फात्या द्वारा बनायी पिथौरा चित्रकला की एक कृति

चित्र-7 : मध्यप्रदेश की भीम बेत्का गुफाओं में शैलचित्र (साभार खबर लहरिया)

चित्र-8 : केरल की छाया कठपुतली कला का एक दृश्य

चित्र-9 : कर्नाटक में स्थित विरुपाक्ष मन्दिर का वह छिद्र (Hole), जिसमें से गोपुरम दिख रहा है और कक्ष की भीतर दीवार पर बनती उसकी उलटी छाया (फोटो: साभार)

चित्र-10 : राजा दीनदयाल द्वारा लिया गया फोटोग्राफ, 1882
(अजयगढ़ के महाराजा अपने तीन पुत्रों के साथ) (साभार ब्रिटिश लाइब्रेरी, लन्दन)

चित्र-11 : राजा दीनदयाल द्वारा लिया गया फोटोग्राफ (स्रोत : हुघ हक्जले संग्रह, लन्दन)

चित्र-12 : डागुएरेटाइप कैमरा

चित्र-13 : कैलोटाइप कैमरा

चित्र-14 : ब्राउनी श्रृंखला का कैमरा

चित्र-15 : रेक्टाफ्लेक्स कैमरा

चित्र-16 : पोलेरॉएड SX-70 कैमरा

चित्र-17 : डीएसएलआर कैमरा

चित्र-18 : मिररलेस कैमरा

चित्र-19 : दिल्ली में पानी के लिए मारामारी। फोटो (साभार) : विवेक निगम, अमर उजाला

चित्र-20 : कुम्भ मेले में उमड़ा जन-समुद्र। फोटो (साभार) : जितेन्द्र प्रकाश

चित्र-21 : राजा दीनदयाल और उन्हें प्राप्त एक प्रमाणपत्र (फोटो : साभार आईजीएनसीए)

चित्र-22 : जलियाँवाला जन-हत्याकांड के बाद घटना स्थल का वह फोटोग्राफ जिसे नारायण विनायक विरकर द्वारा लिया गया था। (साभार : पार्टिशन म्यूज़ियम, अमृतसर)

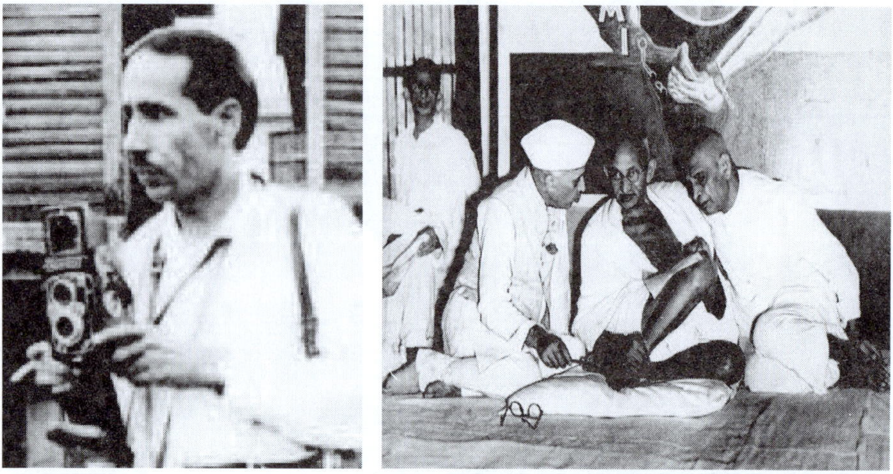

चित्र-23 : प्रख्यात फोटो पत्रकार कुलवन्त रॉय और उनके द्वारा खींचा गया एतिहासिक फोटोग्राफ जिसमें महात्मा गाँधी के साथ सरदार वल्लभ भाई पटेल व पं. जवाहरलाल नेहरू दिख रहे हैं। (फोटो : साभार)

चित्र-24 : सुनील जाना (फोटो (साभार) : राम रहमान

चित्र-25 : पहली भारतीय महिला फोटो पत्रकार होमी व्यारवाला

चित्र-26 : फोटो पत्रकार टी. एस. सत्यन और उनके द्वारा लिया गया एक फोटोग्राफ (साभार)

चित्र-27 : प्रख्यात फोटो पत्रकार रघु राय और उनके द्वारा खींचा गया एक प्रसिद्ध फोटोग्राफ (साभार)

चित्र-28 : जोसेफ नीप्से द्वारा तैयार किया गया दुनिया का पहला फोटोग्राफ्स

चित्र-29 : रॉजर फैंटन द्वारा खींचा गया फोटोग्राफ 'वैली ऑफ द शैडो ऑफ डेथ'

चित्र-30 : राबर्ट कापा द्वारा खींचा गया फोटोग्राफ 'मोमेंट ऑफ डेथ'

चित्र-31 : युनाइटेड स्टेट की सेना द्वारा खींचा गया फोटोग्राफ

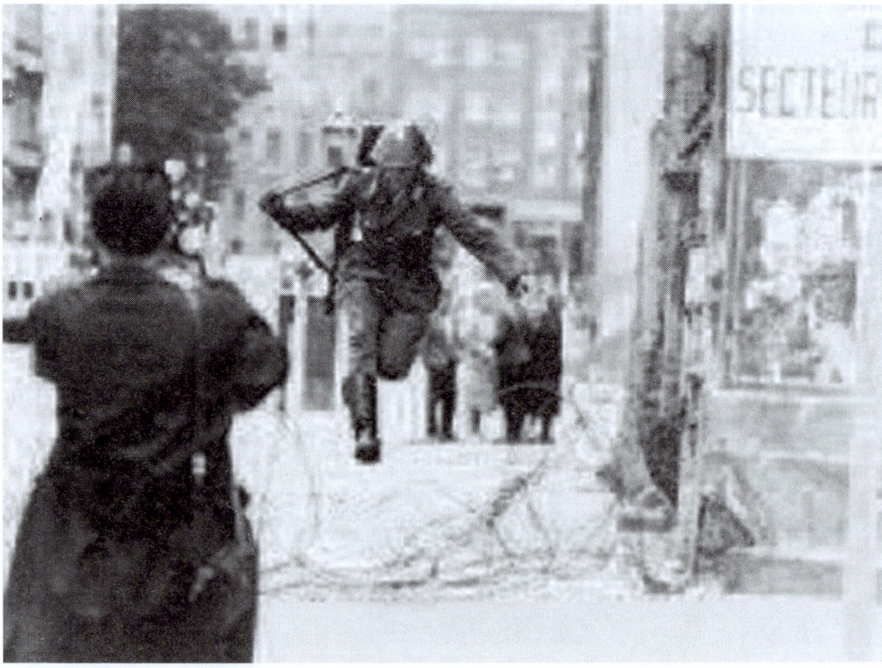

चित्र-32 : पीटर लीबिंग द्वारा खींचा गया फोटोग्राफ

चित्र-33 : हेनरी कार्टियर-ब्रेसन द्वारा खींचा गया फोटोग्राफ

चित्र-34 : भारतीय सेना द्वारा खींचा गया ऐतिहासिक फोटोग्राफ

चित्र-35 : वियतनाम युद्ध की विभीषिका दर्शाता निक उत द्वारा खींचा गया फोटोग्राफ

चित्र-36 : केविन कार्टर द्वारा खींचा गया फोटोग्राफ

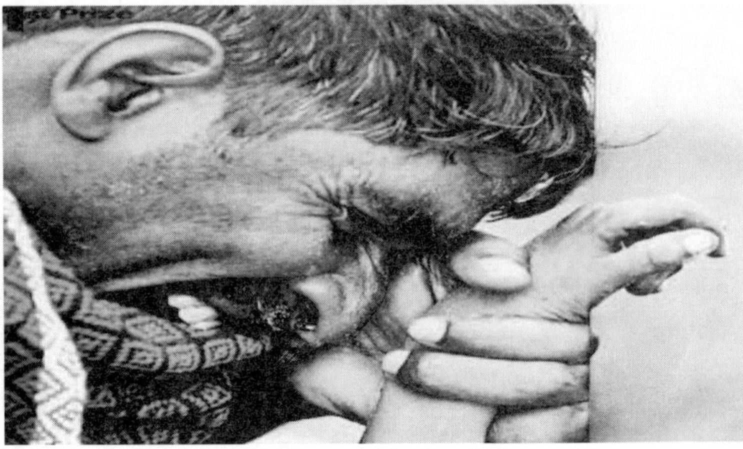

चित्र-37 : सुनामी की विभीषिका दर्शाता प्रकाश सिंह द्वारा खींचा गया फोटोग्राफ

चित्र-38 : नीलोफर देमिर द्वारा खींचा गया फोटोग्राफ

चित्र-39 : विभिन्न प्रकार की इमोजी

चित्र-40

हिन्दुस्तान

सुप्रीम कोर्ट ने उठाए सवाल, कहा-टीवी चैनलों पर अदालत में विचाराधीन मामलों पर बहस का मतलब क्या है

लंबित मुद्दों पर पैनल बहस को लेकर चेताया

सख्ती

नई दिल्ली, विशेष संवाददाता। सुप्रीम कोर्ट ने आए दिन टीवी चैनलों पर अदालत में विचाराधीन मामलों पर होने वाली गरमा-गर्म पैनल बहस को लेकर शुक्रवार को कड़ी चेतावनी दी। भाजपा की पूर्व प्रवक्ता नूपुर शर्मा मामले की सुनवाई करते हुए कोर्ट ने गंभीर सवाल पूछा कि टीवी चैनल ऐसे मामले पर पैनल बहस का आयोजन क्यों करते हैं। इसका क्या मतलब है?

दूसरी बार दी चेतावनी

कोर्ट की ये टिप्पणियां दो माह में दूसरी बार आई है। इससे पूर्व जस्टिस यूयू ललित की पीठ ने भी आंध्र प्रदेश के एक मामले में अभियुक्त को बरी करते हुए कहा थी कि पूरा मामले का मीडिया में ट्रायल हो गया। इस मामले में जांच अधिकारी ने अभियुक्त का कोर्ट के बाहर दिए बयान को मीडिया को दे दिया था जिसमें वह कह रहा था कि उसने ही गुनाह किया है। इस बयान को लोकल टीवी पर ट्रायल जज ने देखा और अभियुक्त को उसके आधार पर दोषी ठहरा दिया। यहां तक कि जज मीडिया रिपोर्ट से इतने प्रभावित थे कि उन्होंने इसकी पुष्टि करने की जरूरत भी नहीं समझी।

नूपुर पर की गई टिप्पणी वापस लेने की मांग

सुप्रीम कोर्ट में सुनवाई के दौरान भाजपा की निलंबित प्रवक्ता नूपुर शर्मा पर की गई टिप्पणियों को लेकर मुख्य न्यायाधीश एनवी रमना के समक्ष पत्र याचिका दी गई है। दिल्ली के सामाजिक कार्यकर्ता अजय गौतम की पत्र याचिका में मांग की गई है कि शर्मा के खिलाफ जस्टिस सूर्यकांत और जेबी पारदीवाला द्वारा की गई टिप्पणी को वापस लिया जाए। गौतम ने कहा कि नूपुर शर्मा को निष्पक्ष ट्रायल का मौका मिलना चाहिए। पत्र याचिका में कहा गया है कि इसे एक जनहित याचिका के रूप में माना जाए। सुनवाई के दौरान की गई प्रतिकूल टिप्पणी को अनावश्यक घोषित किया जाए। इसमें शर्मा के खिलाफ दर्ज सभी मामलों को दिल्ली स्थानांतरित करने की भी मांग की गई है।

चित्र-41

चित्र-42 : प्रयाग कुम्भ मेले के अप्रतिम दृश्य। फोटो (साभार) : रंजन मिश्र)

चित्र-43 : फोटो (साभार) : विवेक निगम

चित्र-44 : फोटो (साभार) : अमर उजाला

चित्र-45 एवं 46 : फोटो (साभार) : अमर उजाला

चित्र-47
फोटो (साभार) : राहुल चटर्जी

चित्र-48 : फोटो (साभार) : अहमद अल रुबाए

चित्र-49 : प्रस्तुति देते प्रख्यात बाँसुरी वादक पं. हरिप्रसाद चौरसिया। फोटो (साभार) : विवेक निगम

चित्र-50 : दिल्ली में जान जोखिम में डालकर गटर की सफाई करता एक सफाईकर्मी।
फोटो (साभार) : विवेक निगम

चित्र-51 : देश को सम्बोधित करते भारत के प्रधानमन्त्री श्री नरेन्द्र मोदी। फोटो (साभार) : पीआईबी

चित्र-52 : देश के नए संसद भवन का अवलोकन करते प्रधानमन्त्री श्री नरेन्द्र मोदी।
फोटो (साभार) : पीआईबी)

चित्र-53 : फोटो (साभार) : टॉम ब्रेनर की इस फोटोग्राफ को रायटर्स ने रिलीज किया था।

चित्र-54 : वर्ष1985 के चुनाव में अपना प्रचार करते बॉलीवुड अभिनेता अमिताभ बच्चन। फोटो (साभार) : हिन्दुस्तान टाइम्स

चित्र-55 : पूर्व प्रधानमन्त्री श्री अटल बिहारी वाजपेयी। फोटो (साभार) : नवभारत टाइम्स

चित्र-56-A : अमर शहीद चन्द्रशेखर आजाद का यह अन्तिम फोटोग्राफ आज भी युवाओं को अपने वतन पर मर-मिटने के लिए प्रेरित करता है। (फोटो : साभार)

चित्र-56-B : 17 मार्च, 1940 को रामगढ़ में एक बैठक के दौरान महात्मा गाँधी के साथ सरदार वल्लभ भाई पटेल और आचार्य कृपलानी। फोटो (साभार) : नेशनल आर्काइव

चित्र-57 : आजाद हिन्द फौज की महिला रेजीमेंट का निरीक्षण करते नेता जी सुभाष चन्द्र बोस तथा रेजीमेंट प्रमुख लक्ष्मी सहगल। फोटो (साभार) : अभ्युदय

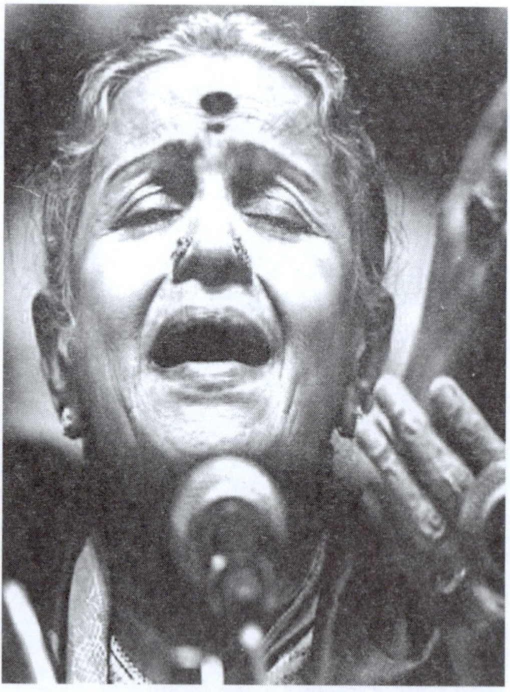

चित्र-58 : प्रख्यात शहनाई वादक भारतरत्न उस्ताद बिस्मिल्लाह खाँ व प्रख्यात गायिका भारतरत्न एम.एस.सुब्बुलक्ष्मी के पोर्ट्रेट, जिन्हें प्रख्यात फोटोग्राफर रघु राय ने अपने कैमरे में कैद किया। (फोटो : साभार)

चित्र-59 :भारत की तत्कालीन प्रधानमन्त्री श्रीमती इन्दिरा गाँधी का पोर्ट्रेट फोटो लेते फोटोग्राफर, साथ में देश की पहली महिला फोटो पत्रकार होमी व्यारवाला (फोटो : साभार)

चित्र-60 : वर्ष 2022 में असम में आई बाढ़ की त्रासदी का दृश्य। फोटो (साभार) : पीटीआई

चित्र-61 : वर्ष 2022 में असम में आई बाढ़ के दौरान राहत कार्य का दृश्य।
फोटो (साभार) : पीटीआई

चित्र-62 : तैरीकी प्रतियोगिता का दृश्य। फोटो (साभार) : विवेक निगम

चित्र-63 : एक जनवरी, 2020 को ब्राइटन, ब्रिटेन में द अमेरिकन एक्सप्रेस कम्युनिटी स्टेडियम में प्रीमियर लीग मैच का दृश्य। फोटो साभार : डायलन मार्टिनेज, रॉयटर्स द्वारा रिलीज यह फोटो पुरस्कृत हुई है।

चित्र-64 : दिल्ली में प्रदूषित यमुना ...फोटो (साभार) : विवेक निगम

चित्र-65 : दिल्ली में प्रदूषित यमुना ...फोटो (साभार) : विवेक निगम

चित्र-66 एवं 67 : कारगिल युद्ध में भारतीय सेना की जाँबाजी के दृश्य फोटो (साभार) : इंडियन एक्सप्रेस

चित्र-68 : भारतीय सेना के लेफ्टिनेंट जनरल जगजीत सिंह अरोड़ा के समक्ष पाकिस्तानी सेना के लेफ्टिनेंट जनरल ए ए ए के नियाजी आत्मसमर्पण के प्रपत्र पर हस्ताक्षर करते हुए। फोटो (साभार) : भारतीय सेना

चित्र-69 : अयोध्या में उत्तर प्रदेश सरकार द्वारा आयोजित दीपोत्सव पर कमरे में कैद सरयू रिवर-फ्रंट का एक अप्रतिम दृश्य। फोटो (साभार) : पीआईबी

चित्र-70 : हिमालय की गोद में स्थित नैनीताल में कैंची धाम, जो देश-विदेश के पर्यटकों व श्रद्धालुओं के आकर्षण का केन्द्र है। फोटो (साभार) : उत्तराखंड पर्यटन

चित्र-71 : फोटो (साभार) : रिचर्ड वरबीक

चित्र-72 : फोटो (साभार) : आनन्द डांडेकर

चित्र-73 : फोटो (साभार) : विवेक निगम

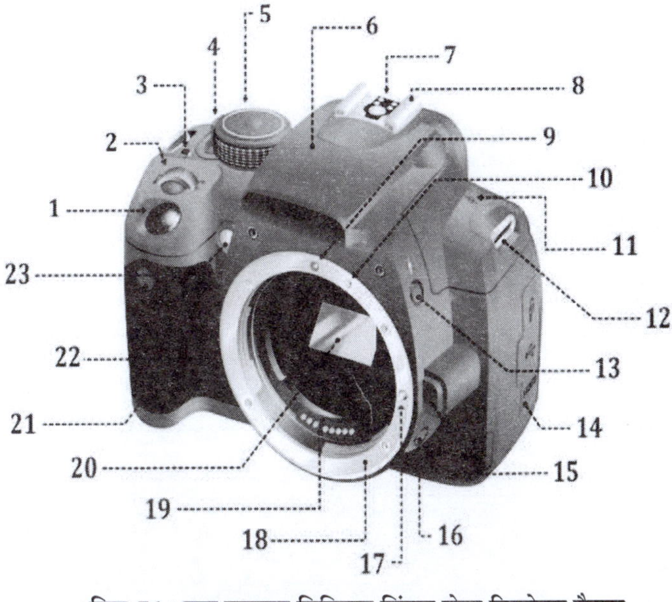

चित्र-74 : एक सामान्य डिजिटल सिंगल लेन्स रिफ्लेक्स कैमरा

1.शटर बटन या शटर रिलीज, 2.मेन डायल, 3.पावर लैम्प, 4.पावर स्विच, 5.मोड डायल, 6.बिल्ट-इन फ्लैश, 7.फ्लैश सिंक कॉंटैक्ट, 8.हॉटशू, 9.ईएफ लेन्स माउंट इंडेक्स, 10.ईएफ-एस माउंट इंडेक्स, 11.फोकल प्लेन मार्क, 12.शार्प माउंट, 13.फ्लैश बटन, 14.टर्मिनल कवर, 15.लेन्स रिलीज बटन, 16.डेप्थ ऑफ फील्ड प्रिव्यू बटन, 17.लेन्स लॉक पिन, 18.लेन्स माउंट, 19.कॉंटैक्ट्स, 20.मिरर, 21.ग्रिप, 22.रिमोट कंट्रोल सेन्सर, 23.रेड आई रिडक्शन / सेल्फ फिल्टर लैम्प

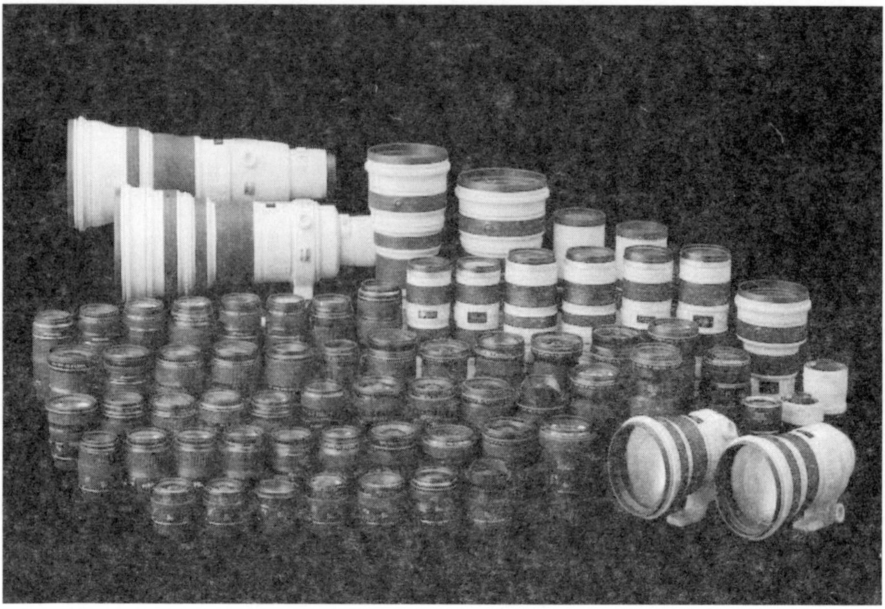

चित्र-75 : विभिन्न प्रकार के लेन्स। फोटो (साभार) : ईओएस मैगजीन)

चित्र-76 : पोलेराइजिंग फिल्टर। फोटो (साभार) : अमेजन

चित्र-77 : ट्राईपॉड हेड। फोटो (साभार) : गैटी)

चित्र-78 : ट्राईपॉड। फोटो (साभार) : अमेजन)

चित्र-79 : बीनबैग। फोटो (साभार) : वाइल्डरोर

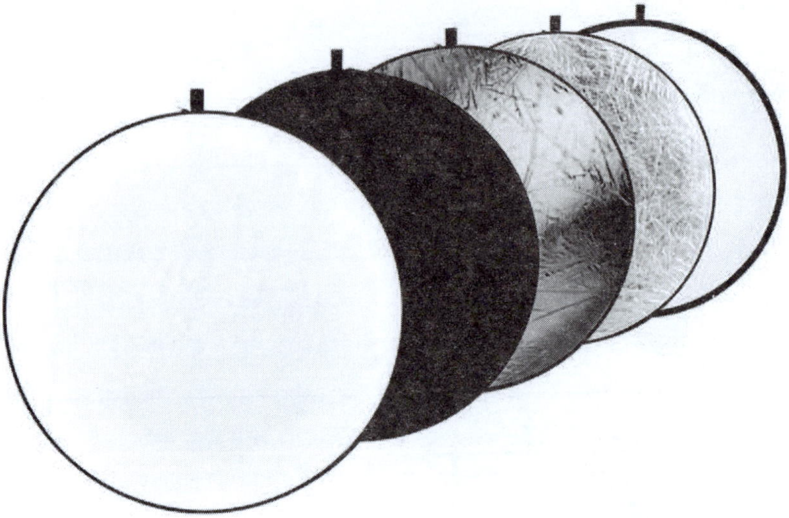

चित्र-80 : रिफ्लेक्टर्स

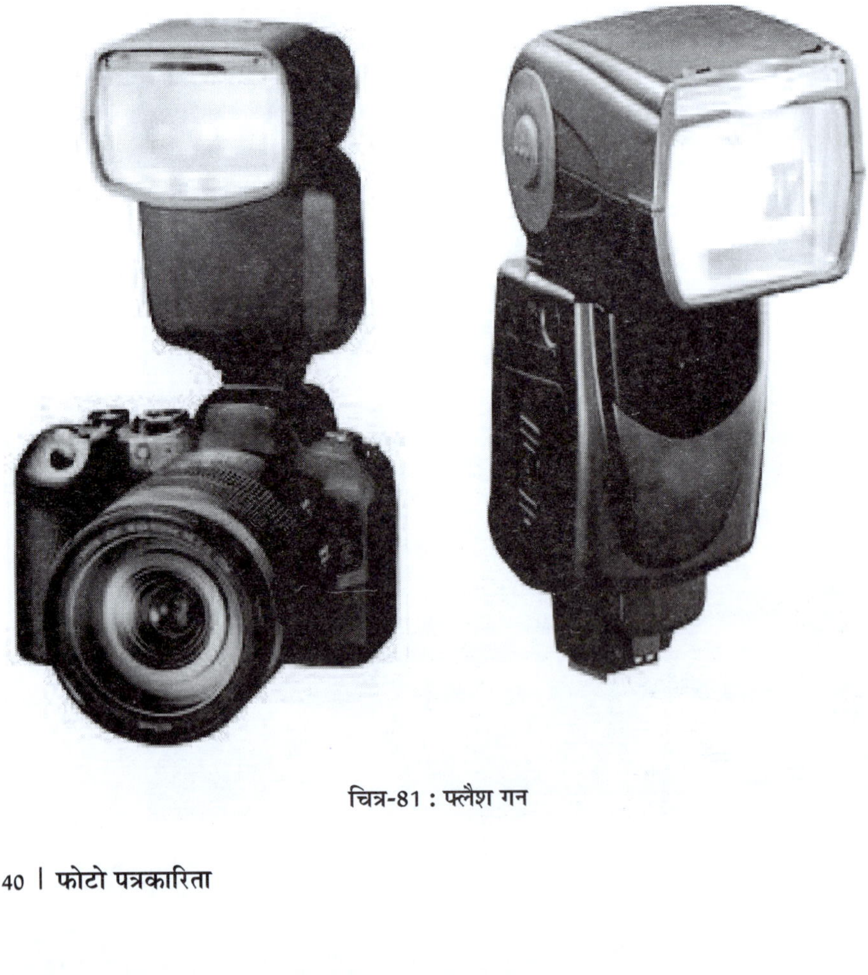

चित्र-81 : फ्लैश गन

चित्र-82 : जब विषय की गति तेज हो और एक-एक क्षण कैप्चर करना हो तो शटर स्पीड को सेट करना अपेक्षाकृत अधिक महत्वपूर्ण होता है। फोटो (साभार) : एडोब

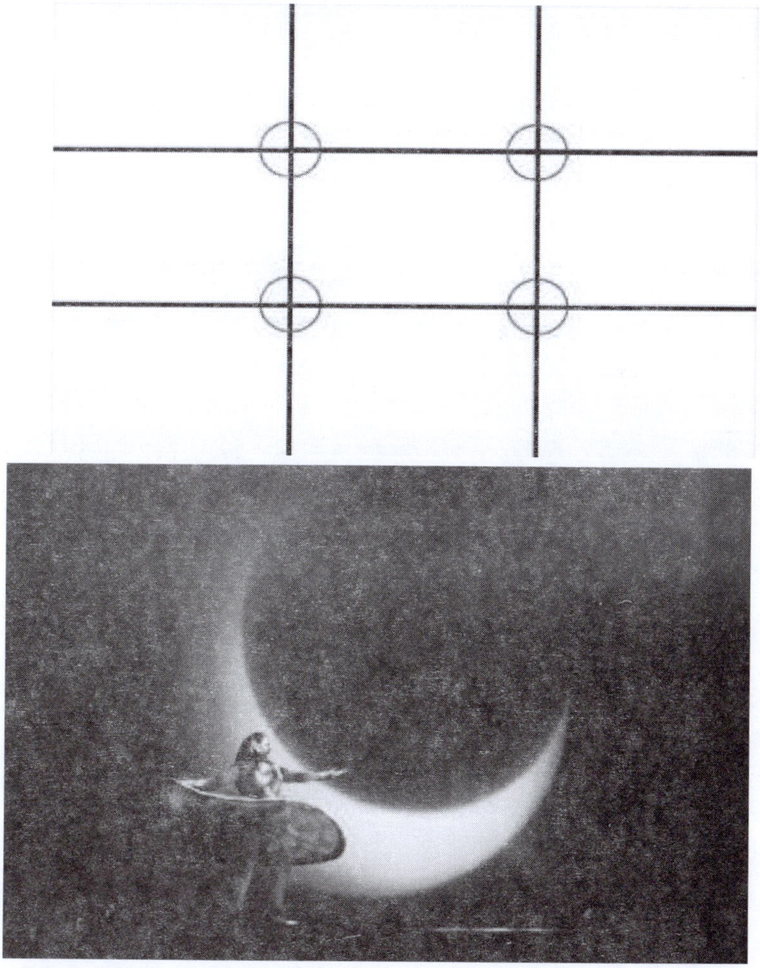

चित्र-83 : रूल ऑफ थर्ड दर्शाती फोटोग्राफ। फोटो (साभार) : विवेक निगम

चित्र-84 : इस तरह की फोटो के माध्यम से घर में खेती करने की प्रेरणा देती कहानी कही जा सकती है।
फोटो (साभार) : जिम विल्सन/द न्यूयॉर्क टाइम्स

चित्र-85 : प्रयाग कुम्भ में संगम की रेती पर बसी कुम्भ नगरी। फोटो (साभार) : रंजन मिश्र

चित्र-86 : प्रयाग कुम्भ में पांटून पुल से गंगा नदी पार करती एक शोभा यात्रा। फोटो (साभार) : अभिषेक

चित्र-87 : इनफोग्राफिक्स ((साभार) : टाइम्स ऑफ इंडिया)

भास्कर खास • पढ़िए, 1 जनवरी से 15 अगस्त 1947 के बीच आजादी की राहें कहां-कहां से गुजरीं... 15 कड़ियों में आज आखिरी

मैं 15 अगस्त 1947 का हिन्दुस्तान बोल रहा हूं... आजाद सुबह में आंखें खुलीं तो खुशी के आंसू छलक पड़े; हर हाथ में तिरंगा जैसे आसमान छूने को बेताब है

75 वर्ष गर्व और विश्वास के...

15 अगस्त 1947, रगों में दौड़ता लहू उल्लास के उफान पर था। सारी रात उनींदी आंखें ऐसे चमक रही थीं, जैसे सदियों की नींद पूरी करके उठी हों। बाजुएं अपने तिरंगे को आसमान तक लहराने को फड़क रही थीं। पैरों में अजीब थिरकन थी। आजादी की उस पहली सुबह के जश्न को 1947 के हिन्दुस्तान की जुबानी बता रहे हैं- डॉ. धनंजय चोपड़ा। (लेखक इलाहाबाद विश्वविद्यालय के सेंटर ऑफ मीडिया स्टडीज में पाठ्यक्रम समन्वयक हैं।)

आजादी की महक से तरबतर वो पहली सुबह मेरे दिल में बसी तमाम खूबसूरत यादों में से सबसे खास है। मैं अपने बाशिंदों के साथ झूमता-गाता-तिरंगा लहराता, उस अहसास को पूरी तरह जी लेना चाहता था, जिसका बरसों-बरस से इंतजार था। **सुबह के 8 बजते-बजते गवर्मेंट हाउस, जो पहले वायसराय हाउस कहलाता था, लाखों लोगों से घिर चुका था।** ठीक 8:30 बजे अंतिम वायसराय ने आजाद हिन्दुस्तान के पहले मंत्रिमंडल को शपथ दिलाई और फिर मुख्य न्यायाधीश हरिलाल जयकिशनदास कानिया ने माउंटबेटन को गवर्नर जनरल का पद ग्रहण कराया। सुबह 10 बजे संविधान सभा की बैठक में डॉ. राजेंद्र प्रसाद ने विभिन्न देशों के प्रधानमंत्रियों और राष्ट्रपतियों के शुभकामना संदेश पढ़े। कुछ देर बाद बंदूक से फायर होने की गूंज के साथ ही संविधान सभा कक्ष की छत पर तिरंगा लहरा दिया गया। **उधर, बापू इस जश्न से दूर कलकत्ता के बेलियाघाट में उपवास पर बैठे थे।** हालांकि, दोपहर होते-होते कलकत्ता के भयंकर दंगाग्रस्त इलाकों में शांति और भाईचारा कायम हो गया। इससे बापू को शांति मिली और उन्होंने 30 हजार लोगों को संबोधित करते हुए कहा- हिंदू-मुस्लिम अब आपसी दुश्मनी का जहर भुलाकर दोस्ती का अमृत ग्रहण करें। **इधर, शाम के 5 बजने वाले थे और इंडिया गेट के पास प्रिंसेस पार्क में 5 लाख लोगों का सैलाब उमड़ चुका था।** क्योंकि यहां आजाद भारत का पहला सार्वजनिक कार्यक्रम होना था, जिसमें तिरंगा लहराया जाना था। नारों और जयकारों से आसमान गूंज रहा था। बैंड-बाजे पर बज रही देशभक्ति के गीतों की धुनें जोश भर रही थीं। **आलम ये था कि माउंटबेटन और एडविना की बग्घी भीड़ में फंस गई।** माउंटबेटन ने वहीं से चिल्लाकर तिरंगा लहरा देने का आग्रह किया। **इसी के साथ पंडित नेहरू ने आजाद भारत का पहला ध्वजारोहण कर दिया।** लाखों लोगों के साथ ही माउंटबेटन ने अपनी बग्घी में खड़े-खड़े तिरंगे को सलामी दी। खुशी में हजारों महिलाओं ने अपनी गोद के बच्चों को आसमान में उछालना शुरू कर दिया। नाचते-गाते लोग सुध-बुध खो बैठे थे। रात होते-होते दिल्ली का आसमान आतिशबाजी की रोशनी से ढक चुका था। पूरे देश में आजादी का जश्न चरम पर पहुंच गया था। अपने करोड़ों बच्चों की खुशियां देख मेरी आंखें भी चमक रही थीं। ये जश्न, ये खुशियां यूं ही बरसती रहें। जय हिन्द!

प्रख्यात कलाकार हरीश भिमानी की आवाज में यह सीरीज सुनने के लिए क्यूआर कोड स्कैन कीजिए।

चित्र-88 : दैनिक भास्कर में क्यू आर कोड के साथ प्रकाशित समाचार

चित्र-89 : स्वतन्त्रता दिवस 2015 के अवसर पर लाल किले परिसर का विहंगम दृश्य।
फोटो (साभार) : पी.आई.बी.